ローラ・キンセイル/著
清水寛子/訳

嵐に舞う花びら(上)

Flowers from the Storm

桑社ロマンス
1215

FLOWERS FROM THE STORM (Vol.1)

嵐に舞う花びら（上）

登場人物

アーキメデア（マディー）・ティムズ――クエーカー教徒、看護婦
クリスチャン・シャーヴォー――シャーヴォー公爵、数学者
ジョン・ティムズ――マディーの父、数学者
エドワード・ティムズ――ジョンのいとこ、精神科医
ラーキン――養護院の介護人
イーディー・サザーランド――クリスチャンの愛人
レスリー・サザーランド――イーディーの夫
カルヴィン――シャーヴォー家の執事
キット・ダラム――クリスチャンの友人、教区司祭
アンドリュー・フェイン――クリスチャンの友人、近衛隊大佐
公爵未亡人――クリスチャンの母、先代公爵夫人
レディー・ド・マーリー――クリスチャンのおば
ミスター・マニング――クリスチャンの姉の夫
ストーナム卿――クリスチャンの姉の夫
リチャード・ギル――クエーカー教徒

プロローグ

彼は過激な政治論が好きで、そのうえチョコレートの飲み物にも目がなかった。五年ほど前、一曲いかがですかと彼のほうから声をかけてカントリーダンスに誘ったミス・レイシー・グレイは、その場でたちまちのぼせあがって彼の誘いを受けた——そのことは今も彼の友人たちのあいだで語りつがれ、茶会の席では定番の笑い話になっている。彼女はあのとき結婚という甘い餌《えさ》に釣られて一生を棒に振りかけた、だの、きっと彼女はやつの妖《あや》しい魅力に一瞬で悩殺されて息の根をとめられてしまったに違いない、だのと、まことしやかな噂《うわさ》があとを絶たなかった。

だが今、なめらかな曲線を描く彼女の背中を枕《まくら》にして横たわり、ストッキングのあいだに指を滑りこませて青と黄色のガーターの上からのぞくやわらかい素肌をまさぐっているクリスチャンには、友人たちの予想は惜しくも外れたと断言することができた。彼の目には、彼女は今も完璧《かんぺき》に生きているように見えるからだ。足首を優美に交差させ、彼の下でくねくねと体を動かしている。

てのひらで彼女のヒップを包み、背中のくぼみにキスをしてから、クリスチャンは上体を起こして片肘を突いた。「サザーランドはいつごろ帰ってくるんだ?」

「再来週くらいよ。早くても」かつてはミス・レイシー・グレイと呼ばれた女性が笑みをたたえて寝返りを打ち、このところやけにたわわになった胸と、若干肉づきのよすぎる腰まわりをあらわにした。ふたりが世を忍ぶ恋人同士として逢瀬《おうせ》を重ねるようになって、かれこれ数カ月。その間に表れた彼女の微妙な肉体的変化には気づかないふりをしつつ、クリスチャンは黙って目をあげた。

「いっそのこと、もうずっと帰ってこなければいいのに」頭の上で両手を組みながら彼女が言う。「あなたとこうしてるほうがずっといいわ」

「ああ、チョコレートよりもね」クリスチャンは言った。

「本当に?」

そう言えば、と思って、彼は部屋のなかをぐるりと見まわした。暖炉のなかのケトルはしゅんしゅんと湯気を立てている。チョコレートをつくるための背の高いポットもすでにテーブルに用意してあった。「ちょっといいかな」彼はそう言ってベッドから抜けだした。

「もう、憎らしい人」

クリスチャンは大げさにお辞儀をしてウインクを投げてから、ケトルのほうへ近づいていき、沸騰したお湯と冷たい牛乳をきっちり半量ずつポットに注ぐ。そこへチョコレートを削り入れたのち、細長い棒の先に羽根状の部品がついている攪拌器《かくはん》をポットに突っこんだ。素足の下の絨毯《じゅうたん》はひんやりしていて絹のような肌ざわりだ。彼は攪拌器の棒を両手で挟んで、激しくすりあわせた。本当はポットのなかでやるより火にかけた鍋《なべ》のなかでかきまぜるほうがいいのだが、真夜中に他人の家の寝室にあがりこんでいる身では、そうそう贅沢《ぜいたく》も言っていられない。そうしてできた泡状のチョコレートを、クリスチャンはカップに注《つ》いだ。

「よくそんなものが飲めるわね。お砂糖をひとかけらも入れないなんて、わたしには信じられない」彼女が言った。

「甘さならきみが補ってくれるからね、マイ・スウィート」クリスチャンは当意即妙に答えた。裸のままテーブルの横に立って、ひと口飲む。「そうじゃなかったら、とても無理だよ」

彼女は唇をとがらせてふくれっ面をしようとしてみせたが、その顔はすぐに笑顔に変わった。両腕を上に投げだし、なまめかしいため息をつきつつ流し目を送ってよこし、ストッキングに包まれた足をベッドの上で前後に滑らせる。「ああ、本当にあの人、帰ってなんかこなければいいのに」

「心のなかでは、彼の帰りを待ちわびてるんじゃないのかい？　早くベッドでかわいがってもらいたくて」

彼女は自分の両手を見つめてから腕をおろした。そしてまた、すねたように唇をとがらせる。「あの人、わたしのことなんかかまってくれないもの」

「なんてもったいない」クリスチャンは冷笑ぎみに言った。

最近ふくよかさを増してきたおなかの上でてのひらを広げ、彼女が流し目を送ってくる。

クリスチャンはチョコレートを置いて彼女のほうへ身をかがめ、その胸に口づけした。そして両手で髪をまさぐりつつ、喉もとにもキスをした。「こうしてほしかったんだろう?」彼女の耳もとにそっとささやきかける。

彼女が腕をあげてクリスチャンの肩を抱き寄せた。彼女のやわらかさにふれたおかげで、彼の体にふたたび力がみなぎってくる。溺《おぼ》れる者のように向こうからしがみついてくるのをいいことに、クリスチャンは彼女の肌に顔をすり寄せ、女性の名誉を傷つけかねない行為に今一度ふけった。彼女はそれを楽しんでいるようだった。彼のほうも間違いなく楽しんでいた。

階段の足もとで一本のキャンドルが揺らめき、そこに置かれた大理石像の左腕と衣服のひだを照らしていた。手に持った小麦の束を見つめる豊穣《ほうじよう》の女神ケレスの像だ。

クリスチャンは用心深い足どりで、しかし、必要以上に足音を忍ばせることはせずに、階段をおりていった。この家の執事には数週間前に話をつけてあって、燭台《しょくだい》の脇《わき》に金貨を三枚積んでさえおけばおとがめなしで帰してもらえることになっている。手袋をはめた手でポケットにふれ、金貨がそこにあることを確かめたそのとき、下のほうから引きずるような足音が聞こえてきた。クリスチャンは手すりをつかんだまま、階段の踊り場ではたと立ちどまった。

「イーディー?」男の声が玄関ホールの空間に低くこだまする。

〝くそっ〟

クリスチャンはその場に凍りついた。レスリー・サザーランドが外套《がいとう》のボタンを外しながら階段をあがってくる。「イーディー?」ふたたび妻の名を呼び、赤毛のもみあげを撫《な》でつけながら、サザーランドは上を向いた。

玄関ホールの置き時計がかちこちと時を刻んでいる。これまでは気づいたこともなかったが、静寂のなかでそれは耳ざわりなほどはっきり響いていた。〝一……二……三……四……〟

ちょうど四つを数えたときだ。サザーランドの顔から笑みが消え、唇が半開きになった。クリスチャンの思ったとおり、その口からはなんの声も発せられなかった。声をなくしたサザーランドの顔はみるみる青ざめていったが、やがてその口は固く引き結ばれ、鼻の横や唇のまわりのしわ以外の部分に赤みがぱあっと戻ってきた。

〝六……七……八……〟

クリスチャンはなにか言おうとしたが、冗談めいたせりふ、もしくは、そのまま自分に跳ねかえってきそうな言葉しか思いつかなかった。〝ずいぶんと早いご帰還だったな〟という、陳腐なせりふ以外は。

歯を嚙《か》みしめて、それらの言葉をぐっとのみこむ。サザーランドはなおも驚愕《きょうがく》の面持ちでこちらを見つめていた。手袋をはめた右手に不快なしびれを感じて、クリスチャンは自分がいかに強く手すりを握りしめていたかに気づいた。手すりからぱっと手を離したものの、びりびりする感覚はひどくなるばかりで、足もとの階段が音もなく滑っていっているかのような妙な違和感を覚えた。

しびれた右手をぶらぶらさせて、てのひらを閉じたり開いたりしてみる。

その行為がサザーランドの注意を引いたようだった。彼はクリスチャンの手をまじまじと見つめた。「ジャーヴォークス」この状況には似つかわしくないくらい穏やかな声だった。「ただじゃおかないぞ」

発音がてんで間違っている。JやXの音は強く発音すべきではないのに。まったく、これだから成りあがり者は。不穏な空気が漂うなか、クリスチャンの頭のなかでは自分の爵位名の正しい発音がぐるぐると渦巻いていた。〝シャーヴォー……シャーヴォ

"……シャーヴォー……"

なにも答えないまま、いったん開いたてのひらをふたたびぐっと握りしめる。たったそれだけの動きがやけに難しく感じられた。腕は死んだように重く、指は骨の芯《しん》までじんじんしびれている。

「きさまにも友人はいるんだろう?」サザーランドが少し声高に、少し居丈高に問いただした。「いるなら言ってみろ」

「ダラム。それと、フェイン大佐だ」いずれこんな事態になるのはわかっていたはずだ。だがなぜかクリスチャンは奇妙な感覚にとらわれていて、そのことのほうに驚きを覚えていた。

時計がさらに十秒を刻むあいだ、ふたりは互いを見つめつづけていた。

「薄汚い男め。この家からさっさと消え失《う》せろ!」

半分喉に引っかかったような怒鳴り声だった。サザーランドは顔を真っ赤にして、息をぜいぜいさせている。そのまま卒倒してしまうのではないか、とクリスチャンはいぶかった。

「わかった」静かに答え、できるだけ相手を刺激しないよう、遠慮がちに脇をすり抜けて階段をおりる。サザーランドはクリスチャンを殺してやりたいと思っているだろうし、そう思うのも当然だが、クリスチャンのほうは自分が原因で浮気相手の夫を自宅の玄関ホールで突然死させるような事態だけは招きたくなかった。

それよりなにより、クリスチャン自身、早く新鮮な空気を吸いたくてたまらなかった。相変わらずしびれたままの右手でぎこちなくドアを引き開ける。外へ出て左手でドアを閉めた彼は、よろめきながら鉄製の手すりにつかまった。

通りに低く立ちこめた霧を満月が照らしている。並んだ家々の黒い影にかかっていた青い靄《もや》がゆっくりとのぼっていった。クリスチャンは手すりにつかまって、通りの先を見渡した。絶対になにかおかしい。気持ちが悪く、めまいがして……妙な違和感がぬぐえない。もしかすると一服盛られたのではないか、という恐ろしい考えが頭をよぎった。

もしかしてイーディーが？　チョコレートに？　あのイーディーがぼくに毒なんか盛るだろうか？　いったいなんのために？

心臓がどきどきと速い脈を打っている。クリスチャンは動悸《どうき》を鎮めるため、そして頭を働かせるため、懸命に息を吸おうとした。

しばらく経《た》ってから、手すりをつかんでいた手をようやく離す。ひんやりした空気に包まれてさらに深呼吸をくりかえしたおかげで、気分はだいぶ落ち着いてきた。玄関前の石段の下あたりに、なにやら黒いものが転がっている。よくよく目を凝らしてみると、それは彼自身の帽子だった。

石段をおり、その横を通り過ぎてから、あれは自分の帽子だとあらためて思いだす。ここまで来るときに乗ってきた馬車は二ブロックほど先の通りに待たせてあった。クリスチャンはどうしようかと迷いながらしばし帽子を見つめ、結局そのまま歩きだした。どうしてイーディーが自分に毒など盛ったりするのか、まるで理由が思いつかない。考えるだけで気がめいる。それでも、しばらく歩いているうちに、気分はかなりよくなってきた。なにごともなるようになれ、だ。クリスチャンが四輪の箱馬車へと近づいていくと、御者がすぐさま台から飛び降り、馬車の扉を開けてくれた。

キャスとデヴィルが喜びのあまりしっぽを激しく振りつつ、われ先に飛びだしてくる。クリスチャンは馬車の側面に寄りかかり、それぞれの犬に一回ずつ、彼の体に跳びつくことを許した。それから片手で犬たちの耳をかいてやり、歩道の石炭投入口の臭《にお》いを嗅《か》ぎに行ってしまったデヴィルを呼び戻して、馬車に乗るよう命じた。キャスはおとなしくクリスチャンの足もとにうずくまったが、デヴィルのほうは自分も座席にあげてほしいとせがむように、斑《ぶち》模様の鼻面を彼の手袋に押しつけてきた。

クリスチャンはセッター犬の頭を撫でてやった。馬車がその場から動きだすと同時に、彼は帽子を脱ごうとして頭に手をやった。が、帽子はもちろんそこにはなかった。

彼は座席の背もたれにぐったりと頭をもたせかけた。サザーランド。サザーランドは必ずや、この償いを求めてくるだろう。

クリスチャンはただ眠りたいだけだった。まだ鈍いしびれの残っている右手をそっと動かしてみる。彼はうとうとしかけながら、左利きであることが生まれて初めて役に立ってくれそうだ、と思った。さもなければ拳銃《けんじゅう》を抜くことさえままならなかっただろう。

1

「わたしにはどうしてもわからないわ、お父さん。わかるようになるとも思えない。彼のような……」アーキメデア・ティムズはそこでいったん口ごもり、適切な言葉を探した。「たぐいの人に、なんらかの配慮を期待するなんて」

「すまないが、マディー、紅茶を一杯もらえないかな」父親は激しい議論など始めるつもりはないというように、穏やかな声で応じた。

「だって彼は公爵なんでしょ」居間《パーラー》用の造りつけの呼び鈴が壊れているので、マディーは肩越しにそう言い置いて、メイドのジェラルディーンを捜しに裏のダイニングルームへ向かった。メイドを見つけ、彼女が水をくんできて湯をわかしはじめるのを見届けてからパーラーに戻ったが、それだけの時間が経ってもまだ、マディーは話の続きを忘れていなかった。「公爵ほどのお偉いお方が、そんなことを本気で気にかけてくれるはずないもの——指数の2の駒《こま》なら左手の前よ——先週には完成しているはずだった彼の分の論文がまだできていないことからも、それは明らかでしょう」

「焦ってはいけないよ、マディー。論文というのは慎重に作成すべきものなんだ。時間がかかるのは仕方がない。彼がじっくり時間をかけてくれていることは、むしろ称賛に値する」父親は数字の2と刻まれた木製の駒を指で探りあて、Sの右肩の指数の位置に置いた。

「じっくり時間をかけてるわけでも、本気で気にしているわけでもないわよ。どうせきっと町のどこかでお楽しみの最中に決まっているわ。お父さんの名誉はおろか、自分の名誉だって、これっぽっちも重んじてはいないんだから」

父親は笑みをたたえ、視線をまっすぐ前方に向けたまま、かけ算を示す×の駒を手で探りあてた。目の前に広げたフェルト状の赤い布の上に数字やアルファベットの駒を並べて数式を表した列の最後にそれを加えたのち、最初の駒から順番に指でふれていって、式の内容を確認していく。「お楽しみというのがどういうことか、おまえは知っているのかね、マディー？」

「新聞を読んでいれば、それくらいはね。今年の春に催された行事や会合で彼が出席しなかったものなんて、ひとつもないくらいなのよ。共同研究の発表期日は明日に迫っているのに！　その件はやっぱりわたしが断りを入れてくるしかなさそうね。だって、彼のほうが考えてくれるとは思えないもの。ミルナー会長はさぞお怒りになるでしょうけど。怒って当然よ。ジャーヴォークスの代わりに演台にあがって講義をするのは会長の役目になってしまうんだもの」

「おまえが数式を黒板に書いてくれたら、質問にはわたしが答えるから」

「フレンド・ミルナー（クエーカー教徒は平等を重んずるため、老若男女や身分地位を問わず、敬称を廃してフレンドと呼ぶ）が許してくださるなら、それでもいいけれど」マディーは暗い口調で言った。「でもおそらく、そういう異例なことは許可できないとおっしゃるんじゃないかしら」

「誰が気にするものかね。毎月おまえが会に参加することは、みんな喜んでくれているんだよ。いつだって歓迎してもらってるだろう？　いつだったかフレンド・ミルナーからもじきじきに、若いお嬢さんの顔が見えると会の雰囲気が華やいでいい、とまで言われたことがあるくらいだ」

「会にはもちろん参加させてもらうわ。お父さんひとりで行かせられると思う？」マディーは紅茶を運んできたメイドのほうへ顔を向けた。ジェラルディーンがトレイを置くやいなや、マディーはカップに紅茶を注ぎ、父親の手をとって、ソーサーとカップの取っ手まで導いた。ずっと家にこもって仕事をしているせいか、父の指は白くてやわらかく、年齢の割には顔のしわも少ないほうだ。父はもともと、視力を失うずっと前から、どこか浮世離れした雰囲気のある人だった。正直言えば、十数年前に患った病気のせいで目が見えなくなってからも、日々の生活習慣はそれまでとあまり変わらなかった。違うのは、日課の散歩や解析協会の会合に出かけるときにはマディーの腕につかまって歩き、数式を書くにも自分でペンをとるのではなく、木製の駒を使って表したり、口述筆記させるようになったことくらいだ。

「微分の件で、今日じゅうにもう一度公爵のところを訪ねてみてくれないか？」父親が訊《き》いた。

マディーは顔をしかめた。メイドはとっくに姿を消していたので、見られて困ることはない。「わかりました、お父さん」声にいらだちがまじらないよう、気をつけてしゃべった。「今日もう一度、公爵のお宅へ行ってみます」


目を覚ましたクリスチャンが最初に考えたのは、未完成の微分法のことだった。カバーを跳ねあげ、キャスとデヴィルをベッドから追いだし、妙な姿勢で寝ていたせいでしびれてしまった手をぶんぶんと激しく振りまわす。犬たちが戸口の前でクーンと鳴いたので、クリスチャンはドアを開けて部屋から出してやった。指先の不快なしびれがなかなかとれない。手を握ったり開いたりしながらチョコレートをつくってカップに注ぎ、ガウンを着たままデスクに向かって、まるで暗号のようなティムズの論文と自分の論文のページをめくっていった。

違いはひと目でわかる。ティムズの論文は、妙に曲がっていて癖のあるクリスチャンの手書き文字に比べると三分の一ほどの大きさしかない、細かく丁寧な字でつづられていた。学校の教室に足を踏み入れた最初の日から、クリスチャンは右手で字を書くように矯正されることに抵抗し、左手を使ってきた。いくら手を叩《たた》かれてもじっと黙って耐えつづけてきたが、今もまだ、他人の見ている前で字を書くのは恥ずかしい。今朝はなぜかティムズの論文の字があまりにも小さすぎるように見えて、読むのに苦労するほどだった。ページの上で文字がゆらゆら揺れているみたいで、必死に目の焦点を合わせているうちに、ひどい頭痛がしてきた。

クリスチャンは、手の角度が普通の人とは上下逆さまになってしまう左利き用に秘書が特別な角度に削っておいてくれた羽根ペンをとり、仕事を始めた。すでに書かれてあることは無視して、仕事を進めていく。関数や双曲的距離といった明快な数学の世界に没頭するのは簡単だった。ページに記された記号が揺れているように見えることはあっても、頭のなかの方程式が揺らぐことはない。彼はまばたきし、顔をしかめ、右目の奥あたりにこびりついた痛みをこらえながら、必死に論文を書きつづけた。

最後の微分方程式を計算し終え、そろそろ朝食を運んできてもらおうかと呼び鈴を鳴らしてカルヴィンを呼んだころには、没我状態《トランス》からやっと目が覚めたような気がしていた。パラディオ式建築の柱を模した支柱つきのベッドが置いてある寝室、漆喰《しっくい》の装飾帯に板張りの腰壁、名前をうっかり失念してしまったどこかのレディーが選んでくれた青い模様の壁紙などを物珍しげに見まわし、ここは自分の部屋だったかとあらためて認識する。レディーたちのことを考えたとたん、イーディーの顔が頭をよぎったので、お茶の時間までに蘭《らん》の花を一輪彼女のもとへ届けておいてくれないか、とカルヴィンに頼んだ。

「かしこまりました、閣下」執事は軽く会釈した。「ミスター・ダラムとフェイン大佐がお見えになっています。直接話がしたいとおっしゃって、しばらく前から階下でお待ちなんですが。閣下は先約があって午後はお留守です、とでも申し伝えてまいりましょうか？」

「ぼくが留守にしているように見えるかい？」クリスチャンは両脚を投げだして足首のあたりで交差させ、椅子の背に深くもたれて、ちらりと時計を見た。「おや、もう午後の一時半じゃないか。ふたりはいつから待ってたんだ？　すぐにこの部屋へ通してやってくれ」

ダラムとフェインに会うからといって、とくに身支度を整えたりはしなかった。彼らは年上だが、気の置けない、かけがえのない友人だ。頭のずきずき痛む箇所を片手でぎゅっと押さえつつ、クリスチャンはしばし目を閉じ、椅子に身を預けていた。

「いやはや、なんてざまだ。またひと晩じゅう、ミミズののたくったような字を書き連ねていたのかい？」ダラムののんびりした声には、かすかな驚きがにじんでいた。

「もうこんな時間だぞ。おまえって男は、本当に限度というものを知らないな」

クリスチャンはいったん目を開け、ふたたびつぶった。「それが聖職者の言うことか？　ああ、神よ、許したまえ」

「でも、間に合ってよかったよ。今のおまえはまさに〝最後の秘蹟《ひせき》〟が必要な状態のように見える」

「それじゃおまえは、秘蹟の施し方を知ってるのか？」クリスチャンは片方のまぶただけを開けた。

「調べたよ。ほかならぬおまえのためだからな、シェヴ」ダラムは、ロンドン社交界における男性ファッションの先駆者だった〝洒落者《しゃれ》ブランメル〟が借金を逃れるためにフランスへ渡って十一年経った今もなお、その口調や服の着こなし方においてブランメルの影響を受けている。ただし髪はブロンドで、立ち居振る舞いもやけに堂々としているため、決して控えめではないのだが。地味で暗い色合いの服装だけが、かろうじて聖職者らしさを感じさせる。ダラムが聖職者になれたのは、クリスチャンが唯一の後ろ盾となって、その身分を保証してやったおかげだ。シャーヴォー公爵家は代々、その他二十九の聖職権とともに、セント・マシューズ・アポン・グレイドの聖職者推挙権を有しており、クリスチャンは友人のダラムにその資格があるとして、気前よく聖職禄《ろく》を与えた。ダラムの気質や言動は一般的には聖職者らしさに欠けると見なされることを思えば、それはかなり特別なえこひいきではあった。

フェインと犬たちがあとから部屋に入ってくる。デヴィルは近衛《このえ》隊の大佐を押しのけるようにして、足もとをすり抜けてきた。金モールつきの深紅の制服に身を包んだフェインは指でくるくるまわしていた黒いシルクハットを、クリスチャンのほうへぽんと放《ほう》り投げてくる。

「サザーランドからおまえにだ」

クリスチャンは帽子を受けとめた。すかさず膝に乗ってこようとするデヴィルの前肢を払いのける。「なんだって？　サザーランドから？」

「ゆうべおまえが彼の自宅前に置き忘れていったものだそうだ」

「誰がそんなことを？」

「誰だと思う？」フェインは椅子に腰をおろし、眉を寄せた。「やつの仲介人が、だよ」

クリスチャンは頭痛をこらえてにやりと笑った。「へえ、彼は町に戻ってたのか？　それでさっそくぼくを呼びだそうってわけか」

「いいかげんにしろよ、シェヴ、ちっともおもしろくないぞ」ダラムが言った。「サザーランドは銃の名手だ」

フェインはキャスの頭を撫でてやったあと、赤い制服についた黒い犬の毛をとりながら言った。「向こうは明日の朝を希望している。もちろん、おまえ次第だがね。決闘には拳銃を使うのが普通だが、サザーランド相手なら、サーベルのほうがいいかもしれない」

クリスチャンはぎゅっと目をつぶってから、開けた。頭痛はますますひどくなるばかりだ。まともにものが考えられやしない。

「しかし、ついてなかったよな、やつの家の玄関で鉢合わせしてしまうとは」フェインが険しい顔つきで言い添えた。「おまえと自分の妻が浮気しているなんて、やつはちっとも気づいていなかったはずだ。まったくもって運が悪かったとしか言いようがないよ。それにしても、わざわざことを公にするなんてばかな野郎だ。いくら腕に自信があるからといって、おまえに決闘を申しこんでくるとはな。大陸へ長い旅に出ざるをえなくなるか、ぐずぐずしていたら絞首刑を食らうはめになるとも知らずに。神に誓って言う、万が一おまえが命を落とすようなことがあったら、ぼくは必ずやつを追いつめてやるから」

クリスチャンは眉をひそめ、不安げにフェインを見た。手のこんだ冗談だとばかり思っていたのだが、誰も笑ってはいない。フェインは顎をぐっと引き、いかにも不機嫌そうな顔をしている。

「サザーランドの仲介人は、今朝おまえのところへ訪ねてきたのか?」クリスチャンはおずおずと訊いてみた。

「朝の八時にカードが届いたんだよ」ダラムが片手を振る。「九時にはオールバニーのぼくのところにも届いた。やつは本気だぞ、シャーヴォー。血を見たくてたまらないようだ」

「つまり彼らは……ぼくが彼の家に忍びこんでいたと言ってるのか？」

「いたんだろう？」

クリスチャンは自分の足もとに視線を落とした。考えてみるに、ゆうべのことはあまりよく覚えていない。

「そうなのか。それじゃきっとひどく酔っぱらっていたんだな」

ダラムが息を鋭く吐きだした。「なんなんだよ、シャーヴォー……まさか、なにも覚えてないのか？」

クリスチャンはかすかに頭を振った。そんなに飲みすぎた気はしない。というか、記憶自体があまり残ってない。ただ頭痛がして、片手は……妙な感じがするだけだ。

「なんともはや」ダラムは言って、椅子に座った。「下手を打ったな」

「そんなことはどうでもいい」クリスチャンは鼻筋を指で押さえた。「あっちは明日の朝がいいと言ってるのか？　明日とはまた、急すぎるな」

「いつならいい？」

「明日の夜、学会で論文を発表することになっているんだ。だから、それが終わってからなら」

「論文って？」フェインが訊きかえす。

「数学の論文だよ」

大佐はじっとこちらを見つめるばかりだった。

「論文だよ、フェイン」クリスチャンは辛抱強く言った。「重要なメッセージが書き連ねられた書類のことだ。軍人だって、書類くらいは読むだろう？」

「たまには」フェインが答える。

「シェヴの頭脳はアイザック・ニュートン並みだからな」ダラムは椅子の背にふんぞりかえり、脚を組んだ。「もっとも、おまえ自身は少しも彼と張りあおうなんて思っていないようだが。それにしても厄介なことになったな、シャーヴォー」

「そのようだ」クリスチャンは言った。左手でデヴィルの喉をやさしく撫でながら、ため息をつく。「しかも、今さっき、彼女に蘭の花まで贈ってしまった」


ベルグレイヴ・スクエアに立つ白く優美なタウンハウスを見て、マディーは軽いいらだちを覚えた。ジャーヴォークス公爵にまつわるすべてが彼女をいらだたせる。フレンド派（クエーカー教というのは一般的な俗称で、会員自身はフレンド派、もしくはキリスト友会と自称している）の家庭に生まれ育った者としては、彼のように高貴な身分でありながらダンスや賭博《とばく》や悪い遊びに興じて身を持ち崩している人に対して〝憂慮〟を覚えるのが当然なのに、彼女の〝神聖な内なる光〟は正直言って、彼の心のありようにはさほど関心を抱いていないようだった。現実にはむしろ、彼には反感を抱くばかり。これまでどおり普通の暮らしを送っていたら、彼のことなんておそらく気にもとめなかっただろう。実際マディーは、ジャーヴォークス公爵という名前すら、どこかで読んだことも聞いたこともなかったほどだ。どういうわけか彼がロンドン解析協会の機関誌に寄稿しはじめ、チェルシーにあるティムズ家の小さな家のなかで、目には見えなくとも大きな位置を占めるようになるまでは。

マディーはいつもその協会機関誌を隅から隅まで父に読み聞かせてやっていて、そしてもちろん父の代書役として、父が発表した五次方程式の解法に関する研究論文に公開質問状を送ってきた公爵宛《あて》の返信もしたためた。あれは一月のことだった。もうじき六月になろうとしている今、窓辺の植木箱ではスイートピーや遅咲きのチューリップが花開いて、淡い色の壁に真っ赤な彩りを添えるようになり、マディーは足繁《しげ》くベルグレイヴ・スクエアを訪問するようになっていた。

といっても、ジャーヴォークス公爵本人と直接顔を合わせるわけではない。いまだにマディーはただの一度も、彼の姿を見かけたことすらなかった。公爵ともあろうお方は、彼女のように身分のない質素で慎《つつ》ましやかなクエーカー教徒の女性をじきじきに出迎えたり、解析協会の会合の席にみずから足を運んだりはしないからだ。そんなことより、もっと貴族的でいかがわしい時間の過ごし方があるのだろう。アーキメデア・ティムズは父の最新の研究を彼女が代筆してまとめた論文を携え、格調高い屋敷を訪ねて、執事のカルヴィンに書類を手渡すだけだ。執事はいつも彼女を朝食室の横の小部屋に案内し、チョコレートを運んできてから、父親から公爵へ宛《あ》てた丁寧な質問や要望の記された書状を受けとって消えてしまう。ときにはそのまま三時間半以上も放っておかれることもあった。そしてようやく、さまざまな文字や数字や曲線が記された小さなメモか便箋《びんせん》を数枚持って戻ってくる。独特な筆跡で走り書きされたそれらのメモは、数学的正確性よりも芸術性を追究しているかのように思えた。

だがそれよりも執事は、公爵が担当することになっている部分の論文は明日までに準備しておく、という口約束だけを持って戻ってくることのほうが多かった。翌日マディーがあらためて訪ねていっても、約束は一日、また一日と延期されていくばかり。彼女は今にも堪忍袋の緒が切れそうだった。なのに父親のほうは、はっきり口にこそ出さないものの、公爵との共同研究の内容に内心とても興奮している様子なので、なおさら始末が悪い。父にとって数学は人生のすべてであり、反駁《はんばく》の余地のない完璧な定理の証明は自分の全存在をかけた究極の目標だった――偉業を達成して名声を得たいわけでもなんでもなく、純粋に学問を愛しているからこそ。父は公爵を奇跡と呼び、自分の人生と幾何学の世界、さらにはこの広い地上にもたらされたすばらしき神の恵みだと思いこんでいる。だから、公爵の一方的でわがままな態度に振りまわされても、文句ひとつ言わずにじっと耐えている。

正直言ってマディーは、もしかしたら自分は少し妬《や》いているのではないかと思うこともあった。新しい数式や定理の記された公爵の論文の下書きを彼女が持って戻るたびに、父の顔がぱっと輝くからだ。書類をマディーが音読してあげると、画期的なひらめきに基づく発見や巧妙な技を駆使した計算に、父は驚いた表情を見せ、それから深くうなずきつつ顔をほころばせる。父がそれだけ喜んでいるのなら、はたからとやかく言うわけにもいかない。たとえ、果てしない数字や記号の羅列が、彼女にはいちおう読めて発音もできるけれど今ひとつ理解できない外国語のようにしか感じられなくとも。世の中には、単純にそういうふうに生まれついた人もいる、ということだ。あいにくマディーは、父がわざわざアルキメデスから名前をとって名づけてくれたにもかかわらず、そちら側の人間ではなかった。

だが、ジャーヴォークス公爵は明らかにそちら側の人間だ。

しかも彼は、放埒《ほうらつ》で、向こう見ずで、浪費家で、好色で、賭博好きで、女たらしで、公爵《デューク》と芸術家——画家や音楽家や小説家など——のパトロンでもある。ゴシップ紙では公爵とジャーヴォークスの頭文字をとって〝Dオヴ J〟と呼ばれ、さまざまな浮き名を流している。

とにかく公爵の人となりをもっとよく調べてみなければ、とマディーは心に決めていた。放蕩者《ほうとう》というレッテル以上の評判が聞けるかどうかは怪しいけれど。

父にとっては、たとえ相手が牛飼いであろうと、少しも変わりはないのだろう。重要なのは才能だけだ。けれどもジャーヴォークスは公爵であり、その事実はマディーのほうが父よりもはるかにしょっちゅう実感させられていた——正確に言えば、ジャーヴォークス家の豪邸で朝食室の横の小部屋に通されて待たされるたびに。公爵は二カ月前に論文を共同で執筆しようという約束を父と交わし、解析協会の月例会議でも発表の予告までさせておきながら、論文の最後を締めくくるもっとも重要な計算をほっぽりだしたままで、すべてを忘れてしまったかのようだ。

せめて、本当に忘れているだけであってくれればいいけれど。もしかしたら父は公爵にからかわれているだけなのではないかという不安が、マディーの心につきまとっていた。彼女にとって最悪の悪夢は、公爵が解析協会の会合にろくでもない取り巻き、すなわち、酔っぱらいとか身持ちの悪い女とかを引き連れて現れ、父や協会の会員たちを笑い物にすることだ。

公爵がそんなことをすると決めつける明確な根拠はないものの、もしも公爵が今度の会議をすっぽかしでもしたら、父は数学者仲間の前で恥をかかされ、ひどく傷ついて落胆するはめになるだろう。それもこれも、怠け者の貴族さまの道楽につきあわされたせいで。公爵にとっては単なる暇つぶしでも、父にとっては命の源なのに。

マディーは父からの丁寧な書状と、今日こそ公爵からきちんとした返答をもらって帰るという強い決意を持って、白いタウンハウスの玄関ポーチへと近づいていった。フレンド派の集会《ミーティング》で沈黙を破って立ちあがり、みんなの前で話しだすだけの大胆さを自分のなかに見いだしたことはまだないけれど、相手が公爵だからといってひるむ気持ちは少しもない。面と向かって話をしたことはなかった。人はみな神の前に平等だという信仰に基づき、公爵の人としてのいたらなさを目の前で冷静に語って聞かせてやることは公爵本人のためになるかもしれない、とさえ思っていた。

だが、ドアを開けてくれたカルヴィンはにこやかな表情でマディーをなかへ招き入れると、すぐさま玄関ホールのテーブルから革製の薄い書類鞄《かばん》をとって、差しだした。

「公爵閣下より、こちらのミスター・ティムズ宛の書類をミス・アーキメデア・ティムズにお渡しするよう、言いつかっております。明日の晩の解析協会の会議にはサー・チャールズ・ミルナーとともに出席すると、あなたさまからミスター・ティムズにお伝えいただきますように。それと、そのときお目にかかれるのを楽しみにしております、と」

マディーは差しだされた鞄を受けとった。「まあ」彼女は言った。「それじゃ、論文はついに完成したんですね」

彼女が驚きの表情を見せてもカルヴィンは顔色ひとつ変えず、頭を軽く傾けて、朝食室のほうへと促した。「チョコレートでもいかがですか?」

「チョコレート?」マディーは考えをまとめようとした。「いえ。あまり長居はできませんので。一刻も早くこれを父に届けてやらないといけませんから」

「さようですか」

あまりにも予想外で好き放題の公爵のやり方にマディーは呆然《ぼうぜん》とし、喜ぶよりもむしろ腹が立った。みんなをやきもきさせるだけさせておいて、いよいよとなったらミルナー会長の名前を出し、ぎりぎり最後の瞬間にやっと間に合うように論文を仕上げるだけで、終わりよければすべてよしとでも思っているなら、とんでもない男だ。

「ひとこと言っておきますけれど」マディーは公爵に会ったらこう言ってやろうと考えていたとおりの、きっぱりした口調で告げた。「この論文を仕上げるにあたって、ジャーヴォークスが充分に準備を整えたことを祈るばかりです。今となっては、父がこの論文を読んだうえでさらに助言を送るだけの時間は残されていませんから」

カルヴィンは柔和な表情を崩さなかった。「公爵閣下はミスター・ティムズにさらなる助言をあおぎたいとは、ひとこともおっしゃっておられませんでした」いつものように執事は〝閣下〟という敬称をことさら強調して言った。彼の主人を敬称つきの爵位で呼ばず、あえて呼び捨てにするマディーに、明らかに不満を抱いているのだろう。だが、彼女はそんなことなどいっこうに気にしていなかった。それどころか、もしも彼の家名を知ってさえいたら、領地名ではなく家名を呼び捨てにしてもいいくらいだ。虚礼を嫌うクエーカー教徒なら、誰もがそうするように。

マディーはその場から動こうとせず、スカートの下で音を立てずに足を床に打ちつけた。「彼と会わせていただけませんか？」

「あいにくですが、閣下はただ今留守にしておりまして」

マディーはさらに強く足で床を蹴《け》った。「それは残念です。そういうことでしたら、父からの感謝の言葉をお伝えください」彼女は書類鞄を小脇に抱え、くるりと背を向けて石段をおりていった。

クリスチャンはベッドに横たわり、ひどい臭いのする樟脳《しょうのう》を染みこませた布を目もとにあてていた。カルヴィンがドアを軽くノックする音が聞こえると、うなり声で応《こた》えた。

「先ほどミス・アーキメデア・ティムズがお見えになったので、例の書類をお渡ししておきました、閣下」

「そうか」

一瞬、沈黙が訪れた。「お医者さまをお呼びになるのでしたら、十五分も経たないうちにすぐに飛んできてくれますよ」カルヴィンが言った。「その必要があれば、ですが」

「やぶ医者なんか必要ないよ。こうしていればそのうち治る」クリスチャンは痛みをこらえながら言った。

執事はわかりましたと言うように低くつぶやき、静かにドアを閉めた。クリスチャンはツーンと臭う布きれを顔から剝《は》ぎとり、床に投げ捨てた。そして片腕で両目を押さえ、頭をのけぞらせる。こんなことではサザーランドと相まみえる前に、いまいましい頭痛のせいで死んでしまうかもしれない。

2

第三日《サード・デイ》（クエーカー用語でいう火曜日のこと）の夜に開かれた解析協会の会議は、終わってみれば大成功だった。ティムズ親子にとって、その日は午後の早い時間から始まった。アッパー・チェイニー・ロウにある彼らの質素な家へ、突然立派なお仕着せに身を包んだ従僕《フットマン》が訪ねてきて、ひと目でジャーヴォークス公爵のものとわかる癖のある字で書かれた短い手紙を差しだしたからだ。その手紙には〝もし差しつかえなければミスター・ティムズをご自宅から会議場までお送りするために、午後八時半に馬車を一台差し向けたい〟と書かれていた。さらに〝会議のあとはベルグレイヴ・スクエアにてサー・チャールズ・ミルナーと遅い夕食をともにしたいと思っておりますので、ミスター・ティムズとお嬢さまにもぜひご一緒していただきたい、食事のあとは自分の馬車でおふたりを無事にご自宅までお届けします〟とも記されていた。

「お父さん！」マディーはパーラーのドアの外で待っているフットマンに聞こえないよう、声を押し殺しながら叫んだ。「だめよ、絶対！」

「だめかい？」父が訊いた。「だとすると、会議に出ること自体もあきらめないといけなくなるな。ジャーヴォークスと食事することを拒むだけのまともな理由など、考えられるはずもない」

マディーはかすかに顔を赤らめた。「どうせくだらない自慢話につきあわされるだけだもの。彼はろくでもない人よ。お父さんが彼の学問的才能に敬意を抱いているのは知ってるけれど、あの人の道徳観ときたら……どうしようもないわ！」

「そうかもしれない」父がしぶしぶ言う。「だが、われわれに彼を責めることができるのかね？」

「責めたいと思っているのはわたしたちだけじゃないはずよ」マディーは公爵からの手紙を暖炉に目がけて指ではじき飛ばした。上質で重い紙は暖炉の火のなかまで届かず、真鍮《しんちゅう》製の囲いにあたって手前に落ちた。「それに、彼を責めたりするつもりはないわ。ただ、あの人とあまりかかわりを持ちたくないだけよ！」

父は手紙の落ちる音がしたほうを向き、それからふたたび娘に耳を傾けた。「たったひと晩のことじゃないか」

「だったら、お父さんだけおつきあいなさればいいわ。わたしは会議が終わり次第、家に戻らせてもらいます」

「マディー？」父はわずかに眉根を寄せた。「もしかしておまえ、彼のことが怖いのかと」


「とんでもない！　どうしてわたしが怖がったりしなきゃならないの？」

「いや、ただ、もしかしたら……まさか彼になにかひどいことでもされたのではないかね？」

マディーはかすかに鼻をふんと鳴らした。「ええ、されたわ！　いまいましい朝食室の横の小部屋で何時間も延々と待たされたりね。おかげで、あの部屋の壁紙はどんなふうか、お父さんに細かく説明することだってできるくらいよ。白地に緑の格子模様で、それぞれの格子の真ん中にハイビスカスの花が描《か》かれているの。花びらは十六枚で、葉っぱは三枚、中央の部分は黄色」

父の眉間《みけん》のしわが消えた。「てっきり彼になにか言われたのかと思ったよ」

「なにも言われてなんかいないわ、だって一度も会ったことがないんですもの。でもね、彼は貴族階級のなかでも最低の部類の人であることは間違いないわ。不道徳な放蕩者で、おまけに不信心で。わたしたちのような庶民が彼みたいな人とお食事なんかしたって仕方ないでしょう」

しばらくのあいだ、父はじっと黙っていた。それからおもむろに眉をあげ、少し悲しげに言う。「だが、わたしはおまえにも一緒に来てほしいんだよ、マディー」

父はYの字が書かれた木の駒を、赤い布の上でもてあそんでいた。父の手もとのオイルランプには火が入っておらず、外は曇っていておまけに窓は北向きなので午後の日差しもなく薄暗いけれど、明かりがなくても父には関係ない。

マディーは両手を組み、その上に顎を載せた。「もう、お父さんったら！」

「そんなに気にするほどのことではないだろう、マディー・ガール？」

彼女はため息をついた。それ以上はなにも言わず、ドアを開けて、外で待っていたフットマンに公爵からの食事への招待をお受けしますと告げる。

不満を押し隠すために、マディーは父を残して二階へあがり、父の会議用のコートとシャツ、そしてひげ剃《そ》り道具も用意した。それから自分のクローゼットへと足を向ける。ジャーヴォークスからの手紙が届く前は、特別な機会のためにとってあったグレーのシルクの服を着ていこうと考えていた。でも今は、貴族さまと食事をともにすることなど別に珍しくもなんともないと見せつけてやるために慣れたふうを装って着飾っていくべきか、それとも、ベルグレイヴ・スクエアでのごちそうなんかに少しも興味はないとアピールするためにわざとみすぼらしい格好で行くべきかと、心のなかに邪悪な念が渦巻いていた。

放蕩者の貴族さまにおつきあいするにはどういう服装で行けばいいかという問題に加えて、マディー自身の手持ちの服には限りがあるという現実的な問題もあった。クローゼットに並んでいるのは暗くて地味な色合いの服ばかりだ。〝飾らない服装《プレーン・ドレス》〟と

"飾らないしゃべり方"を重んずるフレンド派のなかでも、ティムズ一家は質素なほうだった。光沢のあるスチールグレーの生地に白いコットンの幅広の襟がついたシルクドレスが、マディーのワードローブのなかではいちばん派手な部類だ。いかにも敬虔《けいけん》なキリスト者が好みそうなおとなしいデザインで、流行遅れのハイウエストの切りかえのドレスは、誰が見てもせいぜいクエーカー教徒の女性が数年前に買った普段着にしか見えない。

マディーは黒いドレスに目を向けた。看護の仕事や買い物に出かけるときなどに着る服だ。まあまあ品のいい、きちんとした服ではあるけれど、肘のあたりの生地が明らかにくたびれていた。父の付き添いとして協会の正式な会議の場へ着ていくには失礼すぎる。

結局、シルクのドレスに決めた。ただし、あまりにも身勝手な公爵に対する個人的な不服を表するために、白い襟はあえて外して、シンプルなVネックにしてしまう。この家に姿見はないけれど、なんの飾りもないドレスを目の前に掲げてみて、マディーは満足した。これならば充分にきちんとして見えるだろう。

髪をどうするかというのが、さらなる難問だった。いつもかぶっている糊《のり》を利かせたボンネット帽は、この手の席にかぶっていくにはあまりにも普通で地味すぎる。結婚を機にフレンド派に入信して実家から縁を切られてしまった母にとって、信仰はなにより大切なものであり、その考え方や生活態度は今も娘に多大な影響を与えていた。でも、数学の会議という特別な席では、それなりの身だしなみが要求されるはずだ、とマディーは思っていた。

三つ編みにしてまとめてある髪をいったんほどいて、結いなおすことにした。生まれてから一度も切ったことがない髪に櫛《くし》を通すのは決して楽な作業ではなかったけれど。髪を長くのばすのは、世俗的なことを嫌った母にとって、そして今ではマディーにとっても、唯一と言っていいお洒落だった。おろすと膝の後ろあたりまで来る髪を丁寧にとかしてから、ふたたび長い三つ編みにして、頭の上でひとつにとめる。そこでふと思いつき、引き出しのいちばん下の段にしまってあった小さな箱を捜しあて、母からもらった真珠のネックレスをとりだした。

首のまわりにこれ見よがしに宝飾品をつけるだけの勇気は出なかったけれど、頭の上で丸くまとめた髪にためしにその真珠を巻いてみたら、ちょうどぴったりの長さだった。この程度なら、あまり目立つこともなさそうだ。

父の支度が整っているかどうか確かめようと、マディーは八時十五分ごろ階下へおりていった。するとなぜか、頭につけた真珠がばかみたいに見えるのではないかと、突然不安になった。おかしくないかと尋ねたくても、この家には父とジェラルディーンしかいない。ふたりとも、適切なアドバイスを求めるには頼りない存在だった。マディーは銀のティーポットを目の前に掲げ、その丸いボディーに自分の姿を映してみようとしたが、うまくいかなかった。そのとき、父がゆっくりと階段をおりてくる音が聞こえてきた。

と同時に、ドアをこんこんとノックする音がする。マディーは慌ててキッチンへ続く階段の戸口へと走り、ジェラルディーンを呼んだ――大家さんが今日の午後までには修理させると約束してくれたにもかかわらず、呼び鈴はいまだに直っていない。ひとりで無事に階段をおりてきた父は、迎えに来たフットマンにかしずかれて、真っ黒でぴかぴかの町乗り用馬車に乗りこんだ――馬車の扉にひとつだけ、青地に白いフェニックスと金色の百合《ゆり》をあしらった紋章が描かれている。その様子を見守っていたマディーの前にやがてフットマンが戻ってきて、うやうやしくお辞儀をしてから片手を差しだした。彼女としては、おとなしくその手をとるほかなかった。

アルベマール・ストリートにある王立研究所の講義室は、クッションつきのベンチが階段状に並んでいる半円形の聴講席に九百名が収容できる大きさで、解析協会の会合で満杯になることはめったにない。協会がおもに扱う純正数学の研究に興味を持ち、しかもその内容を理解できる聴講者は、熱心ではあっても数はさほど多くなく、中央の演台付近の前から四列めあたりまでに固まって座っている。そのため、講義室はやけにがらんとしていて薄暗く感じられるのが普通だった。

しかし、馬車がアルベマール・ストリートを走っていくにつれて、研究所の前の歩道に大勢の紳士が集まっているのが見えてきた。もしかしたら彼らは別の会合と日にちを間違えているのではないかしら、とマディーは思った――が、丸々と太ったミルナー会長本人がにこやかな笑顔で馬車に近づいてきて、みずから扉を開けて父に手を貸し、歩道へと降ろしてくれた。マディーがふたりのあとを追っていくと、歩道や階段に集まっていた紳士たちは次々と帽子を掲げて会釈しながら、三人のために道を空けてくれた。

「では、ミスター・ティムズ！　まずは図書室に顔を出すとしましょう」フレンド・ミルナーが父に声をかけながら、建物の玄関ホールへと導いてくれる。「公爵がお待ちですからな。おふたりに会えるのをとても楽しみにしてらっしゃいますよ」

マディーは鼻を鳴らしたかったが、なんとか我慢した。公爵が本気でそんなふうに感じているとは思えない。人でごったがえすホールに足を踏み入れたとたん、彼女はふたりを見失った。混雑しているクロークルームの前でためらっていると、協会の会合で顔を合わせたことのある礼儀正しい紳士が近寄ってきて、マントを脱がせてくれた。

「今日はどうしてこんなに大勢の方がお見えなんですか？」マディーは声をひそめて彼に尋ねた。

「数学好きの公爵とやらを一度この目で拝みたいってことでしょう」

マディーは一瞬、顔をしかめた。「それって、芸のできる豚を見たいっていうのと同じようなことかしら？」

紳士はけらけら笑いながら彼女の手をとった。「ミスター・ティムズによろしくお伝えください。今日の講義、楽しみにしていますよ」

マディーはうなずき、その場を離れた。まったく、ジャーヴォークスのやりそうなことだ。すべてをお祭り騒ぎにしてしまうなんて。こうなることを予想しておくべきだった。気の毒な父は、いい物笑いの種にされてしまうかもしれない。

図書室の閉じたドアの前で立ちどまり、髪につけてきた真珠は変じゃないかしら、とマディーは思った。とくに誰も妙な目で見たりはしてこないようだけれど。彼女は三つ編みにして結いあげてある髪に手をふれて、ほどけたり崩れたりしていないかどうか確かめた。

まだきちんとまとまっているようだ。こんな格好をしていたら、さも愚かで常識外れなオールド・ミスに見えるのではないだろうか。だとしても、それはそのとおりなのだろうけれど――クエーカー教徒というだけで風変わりと見なされるのに、きっちり結いあげた頭にこれ見よがしに真珠なんかつけているなんて。そう考えると、自分で自分のことが笑えてきた。こんな姿で放蕩者の公爵に会ったら、いったいなんと思われることか！
まあ――なるようになれ、だわ。せいぜいショックを与えてやればいい。彼はおそらく、アーキメデア・ティムズのような人間と食事をともにしたことなんて、ただの一度もないだろう。唇の端にかすかな笑みをたたえて、マディーは図書室のドアを開けた。

薄暗い部屋の奥のほうのテーブルに、山の部分が低くてつばの広い帽子をかぶった父が座っていた。テーブルを広く使えるように、今日の新聞は脇に寄せられている。ミルナー会長の姿は見えなかった。キャンドルの明かりが届く範囲に座っているもうひとりの男性は、第一日学校《ファースト・デイ・スクール》（日曜学校のこと）でマディーが教えている生徒たちみたいに、テーブルに覆いかぶさるようにして熱心に書類を読みふけっている。両肘を広げているせいで、広い肩を覆っているミッドナイトブルーのイヴニングコートの縫い目がはちきれそうになっていた。彼女がそちらへ近づいていくと、男性は黒い髪を片手でいまいましげにかきあげた――そのしぐさはまるで、狭苦しい屋根裏部屋で芸術作品を生みだそうともがき苦しんでいる詩人のように見えた。

マディーがそばまでたどり着く前に、男性は突然ペンを投げだし、素早く彼女の前に立ちはだかった。自分が読んでいたものを見られたくないかのように。

彼はマディーを一瞬見つめ、すぐに笑みを浮かべた。

勉強熱心な生徒、あるいは情熱的な詩人、といった面影は一瞬にして消え失せ、洗練された優雅さにすべてが包みこまれる。「ミス・ティムズ」彼はいかにも公爵らしくそう言った――ほんのわずかだけ会釈しつつ、落ち着いた口調で。少し黒みがかったブルーの瞳に、まっすぐで力強い鼻筋、品のいい仕立ての服に、育ちのよさがうかがえる物腰。けれども、完璧に磨きあげられた紳士らしい外見とは裏腹に、彼はなぜか、完全無欠な海賊を思わせた。

まさに想像どおりの人だ――あれだけ放埒な生活を送っているはずの人にしては、肉体的には思っていたほどの衰えは見えないけれど。彼はとにかく生気に満ちあふれていて、自堕落で退廃的な雰囲気など微塵《みじん》も感じさせなかった――がっしりしていてごついその体には、やわなところがかけらもない。そんな彼の隣にいると、父はいかにも生白くて、今にも霧となってすうっと消えてしまいそうな気がした。

「これが娘のアーキメデアです」父が言った。「マディー、こちらがシャーヴォー公爵だ」

父はその名を、これまでわが家で呼び習わしていたのとはまったく違う言い方で口にした――頭の子音は〝J〟ではなく〝SH〟の音で、最後の部分の〝X〟はあえて発音しないのが正しい発音らしい。マディーは自分がひどい田舎者になったような気がした。これまでにいったい何度、彼の執事に向かって間違った発音をくりかえしてきたかを思うと、恥ずかしくてたまらなかった。せめて、シャーヴォー本人とこうして顔を合わせる前に、フレンド・ミルナーがそのことを教えておいてくれたらよかったのに。

マディーは、かしこまってお辞儀をしたりうやうやしく頭をさげたりする代わりに、対等な人間同士がするように握手を求めて片手を差しだした。彼女はこれまで〝グッド・イヴニング〟という気軽な挨拶《あいさつ》の言葉さえなるべく口にしないように育てられてきた。つらい一日を送った人に向かって〝よい一日を〟と祈ることは、神と真実に対する冒瀆《ぼうとく》にあたる。だからマディーは、お目にかかれて光栄です、という言葉も口にはできなかった。そういうへりくだった言いまわしもまた、真実ではないからだ。そこで彼女はとりあえず、どんな相手と会ったときにも使う〝フレンド〟という言葉で呼びかけるだけにした。

公爵からの挨拶は、そう簡単なものではなかった。「こうしてお会いすることができて心よりうれしく思いますよ、マドモアゼル」彼はマディーの手をとって軽く持ちあげ、目を伏せてから、手を放した。「ミス・アーキメデアには、いずれきちんと謝罪させていただかなくては、と思っていたんです。せっかくわが家をお訪ねくださったのに、何時間も無駄にお待たせするようなことになってしまって。実を申しますと、ここ二日ほど、ひどい頭痛に悩まされていましてね」

それまで何日も待ちぼうけを食わせたことについては、いったいどう言い訳するつもりかしら。マディーは内心いぶかっていたが、父はこう言っただけだった。「もうすっかりよくなられたのならいいが」本心から相手の身を案じているのが声ににじみでていた。父はいつでも真実しか口にしない人だから、公爵の言うこともちろん素直に信じてしまう。

「かなりよくなりました」公爵はにやりと笑って、マディーにウインクを投げてきた。まるで、ふたりが秘密を分かちあっているかのように。「ミス・アーキメデアは疑っておられたようですが」

父も笑みを浮かべた。「ええ、この娘ときたら、あなたがわたしに二度と表を歩けなくなるほどの大恥をかかせるんじゃないかと、それはそれは恐れていましてね」

「お父さん！」

そのとき、ミルナー会長がドアを軽くノックしてから入ってきて、大きく広げた腕をぶんぶん振りながら近づいてきた。「ミス・ティムズ、ミスター・ティムズ――そろそろお時間ですよ。どうぞあちらのお席へ。おふたりが着席なさったら、まずはわたしと公爵とが壇上にあがりますから」

「ミス・ティムズ、ちょっと――」公爵は、父のほうへ行きかけたマディーの腕をつかんだ。「いいかな……」そう言って、彼女の瞳をのぞきこむ。

この人はきっといつもこんな表情で女性を口説いているのだろう。マディーはすぐにぴんと来た。今年で二十八歳にもなるのに、これまでたったの一度しか男性に言い寄られたことはないけれど――交際を申しこんできたのは一般開業医の男性で、彼女に断られて落ちこんでいたと思ったらいつのまにかジェーン・ハットンという女性と婚約し、その後半年ほどでフレンド派のミーティングにも姿を見せなくなった――そんな奥手のマディーにさえ、それとなく誘いかけてくるようなこの強いまなざしの持つ魔力を見分けることはできた。

だからこそ、彼が数枚の紙を差しだして、自分が講義をするときここに書いてある数式を黒板に書き写してくれないかと頼んできたとき、マディーはすっかり拍子抜けしてしまった。彼女はその紙を見つめた。「ご自分でお書きにならないの？　黒板は演台のすぐ後ろにあるんでしょう？　講義をする人はたいてい自分で――」

「ぼくは書かない」彼はきっぱりと言った。

「さあさあ、早くこちらへ」ミルナー会長がドアを開けて待っている。その奥の講義室のほうから、人々の低いざわめきが聞こえてきた。「では、四人そろって出ていくとしましょう。よろしいかな、ミスター・ティムズ？」

父の腕に手を添えて講義室へと導き、壇上にしつらえられた座席に座らせてくれたのは、ほかならぬシャーヴォー自身だった。ミルナー会長がマディーを手招きして、硬い背もたれのついた椅子へ座るように促す。公爵もすぐさま彼女のあとに続き、下が空洞になっている木製の台の上でふたりの足音がカツカツと響いた。彼は椅子にさりげなく手を添えてマディーを座らせてから、イヴニングコートの裾《すそ》を優雅に後ろへさっとはねて、彼女の隣に腰をおろした。

広い講義室が静まりかえるなか、ミルナー会長が演台に着いて小さなガスランプを灯《とも》し、軽く咳《せき》払いをする。マディーは聴講者たちの顔を見渡した。真っ黒な背景に、白い襟に縁どられた人々の顔だけが浮かびあがっている。解析協会の会合やフレンド派のミーティングには何度も出席しているけれど、いつもは父のそばについて後ろのほうのベンチ席に控えめに座っているだけなので、こんなふうに壇上にあがるのは初めてだった。ましてや、こんなに大勢の聴衆の前に座らされるなんて。みんなが注目しているのはわたしではなくて会長のほうだと、マディーは自分に言い聞かせた。とはいえ、人の心や目は移ろいやすいものだ。ミルナー会長が会議開始の宣言をしたのち、父のことを共同執筆者として紹介しはじめると、最前列に陣どっている紳士たちのうち何人かは、会長の後ろに控えているふたりのほうへちらちらと視線をさまよわせはじめた。彼女を見ているのか公爵を見ているのかはわからない。けれどもマディーは、地味なシルクドレスと真珠を身につけている自分がじろじろ見られている気がして仕方なかった。

それに引き換え、隣に座っているシャーヴォーは実に大きくて堂々としているように見える。ミッドナイトブルーの服に身を包み、白い手袋をはめた両手は腿の上できちんと組んでいて、落ち着きなくぶるぶると震えたりはしていない。それを見てマディーは、手の指をぎゅっと握ったり開いたりしていたのをやめた。彼はとても自信にあふれていて、いくら自分に注目が集まろうといっこうに気にしていないように見えた。ミルナー会長は公爵を正式に紹介し、今宵《こよい》ロンドン解析協会に集まった一同を代表して、このように高貴なお方のご臨席をたまわりご講義いただけることへの感謝の意を表した。シャーヴォー公爵、ラングランド伯爵、グレイド子爵、クリスチャン・リチャード・ニコラス・フランシス・ラングランド閣下。

公爵は立ちあがって拍手に応えた。先ほどマディーに書類を手渡したので、メモなどはいっさい持っていない。彼は聞き心地のいいゆったりした声で話しはじめた。この講義を、尊敬すべき博学な亡き恩師のミスター・ピープルズに捧《ささ》げると前置きしたうえ、恩師の業績を称《たた》え、生徒たちからもつねに敬愛され慕われていたことを紹介したのち、恩師にまつわる愉快なエピソードなどを話して聴衆をどっとわかせた。マディーの父さえも。

そうやってみんなを笑わせてから、公爵は彼女のほうを振り向いてうなずいた。マディーは勢いよく立ちあがり、白墨をつかむと、大きな黒板を埋めはじめた。公爵の手書き文字なら何度も目にしてはいるけれど、どんなに調子のいいときでもすら すら読み解くのは難しい。彼女は決して間違えないように全神経を集中させながら、数式や図形やグラフを書き写していった。父の仕事につきあって何時間も過ごしてきたおかげで、話の流れについていくのはけっこう得意なほうだった。シャーヴォーが今なにを話しているかに耳を傾け、ある程度の区切りがついたところで次の数式へと進み、黒板が埋まりかけたら古いものから順に消していく。それでも一度だけ、今どのあたりまで進んでいるのかわからなくなってしまい、シャーヴォーがこちらを振りかえって先を促した。マディーは急いで黒板の数式を五つ消して、次のページの上半分を書き写した。

最後のページにたどり着くころには、黒板のほうが先を行っていた。公爵はまだ何段階か前の部分の証明について説明していたのだが、マディーはいちばん最後の式のゼロとrのあいだに積分記号を書き終え、ようやくほっとして椅子に腰をおろした。するとなぜか聴講者たちがざわめきはじめる。シャーヴォーはまだ話しつづけていた。紳士たちは、ひとり、またひとりと立ちあがり、それから、ふたり、三人、五人と増えていった。みんな黒板をじっと見つめている。

そのなかの誰かが拍手をしはじめた。ほかの人たちも次々とそれに続く。拍手はどんどん大きくなっていき、やがて場内割れんばかりになった。

公爵は説明を終えた。轟《とどろ》くような拍手のなか、マディーのほうをちらりと振りかえって笑いかけてから、壇上の父のほうへ近づいていこうとする――そのときにはすでに、ミルナー会長が父を中央へとエスコートしていた。

拍手喝采《かっさい》はさらに大きくなり、紳士たちが足まで踏み鳴らしはじめたせいで、会場全体が揺れている。マディーは立ちあがり、うれしさのあまり父の手をとってぎゅっと握りしめた。父は彼女の手の甲をぽんぽんと叩き、口もとにぎこちない笑みを浮かべて興奮ぎみに顔を輝かせていた。こんな表情の父を見るのは、六年前に母を亡くして以来初めてのことだ。

純粋なエネルギーがふたりのまわりで渦巻き、空気を震わせていた。シャーヴォーは父の手をとって、がっちりと握手した。父がその手を放そうとしないので、公爵は少し面はゆそうにしながら、わずかにうつむく。あんな人にも恥ずかしいという感情はあるんだ、とマディーは思った。ほんの一瞬、彼のことが、無邪気で不器用でなにかに夢中な少年のように見える――でもすぐに彼は、女性の扱いにはいかにも慣れている大人の男性のように、マディーのほうを向いて彼女の手をとり、瞳をじっとのぞきこんできた。

彼は耳もとに顔を寄せ、サンダルウッドの香りがほのかに漂う吐息とぬくもりが感じられるくらい近づいてくる。「いかがかな、ミス・アーキメデア?」にぎやかな歓声のなかでもかろうじて聞きとれるくらいの声で言った。マディーは一歩さがって、手を引っこめた。「わたしたち、いったいなにをしたの?」

「きみたちがなにをしたかって?」ミルナー会長が大声で言った。「たった今、ユークリッド幾何学を超える証明をしたんだ! 平行線公準の矛盾を証明してみせたんだよ! 新たなる世界の幕開けだ! もしもこれが、見かけどおりの完璧な理論であれば――」会長は父と公爵の背中をばしんと叩き、やんやの喝采のなかで叫んだ。「きみたちふたりは天才だよ! まさに天才だ!」

「すべてあなたのお手柄ですよ、フレンド」父はまたしてもそうくりかえした。マディーがひそかに数えていたところによれば、これでもう七回めだ。「まことにもってすばらしい」

シャーヴォーは首を振りながら、ワインを口に含んだ。「いやいや、とんでもない、ミスター・ティムズ」いたずらっぽく微笑《ほほえ》みながら言う。「これからいちばん大変な部分を担当してくださるのはあなたのほうだ。われわれの共同研究の成果をひとつの論文にまとめて出版するという大仕事をね」

四人は、張り出し窓から外の暗い広場を見渡せるようになっているすてきな居心地のいい部屋で、円いテーブルを囲んでいた。公爵の家に来てこんな奥まで入ったのは初めてだ。青いチンツ地のカーテンや安楽椅子がマディーを驚かせた。まだ独身の男性なのにこんなにあたたかい家庭的な雰囲気の部屋をつくれるなんて。

でも、食事が終わってテーブルの上も片づけられたあと、椅子を引いてゆったりと脚をのばし、ぞんざいにワイングラスを揺らしているさまは、まさに独身貴族そのものだった。マディーは椅子にきちんと座ったまま、それとなくちらちらと視線を走らせて部屋の様子を探っていた。

父は上気した顔を満足そうにほころばせていて、若干うわのそらだった。今夜の大成功がいまだに信じられない気分なのだろう。魚とアスパラガスのすばらしくおいしい創作料理を食べていたとき、シャーヴォー公爵がさりげなく父に尋ねた。公爵と彼の政治仲間が新設しようと準備している大学で数学を教えてみる気はないか、と。その大学では教職員を採用するにあたって宗教にまつわる審査はなく、近代的な学問知識を学生に教育することへの意欲さえあればいいという。

公爵がそういう尊い目標のある計画を支援しているとは意外だった。だが、数学の専門分野においてはあれほど知的で説得力もあり、あれほど熱心な彼だからこそ、フレンド・ミルナーさえもが——高教会派で保守的なミルナーは初めのうち、ティムズ親子に〝サー・チャールズ〟ではなく〝フレンド〟と呼びかけられることに不快感を示していたのだが、そのうちに慣れてくれた——公爵の熱意に押されて、ぜひともその話を真剣に考えるよう父に勧めはじめた。

父は、単に一考するのを通り越して、早くも頭のなかで壮大な夢を描きはじめたようだった。数学教授を雇うための寄付金もすでに集まってきていると公爵が口にしたときには、マディー自身もかなりその気になりかけていた。悪名高き放蕩者をパトロンにするのはあまり歓迎すべきことではないが、必要以上に深くかかわらなければいいだけの話だ。パーラーの呼び鈴がいつまでも壊れたままの小さな借家ではなく、せめて庭つきの一軒家に暮らせるようになれば、と彼女はあれこれ想像してみた。

そんな楽しい夢に浸っていると、フレンド・ミルナーがちょっと一服してきますと言って席を外した。彼がドアを開けっぱなしにして出ていくやいなや、磨きこまれた床の上で爪をかちゃかちゃいわせながら、一匹の犬がなかに駆けこんできた。シルクを思わせるつややかな毛並みで、白地に黒いペンキを点々と垂らしたような斑《ぶち》模様のセッター犬だ。犬は公爵をちらりと見ただけで、まっすぐマディーのほうへ走ってくると、膝に飛び乗ってきた。スカートの上で前肢を踏ん張り、ピンク色の鼻を頬に押しつけてくる。

「デヴィル！」主人の厳しい叱《しか》り声が飛んでくると、犬はけげんそうにそちらを振りかえったものの、前肢はマディーの膝にかけたまましっぽを激しく振っていた。

マディーは微笑みながら犬の耳を撫でてやった。「いけない子ね」内緒話でもするように声をひそめて言う。「本当にどうしようもない子だわ」デヴィルはいっこうに反省する様子もなく、茶色のかわいらしい目で彼女を見つめかえしていた。だが、公爵からふたたび怒られると、今度はさすがにしゅんとなった。申し訳なさそうに眉根を寄せつつ、おとなしく床におりる。シャーヴォーはなおもじっと犬をにらんでいた。しばらくするとデヴィルのしっぽが垂れさがり、犬はがっかりした様子でのろのろと部屋を出ていった。主人は非情にも、立ちあがってドアを閉めた。

デヴィルを追いだすと、部屋のなかは静かになった。マディーが目の前の真っ白なテーブルクロスを見つめていると、公爵はひとこと謝ってからふたたび座った。シャーヴォーはおそらくティムズ親子のことを、あまり洗練されていないな、と思っているだろう。公爵やフレンド・ミルナーが率先して沈黙を埋めなければならないことが多いからだ。マディーは意味のない無駄話をすることに慣れていなかった。子供のころから、聖書に書かれている神の教えを守ることだけを厳しくしつけられてきたからだ。〝言葉数は少なく〟というのが人と話すときの鉄則だった。犬は大好きだが、自分で飼ったことはないし、そもそも雑種しか見たことがない。おそらく有名なブリーダーであろうシャーヴォーのような人に対して、わざわざ自分の無知をさらけだすような話はできなかった。

　椅子やカーテンに使われている美しいファブリックはいったいいくらぐらいするものなのか訊いてみたい気もしたけれど、それについても口は閉ざしておくことにした。質素を旨とするクエーカー教徒の家庭に、模様入りのチンツやあらゆる壁を飾る絵画などは必要ない。ティムズ家に飾られている唯一の絵画は奴隷船を描いた作品で、同胞たちの苦しみを忘れないためにという理由で長老たちに認められたものだ。豪華に額装された一枚の絵――数個のヨーロッパコマドリの卵の横に置かれたライラックの花束、という驚くほど控えめで上品なテーマの静物画――にマディーが見入っていると、シャーヴォーが口を開いた。

「視力を失われたのはいつごろだったんですか、ミスター・ティムズ？」

　そういう立ち入ったことをぶしつけに尋ねてきた彼に驚き、マディーは椅子の上で身をこわばらせた。だが父は穏やかにこう答えただけだった。「もうずいぶんと昔のことですよ。あれは……十五年ほど前になるかな、マディー？」

「十八年よ、お父さん」彼女は静かに言った。

「そうか」父がうなずく。「それからずっと、おまえには世話になりっぱなしだからな、マディー・ガール」

　シャーヴォーは椅子の肘掛けにゆったりと肘を突き、軽く握った拳《こぶし》で顎を支えた。

「では、お嬢さんがまだ子供だったころの姿しかご存じないわけですね。今はどんなふうに成長なさったか、よろしければご説明して差しあげましょうか？」

　そんな提案をされたことも、それを聞いて父の顔が光に照らされたように輝いたことも、マディーにとってはまったく予想外だった。彼女の抗議は声にすらならないうちに、父の声にかき消された。「いいんですか？　本当に？」

　シャーヴォーはマディーをまじまじと見つめた。そうして彼女の顔が熱くほてってきたころ、彼はあのいたずらっぽい笑みを浮かべて言った。「喜んで」頭を少し傾け、さらに彼女を観察する。「もうすでに頰が少々赤くなってきたようですよ――ほんのりと……そう、雲の色だ。朝霧が徐々にピンク色に染まっていくように――こう言えばわかりますか？」

「ええ」父は真剣に答えた。

「彼女の顔は……気品があるけれど、つんと澄ました感じではなくて。もっとやわらかい雰囲気なんですが、男を寄せつけないように顎をちょっと突きだしたりする癖があるようですね。背はあなたよりも高いものの、極端に高いわけではありません。この顎と、姿勢がとてもよくてすうっと背筋がのびているせいで、より大きく見えるんでしょう。実際には、ぼくの鼻の高さくらいまでしかありませんから……百八十五センチのぼくより十二、三センチ低い感じでしょうか」公爵が目測で言う。「ぱっと見た感じでは健康そうに見えます。太りすぎでもやせすぎでもないし。骨格もしっかりしていそうだ」

「人をまるで乳牛みたいに！」マディーは声をあげた。

「ほら、またそうやって顎を突きだす」シャーヴォーが言った。「こうやって怒らせると、顔色はみるみる赤くなります。薄いワイン色といったところでしょうか。頬から喉もとにかけて――いや、喉のちょっと下あたりまで真っ赤になって。でも、そこよりさらに下に見える範囲の肌は、とても白くて透きとおるようです」

マディーはドレスのVネックの襟もとを手で押さえた。突然、襟ぐりが深すぎるような気がしてくる。「お父さん――」父のほうを見てみたが、父は口もとに独特の笑みを浮かべて顔を伏せていた。

「彼女の髪は……」シャーヴォーが続ける。「キャンドルの明かりがあたっているところはちょっとくすんだブロンドで、明かりがあたっていないところは……もっと濃い色――ダークエールをグラスに注いだときみたいな濃い金色と言ったほうが近いかな。髪は三つ編みにして、頭の上に巻きつけてあります。本人はできるだけ目立たないようなスタイルにしているつもりなんでしょうが、こうして髪をアップにしているせいで首筋や喉のなめらかなラインが強調されて、かえって男心をそそります。あの髪をほどき、この手の上で広げてみたいって」

「おやおや、そのようなことをおっしゃられては困りますな」父が穏やかな口調でたしなめた。

「申し訳ありません、ミスター・ティムズ。どうしても我慢できなくて。話を戻しましょうか。次は彼女の鼻ですが……とても個性的です。完璧な鼻筋とは言えなくて、ほんの少しかぎ鼻っぽい。でもそれが、芯の強さを表している。少し鋭い顎のラインと相まって、独身女性らしい気の強さが表れているというか。そして目もとは……全体から受ける地味で落ち着いた印象と違って、とても若々しい。口もとは……ちょっと憂いを含んだようなとてもきれいな口なのに、めったに笑ってくれません」彼はワインをひと口飲んだ。「いや――その言い方はあまり公平ではありませんね。あなたに向かって微笑みかけるのは何度も見ていますが、残念ながらぼくにはまったく微笑んでくれない。でもこのきまじめな口もとは、社交好きの軽薄な女性のように無理やりカールさせたりしていない長いまつげとよく合っています。彼女のまつげはとても長く、まっすぐ下向きに生えていて、それが目もとに影を落としているせいで、ヘーゼル色の瞳が金色に見えます。今はその目でぼくを見つめているようですが。だめだよ……」彼は悲しげに首を振った。「いくら堅苦しいオールド・ミスっぽく見せようとしても、ぼくの目はだませやしない。そんなふうにまつげの下からぼくを見つめてくるオールド・ミスなんて、ぼくの知りあいのなかにはいないからね」

　彼の家で、彼の食卓で、彼と知りあいのオールド・ミスたちとの関係について思ったことをそのまま口に出すのは、さすがのマディーでもはばかられた。それに、なぜだか父はとても上機嫌だった。「マディー・ガール」父がささやくように言う。「おまえは母さんにそっくりなんだな」

「もちろんよ、お父さん」彼女は困惑ぎみにそう答えた。「みんなにもよくそう言われるでしょう?」

「いや。誰からも聞いたことはなかった」

とくに感情のこもった言い方ではなかった。でも、キャンドルのほの暗い明かりのなかでも、父の目に涙がにじんでいるのは見てとれた。「お父さん」マディーは思わず父の手をとった。だが父はその手をさっと引き抜いて上に持ちあげ、娘の顔にふれた。ゆっくりと、慎重に、頬からまつげへと指を這《は》わせていく。彼女は両手をぎゅっと握りあわせて気恥ずかしさに耐えながら、突然あふれそうになった涙をこらえようとした。

どうして今まで思いつかなかったのだろう。父にこうやって顔を撫でさせ、自分の姿形を頭に思い描かせることくらい、いつだってできたはずなのに。今の父は、とても幸せそうに見えた。今日までマディーはその日その日を無事に過ごすのに精いっぱいで、父が十八年間一度も娘の顔を見ていないこと、そして、できるものなら見たいと願っているかもしれないことなど、考えてもみなかった。

「お礼を言わせてもらいますよ、フレンド」父はそう言って、公爵のほうへ顔を向けた。「ありがとう。あなたのおかげで、今日はわたしの人生のなかでも最良の一日になりました」

シャーヴォーは答えなかった。父の言葉が耳に届いていたかどうかも怪しい。彼はただ、ダークブルーの目でテーブルクロスのひだの陰あたりを物憂げに見つめ、海賊を思わせる口もとに険しい表情を浮かべていた。

3

夜明けの霧は、昨夜クリスチャンが描写したのとは違って、徐々にピンク色に染まっていったりはしなかった。ゆうべの自分はいささか詩的すぎたようだ。現実の世界ではすべてが白っぽい灰色に包まれていて、草木は露に濡《ぬ》れ、朝の静寂を打ち破るように、動物たちの不気味で鋭い声があたりに響き渡っていた。彼は自分の落ち着いた呼吸音を聞きながら、ダラムが差しだしたケースから拳銃をとりだし、細い銃身の照準器をのぞきこんだ。

自分が今朝死ぬかもしれないとは考えていなかった。もちろん、相手を殺すつもりもさらさらない。今回の件では明らかに非のある立場のクリスチャンにとれる唯一の名誉ある行動は、堂々と受けて立ち、こちらからは決して相手に向かって発砲しないことだけだった。すなわち、銃口を空に向けて撃つ。運が悪ければ、サザーランドの弾はこちらに命中するかもしれない。おそらくそうなるだろう。それでもなぜか、クリスチャンは自分が死ぬとは思っていなかった。

そんな確信を抱ける自分が、われながらおかしかった。この年になれば、もう少し分別がついていてもよさそうなものなのに。十年と半年ほど前、まだ血気盛んな十七歳だったころに初めて決闘に挑んだときは、若気の至りで自分は無敵だと信じていた。でも今は……明るくなりはじめた空と深緑の木々を見まわしてみる――彼の心は今もなお、これが人生最後の瞬間になるなんてありえない、と信じていた。

大怪我《おおけが》を負うことにはなるかもしれない。そのことはあまり考えたくなかった。並んで歩いているサザーランドのほうを見ないようにしながら決闘場へと近づいていくにつれて、心臓の鼓動が速くなっていった。

ふたりはいったん背中合わせに立ち、そこからゆっくり離れていった。クリスチャンは右手に拳銃を握っていた。的を正確に狙《ねら》う必要はないし、このほうが格好がつくからだ。クリスチャンを知っている者なら、最初から彼にはサザーランドを撃つ気がないとわかっただろう。

ダラムの気だるい声が、とまって振り向け、と合図した。

クリスチャンは振り向いた。

サザーランドはすでに拳銃を構えている。その顔には殺意が浮かんでいた。きさまの息の根をとめてやる、と。サザーランドにはそれだけの腕がある。突然、クリスチャンの脈が跳ねあがった。

「ジェントルメン」ダラムが言って、ハンカチーフを掲げた。

その瞬間、クリスチャンは頭に猛烈な痛みを感じ、苦悶《くもん》した。サザーランドを見つめて二度まばたきし、銃声が聞こえなかったのはなぜだろうといぶかる。

ダラムがふたたび口を開いた。クリスチャンにはその言葉が理解できなかった。サザーランドの顔がゆがんでいく。彼はクリスチャンに向かってなにか必死に叫んでいたが、クリスチャンにはそれも理解できなかった。それでもサザーランドは銃をまっすぐに構えたままだ。

クリスチャンは右腕をあげようとした。顔を横に向けて相手を捜し、晴れたりぼやけたりする視界のなかで、目をすがめてサザーランドを見つめる。ダラムがひとことしゃべった。そしてその指先から、白い布きれが地面に落ちた。

クリスチャンの耳に銃声が聞こえ、サザーランドの拳銃から白い煙があがっているのが見えた。弾が外れたのは間違いない。にもかかわらず、クリスチャンの体はぐらりと揺れた。右手から拳銃が滑り落ちる。それが地面に落ちて暴発した。

クリスチャンは揺れながら下を向き、どこを撃たれたのか見ようとした。

ぼくはたしかに撃たれたはずだ。いや、本当に撃たれたのか？

ダラムとフェインが大急ぎでこちらへ駆け寄ってくる。体がぐらついて今にも倒れそうな気がするのだが、実際に地面に倒れこんでしまうようなことはなかった。ふたりが投げかけてくる言葉は意味のない響きにしか聞こえない。クリスチャンは右手でフェインの肩をつかもうとしたが、腕がどうしてもあがらなかった。その腕を見おろしたが、自分の一部のような気がしない。それどころか、はっきり見えなかった。どこから血が出ているのか、いくら探しても傷口が見つからない。彼は信じがたい思いで友人たちを見つめた。

「どうしたんだ?」クリスチャンは訊いた。

まさか、ぼくのほうが撃ってしまったのか?

〝ノー、ノー、ノー〟

フェインが頭を振りながらにやりと笑い、勝ち誇った顔つきでクリスチャンの背中を強く叩いた。ダラムもにやにや笑っている。

クリスチャンは左手で大佐の腕をつかんだ。「フェイン、いったいなにが起こったんだ?」

〝ノー、ノー、ノー、ノー、ノー〟

気がつくとそれは声に出ていた。クリスチャンはおののきながら口を閉じ、食いしばった歯の隙間《すきま》から荒い息をつきつつ、今度こそちゃんとした言葉をひねりだそうとした。

「フェイン!」クリスチャンは叫んだ。

ふたりがけげんそうにこちらを見つめかえす。それというのも、クリスチャンの言葉がまだ不明瞭《ふめいりよう》なままだったからだ。彼はフェインの腕をつかんでいる手に力をこめた。相手の顔が半分ほどぼやけて、灰色の霧に包まれたように見える。心臓が激しく鼓動する音が、耳のなかでうるさいほどにこだましていた。フェインをつかんでいる手を離して目もとを押さえたいと思うのだが、どうしても体が動かない。しゃべることすらできなかった。友人の肩につかまってなんとか体を支えるだけで精いっぱいだ。視界の端から侵食してきた闇《やみ》が脳裏に広がり、世界がぐらりと傾いて、そのままどこかへ滑り落ちていってしまいそうな気がした。闇がすべてをのみこんでいく。すべてを奪っていく……。

さわやかな朝の空気がマディーの気分をますますよくしてくれた。キングズ・ロードをきびきびした足どりで歩いていき、イートン・スクエアの工事現場の前を通り過ぎるときでさえ、今そこに建築中の建物をうっとり眺めるだけの余裕があった。ベルグレイヴ・スクエアにある公爵の豪邸によく似た様式だ。

今日の朝、食事をとりながらマディーと父が話したのは、今度新しく設立されるという大学の教授の椅子についてだった。シャーヴォーの説明によれば、ロンドン大学が開校するのは来年だが、教授の選考などの準備はできれば今年の九月ごろには始めたいのだと言う。ガウアー・ストリート周辺ではすでに大学用の敷地の買収も進められているらしいので、ベルグレイヴ・スクエアで用事をすませたあとブルームズベリー地区まで足をのばして、そのあたりにいい空き家があるかどうか見てみよう、とマディーは思っていた。

今日の訪問には、たくさんの数字や記号が書かれた書類は携えていなかった。持ってきたのは、父と相談しながら書きあげた一通の手紙だけだ。シャーヴォーの支援と厚意に感謝し、昨夜の会議ですばらしい講義を行った彼に惜しみない称賛を送る内容だった。親子でよく話しあった結果、公爵が父に大学で数学を教えてみないかと誘ってくれたことへのお礼と、その職に対するこちらの熱意も、いちおうきちんと書き添えておいた――マディー自身は父に比べてそこまで乗り気ではなかったけれど、教授の椅子を提示してもらえたことに対する喜びを表す言葉が欠けていたのでは、せっかくの話も立ち消えになってしまうかもしれないからだ。

角を曲がって広場へ出たところで、マディーは立ちどまった。普段なら屋敷のまわりには、ぼろをまとった小銭拾いが数人うろついているだけなのだが、今日はなぜかさまざまな外見の野次馬《やじうま》が大勢、公爵邸の前にとめられた緑色の幌《ほろ》つき馬車をとり囲んでいた。

マディーは唇を引き結んだ。馬車のまわりの地面に麦わらが散らばっていて、葦毛《あしげ》の美しい馬が二頭立っている。医者用の早馬車のようだ。角でたたずんでいる彼女の脇を、大型の四輪馬車が駆け抜けていった。こちらは青毛の馬に引かれた、浮き彫りの正式な紋章入りの立派な馬車だ。馬車は野次馬たちを蹴散らすようにして屋敷の前にとまった。

フットマンが御者台から飛び降りて踏み台をおろすより早く、馬車の扉が内側から押し開けられた。年配の貴婦人がフットマンの手を借りて素早く馬車を降り、黒いスカートの裾を持ちあげて、杖《つえ》を突きながら足早に歩いていく。執事のカルヴィンが慌てて屋敷から出てきてその女性に駆け寄り、横から腕に手を軽く添えて、玄関前の石段をあがらせた。続いて馬車から降りてきたもうひとりの女性にはフットマンが寄り添って石段をのぼっていったが、てっぺんまでたどり着いたところで、女性の体から力がふっと抜けたように見えた。そのまま倒れそうになった女性の体を脇から抱きかかえるようにして、フットマンが屋敷のなかへ連れていく。そして、ドアが大きな音を立てて閉じられた。

野次馬たちはまだざわざわしながら屋敷の前にたむろしている。マディーはどうしていいかわからなくなった。ゆっくりと、一歩、また一歩と、そろそろ足を前に踏みだす。頭が体への命令を放棄してしまったかのようだ。

屋敷を囲む錬鉄製の柵《さく》に群がっている野次馬のそばまで行ったところで、普段は屋敷の前の掃除をしている少年がマディーに気づいて、会釈してきた。彼女がなおもぼんやりたたずんでいると、その少年が近づいてくる。

「おはよう、ミス。聞いたかい？」

マディーは顔をあげた。屋敷の窓はすべて閉めきられ、不気味な雰囲気を漂わせている。そして屋敷の前の通りには、馬車の音をやわらげるために麦わらがばらまかれていた。まるで、家のなかに重病人でもいるかのように……。

「いいえ。なにも聞いてないけど」

「閣下がね。撃たれたんだよ」

「撃たれた？」マディーは息をのんだ。

少年が大型馬車のほうを見てうなずく。「それでご家族が呼ばれたんだ。もうだめだろうって、トムは言ってた。トムは厩舎《きゅうしゃ》にいるから、夜明け前に閣下たちが出かけていって、閣下だけがそりに乗せられて戻ってきたのを見てたんだよ。決闘だってさ。トムの話じゃ、ここへ運ばれてきたときには、閣下はもう息をしてなかったみたいなんだ」少年は肩をすくめた。「でも——お医者さんはまだお屋敷のなかにいる。たぶん、家族が到着するのを待ってたんだろうね」

マディーは声を失って、屋敷を見あげた。いつのまにか野次馬たちも声をひそめ、屋敷の奥から聞こえてくる女性の甲高い声に耳を傾けていた。絹を裂くような金切り声、悲嘆に満ちた苦悶の叫び。マディーは口のなかがからからになり、喉を絞めつけられたような気がした。誰かに黙らされたのか、女性の悲鳴が突然やむと、外にいる人々はさもありなんというように互いに顔を見交わした。

マディーは両手をぎゅっと握りしめた。なにも考えられなかった。信じられなかった。ゆうべ、今からほんの半日前のゆうべ——あんなに生き生きとして生気にあふれている男性に出会ったのは初めてのことだったのに。

決闘。愚かで無意味な撃ちあい。ほんの一瞬で、大切な人の命がはかなく消えてしまう。

いったいどうしてこんなことに？　マディーは頭が真っ白になった。昨日までの彼女なら——放蕩者で自堕落な人間という噂どおりの彼しか知らないままだったら——そんなこともあるだろう、と思えたかもしれない。あのシャーヴォー公爵なら決闘で命を落とすことがあっても不思議ではない、と。でも今は、思考が完全に停止してしまうほどショックだった。これからどこへ行けばいいのか、どうすればいいのかわからないまま、彼女は屋敷に背を向けた。

両手を強く握りあわせ、あてどもなく歩きはじめる。

彼自身はもちろん、ゆうべの段階で、もしかしたらこうなることを知っていたのだろう。にこやかな笑みをたたえ、幾何学についてしゃべり、彼女の容姿を父に語って聞かせながらも。あれからほんの数時間後の早朝には決闘の場におもむき、こうなることも覚悟していたなんて。

すべてがマディーの理解の範疇《はんちゅう》を超えていた。母を亡くし、知人も何人か亡くしてはいるけれど、誰もがもっと年上で、病に倒れた人ばかりだった——こんなふうに突然この世から去ったわけではない。

そして彼のお母さんは——気の毒に、彼のお母さんは今どんな思いでいることだろう！　馬車に乗ってきた女性のうち、あとから降りてきて玄関前で気を失ったほうがおそらく彼の母親に違いない。あらかじめ知らされてはいたのだろうが、医者からはっきりと死を告げられて、先ほどの悲しい叫びをあげたのかもしれない。もうひとりの女性——黒服に身を包んだもっと年配の老婦人のほう——は、今から戦場に向かうかのようにしっかりとした足どりだった。あの老婦人はきっと感情をいっさい表に出さず、誇り高くじっとその場に立ちつくし、静かに悲しむだけだろう。

マディーはなぜか、自分もあの屋敷にいて、なにかできることを手伝うべきではないかと感じた。だが、気がつくと自宅のパーラーに戻っていた。父が頭をあげて微笑んだ。

「おや、もう帰ってきたのかね、マディー？」

「ああ、お父さん！」彼女は声をあげた。

とたんに父の顔から笑みが消える。父は椅子の上で姿勢を正した。「どうしたんだ?」

「よくわからないの……わたしにも……」マディーはドアノブにつかまったまま、乾いたうめき声をあげた。「あの人、死んでしまったんですって。今日の朝、決闘の最中に」

木の駒にふれていた父の手の動きがとまる。しばらく沈黙が続いたのち、ようやく父が口を開いた。「死んだ?」

その言葉にはむなしい響きがあった。マディーは父のかたわらで床に崩れ落ち、父の腿に頭をもたせかけた。「なんだかもう、とにかくショックで……」

父の指が髪にふれる。今日のマディーはボンネット帽をかぶっていなかった。ゆうべと同じように三つ編みにして結いあげてあるだけだ。父は娘のうなじをゆっくりと上下にさすった。それから彼女の頰にふれ、その目からあふれでたひと筋の涙を指で受けとめた。

マディーは顔をあげた。「自分でもわからないのよ――どうして涙なんか出てくるのか! 彼のことなんて、好きでもなんでもなかったのに!」

「おまえは好きじゃなかったのかい、マディー?」父がやさしく訊いた。「わたしは好きだったよ」

父はマディーの頭を撫でつづけた。彼女は父の脚に頰を押しつけ、部屋の片隅へと視線をさまよわせた。

「信じられない」マディーはささやいた。「どうしても信じられないの……」

4

ブライスデール・ホールと呼ばれる館《やかた》は、マディーの目に、まるで美しいデコレーション・ケーキのように映った。サーモンピンクの煉瓦《れんが》の外壁に、白いフロスティングを思わせる、まっすぐにのびた付柱とカーブを描くアーチ。父のいとこのエドワードが開設したばかりのこの養護院には、バッキンガムシャー州の田園地方の広大な敷地が含まれていて、十月の見ごろを迎えたローズ・ガーデンでは花々が咲き誇り、手つかずの自然が残る野山ではダマジカの群れが駆けめぐり、湖では黒鳥が優雅に舞っている。没落した准男爵が売却した遺産のすべては今も注意深く管理され、エドワードの年老いた両親にも心穏やかに過ごせる暮らしやすい環境を与えていた。

ドクター・エドワード・ティムズはブライスデールに、近代的かつ人間的な看護方式を導入した。入院患者それぞれにひとりずつ介護人がつき、どうしても必要不可欠なとき以外は拘束具を使用せず、たとえ使ったとしても、必要がなくなったらただちに外す。献身的に職務に打ちこんでいるエドワードは、みずから父にベーコンを切り分けたり燻製《くんせい》ニシンやコーヒーのお代わりを勧めたりしながら、この養護院の治療方針や運営方法について熱心に語った。

どこからか女性の泣き叫ぶ声――実に耳ざわりな大声――が聞こえてきたが、エドワードはまったく気にしていないようだった。しばらく経つと、叫び声は消えた。マディーはコーヒーに口をつけながら、自分を待ち受けている見学ツアーに備えて気を引きしめた。今からこの場所のなかを見せてもらい、ここにいる人々に会い、自分の役職について説明を受けることになっている。

エドワードからは、きみにやってもらいたいのは重労働ではなく、おもに管理監督にかかわる仕事になる、と言われていた。マディーが仕事で忙しいときは、彼女に代わって父の世話をするために、経験豊富な付添人もひとりつけてくれるという。そこまでお膳《ぜん》立てされたのでは、この話を断るわけにはいかなかった。エドワードの妻が三番めの子供を産むために仕事を休むあいだ、マディーにその代わりを務めてほしい、それですべてがうまくいくようなら、その後も引きつづきここで働いてほしい、というのがエドワードの希望だった。それは、マディーたち親子にとってもありがたい話だった。親子はちょうど、例の数学教授の座に関するヘンリー・ブルームからの手紙のせいで落ちこんでいたからだ。ブルームからの手紙には、〝シャーヴォー公爵が約束してくれていた寄付金が調達できなくなったため、このたびはまことに残念ながら、別口で資金を提供してくれた匿名の紳士の推薦する候補者のほうに決まった〟と記されていた。

そのことはさておいても、バッキンガムシャーとブライスデールの秋の朝はさわやかで気持ちがいい。壁のペンキがマリーゴールド色に塗りなおされたばかりのダイニングルームにもあたたかい日差しが注ぎこみ、無一文の准男爵が家具や絵画とともにそっくりそのまま置いていった銀器や陶磁器を輝かせている。室内にはワックスと真新しいカーテンの匂いが満ちていた。陰気で暗い雰囲気を感じさせるものはいっさい残さないようにした、とエドワードは説明した。

すべてが穏やかで心地よく、クエーカー教徒としての徳を重んずるマディーに言わせれば、ちょっと贅沢すぎるほどの環境だった。だが、育ちのいいエドワードの両親の好みに合わせるには、これくらいは仕方ないらしい。そんなすばらしい豊かさのなかで唯一玉に瑕《きず》なのが、遠くのほうからふたたび聞こえてきたすすり泣きだった。閉じたドアの向こうのほうで、昼間の幽霊が嘆き悲しんでいるような声だ。

「では、そろそろ始めようかね」エドワードは口もとをぬぐい、手近にあった呼び鈴を鳴らした。「ジェイニー、ブラックウェルを呼んで、ミスター・ティムズを家族用の客間のほうへご案内するよう伝えてくれ」

メイドはエプロンを広げてお辞儀をするやいなや、姿を消した。それからまもなく父の付添人が現れる。マディーが父を見送ったあと、エドワードは彼女を二階にあるオフィスへ連れていった。

「あれが郵便物だ」デスクの上のかごを頭で示しながら言う。エドワードは父と同じく柔和でやさしげな顔つきをしているが、その黒い目は知的でよく動き、やたらと口をすぼめる癖がある。彼はあまり〝飾らない《プレーン》服装《ドレス》〟と〝飾らない《プレーン》しゃべり方《スピーチ》〟を厳格に実践してはいなかった。コートに襟はついていないものの、服地は明らかに上等のものだ。本人がそれで満足なら、そうする権利はあるだろう。ティムズ一族のなかではもっとも成功をおさめている人物で、医療の分野で長年活躍してきて、ここブライスデールにまたひとつ、立派な養護院を開設したばかりなのだから。

「届いた郵便物の仕分けもきみにやってもらう仕事のひとつになる。わたし宛のものは開封してあのかごに入れておいてくれ。患者宛のものはすべて、それぞれのファイルに入れること」

　マディーは彼を見あげた。「写しをとって、ということ?」

「その必要はない。開封して、手紙そのものをファイルしておけばいいんだ。なにか大切なことが書かれていたり、普通とはちょっと違う内容のものだった場合は、わたしのところへまわしてくれ。その場合、気になる部分だけ見せてくれればいい」

「ごめんなさい――よくわからないんだけど……」マディーは郵便物の山に手をふれ

た。「つまり、患者さん本人には手紙は見せないってことなの？」

「患者の安静を保つことがなにより重要だからね。家族との密なる接触は、刺激が強すぎて患者を過度に興奮させてしまいかねない。だからわたしたちも、ご家族や親族の方には手紙はできるだけ送ってこないでほしいとお願いしているんだが、それでも書いてくる人がいるんでね」

「なるほど」マディーは言った。

「それからひとこと言っておくが、今現在ここで面倒を見ている患者のなかに、わたしたちと同じ宗旨の人はひとりもいない。だからきみも〝飾らないしゃべり方《プレーン・スピーチ》〟はなるべく控えるようにしてくれ。なかには、あまりなれなれしく話しかけられることを嫌う人もいるからね」マディーが真剣な目で見つめかえすと、エドワードはわずかに顔を赤らめた。「いや、もちろん、わたしたちのあいだではかまわないんだよ——そのことはなんの問題もない。しかし、できればそれはプライベートな空間にいるときだけに限るように決めておいたほうがいいだろう」

「努力はしてみるけれど、でも——」

「きみならできるよ。わたしのやり方をまねてくれればいい。それじゃ、そろそろみんなにきみを紹介しに行こうか。とりあえず、カルテも持っていこう。ここではみんなが家族みたいなものなんだ。だからきみもそういうふうに考えてほしい。わたし自身は、自分はこのブライスデールへやってくる気の毒な人々の父親のようなものだと思っている。きみもいずれは、ここの患者たちが自分の子供のように思えてくるはずだよ。そういうふうに心しておけば、そうそう間違うことはない」

「そうね」マディーは答えた。建物内のどこかから、数人の男性たちの軽やかな合唱が聞こえてくる。その歌声をかき消すように、別の男性がわけのわからないことをヒステリックに叫んでいた。

「そのうちに慣れるよ」エドワードが少し微笑みながら言う。「ここには治りかけの患者もいるが、まだまだ重症の患者もいるんだ」

「ええ」マディーは言って、すうっと息を吸いこんだ。「わかるわ」


今現在ブライスデールには、男女合わせて十五名の患者が入院していた。彼らはみな、精神病を患ってしまったことは不幸だけれど、この地域ではもっとも贅沢な設備を誇る立派な養護院に入れてもらえたという点では恵まれていると言える。決して安くはない入院費と治療費を払えるだけの財力を持った家族がいるということだからだ。精神医療の分野では高名を馳《は》せているドクター・エドワード・ティムズのおかげで、ここブライスデールは、サセックス州にあるドクター・ニューイントンのタイスハースト・ハウスよりも入るのが難しくなっていた。ブライスデールでは、家族の面会は極力避けるように指導されているが、患者と個人的な接点のない人の訪問はむしろ歓迎されていて、施設の見学希望者には付添人を案内につけてのツアーなどもある。ここには壁の後ろに隠しておくべきものはひとつもなく、誰かに見られて困るような非人間的で侮辱的な治療などいっさい施されていないからだ。健康食、冷水浴、安静療法、娯楽性に富むリハビリテーションなどを含む最新式の治療が、秩序ある雰囲気のなかで行われていた。

女性患者は縫い物をしたり、ローズ・ガーデンを散策したり、羽根突きゲームをやったり、心安まるハーブティーを飲んだり、ときには屋外でスケッチしたりすることも許される。男性患者もおおむね似たようなものだが、縫い物の代わりにジムで体を動かしたり、チェスをしたり、図書室でさまざまな本を読んだり、やや遠くの森まで散歩に出かけて、スケッチをする女性たちのために草花を摘んできたりもする。参加できる者は毎週開かれている科学の講義に出席したり、トランプをしたり、英国国教会の司祭を呼んでの礼拝などにも出ることができる。

ブライスデールはこの種の病院としては珍しく先進的な考えをとり入れた施設だ、とエドワードが教えてくれた。患者ひとりひとりに介護人をひとりずつつけることによって、性別や社会階級などによる区別をせず、誰もが安全かつ快適に過ごせるようにしているのだという。エドワードはまず最初にマディーを娯楽室へ連れていった。

フルート奏者をとり囲んで、男性たちが歌っている。奇声を発していた男性はもう叫ぶのをやめていたが、合唱している男性のひとりは、長い袖《そで》を腰の後ろで結ぶ方式の拘束衣を着せられていた。彼のすぐそばには、やせ型ながら筋肉質の若い男性がついていた。マディーとドクター・ティムズが部屋に足を踏み入れたとたん、患者たちはいっせいに希望に満ちた目で彼女を見つめた。

「きみがぼくを家に連れて帰ってくれるのかい？」拘束衣を着せられている男性が訊いてきた。「ぼくは今日、家に帰ることになってるんだ」

「今日の午後は――」エドワードが言った。「ケリーが散歩に連れていってくれるんだよ」

　男性の顔がみるみる赤らんだ。「でもぼくは、どうしても家に帰らなきゃいけないんだ！　妻が死にかけてるんだから！」

　エドワードは介護人にちらりと目をやった。ケリーが言う。「さあ、座って少し休みましょうか、マスター・ジョン」

「妻が呼んでるんだよ。ぼくはイエス・キリストによって罪をあがなわれてるんだから！」男性は勢いよく前へ駆けだそうとした。ケリーがすかさず、拘束衣の背中のベルトをつかんで引きとめる。男性はバランスを崩して転びそうになった。「ぼくは誰よりもあがなわれし者なんだって！　妻がぼくのために死んでくれたんだから！　彼女はぼくのために命を捧げてくれたんだぞ！　ぼくは救われたんだ、わかるか？　このぼくは――」

　ケリーにドアのほうへと引きずられていきながら、男性の声はどんどん高くうわずって、早口になっていく。ほかの患者たち――三人の男性と五人の女性――は、突然大声で笑いはじめたひとりの男性を除いて、まるで関心がない様子だった。優美なドレスを着た若くてかわいらしい少女は、感情をいっさいあらわにせず、座って窓の外を眺めている。その隣にいる女性はぶつぶつつぶやきながら、身をかがめて縫い物をしていた。大笑いしていた男性はいつしか笑うのをやめ、唇を嚙みしめて、すまなそうにマディーを見た。

　部屋から連れだされた男性の叫び声が徐々に遠くなっていくなか、エドワードはマディーを患者たちひとりひとりに引きあわせはじめた。相手からの返事があってもなくてもかまわず、一方的に紹介を終え、それぞれの介護人たちにも引きあわせていく。そうしながら患者たちのカルテにメモを書き加え、内容をよく読んでおくようにとマディーに手渡した。

「ミス・スザンナの病名は鬱《うつ》病なんだ。かなり重度のね」エドワードが言った。「今日の気分はどうかな、ミス・スザンナ？」

「まあまあ、かな」少女は物憂げに答えた。

「歌を歌いたいかい？」

「いいえ、別に、ドクター」

〝心に不安が渦巻いている〟――マディーはカルテのメモを読んだ。〝ほんのささいなこと――ちょっと食欲がないとか、よく眠れないとか――が原因でひどく苦しんでいて、自殺を口にし、実際に溺れて死のうとしたこともある――以前は女の子らしい夢を持った、幸せで前向きな少女だった――学校の宿題の多さや高すぎる努力目標などが精神的に過度の負担となって月経が乱れ、血のめぐりが悪くなって女性特有の器官への栄養が阻害されたことにより、鬱病を発症〟

エドワードはにっこり笑ってミス・スザンナの肩をぽんぽんと叩き、次の患者へと移った。マディーは、進行性の痴呆《ちほう》症を患っているミセス・ハンフリーに紹介された。女性は朗らかに微笑んで、あなたもカニンガム家の人なのかと尋ねてきた。

「いいえ」マディーは答えた。「わたしはアーキメデア・ティムズと言います」

「インドで会った人だよね」ミセス・ハンフリーは小さな子供のようなしゃべり方で言った。「あたしの服、脱がせてくれたでしょ」

「いいえ。それはあなたの勘違いだと思いますよ」

「六時半になったら」ミセス・ハンフリーがうなずく。「お帽子かぶらなきゃ」

〝夫や子供を認識できない〟とカルテには書かれていた。〝更年期障害の発症に伴いぼけの症状が現れはじめ、進行性の痴呆症と診断される〟

「ミセス・ハンフリーをお部屋に連れて帰って、面倒を見てさしあげなさい」エドワードが介護人に向かって告げた。「衛生面のケアを怠らないように」

娯楽室にいる患者たちは、ブライスデールの入院患者のなかでも比較的症状の軽い人々のようだった。歌を歌っていたマスター・フィリップはめまいが続き、味覚障害が出ているという。本人がけらけら笑いながら言うには、なにか悲しい話を聞くたびに笑いだしてしまって、それがとてもつらいのだとか。レディー・エマラインという患者は、自分は孤児で、家族はギロチンにかけられた、と主張していた。あなたのご両親はキャスカート卿《きょう》夫妻で、今もレスターシャーでご健在ですよ、とエドワードがやさしく諭しても、レディー・エマラインは聞く耳を持たなかった。だってわたしのおへそは消えかけてるんだもの、と、それがなによりの証拠とばかりにきっぱりと言いかえすばかりだった。

娯楽室より奥にいるほかの患者たちは、二重ドアのついた個室に閉じこめられていた。外側は重い木製のドアで、内側は鉄格子になっている。家具はほとんど置かれておらず、患者用のベッドと介護人用の簡易寝台があるだけだった。

〝躁《そう》病〟ある患者のカルテにはそう記されている。〝危険で破壊的——宗教について学びすぎたために錯乱して精神衰弱に陥る〟

別のカルテにはこう書かれていた。〝暴力的てんかん症――二十四時間拘束衣の着用が必須〟

さらにこういうのもあった。〝痴呆症――言語障害――幻覚症状――感情を制御できない〟

そういう患者たちに対してもエドワードは親しげに話しかけ、マディーには、厳しい管理のもとで日々の日課をこなすことの大切さを説明してくれた。健康食を摂取し、規律正しい行動を心がけることで、失われた自尊心をとり戻し、不健康な妄執に流れてしまいがちな弱い心を立ちなおらせるというわけだ。

マディーはエドワードの言うことを信じようとした。彼の冷静かつ楽観的なユーモアを吸収しようとした。けれども心にわいてくるのは、チェルシーの自宅に逃げ帰り、ベッドにもぐりこんでこの気の毒な人たちのために泣きたいという思いばかりだった。自分は心が強く、経験も積んだ看護婦だと自負していたのに、ここの入院患者に次々と紹介されていくうちに、ブライスデール・ホールはとても快適だが恐ろしい煉獄《れんごく》のように感じられて仕方なかった。

「さてと――いよいよここが最後だ」エドワードは言って、ほかの暴力的な患者がいる部屋とは違って、外側にも木製のドアの代わりに鉄格子がはめられている部屋の奥を見た。鍵《かぎ》を外す前にマディーのほうへ身をかがめて耳打ちする。「この患者はもっとも悲劇的なケースでね。不道徳な生活ぶりが高じた末に狂気に至った典型例なんだ」

彼女は唇を噛みしめた。そういう話は聞きたくなかった。聞いてしまったあとでは、顔をあげて次の不幸な患者を見るのがますます怖くなる。

「こんにちは」エドワードはあたたかく声をかけながら、なかへ入っていった。「今日のご気分はいかがかな、サー？」

患者が返事をしないので、介護人が答えた。「悪くはないみたいですよ、ドクター。あんまりね」

マディーはついに戸口から足を一歩踏み入れ、おそるおそる顔をあげた。がっしりした体つきの介護人が革砥《かわと》でかみそりを研いでいた。髪を短く刈りこんでいて、まるで懸賞試合で戦うボクサーのように見える。彼から一メートルほど離れたところに、膝丈のズボンと白い袖なしのシャツを着て、片腕をベッドのフレームにくくりつけられた男性が立っていた。窓のほうを向いているので、後ろ姿のシルエットしか見えない。

「フレンド」マディーはできるだけ普段どおりの口調を心がけて挨拶した。

男性が突然こちらを振り向いたが、その動きは鋭い金属音とともに途中でとまった。黒い髪が額に垂れ、ダークブルーの瞳がきらめいていて、そこに冷ややかな憤怒《ふんぬ》が宿る。檻《おり》に閉じこめられ、鎖につながれた海賊。追いつめられた野獣。

マディーは声を失った。

彼は沈黙したまま、ただじっと彼女を見ていた。表情はぴくりとも動かない。

「あなたは……」マディーはささやいた。

彼が少しうつむいて、まつげの下から彼女を見つめる。用心深さと、怒りと、深く強い情熱――それらすべてがその顔に浮かんでいた。顎をぐっと嚙みしめて、鋭く不規則な呼吸をしつつ、自由なほうの手を何度も何度も握ったり開いたりしている様子からも、それは感じとれる。

「わたしのこと……覚えていないかしら?」マディーはためらいがちに訊いた。「マディー・ティムズよ。アーキメデア・ティムズ」

「おや、知りあいだったのかね?」エドワードが驚いて尋ねてくる。

マディーは窓辺の人物から視線を外した。「ええ、その、お父さんも知っている人で……シャーヴォー公爵、ですよね?」

言葉がすらすらと出てこなかった。

「ああ、そうだとも。マスター・クリスチャンは発作を起こして倒れたあと、ここへ連れてこられたんだ」

マスター・クリスチャンはエドワードをにらみつけた。素手で相手の喉を引きちぎらんばかりの形相だった。

エドワードは患者に向かってやさしげに微笑んだ。「なんとまあ、すてきな偶然じゃないか」彼はマディーを手で示しながら言った。「こちらのミス・ティムズのことを覚えているかね、マスター・クリスチャン？」

シャーヴォーはちらりとマディーを見てから、ふたたびエドワードに視線を戻した。それから窓辺に身を寄せて、鉄格子のはまった窓に頭をもたせかけた。

「今の彼は理解力が著しく低下していてね」エドワードが説明する。「だいたい二歳児程度と思っておけばいい。さっきも言ったように、彼にはもともと道徳的錯乱の兆候があったようなんだが、ある日突然症状が悪化して痴呆状態になってしまったんだ。そして、なにか腹の立つことがあったりすると、ヒステリー症状も現れる。卒中で倒れたあと二日も意識が戻らなかったそうで、昏睡《こんすい》の初期段階では生命徴候のレベルがとても低く、ほとんど死んだような状態だったらしい」

「そうだったの」マディーは喉を絞めつけられているような声で言った。「わたしたちはてっきり、彼は死んだものだと思っていたわ——撃たれて」

「それが実に興味深い話でね。もちろん、ここだけの話だよ。他人に口外してもらっては困るんだが。彼をこのような状態に追いこんだ原因は、例の決闘にあった。といっても、拳銃で撃たれて怪我を負ったからではなく、その瞬間の興奮によって発作を起こしたからなんだ。医者も一度は臨終を告げて埋葬の準備をするように指示したそうなんだが、公爵の犬たちがまわりで激しく吠え立てるせいで、納棺師は彼の体に手をふれることもできなかったらしい」エドワードは頭を振った。「考えるだけで身震いしそうになるよ。犬たちがそうやって騒いでくれなかったら、いったいどうなっていたことか。ともあれ、犬たちの必死の叫びが届いたんだろう――公爵の体が反応してぴくりと動き、脈も戻ってきたらしい。そして、時が経つにつれて彼の意識は回復し、手足も動かせるようになった。ただし、それ以来ずっと、彼は狂気にとらわれたままなんだよ」エドワードはカルテになにやら書きこんでから、シャーヴォーの顔をしげしげと観察して、さらにメモを書き加えた。それからぱたんと音をさせてフォルダーを閉じ、マディーに手渡した。「もちろん、無節制な生活に溺れて道徳的鍛錬を怠ってきたせいで、精神に異常をきたす素地はあったんだろう。今の彼は口を利かず、本能的感情に支配されている。ずっと不道徳で自堕落に生きてきた人間にはよくあることなんだがね。道徳観念が崩壊して、本能と欲望のおもむくままに振る舞うようになり、それまでかろうじて理性で抑えこんできたものが吹っ飛んでしまうんだ。肉体的には、彼はかなり強いほうだしな――そうだろう、ラーキン？」

介護人が同意するように鼻を鳴らす。「ええ、強いですよ。右手を除けばね。だから左手のほうをつないであるんです――そっちのほうが厄介ですから」ラーキンはかみそりを置いた。

「拘束は最低限に、を守っているね」エドワードはうんうんとうなずいた。「体は健康そのものなんだが、それ以外の能力は動物並みになってしまっているからな」

ラーキンは呼び鈴を鳴らしに行った。「さて、今日はおとなしくひげを剃らせてくれるかな。昨日は結局、拘束衣で両腕を縛らなきゃならなかったんですよ」

マディーは見ていられなくて、目を伏せた。物を言わない力強い視線を受けとめることに耐えられない。彼女は打ちのめされ、打ちひしがれていた。どうして彼がこんなところにいるのか……。

死んでいたほうがましだった。彼の顔を見れば、そう思っているのはわかる。

マディーはフォルダーをスカートに押しつけた。「彼は治るの？」

「それはまあ――」エドワードは下唇を上唇の上に重ね、眉をあげた。「絶対に治るとは保証できないね。彼のお母さんは大変善良なキリスト教徒で、教会での慈善活動や伝道活動にも熱心な人なんだが、彼女いわく、息子は昔から反抗的で、勝手気ままに放蕩三昧《ざんまい》の生活を送っていたらしいんだ。そういう悪習が身についてしまっている以上……」彼はため息をついた。「ひとつ言えるのは――このプライスデールで治らないのであれば、どこへ行っても治ることはないだろう」

マディーはフォルダーを握りしめた。「それで……ここではどういう治療をしてるんですか？」

「とにかく規則正しい生活を送ることがいちばんなんだ。悪い習慣を断ち切って、心の平穏をとり戻すためにはね。静かな環境で心を落ち着け、適度な運動をして、療養効果のある入浴をしたり、知的意欲をかきたてて自制心を抱かせるような内容の本を音読したり。絵を描くことはさせていない。ペンを持たせると、彼の場合なぜかひどく興奮するんでね。神経強壮剤は無理やり飲ませないと飲んでくれない。残念ながら今のところ、彼を娯楽室に連れていってほかの年配の患者たちと一緒にしても大丈夫だという確証が持てないんだが、あまり孤独感を抱かせないように、そろそろほかの躁病患者たちと一緒に散歩くらいはさせてもいいだろう」

シャーヴォーがじゃらっと鎖の音をさせて腕組みをした。マディーは顔をあげて彼を見つめた。その表情はかなりやわらぎ、抑圧された粗暴な顔つきから、ちょっとシニカルな程度に変わっている。彼は顔の半分だけに笑みを浮かべ、彼女を見かえしてきた。

マディーはひどく驚いた。シャーヴォーが以前の彼に戻ったように見えたからだ。冷静沈着でものごとに動じない貴族だったころの彼に。そのまましゃべりだすか、あるいは澄まして会釈してくるかと思ったほどだった。だが、彼はどちらもしなかった。ただじっと笑いかけてくるだけだ。彼女の容姿を父に説明したあの晩のように、ぶしつけな目でまじまじと見つめてくる。彼はわたしを覚えている、とそのときマディーは確信した。

「シャーヴォー」彼女は一歩前に出ながら言った。「父のジョン・ティムズもここに来ているのよ。幾何学の新しい理論を父とともに研究して発表したこと、覚えてないかしら？」

彼の笑みがわずかに薄らいだ。小首をかしげ、真剣なまなざしで彼女を見つめてくる。犬が人間の不可思議な行動の裏を読もうとするかのように。マディーは彼が、しゃべっている彼女の口もとをじっと見つめていることに気づいた――といっても、彼は決して耳が聞こえないわけではない。なにか音がしたり、誰かの声がしたりすると、ぱっとそちらを振り向くのだから。

「もしよかったら、父にもここへ来てもらいましょうか？」マディーはそう訊いてみた。

シャーヴォーが礼儀正しくうなずいて同意を示す。

そのとたん、マディーは興奮がわきあがるのを感じた。彼は今、間違いなく、完璧な知性をもってこちらの問いに答えてくれた。彼女はちらりとエドワードのほうを見た。するとエドワードが首を振る。「彼はきみを喜ばせようとしているだけだ。躁病患者というのは、ときにずる賢くもなるからね。同じ口調で、あなたはスペインの王なのか、と尋ねてみてごらん」

そんなことをする気はなかった。そんな安っぽい手に引っかかるような人ではないはずだ。この目の奥に二歳児と同等の心しかひそんでいないなんて、どうしても信じられなかった。だからマディーはこう言った。「まさかこんなところでわたしに会うなんて、想像もしてなかったんじゃない？」

彼が動くと、かすかに鎖の音がした。彼はしばらく考えこんでからうなずいた。

でもそれは、今の質問がイエスという答えを促すような訊き方だったからにすぎないのだと、マディーは気づいた。

「やっぱり、わたしの言うことを理解しているわけではないのね」彼女は残念そうに言った。

シャーヴォーは相変わらず突き刺すようなまなざしを向けてくるだけで、押し黙ったまま不機嫌そうに口をへの字に曲げている。

「かわいそうに」マディーは思わずつぶやいた。「あなたがこんなつらい目に遭わなきゃならないなんて」

彼はまた顔の半分だけをゆがめて皮肉っぽい笑みを見せた。それからおもむろに姿勢を正し、鎖につながれているほうの手を前へ差しだす。彼女の手をとってうやうやしくお辞儀したいかのように。マディーは片手を差しのべた。彼は半分身をかがめながらその手をとった――かと思うと、マディーをぐいっと自分のほうへ引き寄せ、鎖につながれた手を彼女の喉にかけ、もう一方の腕で彼女の背中が自分の胸に密接するように押さえつけた。

「かみそりだ！」エドワードが叫んだ。「なにをしてる――ラーキン！」

戸口でメイドから水を受けとったところだった介護人がぱっと振り向く。彼は桶《おけ》をとり落とし、水を床の敷物にぶちまけつつ、ひげ剃り道具のあるほうへ走った。だがそのときには、シャーヴォーが血も凍るような雄叫《おたけ》びをあげ、かみそりの刃をマディーの顎にあてていた。

ラーキンは立ちどまった。マディーは、シャーヴォーの親指がかみそりの刃をしっかり押さえつけているのを目の端でとらえつつ、ラーキンもエドワードも戸口にいるメイドもみな、その場に凍りついているのを見ていた。シャーヴォーはマディーの耳もとで荒々しい息をつきながら、彼女の腰に腕をまわし、乱暴に抱きかかえた。

「抵抗するな」エドワードが冷静を装った声で言う。「なにかしようとしちゃだめだぞ」

マディーには抵抗する気などさらさらなかった。痛いほど強く抱きしめられているこんな状況で、どう抗《あらが》おうと相手にかなうわけがない。シャーヴォーは硬くて熱い生ける壁のように全身の筋肉をこわばらせ、彼女の体に手首をがしっと食いこませたまま鎖の届く範囲まで移動し、足の爪先をひげ剃り台の脚に引っかけた。

誤って倒してしまわないよう注意しながら、その台を慎重に自分のほうへ引き寄せる。エドワードがまたなだめるような口調でなにか言ったが、シャーヴォーは無視した。マディーの喉に押しつけていたかみそりをおろし、ひげ剃りクリームの入った銅製の小さなボウルを拳で床になぎ落とす。鎖が台の角にぶつかってじゃらじゃらいうのもかまわず、彼はふたたびかみそりを握り、ニスの塗られたひげ剃り台の天板の中央に、刃先でまっすぐな線を一本引いた。

片腕はマディーをしっかりと抱きかかえたままで。彼が手首をひねって、最初の線と直角にもう一本の線を引いていくと、筋肉の動きがじかに感じられる。ラーキンが一歩ふたりに近づこうとした瞬間、ふたたびかみそりの刃がマディーの喉に突きつけられた。

耳もとに吐きだされる荒い息を肌に熱く感じながら、マディーは自分と彼の心臓の鼓動が激しくなっていくのを感じていた。

「邪魔するな」エドワードが声を低くして命じた。「最後までやらせるんだ」

シャーヴォーはかみそりを彼女の肌にあてたまま、しばらく待っていた。エドワードがシャーヴォーに向かってうなずく。

「続けてくれ、マスター・クリスチャン」

一瞬の間があってから、シャーヴォーはかみそりの柄をさらにぐっと強く握りしめ、先ほど描いた二本の線がちょうどまじわるところに刃先を突き立てた。そして全身の力を振りしぼるようにして、直線軸をまたぐきれいなS字曲線を描いた。

シャーヴォーの手からかみそりがこぼれ落ち、台の上でかちゃんと大きな音を立てた。彼は片手をマディーの後頭部に添えて、その図をよく見るようにと顔を下へ向けさせた。

やがて彼の腕から力が抜けていき、マディーはやっと自由になった。彼女はその場にたたずんだまま、テーブルをじっと見つめていた。

そしてシャーヴォーのほうをぱっと振りかえると、彼の顔には強い期待の念が浮かんでいた……きみならば、この図の意味をわかってくれるだろう？　彼はほかの誰も見ていなかった。

マディーはその図に見覚えはなかった。でも、数学に関する図表だというのはわかる。

「ちょっと待ってて！」彼女はシャーヴォーの両手をぎゅっと握りしめた。「待っててね！」そしてラーキンとエドワードのほうを向く。「絶対に、彼にお仕置きしたりしないで。彼を痛めつけるようなことはしちゃだめよ！」それだけ叫ぶと、彼女は部屋から飛びだしていった。

父は家族用の客間にいて、付添人に本を読んでもらっていた。「お父さん！」マディーは父に駆け寄るやいなや、その手をつかんだ。

ぴかぴかに磨かれたテーブルの表面に、父の人差し指で直角にまじわる二本の線を描いてから、そこにS字の曲線を加える。

「周期関数だね」父が言った。

マディーはふっと息をつき、ペンと紙をつかんだ。「その定義は？」

「無限級数、という意味かね？」

「なんでもいい！　なんでもかまわないから。もしもこの図を与えられたら、お父さんならなんて答える？」

「与えられたらって、いったいなにを——」

「お父さん！　説明はあとでするから。でも、今はできるだけ急いで戻らなきゃならないのよ！　とにかく教えて——周期関数ってなんなの？　フーリエ級数みたいなもの？　どういうふうに表すの？　サインχイコールで始まる式？」

「正弦《サイン》関数級数か。それと、余弦《コサイン》関数のほうなのか？」

「それだとグラフも違うんでしょう？　これはね——」マディーは目を閉じ、ひげ剃り台の表面に描かれた傷を頭に思い描いた。「曲線はちょうど……二本の軸がまじわったところから始まっていて……」

「それならサイン関数のほうだな。サインχイコール、χマイナスχの三乗割ることの3の階乗、プラスχの五乗割ることの5の階乗、マイナスχの七乗割ることの7の階乗……と続くやつだ」

「そうよ。それそれ！」マディーは今やすっかりなじんでいる記号を、できるだけ大きくはっきりと書いていった。「ああ、お父さん、信じられないようなことがあったのよ！　あとでちゃんと話してあげるから！」

マディーはバロック様式の大理石張りの玄関ホールを走り抜け、階段を駆けのぼった。彼女が一歩踏みつけるごとに、絨毯の敷きつめられた床が足の下できしむ。そしてようやく鉄格子の部屋にたどり着いたとき、彼女の願いは完全に無視されていたのがわかった。ラーキンともうひとりの介護人がシャーヴォーの顔を壁に押しつけ、拘束衣の袖を背中側で結び終えたところだった。

マディーが戸口で立ちどまると同時に、彼らはシャーヴォーを放した。シャーヴォーは向こうを向いたまま、動くこともがくこともせず、じっとうつむいて壁に頭を押しつけていた。暗がりにぼんやり浮かぶ白い人影のように。

「こういうことはやらないでって言っておいたのに――」

「カズン・マディー！」エドワードが振り向いた。「大丈夫だったかい？　横になって休んだほうがいいんじゃないか？　まったくひどい災難だったな！　彼の手の届くところにかみそりを放置しておいたラーキンの責任だよ！　最低限の拘束を施す必要がある患者と接するときは、つねに万全の警戒が必要だというのに。やはりきみをこの部屋に入れるべきではなかったんだ」

「わたしは平気よ。それよりね、さっきの図はサイン関数だったの！　ああ、あんな服を彼に着せないでほしかったわ」

シャーヴォーが壁に肩をもたせかけてこちらを向き、非難するような目を向けてくる。

「さっき、彼が描いた図よ」マディーは持ってきた紙を広げて見せた。「これはサイン関数のグラフなのよ」

「ああ――だから言っておいただろう――筆記用具のたぐいを見せると、彼の脳は興奮しすぎてしまうんだよ。彼が書き殴ったものに意味なんか求めてはいけない」

「だけどこれはちゃんとした意味のあるものなのよ！　無限級数を表すグラフなんだから！」

「いやいや。とにかく今は、彼を安静にさせておかないと。あっ、こら、カズン・マディー！」マディーが脇をすり抜けてシャーヴォーにその紙を見せようとすると、エドワードが怒鳴りつけた。彼女の手から紙を奪い、くしゃくしゃに丸める。「これ以上、彼を錯乱させるようなものを見せたりするんじゃない」

マディーは立ちどまった。シャーヴォーはじっと彼女を見ている。

「さっきのあれって、サイン関数なんでしょう?」マディーはエドワードを敢然と無視して、シャーヴォーに話しかけた。

期待していたような反応も、なにかを理解したようなそぶりも、なにひとつ見られなかった。彼はただ、ふたりのあいだにガラスの壁があって彼女の声が聞こえないかのように、じっとこちらを見かえすばかりだった。

5

きえた……きえてしまった……すべてがなくなった……あらくれもののひげそり男が部屋のそとで番犬のようにみはっているだけ……プライバシーもくそもない……のどにむりやり食事をながしこまれて……食べようが食べまいが。

カズ……マッド。

カズ、マッド。

ベッドに……手と足をしばりつけられて……動物みたいに……ピンク色のまるまるふとった……しっぽがくるくるの……。ことばがでてこない……ことばすらもかすんできえていく……とおくへ。名前を思いだそうとするだけで頭が痛い。

カズマッド……。クリスチャンはそれをあえて声に出さず、口と舌だけを動かして言うまねをしてみた。

実際に声に出したらどんなふうに聞こえるのか、想像するのも怖かった。〝ノー、ノー、ノー〟——きっとそんなふうにしか聞こえない。

だったら、しゃべるな。口をひらくな。

激しい怒りと恐怖が彼のなかでぐるぐると駆けめぐっていた。みんなのしゃべり方が速すぎるせいだ。もごもごとわけのわからないことをつぶやくばかりで、ちっともこちらに理解する暇を与えてくれない。

どこのだれともわからないやつらが、力ずくでぼくを押さえつけ、たいせつな友人を、家を、人生をうばった。

クリスチャンは横たわり、漆喰で丁寧に仕上げられた天井の暗い陰の部分をぼんやり見つめていた。楕円《だえん》形のきれいな模様が、壁の仕切りによって途中でぷっつり切れている。この独房はその昔、さぞや美しい大きな部屋だったのだろう。廊下の向こうで、正気を失っている患者のひとりが不気味なうなり声をあげている。その声に、クリスチャンは怯《おび》えた。喉の奥や胸のあたりが妙にざわざわしてくる。なぜならそれは、彼自身が発したい声と同じだったからだ。プライドと冷たい怒りがかろうじて内に押しとどめている、絶望の叫び。

こんなところにずっととじこめられていたら……このままずっと……あたまがどうにかなってしまう。

いったい誰が彼をこんなところに閉じこめ、狂気の淵《ふち》へと落ちていくのを待っているのか、確かめようとしたこともある。見覚えのある人間のうち、何人かは名前も知っているのだが、ときには同じ顔を見ても、名前がまったく思いだせないこともあった。

カズ・マッドと会ったときもそうだった。クリスチャンは彼女を見た。**まっしろな……あれ……。**彼女が頭にかぶっていたものの名称がするりとこぼれていった。**しゃべるんだ。ほら、わかるだろ。わかるはずだろう。きけ。きくんだ、耳をすまして、よくきけ。**

カズ・マッドは正しくもあり、間違ってもいた。正直言って、考えれば考えるほど、頭がますます混乱してくる。なにか考えようとすればするほど、そして、頭のなかでふくらんだり溶けたりする靄の奥から答えを引きだそうと努力すればするほど、ひどい吐き気が襲ってくる。

廊下のほうから聞き慣れた足音が聞こえた。その音が聞こえると、今度はいったいなにをされるのだろうと、いつもびくっとしてしまう。明かりが揺れて、天井に鉄格子の影がゆらゆらと映った。がちゃがちゃと錠を外す音がして、見張り番が目を覚ましたような物音が聞こえた。

女性のささやく声がして、キャンドルの明かりが横顔を映しだした。彼女は部屋の片隅の寝台に身をかがめ、ふらふらしながら起きあがった見張り番にそっと声をかけた。ふたりはしばらくぼそぼそと話しあっていたが、やがて大柄な猿みたいな男が立ちあがって、そそくさと部屋を出ていった。

彼女はキャンドルの明かりを窓辺に置き、こちらのほうに顔を向けた。こんなにみじめで屈辱的な姿を、奴隷のごとくとらわれた姿を、彼女に見られるのは耐えられなかった。クリスチャンは目を閉じ、眠っているふりをして、すべてを振り払おうとした——**みはりつきの部屋、犬、なまえ、自分、ことば！　わかることば、しゃべることば**——この狂った夢が終わってくれたらいいのに。

「……アーヴォ……」彼女が小声で言った。「起き……れ……？」

そっと彼の肩にふれてくる。恥ずかしさのあまり、クリスチャンは奥歯をぐっと噛みしめて、わざと顔をそむけた。プライドを示すように拳を握り、手首にはめられている枷《かせ》を思いっきり強く引っぱる。

鋭い物音にびっくりしたのか、彼女はぱっと手を引っこめて、不安そうに彼を見おろした。相手を驚かせてやったことに少しだけ満足して、彼はあからさまな憎悪の目で見かえした。

すると、彼女がおずおずと微笑みかけてくる。「……イン……んすう……」彼女は言った。「……げん……ゆうすう……」

彼女は一枚の紙を差しだした。キャンドルのほの暗い明かりでも、インクの文字は黒くはっきりと見えた。

$$\sin x = x - \frac{x^3}{3!} + \frac{x^5}{5!} - \frac{x^7}{7!} + \cdots\cdots$$

そうとも！

そうだ、そうだ、そのとおり！　彼はそう叫びたかった。**やっぱりきみには聞こえていたんだね、わかってくれたんだね、ぼくはここにいるんだ！**

だが、彼は結局なにもしなかった。突然、動くのが怖くなったからだ。急に動いたりしたら、彼女を怯えさせてしまうかもしれない。彼女の存在は今やかけがえのないものだった。値のつけられない宝石のように貴重なものだ。そんな彼女を万が一にも傷つけたりすることはできない。

　気がつくと、呼吸がやたらと速くなっていた。乱れた息を整え、はやる気持ちを抑える。彼は意識的に腕の力を抜き、きつく握っていた拳を開いて、鎖につながれた両手をベッドの上に置いた。そして彼女の目を見つめかえし、こくりと小さくうなずいてみせた。

「サイ……かんす……」彼女が少し強調しながら言う。「でしょう？」

そうだよ。彼は思った。**そうだとも。**口に出して〝イエス〟と言ってみてもよかったが、あえて危険は冒さないことにした。彼はふたたび、慎重にうなずいた。

「サイン」彼女が言う。「サイン……んすう」

さいんあんす……。かんす……サイ……。言葉が頭のなかでぐるぐると渦巻く。さいん……かん……、サインかん……、かいんさんす……、サン……んすう……、ふたつのサイコロが回転くじの器械のなかでがらがらところがって……くるくると……。

「サイン……かんすう……」彼女はもう一度言って、彼のかたわらにひざまずき、紙を広げてみせた。

彼はそこに書かれた数字や記号を見つめた。その数式には見覚えがある、これが意味するところはわかるけれど――。

その瞬間、がらがらと回転していたふたつのサイコロがカップにぽとりと落ちるように、頭のなかでごちゃまぜになっていたふたつの単語が明確に分かれて、すっと腑《ふ》に落ちた。

サイン、関数。

間違いない。

サイン関数だ。クリスチャンはかすかに声をもらして笑った。キャンドルの炎が揺らめき、彼を見おろしている彼女の顔に影を落とす。**慎ましやかな帽子、魅力的なま**

つげ、善良な淑女。

彼は唇をなめて湿らせた。「サイン……」ざらついた声で言う。

「そうよ！」

「そうとも！」言葉が勢いよく口から飛びだした。壁をぶち破るぐらいの爆発力を伴って。「サイン、だ」

彼女が微笑む。その笑顔は暗闇に差す朝日のように明るく輝き、クリスチャンの心に突き刺さった。彼はその瞬間、恋に落ち、狂おしいほどの情熱を感じた。

「サイン……関……数」愛しい彼女が言葉をいちいち区切って言う。

こども……ぼくはこどもじゃない……ばかだな……こどもに言いきかせるみたいにわざとゆっくりくりかえさなくたってわかるのに。

「正割《セカント》」彼はいらつきながら言った。「余　割《コセカント》」

「違うわ。サインよ」

「正　接《タンジェント》。余　接《コタンジェント》。角」**簡単だ。数学、三角法。**「平行線公準。合同、平行な線、垂直にまじわる線」ああ、幾何学なんて簡単だ。こんなに簡単なことを、どうして今まで忘れていたんだろう？　どうせなら、もっと難しいことに挑戦してみよう。彼は手首につながれた鎖を握りしめ、なんとか声を出そうとした。「あ……」ひどく苦しい。どうせそうだろうと思ってはいたけれど、声が素直に出てこなかった。「あ……ああ

「……！　カズ・マッド」

クリスチャンは彼女を愛していた。ずっとそばにいてほしい。こんな場所にひとりで置き去りにされたくなかった。

彼女がちょっと首をかしげて困惑ぎみに訊いてくる。「誰のこと？」

彼女の手にふれられそうでふれられなかった。彼は鎖がぎりぎり届くところまで腕をのばし、親指で彼女のてのひらの横をそっと撫でた。彼女の瞳をじっと見つめ、なんとか声を出そうとする。たったひとことしぼりだそうとするだけで、ものすごく苦しかった。拘束具の金具を壁にがんがん打ちつける。「名前！」言葉がいきなり口をついて出た。「名前！　きみの！」彼女の手をつかんで、ぎゅっと握りしめた。

彼女がふたたびにっこりと笑う。「マディーよ」

そうだ、そうだった。マディー。マディーガール。マディー。「ムア……」食いしばった歯の隙間からそれだけ押しだすのが精いっぱいだった。

「マディー」彼女が言う。

クリスチャンはうなずいた。これではだめだ。こっちがちゃんと理解していることを、どうしたら彼女にわかってもらえるだろうか。「サイン」先ほどうまく言えた単語をくりかえしてみる。「コサイン。タンジェント」指先で彼女の手をやさしく撫でながら。〝行かないでくれ〟と言いたかったが、声になって出てきたのは「ノー……

ノー」という言葉だけだった。

彼女が小さなため息をついて背筋をのばす。彼女が行ってしまうと思い、クリスチャンは激しく首を振った。**だめだ！　ここにいてくれ！　まだ帰らないでくれ！**

「ノー、ノー、ノー、ノー」耳に届くのはくぐもったつぶやきだけ。彼は頭をのけぞらせ、怒りに任せて手枷を引きちぎろうとした。

「やめて！　だめよ騒がないで！」彼女が人差し指を自分の顔の前に突き立てる。指先が鼻の頭にふれそうだった。

クリスチャンは彼女を見あげた。そのしぐさにはなにか意味があるはずだ。意味があることはわかっても、どういう意味だったかは思いだせない。彼自身の立てた物音の残響はすでに消え、けだものたちが騒々しくわめく声が館内にこだましているだけだ。

彼女が彼の肩に手を置いた。クリスチャンは頭を動かし、頰で彼女の手の甲にふれた。**ここにいてくれ、マディー。ぼくをひとりにしないでくれ。**

だが、口からこぼれるのは言葉にならない声だけだった。「ノー。む……あ……。ノー！」

クリスチャンはうめき、彼女から顔をそむけた。

すると彼女が冷たい手で彼の顔を包みこみ、額にかかった前髪をそっと上へ撫でつける。クリスチャンは目を閉じ、震えそうな体をじっとこわばらせ、感情の波に押し流されまいとした。

「……っくり……やすん……」彼女がささやいた。「なにも……んぱい……ない……から」

なに……んぱい……。しんぱい……ない。

なにも……しんぱい……ないから。

なにも心配ないから。

きちんと理解できたわけではなかった。音が消えて、心が落ち着いてからようやく、ぴんと来ただけだ。

だが、それだけでもなにがしかの意味はあった。彼女が背を向け、キャンドルと紙を持って出ていってしまっても、これだけは誰にも奪われずにすむのだから。溺れかけている彼に与えられた、ひとつの小さなガラスの玉。なにも心配することはない、と彼女は思っている。彼女がそう言ってくれたとき、ぼくはほとんど理解できたのだから。

マディーは唇を引き結び、エドワードに口述筆記させられたレディー・スカル宛の手紙に、ブライスデール・ホールのパンフレットを同封した。美辞麗句で飾られた手紙の内容は〝ここブライスデールでは週にわずか六ギニーの費用で、お姉さまに愛のこもった手厚い看護を受けていただくことができますので、ご都合のよろしいときにぜひ一度お訪ねくださいい〟というものだった。パンフレットには、静かで美しいこの館の外観と、黒鳥のいる湖のほとりに植えられた柳の木のそばを散歩するカップルの木版画が添えられている。

手紙やパンフレットを読む限りでは、今日の朝っぱらから館内に響き渡ってみんなを叩き起こした鋭い金属音や、さっきからとまらないエドワードの怒鳴り声など、いっさい聞こえないように思える。マディーは、適当な話をでっちあげてわざとラーキンを部屋から追いだし、シャーヴォー公爵にこっそり会うとはどういうことだと、エドワードからこっぴどく叱られた。その小言は、エドワードが受けとった手紙を読み、マディーがそれらをファイリングしているあいだも、彼が返信を口述して、彼女がそれを震える指で書きとるあいだも、延々と続いた。激しい物音と怒りに満ちた雄叫びも果てしなく続いている。がしゃーん――タンジェント！――がしゃーん――距離――がしゃーん――二乗――がしゃーん――マイナス！――がしゃーん――Y1――がしゃーん――X2――がしゃーん――マ……ィー！――がしゃーん――マ……ディー！――がしゃーん――イィー！――イィー！――怒り狂った絶望の叫びは、とうとう声がかれて哀れを誘うような物悲しい嘆きに変わるまで、やむことはなかった。

ゆうべ会ったときの彼は精神を病んでいるようには見えなかったが、今朝の彼は完全におかしいとしか思えなかった。結局のところ、エドワードの警告は実に適切だったわけだ——彼の心を乱すようなことはいっさいしてはいけない、あんなふうにこっそり会いに行ったりすべきではなかった。この館にいる誰もが興奮していらだち、ほかの患者たちは不安に怯えていた。エドワードはラーキンに向かって、正午までにおとなしくならなかったら拘束衣を着せて隔離室に連れていくぞと、マスター・クリスチャンに説明してくるよう指示していた。

隔離室というのがどういうところか、マディーはすでに知っていた。それはブライスデールで行われている人道的療法のもっとも基本となる部分で、患者本人の尊厳に訴え、状況に応じて励ましたり厳しくしたりすることで患者の行動を管理するというやり方だ。エドワードはサミュエル・テューク著の『養護院解説書《ディスクリプション・オヴ・ザ・リトリート》』という本をマディーに与えた。ヨークにある有名なクエーカー教の施設で、精神病患者のための人道的治療の分野では先駆け的な存在となっている養護院について、詳しく説明してある本だ。彼女はまだ本の一部しか読んでいないけれど、その養護院のことなら誰もが一度は聞いたことがあるくらい、有名なところだった。ブライスデールのパンフレットでは、エドワードがドクター・ジェプソンのもとで八年間修行して貴重な経験を積んだことが強調されていた。理性のひらめきを育てるためにも患者にはなるべくまともな人間に対するのと同じような口調で話しかけ、やさしく親切に接しながらも、自由になるためには自制心を培うことがなにより大事だと、患者本人にきちんと理解させなければいけない。だから、何度もチャンスを与えられたにもかかわらず行動が改まらない場合は、子供がお仕置きをされるように、隔離室に閉じこめられたりもするのだという。

午前十一時半、エドワードが妻の顔を見に帰ってしまってからも、廊下に響き渡る激しい金属音や、まったく言葉になっていない野獣の咆哮《ほうこう》のごとき荒々しい叫びは、相変わらずやむことがなかった。マディーはもう聞いていられなかった。こんなことになったのはわたしのせいだ。そのせいで彼が罰を受けなければいけないのなら、わたしだけが知らんぷりを決めこんでのほほんとしているわけにはいかない。愚かな罪を犯した自分を戒めるために、マディーは立ちあがり、隔離室へ行ってみることにした。メイドに場所を尋ねると、地下室へとおりる階段まで案内してくれた。

「右手の三番めの部屋ですよ。新しいお風呂の次です」

マディーは階段をおりていった。角をひとつ曲がるたびに、頭上で鳴り響いている激しい物音はだんだん薄らいでいって、やがて静かな廊下に出た。空気はひんやりしているものの、廊下の壁や床にはきれいに水漆喰が塗られ、突きあたりにはランプも灯っているので、まあまあ明るい。右側の三つめのドアは窓がない板張りの部屋へと通じていて、片方の壁に造りつけのベンチがひとつだけあった。

　想像していたような恐ろしい独房とは様子が違う。そこはただの清潔な部屋で、乾いていて涼しくはあるけれど寒いほどでもなかった。ベンチには聖書が一冊だけ置かれている。これを読んで静寂のなかで瞑想《めいそう》しなさい、ということなのだろう。日常生活においてはクエーカー教徒らしさを失いつつあるように見えるエドワードのなかにも、信仰心はまだ残っていたようだ。

　そこはあたかもクエーカーの集会所《ミーティングハウス》のようだった。自分のなかの小さな声に耳を傾け、〝内在する光〟を感じるための、静かな場所。マディーはその部屋の真ん中に立って、こういう場所ならばシャーヴォーが連れてこられても大丈夫だろう、と思った。

　それでも、あまりの静けさがマディーの心をかき乱した。これまで何度もフレンド派のミーティングで静寂に包まれて過ごしてきたけれど、こんなに心安まらない感じがするのは初めてだ。沈黙のなかで耳を傾け、じっと待ち、真実の〝内なる光〟を実感する――もっとも、マディー自身はまだ、ミーティングで神の言葉に動かされて身を震わせたり語りだしたりした経験はないけれど。こういうことを予想するのは神への冒瀆にあたるかもしれないとあえて承知で言うなら、自分がそれほど感動する場面を想像するのは難しかった。マディーはそこまで冷静沈着でもなければ、自信にあふれてもいない——公爵に比べれば。

かつてのシャーヴォーに比べれば。

彼のことを考える。手足にはめられた枷、その顔に浮かんでいた激しい怒り。すっかりかれてひび割れてしまった声にならない声。

マディーはゆうべ一睡もできなかった。母が亡くなった夜と同じようにまんじりともせずに一夜を明かし、決して受け入れがたい事実をどうにかして受け入れなければと苦悩しつづけた。

静寂。静寂にもさまざまな種類がある。ミーティングの場でみんなとともにじっと待つときの静寂。わが家にいる家族同士で言葉が必要ないときのあたたかい静寂。誰もいない庭で鳥や草花に囲まれているときの静寂。

何カ月ものあいだ、彼はなにもしゃべっていなかった。まともなことは、ただのひとことも口にしていない。エドワードが詳細につけている日々の記録には、同じ言葉がくりかえし記されているだけだった。無言。無愛想。非協力的。暴力的。

エドワードはシャーヴォーのことを痴呆症だと言っていた。完全に正気を失っていて、善悪の区別がつかず、動物並みの知能に低下してしまっている、と。

マディーは聖書を見つめたが、手をふれることはしなかった。幼いころから彼女は、聖なる経典には人間にとって有益で必要不可欠な神の言葉が記されているものの、それは心のなかに存在する神の個人的な導きより大切なものではない、と教えこまれてきた。しんと静まりかえった味気ないこの部屋にたたずんでいると、自分のなかに真実が芽生えてくるのがありありと感じられた。頭上の階で檻に閉じこめられて暴れているあの男性は、必死にわたしに訴えかけている。彼にとってこの部屋は神聖な場所でもなんでもなく、自分を懲らしめるだけのために使われる牢獄《ろうごく》にすぎない、と。彼にはこの静寂の意味がわからないのだろう。わたしには理解できることでも、彼には理解できないのだから。

マディーはそこではっと顔をあげた。でも、彼は二歳児ではない。完全に理性を失ってしまったわけではない。

彼は狂ってなんかいない。狂わされているだけだ。

頭のなかでそうひらめいた瞬間、誰かがそれをはっきり口に出して指摘してくれたかのように、実にすっきりした気分になった。

自分のなかから、なにかが消え去った気がした。なくなってしまうまで、そこにあることにも気づいていなかったなにかが。すると、その部屋もさっきより薄気味悪く思えてくる。ミーティングハウスの質素で清潔な一室というより、地中深くにしつらえられた寒くておぞましい隔離部屋としか感じられなくなった。

シャーヴォーは正気を失ってはいない。言葉が奪われてしまっただけだ。だから今は口が利けなくて、なにを語りかけられても理解できないだけ。

そういうふうに考えてみると、怒りと絶望に満ち満ちた彼の叫びや憤慨は、驚くほど理性的なものに思えてくる。悪徳の限りをつくして完全に正気を失ってしまった異常者の行動ではなく、とてつもない欲求不満を抱えてひどくいらだっている正気の人間のそれのように思えてくる。今の彼は暴力によってしか、己の感情を吐きだせないのだろう。あの向こう見ずな公爵は、周期関数もフーリエの無限級数も熟知していて、幾何学の世界に新たな体系を打ち立てることもできるほどの人物で、自由で、雄弁で、貴族らしい寛大さも備えている人だった。そんな人が今、小さな檻に閉じこめられて、狂気の淵へと追いやられようとしている。

マディーは自分の小ささを思い知らされた。こんなにもはっきりと神の声が聞こえたのは生まれて初めてかもしれない。彼女は聖職者でもなければ、ミーティングの席で突然語りだす人々のように天の恵みを得たこともなかった。今日までの彼女はただ、その日その日になすべきことを淡々とこなし、無難に生きてきただけだ。

だがこれは明らかに、マディーに与えられた試練だった。シャーヴォーにあのような苦悩を強いることで神がなにをしようと願っているのかまでは、彼女には計り知れないことだったけれど――でもこの程度のことなら、神からの直接的な語りかけがなくてもわかる。わたしはなにも、彼にキリストの教えを説いたり、彼の善悪を判断したりすることを期待されているわけではない。

わたしに求められているのはただひとつ、ひどくもがき苦しんでいる彼を決して見捨てないことだけだ。

エドワードはきっと気に入らないだろうと、マディーにはわかっていた。暴れる患者たちを収容してある区域には絶対に立ち入るなと、はっきり釘《くぎ》を刺されていたからだ。彼女がどれだけ食いさがっても、正論を持ちだされてうまく言いくるめられるばかりだった。

階段をのぼって、シャーヴォーの部屋へと近づくにつれて、鉄格子をガンガン叩く金属音が大きくなっていく。やっぱりわたしは間違っていたのかもしれない。わたしでは力不足だ。これはわたしごときの身に余る任務だった。だいたいわたしは、精神の病や医療の世界についてなにを知っているの？　今や廊下には金属音が鳴り響いているだけで、人の声はいっさい聞こえない。この施設内にいるはずのほかの人々は奇妙なくらい静かで、昨日はそこここから聞こえた低いつぶやきや舌打ちなども、まったくと言っていいほど聞こえてこなかった。金属と金属がぶつかる鋭い音に誰もが魅入られて、じっと聞き入っているかのようだ。

マディーは角を曲がった。廊下の真ん中あたりに、ラーキンが椅子を半分壁にもたせかけた格好で座っている。短くまばらな髪の隙間から頭皮が光って見えていた。手に持った懐中時計の鎖を両膝のあいだでぶらぶらさせている。

「あと三分だぞ」誰にともなく、ラーキンが大声で言った。リズミカルな金属音はとぎれることなく続いている。彼はマディーのほうをちらりと見て、椅子をどすんと平らに戻した。その音すらも、絶え間ない金属音でかき消された。

「フレンド・ラーキン」マディーは声を張りあげて言った。「わたし、シャーヴォーに話があって来たの」

鉄格子を叩く音がふっとやんだ。

音がやんでも、残響が耳のなかでいつまでも続いている気がした。ラーキンはシャーヴォーの部屋のドアを見てから、マディーに目を戻し、眉をひそめた。「あんたはここに来てはいけないことになってるはずでしょう」

すでに消えたはずの残響が耳鳴りとして続くなかで、ラーキンの声はやけにうつろに響いた。

「そうは言っても、もう来てしまったし」

「こっちはゆうべ、あんたのせいでとんでもない目に遭ったんだ。もう二度とごめんこうむりたいね」

「そうしたいのなら、今からエドワードのところへ行って訊いてきてもらってもかまわないわよ。これ以上あなたに迷惑をかけたくはないから」

「それはできないんだ。あと一分したら、彼を隔離室に連れていかなきゃいけないんでね。だからこのまま帰ってくれ」

「でも、隔離室へ連れていくのは、彼が正午までにおとなしくならなかったら、っていう話だったはずでしょう?」マディーは部屋のドアを手で示した。「今はすっかりおとなしくしているじゃない」

彼女の言い分を裏づけるかのように、階段の下の玄関ホールに置かれている時計がボーンボーンと鳴りはじめた。

ラーキンは気に入らない様子だった。マディーが前へ歩きはじめると、片手を突きだして彼女をとめようとする。「だめだよ、お嬢さん。お願いだから、彼をまた混乱させるようなことはしないでくれ!　なあ、頼むから――」

シャーヴォーは鉄格子のドアの向こうに立ち、両手でがしっと鉄の棒にしがみついている。だが彼女の姿を目にしたとたん、彼の指から力が抜けていき、ぐっと嚙みしめていた顎もリラックスした。なにかをしゃべりたそうに唇が開いたが、すぐにまた貝のように閉じてしまう。彼は薄暗い部屋のなかで一歩さがり、そこでうやうやしくお辞儀をして、貴婦人を迎えるときのように片手をすっと差しだした。ふたりのあいだに鉄格子のドアなど存在しないかのように。

「やめろ！」ラーキンが前に立ちはだかった。「やつに殺されちまうぞ！　手なんか握ったら、鉄格子のあいだから腕がのびてきて、あっというまに首を絞められかねないんだから」

　そういう状況であることはマディーにもわかった。それで一瞬ためらったとき、彼女の恐怖がシャーヴォーに伝わったのだろう。彼はこちらに差しだしていた手をぐっと握りしめた。そしてすっと引きさがったかと思うと、くるりと背を向け、幽霊のように窓のほうへ漂っていき、外へ目を向けてしまった。

　マディーは失敗したことを悟った。ラーキンの声は、さまざまな反論や証拠を突きつけて彼女に〝真実〟をあきらめさせようとする〝分別を説く者《リーズナー》〟の悪魔のささやきに聞こえた。最初のテストで、彼女はすでにつまずいてしまった。

　マディーはちらりとシャーヴォーを見てから、ラーキンのほうを向いた。「申し訳ないけれど、エドワードをここに呼んできてくれないかしら。わたし、〝開き《オープニング》〟を体験したの。だからどうしてもシャーヴォーと話をさせてほしい、って」

「オープニング？」ラーキンはぎょっとした顔つきで彼女を見かえした。「なにを言いたいのかわからないが、おれは絶対にここを動かないぞ。あんたにまたばかなまねなんかされちゃ困るんだ」

「わたしはあそこに座るだけだから」マディーは部屋の前に置かれている椅子のほうへ頭を傾けながら言った。「約束するわ、それ以上はなにもしないって」

「もしもまたやつが暴れだしたら？　今は静かにしてるが、あんたのせいでまた興奮するかもしれない」

「シャーヴォー」マディーはドアに近づいていき、ラーキンが必死にとめるのも聞かず、片手を鉄格子のあいだから差しのべた。「わたしがここにいたら、あなたは気にさわるかしら？」

シャーヴォーが肩越しに振りかえる。

「あんたが勝手にやったことだからな！」ラーキンが警告した。「どうなっても知らないぞ。昨日、あんなことがあったばかりなのに……」

シャーヴォーは蔑《さげす》むような目で男を見た。その視線はほんの一瞬マディーにも向けられた――が、彼はすぐに向こうを向いてしまった。彼女の差しだした手をきっぱりと拒絶するように。

頬をぴしゃりと叩かれるよりもはっきりと思い知らされた。マディーは手をおろした。「お願いだから、エドワードを呼んできて」彼女はこわばった口調でラーキンに頼んだ。

「おれがいないあいだ、なにもしないと約束してくれるか？」

マディーは椅子に腰をおろした。「ええ」

「まあ、どうせ長くはこんなところにおちおち座っていられないだろうけどな」ラーキンは舌打ちすると、頭を振りつつ背を向けて、廊下を遠ざかっていき、角の向こうへと姿を消した。

静寂が訪れた。

シャーヴォーは相変わらず窓の外をながめている。

「猿」彼が言った。激しい嫌悪感と軽蔑《けいべつ》を一気に吐きだすような強い口調だった。

それから、体は向こうに向けたまま顔だけを少しこちらへまわし、片方の眉を吊《つ》りあげて若干挑むようにマディーに横目を向けてきた。

「そうね」彼女は大きくうなずきながら言った。「たしかにそんな感じだわ」

彼は腕を組み、鉄格子の窓に肩をもたせかけた。静寂と暗がりに包まれた、とらわれの騎士のように。その口もとにゆっくりと笑みが浮かぶ。

もしもこの人が正気を失っているのなら、信用することはできない。昨日の彼は、鉄格子に頭をもたせかけてゆったりと尊大に構えていたかと思ったら、次の瞬間にはマディーの顎にかみそりをあてていたのだから。

気をつけるのよ、と〝リーズナー〟がささやいた。この人は力が強いんだから。恐ろしい人なんだから。正気ではないかもしれないんだから。

マディーはふたたびシャーヴォーを見た。ほんのわずかに唇を引きつらせて、きっぱりとくりかえす。「猿」

狭い部屋の暗がりのなかで、彼の顔半分だけの微笑みがほんのりと明るく見えた。

「猿」シャーヴォーがちょっと意地悪っぽく言う。

マディーは両手を膝の上で重ねた。「わたしたち、意見が合うみたいね」

彼はそれっきり黙りこんでしまったが、無言の皮肉っぽい笑みをたたえて、鉄格子の向こうからいつまでも彼女を見つめていた。

「残念ながら、そんな話はまったくもって問題外だよ」エドワードはマディーに向かって言った。「きみが公爵の介護人を務めるなんて、経験不足で不適切だということはさておいても、とにかく――ばかげている。きみ自身の身にどんな危険が及ぶかを考えてみろ、カズン・マディー。昨日の一件を忘れたわけじゃあるまい」

「忘れてはいないわ。でもね、わたしは〝オープニング〟を体験したの」

「そうか、それはよかったが、ここはミーティングの場ではないんだ。ここは精神病患者の施設なんだぞ」

マディーはまじめな顔で彼を見かえした。「じゃあ、ここに神はいないの?」

ラーキンがふんと鼻を鳴らす。エドワードはかすかに気色ばみ、介護人に向かって眉をひそめた。「もちろん、神はここにもいる」

「わたしは〝オープニング〟を体験した」彼女は淡々とした声で言った。「わたしは導かれたのよ」

エドワードは唇を引き結んだ。「きみがそのほうを好むとは思わなかったが、患者とじかに接触する仕事のほうが本当にいいのなら、午後は婦長の補佐役をやってみるかね」

そうよ、と〝リーズナー〟がささやいた。そうさせてもらいなさい。

そのほうが安全だし、楽だもの。

「こういう状況じゃなければ、喜んで婦長のお手伝いをさせてもらうわ」マディーは言った。「でも今はシャーヴォーの面倒を見なければならないから」

エドワードの顔がみるみる赤く染まっていく。「きみがそんなあきれたことを言いだすとは驚いたよ、カズン・マディー。きみにふさわしい仕事ではない」

「これまでもずっと看護の仕事をしてきたのよ。男性女性にかかわらず、患者さんの面倒を見ることには慣れているわ」マディーは冷静な声を保った。「でも、たとえそうじゃなかったとしても関係ないの。わたしの導きはシャーヴォー自身に関係していることだから」

「とにかく落ち着きなさい」エドワードが頭を振りながら微笑む。「きみはいったいどこでそんな途方もない考えを思いついたのかね？」

「隔離室よ」彼女はあっさり答えた。「そこで〝光〟と〝真実〟がわたしの前に示されたの」

「そんなに光と真実について知りたけりゃ、さっさとやつに首の骨でも折られちまえばいい！」ラーキンが声を張りあげた。「そうすりゃわかるさ！」

「彼はわたしを傷つけたりしないわ」マディーは言った。

「あんたになにがわかるってんだ！　あいつはしょっちゅう暴れだすんだぞ。このおれだって、やつに殴りかかられたのは一度や二度じゃすまないんだ。こんなに体の大きいおれでもだ。あんたみたいにやわな女性じゃ、一瞬で吹っ飛ばされちまうぜ」

この人の言うことに耳を傾けるべきよ、と〝リーズナー〟がささやいた。彼の話には根拠があるはずなんだから。

「それでも」と彼女は言った。「わたしが会いに来たのを見たら、彼はすぐにおとなしくなったでしょう？」

ラーキンが顔をしかめる。「そんなことになんの意味もないさ。あんたはやつみたいな種類の人間について知らなさすぎだ。ここへ来てから、まだたったの一日しか経ってないじゃないか。ああいう頭のいかれた連中相手には、一瞬たりとも隙なんか見せられないんだぞ！」

「悲しいことだがそれが現実なんだよ、カズン・マディー。この手の患者がときたま見せる演技にだまされてはいけない。われわれは患者に理性をとり戻させ、まともな行動がとれるようになるまで助けようと必死に努力してはいる。だが現実問題、今の公爵はとても普通の人間として扱える状態ではない」

マディーが通っているミーティングには女性の牧師がいて、〝リーズナー〟について教えてくれた。彼らは道を誤った者の目を揺るぎない視線でまっすぐに見つめ、良識的かつ巧妙に議論を持ちかけてくるのだという。マディーはまさにそんなふうに、まばたきひとつせずにエドワードを見つめた。

「いや、その――」彼は軽く咳払いをした。「もしかすると、わたしの言い方が悪かったのかもしれない。もちろん彼は人間だよ。われわれと同じく、彼もまた神の子供たちのひとりだ。だがわたしには、きみの身の安全と幸福を守らなければならない責任があるからね」

「あなたが守るべきなのは彼の幸福でしょう」

「とにかく、きみに彼の介護を任せるわけにはいかない。非常識すぎる。とうてい許可できないよ」

マディーは言いかえさなかった。いくら正論を述べ立てて議論しても、相手を説得できないと悟ったからだ。それに、自分がなにを言おうとしているのか、前もって考えてもいなかった。もしも神がそれを望んでいるなら、適切な言葉が自然とわいてくるはずだ。

彼女の静かなまなざしに耐えきれなくなったのか、エドワードは身じろぎして、足を踏み替えた。「とにかく無理だ。きみには理解してもらえないだろうが」

「カズン・エドワード」マディーは言った。「理解が足らないのはあなたのほうよ」

彼は口をへの字に曲げ、眉をひそめて彼女を見かえした。

「あなたのなかの〝光〟を忘れないで」マディーはやさしく言った。「それとも、あなたはもう信仰を捨ててしまったの？」

エドワードは眉をひそめたまま彼女のほうを見ていた。ただしその目は、本当にマディーを見てはいなかった。

「その〝光〟ってのがなんなのかよく知らないけどな」ラーキンがけんか腰で突っかかってくる。「これ以上のたわごとは聞いたことがないね、ドクター。大事な時間を無駄にさせてしまって申し訳ないとは思ったが、彼女はおれの忠告になんか全然耳を貸しちゃくれず、あなたを呼んでこいとか〝オープニング〟がどうしたとか言うばかりなもんで」

エドワードは介護人をちらりと見た。そしてふたたびマディーに視線を戻すと、真剣な目で見つめかえされた。ラーキンはなおも、光だのオープニングだのなんてくだらないと、フレンド派の信仰を根本から否定するような口汚ない言葉を吐きつづけていた。

エドワードはただじっと廊下に立っていた。そのときの彼は、いくら信仰を忘れかけたクエーカー教徒とはいえ、自分が長年信じてきたものを侮蔑されることには耐えられないのか、ラーキンの目を見ようとせず、話も聞いていなかった。

ラーキンもやがて文句を言いつくしたらしく、出るのは憤慨のうなり声だけになった。鉄格子の向こうでは、白い影のようなシャーヴォーが身じろぎもせずにこちらの様子をうかがっていた。館のなかはしんと静まりかえっている。なにかが起こるのを息をひそめて待っているかのように。

ついにエドワードはラーキンのほうを向き、部屋の鍵をくれ、と言った。

6

顔を真っ赤にした猿と落ち着き払ったマディーのあいだで交わされている矢継ぎ早のやりとりに、クリスチャンはいっさいついていけなかった。だから、この施設でいちばん偉いずんぐりした小ぎれいな男がドアの鍵を開けたのには驚いたが、マディーがひとりでなかへ入ってきたときにはもっと驚いた。彼女は少し怯えているように見えた。それも無理はないのかもしれないが、クリスチャンは気に入らなかった。**女性を傷つけるなんて、ありえないのに、そんなこと！**

しばしためらってから、彼女は部屋の奥まで歩いてきた。彼女がすっと差しだした手に、クリスチャンはびくっとした。どこからともなく、いきなり目の前に現れた気がしたからだ——そういうことはほかにもままあった。突然なにかが目の前に飛びだしてきて、大きな物音とともに襲いかかってくる——**いつのまに隠してあった？——なんでそんなところから出てくるんだ！**　そんなとき、彼は激しい怒りに駆られる。そしてひどく怖くなる。自分のまわりにあるものは、今ある場所から動かないでいてほしいのに。

クリスチャンはマディーを見つめた。普通の人がするように右手と右手で握手がしたい――だが、彼の右手は思うように動かなかった。彼は混乱と屈辱を覚えながら、どうしようもなくその場に突っ立って、右手をゆっくり開いたり握ったりしていた。説明することもできず、荒い息をつき、どうにかして体を自分の意志に従わせようと必死になりながら、彼女の目をのぞきこむ。

するとマディーがようやく彼の手をとって、上下に振った。

てのひらに感じる彼女の指はひんやりしていてやわらかく、街路から立ちのぼる霧のようだった。クリスチャンは自分がなにをしたいのか、そしてなにができるのかわかっていた。騎士のようにもっと勇ましく堂々と振る舞いたいのだ。彼はマディーの手を口もとへ引き寄せ、軽くキスをしてから、そっと握りしめた。

信心深い独身女性、きれいな目もと、ほんのり赤く染まる。クリスチャンはにっこりと微笑みかけた。彼女が唇を湿らせる。猿は不快そうにつぶやいていた。クリスチャンは視線をあげて、彼女と鉄格子の向こうへと目をやった。見張り役の男の苦々しい表情を見れば、自分が彼を怒らせてしまったことはわかる。忍耐の限度を超えて――この借りはいつか返さなければいけないだろう。

もうひとりの……医療の……専門家……医者?……は、ただそこにたたずみ、父親のような目で事態を見守っている。どうやら自分は試されているようだ、とクリスチャンは気づいた。マディーに目を戻してじっくりと見つめ、せっかくのチャンスをみずから台なしにするのはやめておこうと決意した。猿は部屋の外にいて、彼女はなかにいる。たったそれだけのことでも、かけがえのない進歩なのだから。

マディーに手ぶりで座るように促されて、クリスチャンは腰をおろした。水を与えてもらったら、おとなしく飲んだ。話しかけられたときは彼女の口もとをじっと見つめ、唇からこぼれ落ちる音の断片をかき集めて、なにを言おうとしているのか必死に理解しようとした。

思うようにそれができないことに、クリスチャンはいらだった。なにもかもが腹立たしい。混沌《こんとん》とした闇の世界から、言葉を失い、自分をも失った状態で生還して以来、ずっとそうだ。自分のことが制御できない。なにかをつかんで叩きつけたいという衝動が次から次へと襲ってくる。だがこの部屋には、つかんで叩きつけられるようなものはなにもなかった。動かせるものはすべて撤去されてしまったからだ――そのときマディーに期待のこもったやさしい目で見つめられて、今ここで激高してはいけないのだと思いだした。

やがて、耐えがたいほどまずいマトンのスープに味のないライス、ブレッドプディングに大麦の重湯という、いつものメニューを載せたトレイが運ばれてきた。クリスチャンはしばらくのあいだ、内からわいてくる激しい怒りをこらえようとしつつ、トレイをにらみつけていた。マディーが彼のかたわらに来て立ち、ついにスプーンを手にとった。

だめだ。

こんなものが食べられるわけがない。

クリスチャンはもう少しで、トレイもスープもなにもかも壁に投げつけそうになった。もう少しで。だがその代わりに、彼女の手首をそっとつかんでしばしそこで押さえてから、静かにその手をおろしていき、スプーンをトレイに置かせた。

彼はマディーが放したスプーンをとると、スープをびちゃびちゃはね散らかしながら、粗末な食事を食べはじめた。**見せ物のつもりか、動物園の！**　苦労してひと口食べ進むごとに、心は恥辱にまみれ、激しい怒りと嫌悪感に襲われる。それでも彼は食べつづけた。彼女にここにいてもらいたい一心で。あの憎い猿への恨みを晴らすには、こうでもするほかなかった。

それに、これは一種のテストだ。そのテストにクリスチャンは合格した。麻酔をかけられた状態で運ばれてきて、朦朧《もうろう》とした状態から目覚めて以来初めて、彼はみずからきちんと座って人間らしく食事をした。

彼らの目にはきっとそう映るだろう。

クリスチャンは自宅のテーブルとシェフのことを思いだし、正確な名前が頭からするりと抜け落ちてしまったさまざまな料理を思い浮かべた。ル・フィレ……ヴォライユ・ア・ラ・マレシャール……チョコレート……ラ・ダルヌ・ソーモン……スフレ・ダブリコット……それらに比べれば、ぎとぎと脂の浮いたマトンのスープなんて吐き気がするだけだ。

それでもマディーが顔を輝かせているのを見ると、むっとすると同時にうれしくもなった。彼女のことは許してやらなければ。つましい生活を送ってきた彼女は、ライ麦パンとビール以上のごちそうなんて知らないに違いないのだから。

クエーカー。そう、クエーカーだ。ただし、それを声に出して言ってみる気にはなれなかった。

クリスチャンがいまいましいテストに合格したおかげで、マディーがここにとどまることはどうにか認めてもらえたようだ。といっても、部屋の外に座っているだけだけれど。筋肉がぶるぶる震える……彼は疲労困憊《こんぱい》していた。それでも彼女から一瞬たりとも目を離すのがいやで、鉄格子にもたれかかった。**話を……だめだ……なにか……マディーガール……いてくれ……ここに……。ずっと。**

夜になると、あの猿が戻ってきた。クリスチャンは決して油断しなかった。ふたたびあの男に力ずくで押さえこまれたりしないよう、従順な犬みたいに狭いベッドに静かに横たわる。とにかく時間を稼ぐために……そのことは、彼自身にも猿にもわかっていた。

朝になると、マディーがふたたび医者の男とぺちゃくちゃしゃべりながらやってきた。**男は本みたいなものを持っている。なにが書かれているんだ、そこに？　嘘《うそ》だ。でたらめだ。ああ、神よ、助けてくれ！**

ほかにふたりの介護人がついてきていた。ということは、風呂に入らされるに違いない。クリスチャンはすがるような目でマディーを見つめた。

彼女は、大丈夫よ、というように微笑みかえしてくる。

マディーはなにも知らないのだろう。そうであることを祈りたかった――自分がこれからどんな目に遭わされるか、彼女には知らないでいてほしかった。

普段はクリスチャンを三人がかりで無理やり押さえつけて風呂に入れるのだが、今日の彼は決して暴れだしたりしないよう、必死に自分を制御していた。両腕に革製の枷をはめられても――いつもなら拘束衣を着せられるところだが、こちらがおとなしくしている以上、医者の見ている前でそこまでする理由がないのだろう。クリスチャンにはわかっていた。今の彼は鑑定家になれるくらい、さまざまな拘束衣や拘束具に精通していた。革製の腕枷、手枷、拘束椅子、拘束衣、拘束台。

ふたたびマディーのほうを見る気にはなれなかった。心のなかで、自分は今ここにいない、と思いこもうとする。そうするしか望みはなかった。そうでもしなければやっていられない。クリスチャンは介護人たちに連れられて地下への階段をおりていき、顔に革製のマスクをつけられ、視界をほぼ奪われた状態で服を脱がされて、そこに立たされていた。いったいいつ風呂に投げこまれるのかもわからないまま。

冷たい！　冷たすぎて痛い！　氷だ！

彼らはクリスチャンを一度ならず風呂のなかへ押しこみ、金属の棒で頭を押さえつけて水のなかへと沈ませた。三度めに水にもぐらされたときは、息ができなくて胸が苦しくなり、とてつもない恐怖が全身を駆けめぐった――それくらい長く押さえられていたわけだ。そうしてやっと顔をあげさせてもらえたときには、猿がこちらへ身をかがめ、冷たい水の滴るマスクに細く開けられたスリットからクリスチャンの目をのぞきこんで、にやりとほくそ笑んでいた。

クリスチャンは相手の目を見つめかえした。マスクがきつく、口も鼻もびしょ濡れで、あまりの寒さに息が乱れ、体もがたがたと震えていたが。彼らはやがて、クリスチャンを風呂から引きあげた。彼は震えたまま、まわりでなにやらしゃべっている三人の話を聞いていた。全身からぼたぼたと水を滴らせ、細いスリットから入ってくる明かりしか見えない状態で、じっと殻に閉じこもっているしかなかった。

猿が背後でなにか言って、クリスチャンの肩にタオルを投げつけてきた。クリスチャンはいきなり後ろへさがり、体を半身にして、肩と肘を猿の体に押しつけた。すると、ふくらはぎの高さまでしかない風呂の縁が、こちらの狙いどおりの効果を発揮してくれた——猿はバランスを失って、とっさにクリスチャンの肩をつかもうとしたが、クリスチャンがそこで身を引いたため、濡れた肌に指を滑らせてつかみそこない、大声をあげながら水のなかへと倒れこんだ。氷のように冷たいしぶきが、クリスチャンの脚にもばしゃっとかかった。

ほかのふたりはそれを見てげらげら笑いはじめた。彼らの笑い声と水がばしゃばしゃはねる音が、地下室にこだました。クリスチャンはマスクの下で笑いもせずに、ただじっと立っていた——大きな鯨がバッシャーンと跳ねたみたいだ。石の床に水をざあっとまき散らしながら猿が襲いかかってきても、クリスチャンはたじろがなかった。金属の棒で背中を殴られ、激しい痛みに息がとまりそうになって、体がぐらりとよろめいた——が、ほかのふたりが慌てて猿を引きはがしてくれたので、かろうじて大事には至らずにすんだ。

介護人たちのあいだには彼らなりの厳しい掟《おきて》があるらしく、それぞれがそれぞれの行動に目を光らせている。ふたりは、猿がクリスチャンを水のなかで長く押さえつけすぎたことを知っていた。そうは言っても、結局のところクリスチャンは頭がいかれている側なのだから、それ以上のいたずらは許されなかった。

猿は体を乾かしに行ってしまい、クリスチャンは自分のものでもなんでもない青いガウンを着せられて、独房へ連れ戻された。マディーに着替えを手伝ってもらわなければいけないのが、いやでたまらなかった。

こんな、農民みたいな格好をさせられるなんて。

クリスチャンは目の前に並べられた粗末な服をにらみつけた。

「ノー」彼は言った。腕を組み、がちがち鳴りだしそうな歯を食いしばって、とまらない震えと背中の痛みとをこらえようと体をこわばらせる。

猿ならばここで誰かの手を借り、クリスチャンを縛りあげて、代わりに拘束衣を着せるだろう。はたしてマディーはどうするだろうか。ひと息つくごとに襲ってくる震えをなんとか隠そうとしながら、クリスチャンはじっと待っていた。髪はまだびしょ濡れで、寒さが骨の髄までしみていたけれど。ここでわがままを言って、ふたたび猿の世話になるような危険を冒すことだけは、なんとしても避けたかった。マディーガールにずっとここにいてもらいたかった。部屋の外の椅子には、いつでも落ち着いた様子で背筋をぴんとのばしている彼女に座っていてほしかった。あの、白くてぱりっとした……帽子……平和。

「……だめ？」彼女が訊いた。

クリスチャンは顔をしかめた。**だめ?** これじゃだめか、と言いたいのか? **まともな服を着せてくれ!** と怒鳴りたかった。**そんなぼろみたいなやつじゃなくて!**

クリスチャンはコートをつかんだ。その服の縫製のひどさやボタンホールがゆがんでいることを指摘してみせるつもりだったが、できなかった。彼はコートをつかんだまま、自分の意志と行動の狭間《はざま》で身動きがとれなくなった。

喉の奥から熱いうめきをあげて、クリスチャンはその服を投げ捨てた。と同時に、全身がぶるぶると痙攣《けいれん》しはじめる。

「シ……ヴォ……?」マディーはそう言って、クリスチャンの手を包みこんだ。彼はとうとうじっとしていられなくなった。寒さから来る震えや、息を吸うごとに走る背中の痛みを、ついに隠しきれなくなった。彼は手を引き抜いて窓辺へ行き、鉄格子にしがみつくようにつかまった。凍えきったてのひらには、鉄格子が熱く感じられた。

しばらくのあいだ、マディーは黙って後ろに控えていた。この体ががたがた震えているのは、彼女にも見えているはずだ——でも、だとしたらどうだというんだ? クリスチャンは鉄格子に額を押しつけ、体が震えるに任せた。

呼び鈴を鳴らすための真鍮製のレバーがギーッときしんだ。ここの呼び鈴にはベルベットの紐《ひも》はついていない。首吊り防止のためだ。クリスチャンも自殺を考えたことはあったのだが、つねに先手を打たれていた。施設全体が自殺を企てにくいように設計されているようだ。さすがに、長年こういう患者たちを相手にしてきただけのことはある。猿のように無骨な田舎者の介護人でさえ、相手の抵抗を予測してちゃんと備えているのだから。クリスチャンのほうが背が高くて、動きも素早く、若いうえに、頭だってはるかにいいはずだ——それでも猿にはすべてがお見通しのようだった。かみそりの件と地下の風呂での一件は、クリスチャンが初めておさめた勝利と言えた。それでも、金属の棒で殴られた背中は今もずきずきしていて、体をひねるたびに猛烈な痛みが走る。

廊下から猿の声が聞こえてくると、クリスチャンは緊張し、筋肉の深い部分から震えが起こった。しかし、鉄格子のドアが開く気配はない。マディーがなにか話しかけると、猿はしばしためらったのち、しぶしぶ引きさがったようだった。重い足音が遠ざかっていく。

クリスチャンは振り向いた。マディーガールがちょっぴり眉をひそめ、唇を噛みしめながら、彼を見つめていた。ふたりの目と目が合った瞬間、ほんの一瞬、彼女は微笑んだ。

「……きたんを……」マディーが言った。

きたん？

彼女は空っぽの火床を指さし、自分を抱きしめてから、震える格好をしてみせた。**せきたん、か。石炭を、火に、なるほど。**これも初めての経験だ。今までは夜にならない限り、火を熾《おこ》してもらえなかった。

ありがとうと礼を言いたかったが、言えなかった。クリスチャンは小さくうなずいた。

マディーは彼が投げ捨てたコートを拾いあげ、目の前で広げてみせた。クリスチャンはその服の曲がった襟を手で示し、ゆがんだボタンホールを指でつついた。

「……からない」彼女が困ったような顔で言う。

クリスチャンはぎりぎりと歯ぎしりして身を震わせた。**仕方がない。もう一度最初からだ。**彼はマディーが今着ている服の袖に人差し指を走らせ、きれいに並んだ小さく美しい縫い目を示した。彼女の黒いドレスやそこについている白い襟は、質素と言えば質素だけれど、きちんとした縫製の品のいい服だ。それを見せてから、クリスチャンは彼女が手にしているコートの粗い縫い目を指でたどってみせた。

マディーは自分の腕からコートへと目を移した。そして首を振りながら言う。「ごめんなさい。よくわからないわ」

クリスチャンはついにあきらめ、マディーの手からコートを奪うと、着替えるから出ていってくれと身ぶりで示した。だが、彼女はそこに突っ立ったままだ。彼はマディーの肩をつかみ、後ろを向かせて、背中をそっとドアのほうへ押した。

「だめよ」マディーは足を踏ん張って、彼のほうに向きなおる。「……替えなきゃ」

もちろん、着替える。だから、出ていってくれ。まともな女性なら、誰だってそれくらいわかるはずだ。しかしマディーは頑として動こうとしなかった。猿がガラガラと音をさせながら石炭の入った手桶《ておけ》を持って戻ってくると、クリスチャンは用心深く、少し身を引いてふたりから離れた。やがて火が熾され、猿とマディーはそのあともなにやら話しあっていた。猿は肩をすくめながら彼女の言ったことにうなずき、ちらりとクリスチャンのほうを見て様子をうかがってから、鉄格子のドアをがしゃんと閉めて廊下の奥へと消えていった。

クリスチャンはマディーをまじまじと見つめた。**だめだ……頼むから……見ている前で……着替えなんて！**

だが、マディーはその気のようだった。彼のほうへ近づいてきたかと思うと、いきなりガウンのボタンを外しにかかる。毎日そうやってきたかのように。

クリスチャンは彼女の手首をつかみ、怒った声をあげながら振り払った。そしてもう一度ドアのほうを手で示し、彼女の体を軽く押した。

「……ざけてる……？」マディーが訊いた。

クリスチャンは深く息を吸いこんでから、どうにか言葉を口から押しだそうとした。

「うう……」
マディーは彼がここまで恥を忍んで譲歩しているということに、ちっとも気づいていないようだった――実際に口を開いてしゃべろうとし、まともな言葉にならない声をあえて聞かせようとしているのに。「ふざけてるの？」マディーがまたそう訊いてきた。片手を呼び鈴のレバーにかけて。

彼女があの猿を呼ぼうとしていることに気づいて、クリスチャンは激しく首を振った。「ノー！　ノー！」

「……かんご……」マディーは自分の胸に手をあてた。「だから……いじょうぶ」
激しい震えが全身に走る。クリスチャンは注意深く彼女から距離をとった。

「かんごふ」彼女が言う。「わたし、看護婦なの」

かんごふ。

ああ、そうか、看護婦か！　ぼくの看護婦のつもりなのか。いくら彼女がその気だからといって、そう簡単に服など脱がせられてたまるものか。ぼくは、ひとりではなにもできない子供とは違うのだから。

彼の口もとに見慣れた皮肉っぽい笑みが浮かんだとき、マディーはひそかにほっとした。明らかに彼は、彼女の出方を探っている。ラーキンとエドワードが戻ってきたとき、シャーヴォーがまだガウンを着ていたら、彼女にはやはりこの状況を管理するだけの能力はないと判断されてしまうだろう。エドワードがいつまでこの新しい仕事をわたしに任せてくれるかわからないけれど、マディーが担当についてからシャーヴォーの態度が前よりも手に負えなくなったという印象を与えることだけは、なんとしても避けなければならなかった。

それは、予想していたよりはるかに難しいことだった。マディー自身にははっきりと理解できなくとも、相手の行動は一人前の大人の分別に裏打ちされたものなのだと、つねに心にとめておくことは。寒さにぶるぶる身を震わせながらも、彼女の服と彼のコートの縫い目を指さすばかりでいっこうに着替えようとしないシャーヴォーを前にして、マディーは困り果てていた。早くあたたかい服に着替えさせ、火の前で髪を乾かしてあげたいだけなのに――そして、夜になってラーキンが見張り役を交替しに来たら、〝療養効果のある入浴〟とやらの実体をこの目で確かめるつもりだった。

あらためてマディーがシャツを手に近づいていくと、今度ばかりはシャーヴォーもおとなしくしていてくれた。彼女はこれまで、それこそ何千回も父の着替えを手伝ってきたのだから、手順はしかと心得ていた――でもそのためにはまず、相手に座ってもらわなければならない。彼女がそっとベッドのほうへ促すと、シャーヴォーはわずかに顔をしかめながらも、素直に腰をおろした。

マディーがふたたびガウンに手をかけ、ひとつめのボタンを外したとき、シャーヴォーがじっとこちらを見ていることに気がついた。彼女が身をかがめているせいで、ふたりの顔と顔はふれあいそうなくらい近づいていた。三つめのボタンにとりかかったとき、この人は父とは違うのだと、彼女は強く意識していた。ガウンの下のがっしりした肩や筋肉は、父とはまるで似ても似つかない。六つめのボタンを外すころには、両手にかかる静かで規則的な彼の吐息が、やけに甘くて親密なものに感じられた。

マディーは目をあげた。彼が顔半分だけに見せる笑みが大きくなる。シャーヴォーは片手をあげ、人差し指で彼女の顔の輪郭をなぞってから、顎に手を添えて少しだけ上を向かせた。ふたりの目と目が、わずか数センチの距離で向かいあった。

彼の瞳はダークブルーだ。

マディーは身を引き、上半身をすっと起こして姿勢を正した。木の床を靴で踏みしめたとき、かつんと大きな音が響いた

シャーヴォーも立ちあがる。彼はひとことも発さずに、その場を完全に支配した。まだ続けるつもりなのかと尋ねるように、ほんのわずかに眉を吊りあげる。マディーはガウンの前がすっかりはだけているのを見て、ぱっと目をそらした。自分の能力を超えるところにまでうっかり足を踏み入れてしまったことに、今やっと気づいたかのように。

彼が肩をすくめた。ガウンがするりと肩から足もとへ滑り落ちる。そののち彼は、シャツをくれというように片手を差しだした。

マディーは経験を積んだ看護婦で、患者の入浴や着替えには何度も立ち会ってきた。相手は女性ばかりではない。フレンド派の信徒の家庭に呼ばれて介護を手伝ったこともあるし、そしてもちろん、父の面倒もずっと見てきた。

けれど……この人は父とは違う。彼は子供でもなければ、年寄りでもなく、弱っている病人でもない。マディーがこういう男性と間近に接するのは生まれて初めてと言ってもよかった。一糸まとわぬ姿で立って片手を差しだしている彼は――光り輝いているとしか言いようがないほど――すべてが実にたくましい。背が高く、骨太そうで、力も強い。

彼女の全身の細胞が、服を彼に押しつけてこの部屋から逃げだしたい、と叫んでいた。

しかしマディーは、嘲《あざけ》るような彼の笑みに怒りが入りまじっているのを見てとった。狭い部屋のなかで彼の体はいっそう大きく感じられ、その広い肩が今にもこちらにのしかかってくるように思える。彼自身、そのことがわかっているのだろう。わかったうえで、あえて彼女を怖がらせようとしているわけだ。

それはある意味、成功していた。少なくとも、なにがしかの恐怖と動揺を抱かせるという意味では。マディーは彼の力強さに圧倒されかけていたが、それと同時に、彼の筋肉質な肉体の美しさに見とれてもいた。内心ひどくうろたえながらも、ひとりの人間として憧《あこが》れを抱かずにはいられなかった。背が高く、しなやかで、実に堂々としている。神がつくりたもうた形そのままに。

そう、神は彼を驚くほど見事な形につくりあげた。これぞまさに、土くれに命を吹きこんでつくりあげた奇跡のような人間だ。広々とした野山をゆったり飛んでいる鷹《たか》を見るより、はるかに心をそそられる。ずっと町暮らしだったマディーにとって、大空を優雅に舞う鷹は憧れの対象だった――けれど、服を脱いだ目の前の男性は、それに負けず劣らず新鮮で感動的だった。

マディーはシャツを彼に手渡した。シャーヴォーはそれをばさっとひるがえして、埃《ほこり》を払った。歯の隙間からかすかにシューッと音を立てて息を吐きつつ、首をねじるようにして頭からすっぽりかぶる。白いコットンのシャツは腿のあたりまで隠れる長さだった。彼はマディーなどそこにいないかのように脇をすり抜け、折り畳まれた長靴下と丈の短いズボンに手をのばした。

さすがに彼の言わんとしていることを理解して、マディーはくるりと窓のほうを向いた。両手を握りあわせてもじもじと指を動かし、謝らなければと思いつつも、悔しくて言葉が出てこない。

マディーは貴族がよく見せる尊大さや意地の悪さに敬意を払うように育てられてはこなかったけれど、今この場合に限っては、彼の横柄な振る舞いはむしろいい兆候なのかもしれないと思えた。シャーヴォーはこれほどの苦悩を抱えながらも、まだ自分の置かれている状況にははっきりと嫌悪感を示している。彼はひとりの人間であるだけでなく、れっきとした公爵なのだ。その事実を、まわりの誰にも忘れてほしくはないのだろう。ましてや、一介のクエーカー教徒の看護婦ごときに。

背後から物音が聞こえなくなるまで、マディーはじっと待った。そしてようやく振りかえろうとした矢先、いきなり彼に肩をつかまれ、跳びあがるほど驚いた。

シャーヴォーは服を着ていた――いちおう。ズボンとコートとウエストコートのボタンはとまっておらず、シャツの袖もコートのなかに隠れてはいたけれど。彼は奥歯をぐっと嚙みしめ、恐ろしげな顔つきで彼女をにらみつけた。そして一歩前に踏みだすと、彼女に向かって両手を差しのべた。

それは奇妙なほどに弱々しく、唐突ながらどこか遠慮がちなしぐさだった。シャーヴォーの目は彼女ではなく、自分の手首のあたりを見ていた。礼儀を知らない者に対して、激しい怒りをあらわにした君主のように。

マディーはおそるおそる手をのばして彼の袖のなかへ指をもぐりこませ、シャツの袖を引っぱってから、カフリンクをとめた。そして顔をあげて彼を見た。

「ノー」彼はそう言ってから、素早くうなずいた――たぶんそれはイエスの意味なのだろう。彼女のやったことは間違っていない、という意味だ。

ズボンの両脇のボタンはまだとまっていないので、前にだらりと垂れさがっている。しかし、すでに教訓を学んだマディーは、相手から催促されるまで手を出さずに待っていた。シャーヴォーは左手でボタンをはめようと試みたのち、いらだたしげに息を吐いて、彼女の手首をつかんだ。マディーは腕をぐいっと引っぱられて彼に一歩近づくと、シャツの長い裾を覆うように素早くズボンのボタンをとめて、すぐにまた引きさがった。

するとまた、シャーヴォーが大きくうなずいた。一見傲慢《ごうまん》なその態度には、打ち解けた親密さはいっさい感じられない。彼はテーブルの上のクラバットをみずから拾いあげ、彼女に手渡した。

マディーが爪先立ちになってそれを結ぶあいだ、シャーヴォーは顎をあげてじっと立っていた。やがて彼女が結び終えると、彼は結び目を手でさわって確かめ、じれったそうに首を振った。いつも父に結んでやっているやり方ではお気に召さなかったらしい。

「ほかの結び方は知らないのよ」マディーは両手を広げ、お手あげというように肩をすくめてみせた。

ふたたびシャーヴォーを怒らせてしまったのではないかと、一瞬怖くなった。彼の眉間に深く険しいしわが刻まれたからだ——が、その口もとはゆがんでいなかった。彼はわざとらしく大げさにため息をつきながら、天井をあおいだ。そして、まだらしなく垂れているウエストコートに片手でさっとふれ、これのボタンもとめるように要求した。

マディーは命じられたとおりにした。服のサイズは彼の体に合わなかった。縫製が悪いうえに、きつすぎる。ボタンも見苦しいほど引きつっていた。上等な仕立ての服しか着たことのない気難しい公爵がこんな服ではたして耐えられるだろうかと、マディーはいぶかった

それでもどうやら受け入れてくれたらしく、シャーヴォーはマディーから離れ、湿ったタオルで髪を乾かしはじめた。金属製の洗面器の横に櫛が置かれている。彼はそれをためらいもなく手にとった。

左手で頭の左半分をとかし終えたところで、動きがとまった。彼は櫛をテーブルに置いて立ちあがり、しばらくのあいだそれをじっと見つめていた。それからマディーのほうを向いて、てのひらをぎこちなく握ったり閉じたりした。そして目を閉じ、手探りで櫛をつかむと、今度は右手でゆっくりともう半分をとかした。

奇妙でささやかなその儀式において唯一まともに思えたのは、最後まで自分でやり

きったことにシャーヴォー自身が少し狼狽《ろうばい》しているように見えたことだけだ。彼はふたたびマディーをちらりと見て、顎を横柄にしゃくるようにしながら、櫛をテーブルに放り投げた。

無言の警告をしかと受けとめたマディーは、彼の行動におかしな点などひとつもなかったかのように振る舞った。ようやくじんわりとあたたかくなってきた火床を指さして尋ねる。「あそこに座って体をあたためたらどうかしら、フレンド?」

しばしのためらいを見せてから、シャーヴォーは椅子に近づいていって、それを火床の前へ引き寄せた。そして座面にまたがるように腰をおろすと、玄関前でお呼びがかかるのを待っている退屈そうなポーターのように、椅子の背のてっぺんに片肘を突く。

マディーは部屋の片づけでもしようと思い、用具入れの木の扉を開けた。といっても、片づけるものなどほとんどない。用具入れの棚には清潔なシーツが重ねて置いてある――シーツを毎日交換するのは、ブライスデールが提供している選択サービスのひとつだ。マディーはベッドにベルトや枷がいくつもくくりつけられていることに困惑しつつ、彼に見られていることを意識しながら、シーツを新しいものにとり替えてベッドを整えた。ここでは普段そうしているように交換したシーツの上に拘束用のベルトや枷をきちんと並べて置く代わりに、彼女はマットレスを持ちあげて、それらを下に折りこんだ。体を妙な格好にねじったりひねったりしなければできない作業だったけれど。

作業を終えて、軽く息を切らしながら体を起こしたときには、帽子から髪がひと筋垂れ落ちていた。だが、彼女のそれだけの努力もむなしく、シャーヴォーはにこりともしてくれなかった。彼は顎を引きつらせ、ぎりぎりと歯を嚙みしめながら言った。「猿！」そしてふたたびなにかしゃべろうと、ちゃんとした言葉にならない声を吐きだそうとする。ついに彼はいらだたしげに息をつき、両腕をベッドのほうへ投げだすようにして、叫んだ。「出てけ！」

マディーはマットレスにどすんと腰をおろし、肩をすくめた。「彼にやってもらうほうがいいなら、そうしましょうか」

するとシャーヴォーは見えない帽子を掲げるまねをして、にやりと笑った。こういうしぐさをするときの彼は、とてもいたずらっぽくて小粋に見える。

「それじゃあ、紅茶でもいかが？」

「紅茶」彼が言った。

「そうよ、飲みたい？」

彼の目はもうマディーを見ていなかった。「紅茶、紅茶、紅茶」そうつぶやきながら目を閉じる。「紅茶。紅茶。平面上の線。点は部分を持たない。線は幅のない長さ。

線の両端は点。直線とはその上に点が均等に並んでいる線。紅茶。紅茶。紅茶」彼は目を開け、唇を湿らせながら彼女を見た。顎にぐっと力がこもる。「はあああ……ああ！」

彼は頬をふくらませて勢いよく息を吐きだした。廊下の先のほうの部屋から、患者が大声でわめきつつ、金属をガンガン打ち鳴らす音が聞こえてくる。ドクター・ティムズと聖霊の力でシャーヴォーをただちに黙らせることを要求するかのように。

シャーヴォーは椅子の後脚の丸い頭の部分をつかんで、背もたれのてっぺんに額を押しつけた。

彼は正気よ。マディーは〝リーズナー〟に断固として言いかえした。**彼は完全に正気なんだから。**

彼女はベッドリネンとガウンと濡れたタオルをまとめて、ドアのほうへ行った。鍵をまわすと、鉄格子のかんぬきががちゃんと音を立てる。部屋を出てドアを閉めたときも、大きな金属音が鳴り響いた。彼は身じろぎもせず、顔をあげることさえしないで、指の関節が白く浮きでるほど強く椅子を握りしめていた。

シャーヴォーのフォルダーには、公爵のおばであるレディー・ド・マーリーからの手紙が十五通と、公爵の母親からの手紙が六十一通も挟まれていた。マディーはそれらにざっと目を通した。先代公爵の未亡人は毎日欠かさず息子に手紙を書いてきており、ペンによって紡がれる言葉がつきることはなさそうだった。自分が今携わっている伝道活動の内容や、崇高な考え、そして彼の快復を祈る言葉などが綿々とつづられている。公爵未亡人はドクター・ティムズの提唱する人道的療法に完璧な信頼を寄せていて、クリスチャンがブライスデールで先生にしっかり治療してもらっていると思うと安心できる、と書かれていた。彼女はまた息子に、これまで送ってきた自堕落な人生を反省し、これからは高潔な人間の歩むべき道を歩んでほしいと懇願していた。うぬぼれと虚栄と怠惰によって犯してきた罪を悔い改め、肉体の弱さを克服してほしい、と。だいたいそのような趣旨でつづられている文章を読み進むうちに、マディーはかなり頭に来た。

その意味では、レディー・ド・マーリーのほうがまだ分別がありそうだった。彼女の手紙はシャーヴォー宛のものではなく、医者宛で、シャーヴォーの病状が詳しく記された診断書と快復の見通しについての意見を求めるものだった。そして、マディーが目を通した四通めの手紙に、やっと探していた内容が記されていた。手紙と一緒に送られてきたトランクに関する記述と、そのなかに含まれていたはずの秋物の服のリストだ。

マディーはそのリストをエドワードのところへ持っていった。エドワードはオフィスのデスクで、日誌をつけていた。

「彼はおとなしくしているようだね」エドワードが言った。誰のことかは、わざわざ名指しされなくてもわかる。「きみが食事をしているときに、ちょっと様子を見てきたんだよ」彼は椅子の背に体をもたせかけ、ため息をついた。「このことをどう考えればいいのか、わたしも悩んでいるところなんだ。もしかしたら、ただの偶然かもしれないし。だからまだ安心はできないね、きみをひとりでそばに置いておいて、彼に癇癪《かんしゃく》でも起こされたらと思うと」

マディーは、エドワードの口調ににじみでている迷いは無視するほうが賢明だろうと思った。「手紙のファイリングと治療費の計算はすませておきました。ほかに……口述筆記の必要はあるかしら？」

「それもまた悩みのひとつでね。きみの役職をどうしようかと」

「必要なことならなんでもするつもりよ。お父さんの面倒を見なくてすむときなら、夜まで働いたってかまわないの」

「いやいや、そういうのはよくない」

マディーはなにも言わずに立っていた。

「とにかくまあ、驚いたよ――というかショックだった――きみのお父さんがこのことを許すとはね。かなりのショックと言ってもいい。きみがこういう仕事をすることの不適切さと、きみの身に及ぶかもしれない危険を考えたら」

「お父さんはシャーヴォーのことが気に入っているから」

「残念ながら、彼の知っていたシャーヴォーはもういない。死んだも同然なんだよ。そのことは何度も説明したんだが、お父さんもきみと同じで頑固者だからな」

これについても、マディーは沈黙を守るしかなかった。

「それに、ブライスデールの評判にもかかわることだしな。万が一、きみが男性患者に怪我でもさせられたりしたら——善意につけこまれて——わたしの言いたいことはわかるだろう?」エドワードの顔の赤みが増した。彼はウエストコートのポケットから鍵をとりだし、それをしげしげと見つめた。「カズン——そんなことになったらわたしも一巻の終わりだ」

「ごめんなさい」マディーは誠実に答えた。「でもわたし——〝心配事〟から目をそむけることなんてできない。こんなふうに感じるのは生まれて初めてなんだけど……これまでは一度も導かれたことがなかったから。でも今回は、心の奥深くからとても強い気持ちがわいてきて、その前ではほかのなにもかもが……色褪《あ》せて見えてしまうのよ」

エドワードはデスクの引き出しの鍵を開けてパイプをとりだし、煙草をつめて火をつけた。整理整頓《せいとん》の行き届いた部屋に、甘い香りがふわっと広がる。「まあ、そういうことなら仕方がないな。このノートを持っていきなさい」彼はぶっきらぼうに言った。「彼を見ていて気づいたことを、日々ここに書きとめておくように。しばらくそれで様子を見ることにしよう。ただし、充分に気をつけるんだぞ、マディー。用心しすぎて困ることはないんだからな」

「ええ、それは約束します」

エドワードはパイプを吸って、煙をゆっくりと吐きだした。「もうじき彼はロンドンへ行くことになってるんだ。審問会があるんでね」

「審問会?」マディーはおずおずと訊きかえした。

「法的能力の有無を調べられるんだよ。大法官の前で。彼くらいの身分を持つ患者にとっては珍しいことではない。あれほどの財産を有しているうえに、実業家でもあるわけだから。そういう人物に障害があるとなったら、後見人を立てなければならないんだ。なんとも厄介な話だがね。そうやって公の場へ連れだされ、審議員の前であれこれ質問を受けたりすると、患者というものはどうしたってかなり混乱してしまう。とくにあの公爵の場合は面倒なことになりかねない。今日の朝だって、風呂場でラーキンを押し倒したりしたそうだからね。その件については、きちんと罰を受けさせせないといけない」

「押し倒した?」マディーは唇を嚙んだ。「それって、本当の話なの?」

「もちろん本当だとも。介護人がそんなことで嘘をつくとでも？」

「だけど、お風呂から戻ってきたとき、シャーヴォーはずぶ濡れでぶるぶる震えていたのよ」

「冷水浴なんだからあたりまえだろう」

「そういう極端なやり方が彼の健康のためにいいとは思えないんだけど」

エドワードはパイプをデスクにバシンと打ちつけた。なかの灰がごそっとこぼれ落ちる。「いったいきみはいつ医師免許をとったんだ、カズン・マディー？」

その質問にまじめに答えたところで自分の究極の目標を達成する役には立たない、とマディーは思った。時と場合によっては言葉数が少ないほうが効果的ということもある。

エドワードは銀製の道具でパイプを掃除しながら、探るように彼女を見た。「まあ、今後の成り行き次第では、きみにもわれわれと一緒にロンドンへ行ってもらうかもしれないよ。きみなら彼を行儀よくさせておけると思うかい？」

「ええ」マディーは言った。その言葉がほかの誰かの口から出たものなら、自分の力や知識の及ばないところから出たものならいいのに、と願いつつ。

「いずれにせよ、ラーキンは連れていくつもりだが」

マディーはそこで、ファイルのなかから見つけたリストを差しだした。「公爵のご家族からはちゃんと服が送られてきているみたいだけど。どうして彼は今、体に合わない服を着させられているの？」

「暴れる患者に上等な服を着せておくわけにはいかないからだよ。破いてしまいかねないから」

「服が破れるほど暴れるのは、きつすぎるからじゃなくて？」

エドワードは首を振った。「きみにもそのうちわかるだろう。しかし、いくらわたしがそう言ったところで納得してはもらえないだろうからね。高級な服を彼に着せてみて、どうなるかやってみればいいさ」

7

誰もいなくて静まりかえった家族用のパーラーで、マディーはなんとなく気後れしながら、シャーヴォーの私物が入った貴重品箱を開けようとしていた——他人の家に空き巣に入って金目のものを物色しようとしている気分だ。生まれてこの方、ちょっと手にとってみようと思ったことさえ一度もないような品々にふれるのは、奇異な感じがすると同時に、どこか心苦しくもあった。箱のなかには、彼のトランクの鍵、鎖の先に小型の拡大鏡をとりつけてある正式な紋章入りの金時計、ずっしりとした大きな金の印章指輪《シグネット・リング》、象牙《ぞうげ》の取っ手がついたかみそり、革製のストラップつきの拍車がひと組、などがおさめられていた。

マディーは目をすがめて指輪を見つめてから、キャンドルの明かりにかざして拡大鏡でじっくり見てみた。金属製の腕部分は分厚く、縁は使いこまれて丸みを帯びている。彼女の親指にぴったりとはまるサイズだった。百合の花とフェニックスをかたどった紋章の下に、フランス語で〝ア・ボン・シャ、ボン・ラ〟と刻まれている。

〝よい猫にはよいネズミ〟という意味だ。学校でフランス語をちょっとかじった程度のマディーにもそれくらいはわかる。だがそれだけでは不充分だというのか、英語の訳も添えられていた。〝リタリエイション・イン・カインド〟——同じやり方による復讐《ふくしゅう》、つまり〝目には目を、歯には歯を〟というような意味だ。

なかなか個性的で好戦的なモットーと言える。マディーはその指輪とトランクの鍵をポケットに入れた。拍車もいちおう持っていく。町ではなぜか、紳士たちはどこへ行くときも、靴のかかとに拍車をつけている。上流社会で流行しているアクセサリーのひとつなのだろう。

屋根裏部屋へあがってみると、たくさんの箱や旅行鞄にまじって、大きなトランクが置かれていた。真鍮製のホルダーに公爵の名札が入った、黒いエナメルのトランクだ。なかにはマディーが手をふれたこともないほど上等な服がぎっしりつめこまれていた。高級なリネンのシャツ。顎の下の皮膚くらいやわらかい素材でつくられている、あたたかそうなアンダーウエストコート。銀の薄紙でひとつひとつ丁寧にくるまれている、シルクの裏地つきのコート。真珠貝のボタン。全面に美しい刺繍《ししゅう》の施されたズボン吊り。

トランクの中身を確認したときは、貴重品箱のなかを探ったときほど後ろめたさを感じずにすんだ。シャーヴォー自身がまだ手をふれたことのないものばかりだからだろう。服はいずれも新品で、染料や一緒に梱包されていたハーブの匂いがまだ漂っている。父とともに食事に招かれたとき、公爵がどんな服に身を包んでいたかを、マディーは思いだした——そして、いちばん色合いが似ていそうなダークグリーンのコートを探す。

マディー自身は、こういう色の服を着たことはなかった。自分のファッションセンスにあまり自信がないことも、保守的な服装を好む一因なのかもしれない。一度は手にした美しい紫と金の糸で刺繍が施されているオーバーウエストコートを、彼女はふたたびしまいこんだ。ワイン色とさび色と黄褐色のストライプのウエストコートのほうが目立たなくていいと思ったからだ。最後にいちばんカジュアルそうなブーツを選ぶと、マディーはその靴と服を持って自分の部屋へおりた。

エドワードの手書きのメモから患者のスケジュールを書き写して配ったのはマディーだったので、今日は誰も入浴の予定がないことはわかっていた。年配の患者たちは散歩に出かけることになっている。彼らが出発したあと、残された患者のうち男性たちは、ひとりにつき十五分ずつの時間を割りあてられて、ひげを剃ってもらうことになっていた。エドワードのメモでは、公爵の名前の横に、介護人としてラーキンの名が記されていた。マディーはそれを自分の名前に書き換えておいた。医者であるエドワードは患者の外出に同行してしまうので、この件に関して長々とお説教を食らう恐れはない。

しかし、外出する患者たちを全員馬車に乗せるのを手伝ったあと、シャーヴォーの部屋へ行ってみると、ラーキンがすでに洗面器とタオルを用意していた。彼自身がひげを剃ってもらったほうがよさそうな顔をして。マディーはラーキンの不機嫌そうな態度には気づかないふりをしつつ、その手から洗面器をとりあげた。なかに入っていたかみそりが洗面器の内側にぶつかって、かちゃんと音を立てた。

「あんたひとりじゃ無理だぜ」ラーキンが言った。「どうせ泣きついてくることになるんだから」

ぬるぬるした水滴がマディーの指を濡らした。彼女は洗面器の下をのぞきこみ、底にシャボンの泡がついているのを見た。「まあ、なんて汚い」彼女は言った。

「おっしゃるとおりだな！　お医者さまも見逃してはくれまいよ。ハリーの番が終わったら、あとでちゃんと拭《ふ》いておくさ」

マディーはラーキンが肩にかけている明らかに濡れたタオルを見てから、かみそりに目を移した。取っ手はいかにも使い古されていて、かみそりの刃はいちおう研いではあるものの、刃こぼれしている。

部屋のなかのシャーヴォーはすでに、上腕をすっぽり覆ってベルトで締めあげる形の拘束衣を着せられ、そこからのびた鎖は壁のボルトに固定されていた。ふたりの視線が合ったとき、彼の目は洞穴にひそむ狼《おおかみ》のそれを思わせた。まばたきもせず、静かにあたりの様子をうかがっている、ぎらぎらした目だ。

マディーはじっとしていた。ぴくりとも動かなかった。

それからどうにか冷静な声をしぼりだし、ラーキンに告げた。「申し訳ないけれど、お湯を運んできてくれるかしら。わたしはすぐに戻ります」


拘束衣が彼を半狂乱にさせることを、あの猿は知っている。これを着せられるたびにクリスチャンは、今まで自分のなかにあることすら知らなかった悪夢のような感情をかきたてられ、理性もプライドも吹っ飛ぶほどの本能的な恐怖を覚えた。だからこそ激しく抵抗してしまう。どうにもならないとわかっていても。決して勝てないとわかっていても。

猿が新しく導入した道具のせいで、喉がひどく痛んだ。クリスチャンはまだ手足に枷をはめられてベッドに寝かされているあいだに、ゴム製の首輪で絞め殺されかけた。たちまち気を失って、とてつもない恐怖と闇の世界に突き落とされたのち、激しくむせながらやっと意識をとり戻したときには、首のあたりを膝で押さえつけられて顔の側面が床にべったり張りつく格好をさせられていた。三人の介護人にのしかかられていたせいで、背中にも強い痛みが走る。三人はいつもどおりの陽気な口調でぺちゃくちゃおしゃべりをしながら、まだろくに息もつけずにいるクリスチャンを乱暴に引っぱって立たせた。気がつくと、彼は拘束衣を着せられていた。一瞬にして、激しい恐怖と無力感に襲われる。これではバランスをとることも、自分を救うこともできない。背中をちょんと押されただけで、すぐに引っくりかえってしまう。両腕を自分の胴に巻きつけた形で固定されているせいで、どう動いても違和感がぬぐえない。自分の体が頭と切り離されてしまったかのようで、手足を思うように操れなかった。両脚もぐらつく体を支えきれない——倒れかけたクリスチャンを、介護人のひとりが半分笑いながらつかまえ、肩のあたりを壁にぐっと押さえつけて立たせた。

クリスチャンがにらみつけると、男はぱっと目をそらした。彼はクリスチャンの頬をちょんちょんとはたいて、父親が子供に言い聞かせるようになにやら言った。そのあいだに、ほかのふたりがクリスチャンの体を鎖で固定した。

とらわれの身となって屈辱にまみれたクリスチャンが怒った雄牛のように荒い息をついているうちに、応援に呼ばれた介護人たちは帰っていき、猿だけが残った。そうして猿はいつもの朝の日課をこなしはじめた。それがまた、クリスチャンにとっては許しがたい行為だった。マディーに来てほしいけれど、今この瞬間に来られては困る。すべてが終わる前に来てほしくはない。

だが、猿はひと仕事終えて、カルテに胸くその悪くなるような言葉を書き連ねたのち、どこかへ姿を消してしまった。クリスチャンひとりを残して。いつかあいつを殺してやる、とクリスチャンは誓った。

いつの日か。必ず。

どうやって、ということは考えなかった。猿の顔に恐怖の表情が浮かぶさまを想像し、たっぷりと時間をかけて恐怖を味わわせてやることだけを考える。首を吊られて処刑されたあと四つ裂きにされたふたりの男を見たことがある——ひとりめの男の体が処刑人によって切り刻まれていくのを見せられていたふたりめの男は、あまりの恐怖に顔を引きつらせていた。身を縮こまらせ、泣きじゃくり、肌がどす黒くなるほど青ざめ、だらだらとよだれを垂らし、はらわたがよじれるような苦悶の表情を浮かべていた。

そんなことを考えて残忍な喜びに浸っているところへ、マディーガールがやってきた。

クリスチャンは落ち着かない気分になった。夜番から昼番への交替は、悪夢の呪《のろ》いがようやく去って、清らかな日の光がぱあっと差してくるのにも似ていた。あまりのまぶしさに耐えきれなくなるほどに。自分はもう限界を超えてしまったと思ったこともあったが、彼女が毎朝来てくれるおかげで、かろうじて正気を失わずにいられる。だが夜になると彼女は去っていき、暗闇と猿が代わりにやってくる。しかも、猿の機嫌は夜が来るたびにどんどん悪くなっていった。初めのうちは向こうも手かげんしてくれていた、ということだろう。首輪で絞めあげられた喉がずきずきと痛む。クリスチャンは神に祈った。家族がまだぼくのことを忘れていませんように、ぼくの名前がぼくを守ってくれますように。あと一瞬でも長くこの首を絞められていたら、自分はいとも簡単に命を落としていたかもしれないのだから——あっけなく。しかし、彼は見捨てられた気分だった。みんなに見放され、縁を切られたように感じていた。広いはずの宇宙に、この独房と廊下と窓から見える景色以外はもはや存在しないように思えた。

でも、ここにはマディーがいる。マディーガール。彼女は白いボンネット帽をかぶり、ひげ剃り用の洗面器を抱えて、手枷足枷をはめられた彼を廊下からじっと見つめていた。

猿はマディーを嫌っていた。彼女を見る猿の目に、それははっきりと表れていた。ささいなことで衝突するたび——そのうちの半分はなにが原因なのかクリスチャンには理解できなかったが——猿の目に宿る恨みの表情が深くなっていく。クリスチャンは彼女のことが心配だった。できればここには近づかないでほしいと思いつつ、彼女が来てくれるのを心待ちにしていた。用心しろ、近づくな、と警告する言葉を持たないままに——結局のところ、ここでひとりにされてもかまわないと思えるだけの勇気がなかった。

マディーはショックを受けているように見えた。初めて顔を合わせたときと同じように。全身がこわばって、凍りついてしまったようだ。早くその声を聞かせてほしいのに。ゆるやかな岸のあいだを流れていく、川のせせらぎのようなその声を。彼女に話しかけられるといつも、そっと目を閉じて、わかったふりをしたくなる。

水? 森? それとも?

目を開けたとき、彼女はいなくなっていた。代わりに、猿が鉄格子の向こうからこちらを見ていた。ただ見ているだけだ。笑いもせず、顔をしかめもせず、ただじっと見つめている。それから猿はおもむろにウインクを投げてよこし、犬でも呼ぶように口笛を吹いて、廊下の奥へと消えていった。


戻ってきたマディーは、猿をなかへ入れようとしなかった。鉄格子のドアを開錠し、彼女だけがやっと通れるくらいの隙間を開けてなかへ体を滑りこませると、お湯の入ったバケツを持ってあとからついてきた猿を締めだすように、勢いよくドアを閉めてしまった。がっしゃーん、という派手な音を立てて。

そのせいでバケツからお湯がこぼれ、熱いしぶきが床に飛び散り、猿の脚にも引っかかった。そのとき猿の顔に浮かんだ表情をクリスチャンは見逃さなかった。マディーガールは銅製の洗面器をテーブルに置いてから、猿のほうを向いた。両手を腰にあて、背筋をぴんとのばして。

「……にを……やがる！」猿の獰猛《どうもう》な表情は、一瞬にして消えた。彼女ににらみつけられるやいなや、彼は傷ついたような顔をした。

「さがってて」マディーはクリスチャンをもうならせるほど、静かで抑制された声で告げた。「これはわたしの仕事だから」

猿の口もとが醜くゆがむ。彼はバケツをどすんと床に投げだし、お湯を半分ほど床にぶちまけて出ていった。

ほんのわずかなためらいも見せず、マディーはクリスチャンのもとへ近づいてくると、腕を固定している拘束衣のベルトを外しはじめた。彼の顔は見ようとせず、ぐっと力をこめてベルトを引っぱり、次々と金具を外していく。壁からやっと解き放たれたクリスチャンは、拘束衣を着たままでは前に踏みだすこともできず、両足を踏ん張ってなんとかバランスをとった。

「バックルが……」彼女はまだ顔をあげず、怒ったような声で言った。怒りの色がみるみる頬を染めていく。

クリスチャンは目を閉じた。そして両膝を一度に曲げて、体を低くした。自分が協力できることはそれくらいしかなかったからだ。猿に殴られた背中に痛みが走って、うっと息をのみながら、床にひざまずいて彼女に背を向ける。

マディーはしばらくじっとしていた。頭のなかではきっと、こんなふうに考えているに違いない。この人、なんて奇妙な格好をしているのかしら。クリスチャンは歯をぎりぎりと噛みしめた。外してくれ！ 早くこのいまいましい服を脱がせてくれ！

「……こまでしなくても……」マディーはそう言うと、彼のかたわらにひざまずいて拘束衣のバックルを外し、後ろへねじりあげられていた両腕を自由にしてくれた。彼女はそれから拘束衣を肩から前へずらし、彼の上半身を裸にした。

両手を動かせるようになるまで、少し時間がかかった。クリスチャンは背中に鋭い痛みが走る寸前まで、ゆっくりと腕を大きく広げてみた。手足の指にも徐々に感覚がよみがえってくる。自分の意志とは関係ないただの物体から、ふたたび自分の一部に戻ったようだった。やっと動けそうな気がしてきたので、クリスチャンはおそるおそる体を起こして、床から立ちあがった。マディーも立ちあがり、スカートについた埃を払っている。

クリスチャンは彼女の両肩に手を置いて自分のほうへぐっと引き寄せるやいなや、唇にキスをした。

短いけれど強烈なキスだ。そして彼は、すぐにマディーの体を押しかえすようにして離れた。体をびくっとこわばらせた彼女のなかに、本当の恐怖が芽生えてしまう前に。今はただただ驚いているだけのようだ。衝撃と困惑と憤慨と無念の表情が次々と彼女の顔をよぎっていった。

「フレンド！」マディーがとり乱した口調でたしなめる。

「フレンド」クリスチャンはおうむがえしに言った。

なにも意図せず、自然に口をついて出た言葉だった。しかし、マディーガールは頬を真っ赤にしながら顎を突きだし、筋の通った細い鼻を生意気そうにふくらませている。もっと優雅で器量もいい女性たちと数えきれないほどつきあってきたけれど、目の前のマディーほど美しい女性にはこれまで会ったことがなかった。ぱりっと糊の利いた——**あの……頭の……白い……砂糖をすくう道具のような形をした**——あれをかぶって、この独房にたたずんでいるマディーほど。

「**好きだ**」クリスチャンは言った。「**好きだ**」

彼女はもちろん、言った本人がびっくりした。ふたりは互いを見つめながら、その場に立ちつくしていた。窓の鉄格子から差しこんでくる淡い朝日が、彼女の頬やなまめかしいまつげを照らしている。

憂いを帯びた堅苦しいマディーの口もとが、ふっとぎこちなくゆがんだ。彼女は拘束衣を指に引っかけてくるくるまわした。「そうやって簡単に女性を口説くのね」

「フレンド」クリスチャンはためらいがちな笑みを浮かべてくりかえした。「マディー、フレンド?」

「友達になるだけ?」彼女は口をとがらせてふくれっ面をした。「恋人になってほしいわけじゃなくて?」

恋人?

さすがのクリスチャンもそこまでは言えなかった。ためしに口にしてみる気にもなれない。マディーはまだ顔を赤らめていて、からかうようなその口調にも緊張が感じとれる。それに、彼女がこれを冗談にしてしまったことに、彼は少しむっとした。クリスチャンは不機嫌そうになって、くるりと背を向けた。

「まあ、その背中!」マディーが叫んだ。「いったいどうしたの?」

クリスチャンは後ろ向きに椅子にまたがった。ちょっと体を動かすだけで激痛が走る。怪我をしているのは間違いないだろう——**ええと……あれはなんだっけ? 体のなかの……白くて……かたくて……曲がっていて……体を支えている……。そう、骨だ……それにひびが入って……。**彼は無言のまま、反抗的な目で彼女を見かえした。

「転んだの?」マディーが問いただした。彼の後ろへまわりこんで、むきだしの背中にふれようとする。クリスチャンは痛みに備えて身をこわばらせたが、彼女の指先はあくまでもやさしく、真っ赤に腫《は》れあがっているであろう傷のまわりを羽根のように軽くなぞっただけだった。

「ひどく痛む？」マディーが訊いた。

彼は首を振った。「ノー」

マディーはさらに指を動かした。次の瞬間、彼は痛みに顔をしかめ、食いしばった歯の隙間から苦しげな声をもらした。

「やっぱり」マディーはそう言うと、ふたたび骨に沿って指先を這わせた。「このあたり？」

クリスチャンはこくりとうなずいた。傷の上を押さえられると、思わずうめきがもれてしまう。椅子の背にしがみついて必死に耐えていたが、ある一点にふれられたとたん、背中にナイフを突き刺されたような痛みが走った。思わず頭をびくっと動かすと、さらに強い痛みに襲われた。

「折れているかもしれないわね」マディーが言った。慈悲深いことに、二度とその箇所には手をふれようとしなかった。「ゆうべこんな怪我をしたなんて、エドワードはなにも言ってなかったのに。どこかから落ちたの？」

彼女の言葉が理解できたことは――少なくとも、なにが言いたいのかくらいはわかるようになったことは――クリスチャンに希望を与えた。彼は苦労して言葉を口からひねりだした。「落ちた」

猿にやられた、などと告げ口することはできない。そんなことをしたらなにが待っているかは、火を見るよりも明らかだ。

「落ちたって、どんなふうに?」マディーが訊いてくる。

クリスチャンはただ彼女を見つめかえした。

唇を少しとがらせ、眉間にもかすかなしわを寄せて、マディーが険しい目を向けてきた。「どこで?」

彼はうっかり肩をすくめてしまい、またしても鋭い痛みを感じて顔をしかめた。

それがマディーには気に入らなかったようだ。彼女はなにか自分にやれることはないか探っていた。なにか調整するとか、危険な障害物があるならそれをとり除くとか。その程度なら別にかまわない。彼女が猿を責めたりせずにいてくれれば。

クリスチャンは自分がまたがっている椅子の背をつかんで、後ろへ深く傾けた。そのまま椅子をどすんと倒してみせる。すると、マディーの顔がぱっと輝いた。

「ああ、椅子!　椅子が倒れたのね?」

彼は小さくうなずいた。

「気をつけて」マディーは彼の肩にそっとふれた。「ゆっくり。そんなに慌てなくていいんだから」

慌てすぎ。

たしかにそのとおりだ。あんなふうにいきなりキスなんかするんじゃなかった。遅ればせながら、恥ずかしくなってくる。自分の姿をよく見てみろ。こんな場所に閉じこめられて、野獣みたいにうなることしかできなくて、ろくに口も利けない状態なのに。服のボタンすら自分ではとめられない——**あれの……くそっ！……あれはなんて言うんだ？**——両脚を覆っている筒状の服を見おろすことはできても、その名前がどうしても出てこなかった。

ちくしょう。

くそっ、くそっ、くそっ。このやろう、こんちくしょう！

こういう言葉ならいくらでも思いだせるのに。声に出して言うこともできるだろう。ひとりでいるとき、実際に口に出して言ってみたことがあった。ありとあらゆる卑語や罵《ののし》りの言葉を、英語とイタリア語とドイツ語とフランス語で。数学と同じようなものので、ほかのすべてに手が届かない状態でも、そういう言葉だけは簡単に思いだすことができた。

マディーはひげ剃り用の洗面器を丁寧に拭いてから持ってきて、その縁や底を指でなぞってみせた。「ほら、これならきれいでしょ」

たしかに。クリスチャンはうなずいた。

それから彼女は鉄格子のドアを開け、身をかがめてバケツのほうへ手をのばした。その瞬間、クリスチャンはひらめいた。今なら、彼女を押しのけて脇をすり抜けることができる。簡単にここから逃げだすことができる。そう思ったときにはもう、彼は両足で立ちあがっていた。

マディーがこちらを向き、バケツを部屋のなかへ引き入れる。そしてドアはがしゃんと音を立てて閉まった。

クリスチャンは荒い息をつきながらマディーを見つめた。彼女自身はなにも気づいていないようだ。今がどれほど危ない状況だったか。あの猿は決して——ただの一度も——こんな隙を見せたことはなかった。けれど、なにも気づいていない彼女なら、きっとまた同じことをやってくれるに違いない。

興奮しすぎて、頭がくらくらしてきた。恐怖にも似た奇妙な感情がクリスチャンの心を激しく揺さぶる。あのドアから外へ出たら、この独房からまんまと逃げだせたとしたら——ぼくはどうすればいい？　どこへ行けばいいんだ？　**走れ。とにかく走るんだ！**　体の準備はできているものの、脳はまだ混乱しているようだった。**左か、右か——どっちへ向かえばいい？**　そんなことすらはっきりわからなかった。そこがいちばん重要なのに。たしか階段があったはずだ。階段、ドア、曲がり角、庭、壁……

くそっ！

マディーガールが少し怯えた顔つきで、彼の様子をうかがっていた。気がつくとクリスチャンは両の拳をぐっと握りしめ、全身に力をみなぎらせて立っていた。

「シャ……ヴォー?」

彼女も一緒に連れていこう。ぼくには彼女が必要だ。広い世界をひとりで自由に歩きまわることを思うと、ぞっとする――ぞっとすると同時にうっとりする。ただしそのときには、彼女のぬくもりをそばに感じていたかった。

マディーはじっとこちらを見て、待っている。

彼は苦しい思いをしながら、ふたたび椅子に手をかけて腰をおろした。それから、ぱちぱちと強くまばたきした。

彼女が微笑む。クリスチャンは痛みをこらえつつ肺からふうっと息を吐きだし、両腕の力を抜いた。

「さあ」マディーが言った。「あなたのかみそりを持ってきたわ」

クリスチャンはまごつき、彼女を見かえした。

「ほら」

突然、鼻先に差しだされたかみそりを、彼はまじまじと見つめた。彼女のてのひらに載っているのは、いつも猿が使っているなまくらの肉切り包丁のようなかみそりではなく、クリスチャン自身のかみそりだった。顎のカーブにぴったり沿うようにぴかぴかに研いである、精巧なつくりのものだ。

ぼくの、かみそり。

ほかにも、彼自身の――指にはめる、金色の、家紋が入った……。

「指輪よ」彼女が言った。

ぼくの指輪。

彼はそれを左手でつまみあげた。

「その指輪に見覚えは？」

もちろん覚えている。てのひらに重みを感じる純金製の、彼自身のシグネット・リングだ。だが、これをどうすればいいのだろう？

「やっぱり覚えてない？」マディーが指輪に手をのばしてくる。

「ノー！」彼はてのひらをぐっと握りしめた。もう少しだけ時間が欲しい――考える時間が。

クリスチャンは指輪をはめてみようとした。しかし、手の甲に押しあてるだけではまってくれない。やり方が間違っているのだろう。彼は手の指を思いっきり広げてみた。それでも、はめようとすると手がするりと滑ってしまってうまくいかない。この指輪が指にはまっているところを思い浮かべることはできるのだが、どうやってはめればいいのかがどうしてもわからなかった。

もしかしたら、ぼくの頭は本当にいかれてしまったのかもしれない。自分は正気だと思いこんでいるだけで。簡単に開くはずの箱を前にして、どうしても開け方がわからず、何度も何度もくるくると引っくりかえしているみたいだった。

だんだん腹が立ってきた。自分の指輪なのに！

クリスチャンは目を閉じた。ひどく混乱したときなど、そうやって目を閉じると少し落ち着いて考えられるようになることもあるからだ。左手に握りしめていた指輪を手のなかで転がし、両手のあいだに挟んでみる。そして今度は右手に持ち替えようとしたとき、指輪がつるんと滑って床に落ちた。

ちくしょう！

鼻をふくらませて息をしながら、彼は指輪を見つめた。目の奥にじんじんするような痛みが戻ってくる。

マディーがさっと指輪を拾いあげ、自分のポケットにしまおうとした。

クリスチャンは立ちあがり、椅子をつかむやいなや、壁際のテーブルに向かって投げつけた。壁の漆喰がはがれて、かけらが飛び散る。跳ねかえった椅子は一本の脚でくるくると回転したのち、床にごろんと転がった。

「ノー」彼はそう言うと、てのひらを広げて彼女の前に突きだした。

「シャ……ヴォ――」

「**よこせ！**」

マディーの顔に赤みが差した。彼女は顎をあげ、椅子を指さした。「投げたりしたらだめじゃないの。ちゃんと戻しなさい」

　無礼な口を利かれて、クリスチャンは腹立ち紛れに息を吐いた。マディーは指輪を持った手を自分の後ろへ隠した。その腕をねじりあげて前へ持ってくるのは簡単だったが、もう一方の手の自由が利かないので、てのひらを開かせることはできなかった。そこで彼は、彼女の手首をつかんでいる左手にぐっと力をこめた。マディーはあまりの痛さに耐えかねて声をあげ、指輪とかみそりを手から落とした。

　彼は素早く指輪を拾い、テーブルに置いた。そして左手でテーブルの縁をつかみ、右手をテーブルの上で広げて平らにする。それからゆっくりと手を滑らせていって、中指の先に指輪を引っかけた。印章部分を下に向けてテーブルの表面と右の親指で指輪を固定し、穴に指を差しこむ。そうして指をずらしていき、どうにかこうにか根もとまではめることができた。

　こんなやり方が正しいわけではない。もっと簡単な方法もあるはずだ。だが、とにもかくにも指輪は彼の指のあるべき場所におさまっていた。これだけの作業を、クリスチャンは自分ひとりでやってのけたのだ。彼は誇らしげな顔をしてマディーガールを見た。

　彼女はドアのそばにいて、片方の手首をもう一方の手で支え、指を上下に動かしていた。

クリスチャンがそちらのほうを向くと、彼女は後ずさりした。その様子を見て、彼は凍りついた。自分が彼女を傷つけてしまったことに気づき、はっとした。

自分はいったいなにをしでかしたんだ?

どうすればいいのかわからなくなった。クリスチャンはしばらくのあいだ、親指で指輪の側面を撫でていた。彼女は警戒するような表情を浮かべている。最悪の表情だ。あんな顔をされるくらいなら、いっそのこと生意気そうに顎を突きだし、看護婦らしくあれこれとお節介を焼いてくれるほうがましだ。できるものならこの不始末の埋めあわせをしたかったが、クリスチャンにはその方法がなかった。

床に落ちたかみそりは窓の下あたりまで転がっていた。彼はそれを拾いあげた。その隙にマディーはドアを開けようとしていた。その手には鍵が握られている。

人のいい彼女はまたしてもすっかり油断しているようだ。たったの二歩——それだけでぼくは、彼女と鍵と自由を手に入れられるのに。あの猿なら決してこんな絶好の機会を与えてはくれない。

クリスチャンはかみそりを差しだした。マディーはとてつもない恐怖にとらわれているように見えたが、その場から動こうとはしなかった。クリスチャンはその表情が気に入らなかった。勇気を持って彼に立ち向かおうとする彼女の愚かさが気に入らなかった。もしもぼくが本当に正気ではなかったとしたら？　ほんの十秒もあれば彼女を殺すことだってできる。彼女がその前にドアを開錠して逃げるなんて、絶対に無理だ。猿ならそれくらいのことは心得ていた。どんなときもそういう事態を想定して動いていた。だからこそ、拘束衣を着せたり首輪をはめたり鎖につないだりするわけだ。

ここにはこれだけ大勢の凶暴な患者がいるというのに——どうして誰も彼女にそのことを注意しないんだ？

クリスチャンは眉をひそめ、手のなかのかみそりを見おろした。それをテーブルの上の銅製の洗面器の横に置き、生ぬるいお湯を洗面器に注ぐと、椅子に座った。反省していることを態度で示すように。

そういうことはあまり得意ではなかった。もしも言葉がしゃべれたら、あるいはこれまでの自分だったら、花束や手紙やダイヤモンドやワルツで臆病《おくびよう》な女性の心を開かせることくらい簡単にできるのだが。

マディーは長いあいだ彼をじっと見つめていた。

それから、手首の具合を確かめるように軽く腕を振る。そしてようやく小さな笑みを浮かべて、こう言った。「子犬みたいにしょぼんとしちゃって」

なんだと？

「そのほうがずっとあなたらしいわ！」マディーが言った。彼女が声をあげて笑いだしたので、クリスチャンは気づいたようだ。反省の表情がしかめっ面に変わっていたようだ。彼女の顔からは不安の色が消えていた。マディーは鍵をポケットにしまって、テーブルのほうへ歩いてきた。

ひげを剃ってもらうあいだ、クリスチャンはなるべくじっとしていた。切れ味のいいかみそりとマディーの手際のよさのおかげで、猿にあちこち切り刻まれて大量出血するよりははるかにましだった。お湯はすっかり冷めていても——それくらいは当然の報いだ。椅子にまたがるようにして反対向きに腰かけているクリスチャンは、彼女が身をかがめなくてもかみそりをあてやすいように、顎をあげて頭をのけぞらせた。

心のなかで、思わずにんまりしそうになる。マディーが着ているクエーカー風の服は、襟もとに白いスカーフが巻かれている以外にほとんど無駄な装飾のないシンプルなものだが、この角度から眺められることを想定したデザインではない。すっきりとした胸もとやウエスト部分を、まつげを伏せて盗み見て、クリスチャンは少年時代のような喜びを覚えた。もっとも、今の彼にはせいぜいこの程度のひそかな楽しみしか与えられないのだから、みすみすこのチャンスを逃す気はなかった。

マディーは手早くひげを剃り終えた。慣れた手つきでてきぱき、かみそりと洗面器をきれいにしていく。彼女の様子を見守っているうちに、クリスチャンは動物園にいる虎《とら》の気持ちがわかる気がしてきた。心をそそる生身の獲物が次々と檻のすぐ外を通り過ぎていくのを、じっと眺めている虎の気持ちが。ただし、この場合、誘惑は檻の外ではなく彼と一緒に檻のなかにいたのだが。彼女が洗面道具をまとめて、外へ運んでいってしまうまで——またしても、簡単に脱出できるチャンスだ——そして、鉄格子のドアががしゃんと音を立てて閉じるまでは。

彼女ならきっとまた同じことをするだろう。何度も何度も。だからこそ、こちらもよく考えなければいけない、とクリスチャンは思った。この曇った脳をちゃんと制御して、冷静に考えなければ。

8

新しい着替えを目にしたとたん、シャーヴォーの機嫌が明らかによくなったのを、マディーは感じた。彼が実際にしたことと言えば、それらの服をちらりと見て、さっと撫で、拍車を手にとっただけだったが、彼女のほうを振り向いたとき、その顔には単なるシャツとコートを目にしたとき以上の期待感があふれていた。

もしかしたらまた抱きつかれてしまうかもしれない、とマディーは思い、一歩後ずさりした。しかし彼は肩をちょんと押してきただけだった。自分で着替えるから、部屋を出て廊下の陰で待っていてくれ、と促すように。彼女は素直に従った。何分かすると、部屋のなかからドアを一回だけ強く叩く音がした。もう入ってきていいぞ、という合図だ。

じれったそうに両手を突きだしている彼に歩み寄り、マディーはカフリンクをはめてやった。クラバットも結んでやった。彼はブーツを椅子の上に置くと、拍車をヒールにとりつけてからストラップを握りしめ、頭を軽く動かして彼女を呼んだ。

マディーは身をかがめ、贅沢な造りの黒いブーツの甲を横切るように革製のストラップをはめて、バックルをぎゅっと締めた。しなやかで、ぴかぴかで、いかにも高級そうなブーツだ。こういう靴なら、やたらと足にまめをつくったり、染料で靴下を汚したり、爪先に紙をつめたりしなくても、すぐに足になじむだろう。

彼女はじっと見つめられているのを感じた。簡単な任務をきちんとやりとげるかどうか、見守っているようだ。バックルに小さな穴が開いているのをマディーが見つけたとき、彼は上から彼女の手にふれてきた。父がよくそうやって手探りで具合を確かめるのと同じように。

マディーはゆっくりと手をどけて、ストラップがきちんとバックルでとまっていることを彼に確かめさせた。

すると彼は脚を替えて、もう片方のブーツに拍車をとりつけた。そしてまた、垂れさがったストラップをブーツの甲に載せて、じっとそれを見つめている。

「やってみる?」マディーは彼の両手を上からそっとつかんでバックルとストラップを握らせ、それを通させようとした。ふたりで彼のブーツの上にかがみこみ、五回ほど試みては失敗をくりかえす。彼の吐息が刻むリズムが徐々に速くなり、欲求不満がたまって筋肉がこわばっていくことには気づかないふりをしつつ、マディーは彼の指を導いた。こうやって身を寄せあっていると、彼の大きさと力強さがはっきりと感じられ、いつ暴れだしても不思議はないくらいの威圧感を覚えた。

ついにストラップがバックルの枠をとらえた。先端がするりと抜けてしまう前にマディーは素早くストラップをつかむと、彼の指のあいだに挟ませて折りかえさせようとした——簡単だが難しい作業だった。彼の手は子供のそれのように言うことを聞かず、大人のそれのように大きくがっしりしていて力も強いので、なんとも扱いにくいからだ。マディーは彼の親指をバックルの爪に押しつけた。すると奇跡でも起こったかのように、たったの一度でうまくいった。彼の喉から、成功の喜びと怒りのまじった声がもれる。

マディーは彼の手を導いて最後まで仕事をやりとげさせようとした。ストラップの先端をバックルの留め具に差しこむ作業だ。最初はうまくいかなかった。彼がうなりながら息を吐きだす。それでも彼は、ぎゅっと握りしめているストラップとバックルを放そうとはしなかった。あまりにも強く握りすぎているせいで、かえって難しいのかもしれない。彼女は上向きに癖のついているストラップの先端に彼の指を近づけ、カールした部分を押さえつけた。

「さあ、押して」マディーは言った。

彼はなにもしようとせず、ストラップを握りしめたままだ。

マディーは彼の横顔を見あげた。父を除けば、男性とここまで顔を近づけたのは生まれて初めてだ。彼は黒いまつげの下から彼女を見かえしていた。

彼は目を閉じ、両手を動かした。ストラップはするりと留め具にはまった。

「そうよ。ほら、できたじゃない」

マディーは手を放し、体を起こした。彼も片足を椅子の上に載せたまま、背筋をのばす。ふたりの息は、ランニングでもしてきたかのように弾んでいた。

「行こう」彼が苦労しながら言って、にっこり笑いかけてくる。

マディーはあらためて彼の全身を眺めまわした。拍車をつけたブーツに革のズボン、スリットの入ったグリーンのコート。ロンドンのロットン・ロウで貴婦人たちを馬車に乗せてエスコートする紳士のように、とても洗練されていて颯爽《さっそう》として見える。そのとき初めて、マディーは自分のしたことに気づいた。彼の服装はまさに、乗馬にぴったりのいでたちだ。彼は期待にきらきらと瞳を輝かせて彼女を見ていた。

「行こう」彼がふたたび息を強く吐きだしながら言う。

無言のまま、マディーは首を振った。

口にすべき言葉が見つからなかった。ひとりで勝手に舞いあがっていた自分が愚かだった――彼の服装の好みなんてよく知りもしないくせに、グリーンはさび色と黄褐色を引き立たせてくれるに違いないなどと決めつけたりして。こんな色のとりあわせとスタイルで、流行最先端の町の広場や通りを馬で行き交う紳士を、一度でも目にしたことはあっただろうか?

沈黙のなか、いつしか彼の笑顔も消えていた。彼は真剣なまなざしでこちらを見つめ、彼女の表情のなかに自分の望むものを見つけようとしているようだ。

マディーはついうっかり余計なことをしゃべってしまわないよう、固く口を閉ざした。そしてもう一度、首を振る。

とたんに幻滅が彼の顔を覆い、氷の面持ちに変えた。彼は、なぜだ、と問いただすようにちらりと彼女を見てから、ぷいと顔をそむけた。拍車のバックルに手をやって、右手でなんとかそれを外す。次に左足を椅子にどすんと載せて、今度は左手で拍車を外した。

彼は外した拍車を手に持ったまま、椅子をじっと見おろしていた。

横顔を盗み見ると、その口もとや頬には、静かだが強い意志が刻まれているように見えた。彼は微動だにせず、ただじっとたたずんでいるだけなのに、マディーはなぜか怖くなって、いつのまにかドアのほうへ後ずさりしていた。

ポケットのなかの鍵にそっと手をのばす。彼がこちらを振り向いた瞬間、その顔にはラーキンにも見せたことのないような憎しみと侮蔑の表情が浮かんでいた。

喉のあたりに激しい恐怖がせりあがってくるのを、マディーは感じた。完全に背中を向けてしまうのが怖くて、顔を半分横に向けた状態で、錠前に鍵を差しこむ。そして素早くドアを開け、するりと部屋の外へ出た。鉄格子のドアは音もなく閉めることなど絶対にできない。いつものごとくそれは、金属同士がぶつかる激しい音や振動とともに閉まった。

彼がドアのほうへ近づいてくる。ふたりを隔てる鉄格子で守られているにもかかわらず、気がつくとマディーは後ろへさがっていた。彼は拍車を片方ずつ、鉄格子のあいだを通してこちら側に落とした。拍車はかちゃんと音を立てて床に落ちた。

クリスチャンはベッドに横たわり、狂気の館に響き渡るさまざまな物音に耳を傾けていた。

マディーのことが憎かった。いかにも敬虔なキリスト教徒のふりをして、まんまと近づいてきた彼女のことが。結局は彼女もほかの連中と同じで、ゲームのように彼をもてあそんだだけだった。といっても、氷の風呂に無理やり入れるといった残酷なまねや、こちらが激しく抵抗せざるをえないことを不意討ちのように仕掛けてきたりはしなかったが——彼女はそれより、表面的にはもっと穏やかでありながら、はるかに精神的なダメージの大きいやり方で迫ってくる。

彼に希望を抱かせて、彼女を信じさせておいて、あんなふうに人をばかにするとは。ひとりではなにもできない子供か、なんの役にも立たない愚か者扱いするなんて。

てっきりここから連れだしてもらえるものと期待していたのに。どこへ、どうやって、どうして、などの問題はまったく気にならなかった。とにかくこの檻から出たい、自由になりたいだけだった。彼女が一緒についてきてくれるなら、外へ出てもなんとかやっていけると思っていた。

彼女が憎い。

憎い。

憎い憎い憎い冷血で不実なあの女が憎い。

猿に対して感じる純粋な敵意とは違う憎悪のような感情が、痛みとともにこみあげてくる。猿にとってのクリスチャンは、単に動く肉のかたまりにすぎず、ここにいるほかの狂暴なけだものたちと同じく、必要ならば縛りあげてつつきまわしてもかまわない存在だった。ただしそれは、クリスチャンの理解が正しければ、個人的な感情から来るものではなかったはずだ——マディーがやってきて、介護人の座からやつを蹴落とすまでは。おかげで今では個人的な感情が芽生えてしまった。それもこれもマディーのせいだ。

彼女が憎い。クリスチャンは屈辱を感じた。猿に殴られた背中も痛い——**今はそこに白い布をぐるぐる巻かれているせいで息をするのも苦しい**——が、彼女に味わわされた恥辱と絶望は、猿から受けたひどい仕打ちよりも、はるかに強烈な痛みをもたらした。こっちは彼女を信頼して、混乱している姿も見せ、言葉にならない声も聞かせ、動かない手を無理やりつかまれて拍車をつける作業までさせられたのに。わざわざぼくの私服を持ってきて着替えさせたのは、いったいなんのためだ？　妄想を抱かせるためか？

どうして、どうして、どうしてなんだ、マディーガール？

どうしてぼくに希望なんか抱かせる？　それを奪うだけのために？　自分の力を見せつけるためか？　部屋の鍵を持ったまま、すっかり油断した様子でたたずんでいたと思ったら、するりと外へ逃げだしてみせるためか？　ぼくひとりでは決して出ていけないところへ？

出ていけない。ではなくて、出ていかない、だ。たったひとりで外の世界へ逃げだすなんて、怖くてたまらなかった。

彼は両手で目もとを押さえ、髪をかきあげた。背中の鋭い痛みに抗うように。自分がこんなに臆病者だとは思ってもいなかった。本気でそうしたいと願っているはずのことが怖くてできないなんて。彼にそういう現実を見せつけた彼女が、いっそう憎くてたまらなかった——この自分が、彼女から鍵を奪って外の世界へ逃げだすことより、野獣の檻にとどまることのほうを選ぶなんて。

ごろりと寝返りを打ってベッドからおり、痛みにうっと息をのんだ。どうにか立ちあがって部屋のなかをこっそり歩きまわり、そこにある数少ないものにひとつひとつふれていった。いつもの場所にあるテーブルを見ると安心できたが、椅子は火床のすぐ前に置いてあった。部屋のなかの様子がほんのわずかでも普段と違うと、怒りを覚えてしまう。そういうことが気になるのは正気を失った人間だけではないかと思っていたので、なるべく気にしないように努めるのだが、どうしても気になって仕方がない。

　クリスチャンはブーツに包まれた足もとを見おろした。正気を失い、言葉も失って、檻に閉じこめられた野獣。彼は鉄格子のドアにしがみつき、それをがたがた揺らして、部屋と廊下に金属音を鳴り響かせた。

なあ、マディーガール、聞こえるか？　自分が自分でなくなってしまったようなこの感覚、プライドもなにもかもなくしてしまったこの感じ、服を着替えてブーツに拍車までつけたのに、どこへも行かせてもらえないこの屈辱がわかるか？

なあ、わかるか？

　彼は鉄格子を激しく揺さぶりつづけた。彼女にも聞こえているはずだ。この部屋のすぐそばに座っているに違いないのだから。こちらからはぎりぎり、姿の見えないところに。

　しかし彼女は来てくれなかった。クリスチャンは座り、そしてまた立ちあがり、ふたたび部屋のなかを歩きまわった。

ひとつの考えがふっと頭に浮かぶ。狂人の考え、これまでの人生のなかでは頭をよぎることすらなかった考えが。だが、ここにはもう名誉などというものは存在しない。野獣のごとき力とむきだしの感情があるだけだ。そのことを彼女にわからせてやらなければ。恥辱の底に突き落とされて自尊心の最後のかけらまで失わさせられたらいったいどんな思いがするものか、彼女にはっきりと見せてやらなければ。そのためには、彼女自身にも屈辱を味わわせてやればいい。彼女はまんまとぼくをだまし、こんな辱めを受けさせたのだから。**清く正しく、高潔で、信心深い独身女性。**どんなふうに目にもの見せてやればいいか、彼はしかと心得ていた。

結局、マディーは戻ってこなかった。クリスチャンはその長い一日を、檻に閉じこめられたまま、人間らしい服装で過ごした。すっかり退屈してしまい、激しい感情もいつしか消えていった。真珠貝のボタンがついたウエストコートに、刺繍入りのズボン吊りまで身につけさせられていては、ただの野獣ではなくダンスを踊る見せ物の熊にでもなった気分だったが。

夜が近づいたころ、なにかが到着したような物音が中庭のほうから聞こえてきて、クリスチャンは窓辺へ移動した。三台の馬車に乗ってきた人々が降ろされ、マディーと猿とほかの介護人たちによっていくつかのグループに分けられて、建物のなかへと連れていかれる。馬車が行ってしまっても、マディーだけはしばらくひとりの若い男とともにその場に残っていた。男は熱心に彼女に話しかけている。なにをしゃべっているのかまでは、遠すぎて聞きとれなかった。クリスチャンは窓の鉄格子に頬を押しつけ、マディーの様子を見守った。彼女は男の話に耳を傾け、笑みを浮かべたりうなずいたりしている。若い男はひとりでまくしたて、ときおり自分の言ったことに大声で笑ったりしていた。

あいつも頭がいかれているのか。クリスチャンはいかにも庇護《ひご》者ぶった態度を見せているマディーを軽蔑した。ああやってにこやかにうなずいてみせるのは、相手を見くだしているからだ。ばかな子供や動物の相手をするように。

だが、ぼくは違う。彼女にそんなふうに思われてたまるものか。

夕食を運んできたのは、マディーではなく、猿だった。猿はほかに急ぎの用でもあるのか、クリスチャンが素直に夜の日課をこなしてみせても、なにも気づかないようだった。ただし、手枷足枷をはめる段になってもクリスチャンがいっこうに抵抗を示さずにいると、さすがに眉をひそめて、けげんそうに顔をのぞきこんできた。クリスチャンは冷ややかなまなざしで猿を見かえした。

「首を絞められたのが少しは効いたか?」にんまりしながら、猿はクリスチャンの体を押してきた。親しげにと言ってもいいくらいに。

クリスチャンはこの猿をどういう手順でむごたらしく殺してやろうかとあれこれ考えながら、まばたきひとつせずに相手を見つめていた。猿もまんざらばかではないらしく、低くうなって手をおろした。ふたりは互いのことをよく理解していた。

鎖につながれたまま暗闇のなかで横たわり、どうやって彼女を誘惑しようかと考えるのは、現実をねじ曲げる作業でもあった。大いなる苦痛に耐え、ありのままの自分を見つめ、しかるのちに、すべては単なる不都合にすぎないと考える。たとえば、詮《せん》索《さく》好きのおばやいとこも同居しているカントリーハウスなどで、夫と妻、あるいは恋人同士が遠く離れた部屋で寝起きしているような場合、ふたりきりになって究極の目的を遂げるのは至難の業だ。だが、それだけ挑みがいもあるというものだ。

クリスチャンは女性の扱い方をよく心得ていた。マディーをあんなふうに怖がらせてしまった以上、まずはどうにかしてその埋めあわせをしなくてはならない。だいいち、彼はここの入院患者で、彼女は自分を看護婦だと思っているのだから。

だからこそあのときも……クリスチャンは、マディーの前で裸体をさらしたときの彼女の表情を思いだした。**熱心なクエーカー教徒で清らかな独身女性でありながら、マディーは決して悲鳴をあげて逃げだしたりしなかった。ショックを受けた様子も見**

せなければ、おぞましいものを見るような目つきもしなかった。

むしろ、興味を引かれているようだった。

クリスチャンは闇を見あげてゆっくりと笑った。きっとできる。できないわけがあるものか。せいぜい楽しませてもらおう。


「明日、ためしに彼を外出させてみることにしたよ。馬車で村まで往復してみようと考えている。おや、彼に新しい服を着せたのかね？」

マディーはエドワードのデスクの前に立っていた。「ええ」

エドワードは彼女がノートに記した短いメモをちらりと見た。「そういうことがあったのなら、もっと詳しく書いておいてくれないと。どんなものを着せたかとか、そのときの彼の反応とか。彼はおとなしくしていたかい？」

マディーは両手をぎゅっと握りしめてから、左右に引きはがした。「それって、どういう意味かしら？」

「彼の反応だよ。すぐに脱ごうとしたり、無理やり引き裂こうとしたりはしなかったか？」

「いいえ。とんでもない。そんなこと……ちっとも」

「じゃあ、いっさい反応はなかったってことか？」

「彼は――自分で服を着替えることが難しいらしくて。それで不機嫌になってしまうみたい。わたしが手を貸してあげないと、拍車もうまくはめられなかったし」

「拍車?」エドワードが椅子にふんぞりかえった。「どうしてまた拍車なんかつけさせたんだ?」

「ブーツにつけるのよ。だって――町の紳士たちはみんなつけているから――どこへ行くにも」

「そうなのか?」エドワードはうなった。「なるほど、それが当世風の流行というわけか」ふたたび彼女のメモを見おろす。「ひげを剃って……着替えて……ほかには?彼は一日じゅう静かにしていたのかね?」

「ええ。まあ、強いて言えば……朝のうちはちょっと……」マディーは適切な言葉を探した。「落ち着かなかったみたいだけど。ドアをガンガン叩いたりしていたから。でも、叫んだりわめいたりはしていなかったわ」

エドワードはノートをぱたんと閉じた。「きみがそばについているおかげで、さっそく効果が出てきたのかもしれないな。以前のようにひどく暴れることも少なくなってきたみたいだし。レディーの前だとプライドを刺激されるのかもしれない。それをうまく利用して、彼にもっと自制心を身につけてもらえればいいな。明日は外出用に身支度を整えてやってくれ。ロンドンへ向かうあいだじゅう拘束衣を着せておくようなまねはできればしたくないが、まずは明日の予行演習で彼がどのように振る舞うかを見てからだ。朝の十一時に出発すると、ラーキンにも伝えておいてくれ」

翌朝、マディーは身をかがめるようにしてシャーヴォーの部屋に入ると、外に出ようとするラーキンのためにさっと脇にどいた。今日の服は早朝のうちに選び、きちんと畳んで椅子の上に置いておいた。ラーキンが気を利かせて着替えさせてくれるのを期待して。男の介護人がいるうちに着替えをすませておいたほうが、シャーヴォーにとっても都合がいいはずだ。長い祈りと瞑想のあと、マディーは〝オープニング〟の真の限界を踏み越えてしまったことを自覚した――〝内なる光〟の神聖な導きを勝手に超えてしまった。そのせいでシャーヴォーにより深い欲求不満を抱かせてしまったとしたら、神の意志にかなうどころか、背くことにもなりかねない。

心の一部はもう完全に手を引いてしまいたいと願っていたが、別の一部は断固としてここにとどまり、友情の証《あかし》としてできるだけのことをしてあげたいと願っていた。夜もろくに眠らずに祈りを捧げつづけたけれど、心に響く声のどの部分が〝リーズナー〟でどの部分が真の導きなのか、はっきりとはわからなかった。今わたしがここにいるのは、シャーヴォーが外出用に身支度をきちんと整えたかどうか確認してくるようエドワードに命じられたからであって、神によって定められた任務に確信を抱いているからではない。

　鉄格子のドアががしゃんと音を響かせて閉まったところで、ラーキンが立ちどまって振り向いた。「これをつけさせたのはあんたか？」そう言って、重いシグネット・リングを掲げてみせる。

　マディーはうなずいた。

「こんなものをつけたまま、やつに殴りかかられでもしたら」ラーキンが言う。「こっちは命が危ういからな。あんただってそうだよ――そんな顎の骨なんか、卵の殻みたいにぐしゃっとつぶされちまうぜ、お嬢さん」

　彼女は口をつぐんでいた。

「これは二度とはめさせないでくれ」ラーキンが言った。

　そして、リネン類とシャーヴォーが着替えた服を抱えて出ていった。

　マディーはシャーヴォーのほうを向いた。彼は窓辺の定位置に立っていて、半分影になっている。今日の外出用に彼女が選んだのは、グレーのコート、紫と金のウエストコート、少し暗めの青鼠《あおねず》色のズボンに、ブーツではなく普通の靴だった。ボタンは全部ラーキンがとめてくれていて、クラバットもごく普通の実用的な四角い形に結んであった――もっとも、シャーヴォーは養護院の安っぽくてきつい服を着せられていたときでさえ、貴族的な雰囲気を漂わせていたほどだ。クラバットがありきたりの結び方であろうがなかろうが、今の彼は紛う方なき公爵だった。

シャーヴォーが冷徹な目を向けてくる。それから貴婦人を迎えるように、小さくお辞儀をした。

「フレンド」マディーは親しげに呼びかけた。

彼がかすかな笑みを浮かべる。マディーは部屋のなかほどまで進んだ。しかし、彼がこちらへ近づいてくるのを見て、安全な距離を保てるところで立ちどまった。

ふいにシャーヴォーが身をかがめた。ゆっくりした注意深い動きでベッドの下に手をのばし、粗削りの白い石のようなものを引きずりだす。マディーはいつでもドアのほうへ逃げられるように身構えたが、彼は脅すようなそぶりなど見せず、ただ静かに立ちあがって、その白いかたまりを差しだしただけだった。

それはシャーヴォーが壁を殴ったときに欠け落ちた漆喰のかけらだった。マディーがためらっていると、彼は一歩近づいてきて、彼女の手にそのかたまりを載せた。そしてやわらかい声をもらしながら、その平らな表面に指をふれた。

石灰質の粉が指先について白くなる。マディーはその漆喰の表面になにか文字が刻まれているのを見てとり、明るいほうへ傾けてみた。表面がざらついているうえに、あまり上手な字でもないので読みにくかったけれど、彼の筆跡を見慣れている彼女にはどうにか読めた。

きれいな
までぃー
ごめん

マディーはそのもろくて壊れやすい贈り物をじっと見おろした。

「わかったわ。そう。謝ってくれてるのね」顔を見られたくなかったので、うつむいたまましゃべる。唇をぎゅっと引き結び、壊れた壁のかけらを両手で大事そうに持って、彼女はささやいた。「謝らなきゃいけないのはこちらのほうよ」

シャーヴォーが頬にそっとふれてきて、顔を上に向かせる。

「ごめんなさい」マディーは言った。「服のこと。わかる?」

わかってもらえたのかどうか、よくわからなかった。マディーは彼の吸いこまれそうに深くて濃いブルーの瞳をのぞきこんだ。するとその顔に、かすかな、ほんのかすかな笑みが浮かんだかに見えた。彼はマディーの頬をさっと撫でるようなしぐさを見せてから、彼女を放した。マディーはどうしていいかわからなくなって、少し後ずさりした。

「今日は村まで馬車で出かけることになっているんだけど、行けそうかしら?」彼女は尋ねた。

たちまち彼の顔つきが変わった。かすかな笑みは消え、彼女の口もとを真剣に見つめている。

「出かけるのよ」マディーは言った。「馬車に乗って。村まで」

「**でかける**」

彼女はうなずいた。「村まで行くの」

「マディーガール――**行く？**」

「あなたが、よ。シャーヴォー。あなたが行くの」

彼はうなずき、彼女の腕にふれてきた。「マディーガール……行く？」

「ああ、ええ、もちろん。わたしも一緒に行くわ。そのほうがいいなら」

シャーヴォーが満面に笑みを浮かべる。マディーは漆喰のかたまりを持っている両手にぎゅっと力をこめた。こんなすてきな笑顔を自分だけに向けられたら、思わずどきどきしてしまう。彼女もお返しに、一瞬ぎこちない笑みを浮かべてみせた。

猿と医者の男につき添われ、クリスチャンは歩いて外へ出た。視線はまっすぐ前を見つめ、マディーの慎み深い後ろ姿から一瞬も目を外さないようにして。彼女は白い襟のついた黒いドレスを着て、頭には妙ちきりんな形の帽子をかぶっている。彼は冷たい太陽の日差しを顔と肩に受けながら、馬の穏やかないななきや、馬具のきしむ音、小石を敷きつめてある道を踏みしめる足音に耳を澄ましていた。

外の世界に圧倒されてしまいそうだった。まばゆい光、広々とした大地、緑の芝生、湖、木々。ちょっとでも隙があったらすかさず走って逃げてやろうと考えていたはずなのに、今のクリスチャンには、建物のなかへ、自分の独房へと、しっぽを巻いて逃げ帰らないようにこらえるだけで精いっぱいだった。マディーの存在とプライドが、かろうじて足を前に進ませてくれている。今ここで、意気地なしで頭がいかれた男のようにわれを失うわけにはいかない。

馬車が待っていた。マディーは下男の手を借りて馬車に乗りこんだ。クリスチャンもあとに続く。体を折り曲げて上に持ちあげようとした瞬間、刺すような痛みが背中を貫いた。うめき声をもらすまいとして、ぐっと歯を食いしばる。馬車の内装に使われている趣味の悪いダマスク織りと紫の縁飾りがついたベルベットには、パイプの煙と饐《す》えたようなラベンダー・ウォーターの匂いが染みついていた。

クリスチャンはパニックにのみこまれそうになった。ここが外だというだけで。誰かに見られたり、ぺらぺらと早口でまくしたてる他人の言葉を理解するよう求められたり、人前でしゃべることを期待されたりするのが怖かった。彼は片方の手で吊革《つりかわ》につかまり、もう一方の手でマディーの手をとって、両方ともしっかり握りしめた。

マディーがこちらに顔を向けた。猿と医者が前の座席に乗りこむと、クリスチャンは彼女の手を絶対に放すまいとするかのように、いっそう強く握りしめた。

医者が穏やかな笑みをたたえて話しかけてくる。「怖いのかね？　危ないことはないよ。ちょっと揺れるかもしれないが」

にやにや笑っているずんぐりした男に、クリスチャンは蔑みの目を向けた。揺れる馬車のなかでなにかしっかりしたものにつかまっていたいと思うのはこちらの勝手だ。一介の成りあがり者ごときにとやかく言われる筋合いはない。今朝の彼は、紳士が着るような丈の短いズボンをはいて、ブーツに拍車までつけている――サラブレッドに二輪馬車を引かせてのどかな田舎の道を駆けまわったことでもあるかのようないでたちだ。

くつわやあぶみ、蹄鉄《ていてつ》の音が低く響くなか、馬車はがたがたと揺れながら走りだした。クリスチャンは痛む背中をクッションに押しつけた。自分を制御することに意識を集中させる。景色を眺めながらも、思いだせない名前や言葉を無理に思いだそうとするのはやめておいた。馬車道は長くて平坦《へいたん》だった。馬車に乗っている人々のなかで、命綱にでもつかまるように吊革にしがみついているのはクリスチャンただひとりだ。

彼は自分をなだめながら、吊革から手を離した。大丈夫だ、怯えることなどなにもない。馬車に乗るのも、外出するのも、秋色に染まりはじめた草花や木々を眺めるのも、普段からやっていることじゃないか。

馬車はやがてこの敷地の門に達し、両側に生け垣のある曲がりくねった道を走りはじめた。淡い金色の麦畑に、まだ青々としている牧草地。クリスチャンはそこはかとない不安を抱えながら、窓の外を見つめていた。

収穫、農作業、小作人、日雇いの労働者、一定のリズムで金属製の道具を振りまわし……ここじゃない！

シャーヴォー城の記憶がいきなり脳裏によみがえってきて、クリスチャンは激しく動揺した。ウェールズとの国境に近い、自然豊かな田園地方。こんなふうに隅々まで人の手が入っている整然とした景色とはまるで違う。ぼくはあそこにいるべきなのに。今の今まで忘れていた。どうして忘れていられたんだ？　**羊の毛を……仕事は……小作人――小作人――小作人……。**

シャーヴォー城の収穫――いったい誰が管理しているんだ？

馬車は突然、村のなかに入った。赤い屋根に漆喰の壁の小さな家が数軒立ち並んでいるほか、教会と、黒い牛の看板を掲げたパブが一軒。馬車は徐々に速度を落とし、その居酒屋の前にとまった。フットマンがすぐさま飛び降りて、ドアを開けてくれる。だがクリスチャンは、たった今思いだした自分の領地の城とそこでの収穫作業のことで頭がいっぱいで、内心ひどくうろたえていた。

ふたたび吊革につかまると同時に、マディーの手もぎゅっと握りしめる。医者はさっさと馬車を降り、ステップの脇に立って、柔和な笑顔でクリスチャンのほうを振りかえった。パブのドアから店主が出てきて、エプロンで両手をぬぐいながら陽気に挨拶してくる。彼らの到着を待っていたかのようだ。

クリスチャンは動かなかった。こんなところで降りたくない。精神病患者として人前に姿をさらすなんて、まっぴらだ。

「降りないのかね？」医者の男が言った。

クリスチャンは彼をにらみかえした。

「さっさとしろよ」猿がそう言って、馬車の低い天井の下で身をかがめながら、クリスチャンを外へと促す。

クリスチャンは痛む背中を座席にぐっと押しつけた。吊革とマディーの手を握って放さず、喉の奥から低いうなり声をあげる。降りたくない。結局は最低の屈辱を味わされるだけの無駄な抵抗をしたくもなかった。彼はすがるような思いでマディーを見た。

彼女はにっこりと微笑んだ。昨日、例の頭のいかれた若い男に向けていたようなあたたかい笑顔だ。辛抱強く子供をあやす子守の女性のような。その瞬間、クリスチャンにはすべてが見えた。これはただの茶番なのだ。このささやかな劇のなかで、誰もが自分の役を演じようとしているだけだ。馬車の到着を待っている店主。静かな村。脇に控えている猿――すべてはクリスチャンが外の世界にいるように見せかけるための虚構にすぎない。本当は一歩も外に出ていないのに。彼はまだ病院に閉じこめられていて、施設の壁が広がっただけなのだ。

だとすれば、ここには彼を愚弄《ぐろう》するような大衆もいないはずだ。ここにいる人物はみな、彼が障害を抱えていることを知っているのだから。なにが起ころうと想定内の出来事なのだろう。たとえ彼がわれを失ってわめきだしたとしても、彼らは穏やかな笑みを浮かべつつ、彼を鎖につなぐだけのことだ。

マディーは相変わらず励ますような表情をたたえながらも、しっかりと握られた手をぎこちなく動かしていた。クリスチャンがなにかしでかすのではないかと、気が気ではないのだろう。そういう不安を隠すことはあまり得意ではないようだ。それを感じとったからこそ、クリスチャンは彼女の手を放し、育ちのいい紳士らしく落ち着いた身のこなしで馬車から降りた――彼女を怯えさせたくなかったからだ。マディーにはむしろ、彼女自身のことを恐れてほしかった。親切めかしてあれこれと余計な世話を焼いてくる、辛抱強くて信心深い独身女性。

外に出ると、マディーがふたたび笑いかけてきた。クリスチャンはじっと耐えた。彼女にとって彼は、素直で従順な自慢の生徒のようなものだ。だから、ここはおとなしくしていなければ。

お行儀のよい、いい子でいなければ。


マディーは徐々にリラックスしてきた。すべてが段どりよく運んでいるからだ。初めのうちは緊張していたシャーヴォーも、かなり落ち着いてきたようだった。さっきまでひどく緊張していたのが嘘のように、さりげない様子で村を眺めまわしている。それでも、馬車のなかで彼に強く握られていた彼女の手にはまだ痛みが残っていた。

「少し歩けるかな」エドワードが言った。「マスター・クリスチャンをミスター・ペンバーに紹介してやってほしいと、公爵未亡人から頼まれているんだよ。司祭館は、村の共有地のすぐ向こうにあるから」

マディーがスカートと小さな手提げ袋《レティキュール》をまとめて持って歩きだそうとしたとき、シャーヴォーの目にパニックがよぎったのが見えた。彼はじっとしたまま動こうとせず、真剣なまなざしであたりを見まわしていた。その瞬間、マディーははっと気づいた。シャーヴォーは混乱しながらも必死に自分を抑え、われを失うまいとしているようだ。さっさと歩きだしてしまったエドワードに冷ややかな目を向けてから、シャーヴォーはマディーの横へ来て、エスコートするように片腕を差しだした。

そんなふうに礼儀正しく扱われることに、マディーは妙な気恥ずかしさを覚えた。

シャーヴォーは自然な様子で彼女の手をとって、自分の腕に通させた——彼にとってはごくあたりまえの行為なのだろうが、マディーにしてみれば、父以外の男性と腕を組んで歩くなんて初めてのことだ。フレンド派の集会などで、ほんのつかのま、エドワードにエスコートされることはあったけれど。

もちろん、シャーヴォーは生まれながらの公爵であり紳士だからそうしたまでで、その事実を決して忘れてくれるな、というエドワードへのあてつけでもあっただろう。マディーにもそれくらいはわかった。シャーヴォーがもう一方の手を重ねてきて彼女が腕を引き抜けないようにしたのも、エドワードに見せつけるためだ。

だがそれは、未婚のクエーカーの女性にとってみてもちょっと誇らしい思いがする行為で、もしも自分が公爵夫人になったらどんな感じがするだろうかと罪な想像をひそかにふくらませてしまうのも、仕方のないことだった——たとえ彼女が〝風変わりな人々〟のひとりで、相手の公爵は精神を患っているのだとしても。

ラーキンを後ろに従え、マディーはシャーヴォーと並んで、雑草が生い茂る村の共有地を歩きはじめた。どういうわけか、まったく違和感を覚えなかった。早足のエドワードと一緒に歩くときと違って、シャーヴォーの歩幅に合わせるために、こちらが無理やり歩幅を調整する必要がなかったからだ。足もとに注意して歩く必要もなかった。人が踏みしめた平らな小道をマディーが歩けるように、シャーヴォーはその脇の少し深い草の上を歩いてくれているからだ。彼はきっと、大勢のレディーたちをこんなふうにエスコートしてきたのだろう。さりげなく、それでいてとても心地よく！　共有地の向こう側の道路に出たところで、彼はいったん立ちどまった。あたかもここが交通量の多いロンドンの通りで、エスコートしている女性に通りを安全に渡らせるのが自分の義務であるかのように。司祭館の前までたどり着くと、先を行くエドワードが後ろを振りかえりもせずに閉めてしまった門を、シャーヴォーがふたたび開けて支え、彼女を先に通してくれた。

マディーは門のなかへと入った。シャーヴォーもあとに続き、すぐに門から手を離した。ばたんと音がして門が閉まると同時に、ラーキンの不満げなうなりが背後から聞こえてくる。マディーは横にいるシャーヴォーをちらりと見た。彼は両眉を吊りあげてみせ、いかにも貴族らしい物憂げな表情で彼女を見つめかえした。

玄関ホールに入ると、きちんと正装したミスター・ペンバーがじきじきに一行を出迎えてくれた。エドワードがマディーに口述筆記させた手紙で、今回の訪問を前もって知らせておいたからだろう。彼女が見るに、ミスター・ペンバーは司祭のなかでも最低の部類に入る司祭のようだった。おべっかを使うのが得意で、いかにも俗っぽい雰囲気の人だ。自宅にはおそらくふかふかのソファーが並び、床には分厚い絨毯が敷きつめられていて、たくさんの砂糖菓子と、あり余るほどの蜜蠟《みつろう》製のキャンドルやランプに囲まれた贅沢な暮らしを送っているのだろう。

ほんの数分会話しただけで、愛想がよくて親切そうだが決して好きになれない人物だ、とマディーは感じた。しかし、シャーヴォーの母親である公爵未亡人がこの人を息子に紹介してやってほしいと考えたとしても不思議はない、と思えた。ミスター・ペンバーは、公爵未亡人が手紙に長々としたためてくるような、いかにも真っ当で崇高な考えの持ち主だからだ。

お互いの紹介が終わるやいなや、彼はシャーヴォーに向かって、不品行や道徳的堕落の報いについて説きはじめた。四角い眼鏡越しにシャーヴォーを見つめ、これ以上ないほど穏やかでやさしげな声で、正しき罰についてこんこんと訓辞を垂れる。ときおりハンカチーフで顔を覆っては嗅ぎ煙草を吸いながら。できればシャーヴォーにはこんな人の話をひとことも耳に入れてほしくない、とマディーは思った。くだらない田舎のゴシップ程度に聞き流してくれたらいいのだけれど。神の裁きについて、篤信家ぶった意見をまくしたてる司祭の口調はまさに、ゴシップをふれまわる田舎者そのものだった。

シャーヴォーはミスター・ペンバーの言葉を理解してはいないように見えた。こういう場面には過去何度も遭遇してきたかのように、礼儀正しくも退屈そうな表情で、本日のホスト役を見るともなく見ているだけだ。彼はハウスキーパーから紅茶を受けとると、そのカップの縁越しに、さらにエドワードのために紅茶を注いでいる女性のふくよかな肩越しに、マディーにこっそりと謎《なぞ》めいた笑みを向けてきた。

フロント・パーラーに司祭と父のいとこに挟まれて座っていると、マディーは鉄格子の部屋でシャーヴォーとふたりきりになったときよりも彼に親近感を覚えた。あそこでのマディーは、シャーヴォーとは生まれも育ちもまったく違う赤の他人で、お互いを理解するのが難しかった。でもここでは、ふたりとも完璧に意思の疎通ができている。この小さなばかばかしい茶番劇のなかでどういう役をこなせばいいのか、お互い瞬時に理解していた。

シャーヴォーはカップとソーサーを持って立ちあがり、窓から裏庭を眺めはじめた。司祭のお説教がふっとやむ。こうもあからさまに無関心を示されては、さすがに話しつづけることはできなかったらしい。

しばしの沈黙ののち、シャーヴォーが言った。「猫」

たちまちミスター・ペンバーが噴きだしそうな顔つきになる。シャーヴォーの知性に対する評価を速やかに下方修正したのは間違いなさそうだった。司祭はうなずき、けらけらと笑った。「ええ、そうですよ。かわいらしい猫でしょう?」

シャーヴォーはマディーを見た。ティーカップを窓台に置いて、彼女を手招きする。

「おやまあ――どうしましたか?」シャーヴォーがドアのほうへ歩いていくのを見て、

ミスター・ペンバーが尋ねた。「外へお出になりたいんですか？」

公爵はマディーが座っている椅子の横で立ちどまった。それからミスター・ペンバーのほうを向いて、連隊に命令を出すような威厳のある口調で言った。「猫」

シャーヴォーは片手をマディーの肩に置いた。そして彼女をぐいっと押した。

「かまわないよ。彼と一緒に外へ行っておいで、カズン・マディー」エドワードが言った。「猫を見たがっているなら、見せてやるといい。ただし、庭の囲いから外へは出ないようにな」

彼女は喜び勇んで立ちあがった。ハウスキーパーが、清潔で気持ちのいいキッチンから家庭菜園へと通じる裏口までふたりを案内してくれる。高い煉瓦の壁際にはアスパラガスが植わっていて、葉の色がやや黄色くなって実がなりかけていた。ニンジンの株も短く整然とした列状に並んでいる。庭へ出て一メートルほど先まで歩いていくと、角の向こうの景色が見えてきた。館の横壁のそばの一角に、それはそれは見事なダリアの花壇があった。秋の最盛期を迎えて二メートルを超える高さまで成長したダリアが、赤やオレンジ、ほんのりとピンクがかった白など、色とりどりの鮮やかな大輪の花を咲かせている。

これこそまさに、マディーが昔から憧れている理想の庭だった――収穫のできる菜園がメインでありながら、ところどころにこういう美しい花も彩りを添えていて、純枠に目を楽しませてくれる。

黄色い縞模様でしっぽがちょっと曲がっている虎猫は、ダリアの後ろへと姿を隠してしまった。シャーヴォーはたぶん本気であの猫に興味を引かれたわけではないだろう、とマディーは思っていた。パーラーから逃げだすための口実として、あの猫を利用したにすぎない、と。だが、シャーヴォーはいつのまにか彼女から離れ、猫を追って花壇の後ろの暗がりへと入っていった。

マディーはじっとたたずんで待っていた。シャーヴォーが動くと、大きくて頭の重そうな花々もそよそよと揺れる。見えない手に動かされているかのように。

突然、猫がぴょんと跳びあがって、壁の上に着地した。それからシャーヴォーが隠れているあたりに向かってシャーッと威嚇《いかく》の声をあげ、壁の向こう側へと姿を消した。

庭は静かになった。マディーは小首をかしげ、猫に逃げられてしまったシャーヴォーが出てくるのを待っていた。そよ風に乗って、パーラーのほうからくぐもった笑い声が聞こえてくる。それにまじって、やけに甲高いかすかな音も聞こえた。

シャーヴォーはいったいどうしたのだろうと思って、マディーはおそるおそる花壇のほうへ近づいた。彼がいきなり襲いかかってくる心配はないはずだ。それだけは確信していた。泥で汚してしまわないようにスカートの裾を持ちあげ、彼女はそっと身を乗りだして、ダリアの後ろ側をのぞきこんだ。

シャーヴォーは煉瓦の壁に寄りかかっていた。その手のなかに、べっ甲のような色合いの斑の子猫を一匹抱えて。ほかの三匹か四匹はまだ彼の足もとをよろよろ這いまわりながら、ミャーミャーと鳴いている。シャーヴォーは手のなかの小さな生き物の頭を親指で撫でてやっていた。そして、ダリアの陰からマディーをちらりと見て、きみもおいでよと誘うように笑った。

9

マディーはためらった。

シャーヴォーがダリアの裏側の狭い通路に身をかがめ、もう一匹拾いあげた。べっ甲柄の斑の子猫と黒い子猫は彼の片手にすっぽりおさまってしまう。二匹は互いに向かって小さな声でミャーミャー鳴いていたかと思うと、もぞもぞふにゃふにゃと動きまわり、彼のてのひらのなかで落ち着いた。マディーは彼の足もとにいるほかの子猫たちに気をつけながら、もう少し近づいた。彼が差しだした二匹の子猫のふわふわした毛を、人差し指でそっと撫でてみる。するとシャーヴォーがべっ甲柄の子猫を彼女の手にそっと押しつけてきたので、マディーはその子を受けとって片手に載せた。小さな小さな鉤爪《かぎづめ》に、てのひらをちくりと刺されながら。

ダリアの後ろの空間は、子供のころによくもぐりこんで遊んだ、パーラーのテーブルの下を思いださせた。床まである厚手のテーブルクロスのひだに囲まれた薄暗いそのスペースは、自分だけの秘密の部屋みたいなものだった。今は明るい日差しのもと、ダリアの花壇と煉瓦に囲まれていて、緑の壁が風にそよそよと揺れているけれど。ここには、人工的につくられた甘ったるい香りではなく、大地とそれが育《はぐく》んだかぐわしい自然の匂いが漂っていた。

マディーは顔をあげ、ボンネット帽の下からシャーヴォーを見つめた。公爵は片方の肩で煉瓦の壁に寄りかかり、手のなかの子猫の小さな頭をやさしく撫でつづけていた。

その顔にはまだ、思わせぶりなかすかな笑みが浮かんでいる。シャーヴォーは黒い子猫を片手でそっと持って、マディーの頬にふれるかふれないかの距離まで近づけた。それからその手を静かに下へ動かし、子猫のやわらかい毛で彼女のこめかみや唇を愛《あい》撫《ぶ》した。

小さな動物が彼の手のなかで動くのを感じる。子猫は小さくてかわいらしい鼻をマディーのほうに寄せてきて、ふんふんと匂いを嗅いでいた。くりくりした大きな青い目で、ほんの二センチほどの距離から彼女の目を見つめてくる。小さな前肢がのびてきて、ボンネット帽のつばにふれようとした。帽子をずらすほどの力はまだないけれど、遊ぶ気は満々のようだ。小さな歯と爪を立てて、帽子の硬いつばにかじりついてくる。

シャーヴォーが愉快そうに声をあげて笑い、てのひらをさっとおろした。すると子猫がいちだんと高い声でミャーミャー鳴きながら、マディーのボンネット帽の縁にぶらさがる。おかげで帽子が前のほうにずれてしまった。足もとにいるほかの子猫たちもいっせいに鳴きはじめたが、必死になって帽子にしがみついている子猫が落ちてしまう前に、シャーヴォーがふたたび手のなかに受けとめた。

マディーはずれた帽子を直そうとして、頭に片手をやった。つばをぐいっと押しあげて元の位置に戻す。そのあいだに、もう一方の手のなかにいた子猫が、彼女の腕から胴体のほうへ這い移っていた。

シャーヴォーがすっと手をのばしてくる。てっきり、ドレスをよじのぼるのに夢中なべっ甲柄の子猫をとりあげてくれるのかと思っていたら、彼はボンネット帽の紐をつかんで指先にくるりと巻きつけ、軽く引っぱった。きつく結ばれていた紐がするりとほどける。シャーヴォーは帽子をはぎとって、片手でぶらぶらさせた。

マディーはぱっと目を伏せて胸もとを見おろし、体をよじのぼってくる子猫をそっと抱いた。突然、防具をとりあげられてしまったかのような、妙な感覚に襲われた。手をのばして帽子をとりかえそうとしたが、シャーヴォーは戦利品を体の背後にさっと隠し、両肩を壁につけて寄りかかってしまう。視線をあげると、彼がにんまり笑っていた。シャーヴォーは彼女をからかうように、帽子を持った手をゆっくりと上にあげはじめた。

マディーは足もとの子猫たちを踏みつぶさないように注意しながら、上半身だけを前にのばして片手で帽子をつかもうとした。だが失敗した。シャーヴォーが帽子を高く掲げる。マディーは背のびをした。すると彼は片手をくるっとひるがえして、帽子を壁の向こうへ投げてしまった。彼女がバランスを崩して彼のほうへ倒れそうになると、子猫が必死にミャーミャー鳴いた。

シャーヴォーは彼女を抱きかかえようとはしなかった。マディーは彼のがっしりした腕や体にぎこちなく手を突いて、どうにか体勢を立てなおした。彼はにやにや笑っている。ダークブルーの瞳をきらきらと輝かせ、いたずらっぽく流し目を送ってくる。だが次の瞬間、いたずらな男子生徒のような表情は消え失せて、まじめで高潔で誠実そうな顔つきに変わった。

「ちょっと、わたしの帽子！」マディーは声を張りあげて叱りつけたが、靄のなかに石を投げこんだときみたいに、まったく手応えが感じられなかった。「どうしてこんな邪険なまねをするの！」

シャーヴォーがちらりと彼女に視線を投げてよこす。ほんの一瞬、その顔がけげんそうに曇ったが、すぐにいつもの高貴な表情に戻った。彼女の言葉はよく理解できなかったものの、それを認める気はない、ということだろう。

「あなたって意地悪ね」マディーはわかりやすいように、そう言いなおした。

彼は視線をまっすぐに保ち、緑も鮮やかなダリアの茂みを見つめている。それから首をわずかに傾けてみせた。彼女の評価を受け入れるべきかどうか、悩んでいるかのように。

「ならず者」彼女ははっきり言ってやった。「悪党」

シャーヴォーはかえってうれしそうな顔をした。そこまで悪《あ》しざまになじられれば、悪名高き放蕩者としては本望なのだろう。彼は子猫を手のなかに包みこみ、その黒い毛を親指で撫ではじめた。

マディーは腰を曲げて、斑の子猫を地面におろしてやり、足もとにまつわりつくほかの子猫たちをスカートの外へ追いやった。体を起こして一歩後ろへさがったとき、彼の手がのびてきて腕をつかまれた。

そこで立ちどまるべきではなかった。そこで彼の手を振り切ってくるりと背を向けていたら、花壇の後ろの陰になったスペースから逃げだすことなど簡単だったはずだ。しかし彼女はためらってしまった。腕をつかんでいる彼の手に力がこもる。痛いほどではなかったけれど、それはとても生々しい感覚だった。

シャーヴォーはこちらに顔を向けたまま、壁に寄りかかった。黒い子猫が彼のコートを這いのぼりはじめる。マディーはその子猫をじっと見ていた。ふるふると小刻みに震えながら少しずつ彼の体をよじのぼっていく小さな生き物から、どうしても目が離せなかった。するとシャーヴォーが空いているほうの手で子猫をつかみ、胸もとから引きはがした。

ついでに彼女の腕も放し、壁にもたせかけていた体をまっすぐに起こして立つ。マディーはまた後ずさりしようかと考えたが、しなかった。膝を折り曲げて地面からほかの子猫たちを拾いあげる彼の様子を、そっと見守る。べっ甲柄の斑が一匹、黒が一匹、黄色い虎柄の子が二匹、そして、耳の先端が銀色の長い房になっているちょっと毛色の変わった子が一匹。全部で五匹の子猫は彼の両手からあふれそうになりながら、ミャーミャーと必死に鳴きつつ、彼のウエストコートにしがみついていた。

シャーヴォーが立ちあがった拍子に、虎柄の子猫が一匹、手からこぼれ落ちた。マディーはとっさにスカートでその子を受けとめた。そしてふたたび背筋をのばしたとき、シャーヴォーが黒い子猫を彼女の肩にぽんと置いた。ドレスの布地に、針のように鋭い小さな爪が食いこむ。彼はべっ甲柄の子猫を反対側の肩に載せ、もう一匹の虎柄の子を耳の下に、銀色の房毛の子をもう一方の耳の下に、そして最後に、彼女のスカートからつまみあげた虎柄の子を彼女の頭の上に載せた。

マディーは半ばあっけにとられ、半ば笑いながら、もぞもぞ動いてはか弱い声をあげて転がり落ちる子猫たちを、次々とつかまえた。彼女が間に合わなかったときは、シャーヴォーがさっと手をのばしてすくいあげ、子猫のあたたかい体をふたたび彼女の首のまわりに寄り添わせた。頭の上に載せられた子はどうにか落ちずにすんでいたものの、激しく鳴きつづけながら必死に爪を立てていた。

もう一匹の虎柄の子と耳毛の長い銀色の子は、やっと落ち着いて彼女の肩にしっかりしがみついていた。黒い子とべっ甲柄の子は転がり落ちたが、彼がぱっと受けとめてのひらに載せ、やわらかくてくすぐったいマフラーを巻くように彼女の喉もとに押しつけた。

しばらくのあいだ、シャーヴォーは子猫たちをそのまま支えていた。子猫たちの悲壮な鳴き声が耳のなかで絶え間なく響いている。子猫がもぞもぞと動くたびに、針のように細い爪の先が彼女のドレスや髪や肌にちくちくと突き刺さった。

シャーヴォーの口がマディーの口もとへ近づいてくる。たとえ身を引いてよけたくても、子猫たちを振り落とすことなく身動きするのは不可能だ。彼にまんまと罠《わな》にはめられ、その場に凍りつかざるをえなくなった気がした。

彼のあたたかい唇が、吐息のように軽く淡く唇にふれてくる。でもそれはほんの一瞬の出来事で、マディーが口を開いて抗議する前にすっと離れてしまった。唇を、そして彼女を見つめながら、シャーヴォーがにっこりと微笑み、手のなかで暴れている子猫を彼女の耳もとから頰のほうへずらしてくる。その瞬間、頭の上から鼻のほうへ這いおりてきた子猫におでこを引っかかれて、マディーは小さな悲鳴をあげた。

シャーヴォーが後ろへ一歩さがり、喉の奥から笑い声をもらしながら、ずり落ちそうになっている虎猫を片手でつかまえた。うごめく毛皮のかたまりをやさしく撫でてやっている。ほかの子猫たちもマディーの声に驚いて肩から滑り落ちそうになり、鋭い爪を彼女の服に食いこませてなんとかぶらさがっている。子猫が高い位置から落ちて怪我をしないよう、マディーはさっと姿勢を低くした。彼女がひざまずいたやわらかい地面の上に、子猫たちがぽとぽと落ちてくる。シャーヴォーも彼女のかたわらに膝を突き、手のなかの子猫たちをおろした。五匹はすぐにじゃれあいはじめ、コミカルな動きを見せながら、ダリアの太い茎の茂みのなかへと消えていった。

「カズン・マディー？」

エドワードに声をかけられて、マディーははっと振りかえった。シャーヴォーとふたりでダリアの後ろにこそこそ隠れていたみたいで、なんともばつが悪い。

彼女は立ちあがり、スカートについた土を払った。「ここよ」ダリアの陰から素早く姿を見せて言う。「こっちこっち」

エドワードは足早に近づいてくると、彼女の横をすり抜けてシャーヴォーに駆け寄った。「発作か？　幻覚症状でも出たのか？」

「違うわ！　落ち着いて――そうじゃなくて――」マディーはダリアの裏側の狭いスペースに踏みこんでいくエドワードに追いすがり、必死にとめようとした。その向こうでシャーヴォーが立ちあがったが、彼女の位置からは顔は見えなかった。

「正気を失ったとか？」エドワードがこちらを振りかえりもせずに言う。

「違うってば！　全然そういうことじゃなくって」

エドワードは少し落ち着きをとり戻した。彼女のほうをちらりと見て尋ねる。「まさか、逃げようとしたんじゃあるまいね？」

「子猫がいたのよ。わたしたち、子猫と遊んでいただけ」

「ここにか？」エドワードはシャーヴォーに用心深い目を向けたまま言った。「とにかく、窓から見えるところにいてくれなきゃ困るじゃないか。さあ、行こうか、マスター・クリスチャン——家に帰る時間だ。もう帰れるんだろう？」

おだてるようなエドワードの口調に、マディーは反感を覚えた。彼女はくるりと背を向けて、ひとりで家のなかへと入っていった。パーラーの椅子に置いてきたレティキュールを拾い、ラーキンやミスター・ペンバーとともに玄関ホールでふたりが戻ってくるのを待つ。

「お帽子はどうなさったんです？」ハウスキーパーが訊いてきた。

「壁の向こうへ飛ばされてしまって」

「あらまあ」ハウスキーパーは少し困ったような顔をした。「お隣に誰か人をやって、拾ってこさせましょうか？」

「いえ、いいんです。もしもあとでどなたかが見つけてくださったら、ブライスデール・ホールに届けてください」マディーは背筋をぴんとのばして顔を伏せ、物静かで控えめな介護人の役を完璧に演じた。

エドワードにぴったりつき添われて、シャーヴォーが裏庭へ通じるドアから家のなかへと戻ってきた。彼はサイドテーブルに置いてあった帽子と手袋を拾いあげると、貴族らしい堂々とした身のこなしでミスター・ペンバーに目礼し、玄関のほうへさっと身をひるがえした。ハウスキーパーが慌ててドアを開けに行く。

シャーヴォーはマディーの横まで来て立ちどまった。そこですっと片肘を差しだされて、介護人の役を演じていたマディーはとまどった。シャーヴォーはなにも言わず、穏やかな笑顔で静かに彼女を見おろしている。今の彼は、すっかり昔の彼に戻ったかのように見えた。女性の存在のすべてを支配している紳士――女性が身につける服も、女性を楽しませて慰める遊びも、彼女の時間も、感情も、生活費も、すべて彼が面倒を見ている。

そのとき、マディーは天の啓示を得たかのように、はっと気づいた。リンドウの花を思わせるダークブルーの瞳の奥から彼女を見つめているのは、紛れもない悪魔だ。シャーヴォーに仕えよ、という〝神の思し召《おぼめ》し〟には、かくもリアルで危険な誘惑がつきものだったのだ。

この苦難は公爵を戒めるために神が与えたもうた試練だと考えていたわたしは、なんと愚かでうぬぼれていたのだろう。神はもちろん、わたしのおごり高ぶった心もお見通しだった。高潔ぶってみせるだけなら簡単だ——そのことに間違った誇りを抱くことも——たとえ、身分の違いがあろうとも。高貴な生まれの紳士と、チェルシー育ちのクエーカー教徒の乙女。けれども神は、シャーヴォー公爵をわざわざマディー・ティムズのレベルにまで引きずりおろした。そうやってあえて同等の立場に立ってから、悪魔は子猫やわたしに微笑みかけてきたわけだ……マディーは鋭い爪に心をぐさっと突き刺された気がした。子猫が小さな爪を立てて必死にしがみついてきたときのように。

マディーはシャーヴォーが差しだした腕をとろうとしなかった。そのことを理解するのにしばらく時間がかかったようだが、やがて彼はあきらめて下を向き、帽子を頭に載せた。手袋は片手に握ったままだ。彼ひとりでははめられないことは、マディーにもわかっていた。彼女が手伝おうとしてそっと手をのばしかけると、シャーヴォーは殺意のこもったような目で彼女を制し、優美な黄色のキッドスキンの手袋をぎゅっと握りしめて、先に立ってドアの外へと出た。

エドワードはデスクのそばに立って、ずずっと音をさせて紅茶をすすりながら、マディーのつけたその日の記録に目を通していた。やがて彼は大きくうなずいてカップをデスクに置き、そのぴかぴかの表面に、閉じたノートを叩きつけた。すると、黄金色の液体がカップの縁からあふれて、ソーサーにこぼれた。

「これはひょっとすると、ひょっとするかもしれないな。そんな気がしてならないんだ！　彼は今日、かなりの進歩を見せた。最初の試みでここまで成功するとは、正直、期待していなかったんだが」

　マディーは彼が叩きつけた日誌を手にとった。「わたしの書き方になにかまずいところでもあったかしら？」

「いや、まずくはないよ。昨日よりははるかにましだ。ただし、もう少し詳しく書いてくれると助かるね。たとえば、ふたりで庭へ出たとき、彼がどんなふうに振る舞ったか。彼が猫のあとを追って花壇の後ろへ入っていったことはこれだけでも充分にわかるが、そのとき彼が子猫に対してどんな反応を見せたのか、ということは書かれていない。彼は攻撃的だったのか、それとも、やさしく接していたのか。少しは声を出してしゃべろうとしたのか。特定の動物だけを好むようなそぶりを見せたのか。もしもそうなら、どの動物を？　その手のことを、もうちょっと細かく丁寧に記録してもらわないとな」

「わかりました」

エドワードはもうひと口紅茶を飲んだ。「でもまあ、これでよかったような気はしているんだよ、カズン・マディー。きみを彼の主任介護人に抜擢《ばってき》したことはね。前例のないことではあるが——われわれが実践している社会療法にも応用できるのではないかと考えている。非暴力的な患者の場合、異性同士を友好的に接触させることで自制心をとり戻させるのに役立っているのだから、暴力的な患者の場合も、似たような、あるいは、さらに強力な効果が見込めるかもしれないだろう?」

声がだんだんうわずってきた。エドワードは顎をわずかに突きだして、部屋の隅を見つめていた。これに関して論文でもまとめようと、頭のなかでいろいろと想像をめぐらしているのかもしれない。

彼はマディーに視線を戻した。「異性をなるべく一緒に行動させるというわれわれの方針に異を唱える人もなかにはいるがね。その多くは専門家のやっかみにすぎないと思うが、本当に扱いにくい患者にもこのテクニックが効くとなれば——疑問の余地はなくなるだろう。明日は、きみが彼を部屋から連れだして、館内や庭を散歩させてみてもいいね」そう言って、デスクの縁を指で打ち鳴らす。「ラーキンにはできるだけ離れたところから、それとなく目を光らせておいてもらえばいい。これまでは、なにかあればただちに駆けつけられる範囲にいてもらったが、公爵を部屋の外へ連れだすとなれば、あまり近くに引っついていられると目立ちすぎるからな」

ラーキンがそばにいてくれなくても本当に大丈夫かどうか、マディーにはまだ自信が持てなかった。彼女はノートのページのあいだに人差し指を滑りこませ、ぎゅっと握った。「それなら……庭を散歩するよりも……父のところへ連れていって会わせてみるのはどうかしら」

「すばらしい考えだ。そうだな、まずはそこから始めてみよう、家族用のパーラーに公爵を連れていくといい。その際、これは特別の計らいであることを、彼に充分理解させてやってくれ。家族用のパーラーに招かれる患者はめったにいないんだ。行儀よく振る舞える患者だけしか出入りを許されないことになっているからね。そこでの公爵の反応がよかったら、そのあと庭へ連れていってやるといい。患者がなにかいい行動を示したら、間を置かずにごほうびを与えてやることが重要なんだよ。公爵がせっかく行儀よくしていたのに、きみがあんまり早く彼を部屋に連れ戻したりしたら、かえって逆効果になりかねない」

「へえ、そうなの」

エドワードがちらりと視線を投げかけてくる。彼がしゃべるのをやめて眉をひそめたのを見て、マディーは不安になった。もしかしたら、自分のなかの疑念が顔に出ていたのかもしれない。わたしがシャーヴォーに仕えることは〝神の思し召し〟だったはずだ。シャーヴォー自身のために。だとすれば、彼とふたりきりになるのが突然怖くなったからといって、ここで使命を投げだすわけにはいかない。

エドワードはデスクの引き出しを開け、銀色の鎖がついたホイッスルをとりだして、彼女の前に差しだした。「念のため、これをつねに身につけておくといい」

なんとしても落としてやる。誇りに懸けて。クリスチャンは意を決していた。少しは進歩があったはずだ。子猫たちとたわむれたときの彼女の反応は期待したほどでもなかったが、そのあと彼女が手をふれてくるどころか目も合わせようとしてこなかったことが、なにかを物語っていた。

それはかえって好都合だった。村への往復で疲れきっていたクリスチャンにとって、固い決意だけで行動を推し進めるのは難しかった。彼らはみんな早口すぎて、ちっとも話についていけなかった。彼がかろうじて理解できる範囲を超えていた。仕方がない。あまり根をつめすぎると、頭が痛くなってくる。ときにはこうやって……聞き流すことも必要だ。

朝が来ると、ふたたび元気がわいてきた。マディーガールも戻ってきた。クリスチャンは椅子に座り、ベッドの上に身をかがめてシーツを丁寧に撫でつけている彼女の様子を見守っていた。椅子の背もたれの上に肘を載せ、楽しいことを頭に思い描く。だんだん欲望がつのってきて、ついに彼は想像をたくましくさせることを自分に許した——この場所にいる限りは決して許されない贅沢だと考えていたのだが。

彼女が看護婦のふりをしたいのなら、させてやればいい。ほかの人々が見ている前で、手袋をはめる手伝いをさせてやればいい。昨日は自分の感情をかなりうまく制御できたほうだと、クリスチャンは自負していた。マディーの態度は、女性としては当然の防御本能によるものだ——こちらが先に動いたので、彼女のほうは退《ひ》かざるをえなかったのだろう。あれが舞踏会の会場だったら、扇で軽く手をはたいてたしなめたり、こちらの言うことに鈍い反応しか示さなかったり、わざとほかの男どもとたわむれてみせたりするだけだ。そういう男女の駆け引きなら、彼は骨の髄まで知りつくしていた。

やがてマディーが背筋をのばし、彼のほうを振り向いた。クリスチャンは気だるげに微笑みかけた。すると、期待どおりの反応が返ってくる。彼女は顔を少し赤らめて、どうでもいい仕事に精を出しはじめた。この場合、すでにきれいに拭いてあるテーブルをエプロンでふたたび拭くという作業だ。今日のマディーはいつものシュガー・スクープをかぶっていなかった。きちんと結いあげてあるくすんだ金色の髪に日差しがあたって、つややかに輝いている。

その髪を解いてむきだしの肩におろしたらどんなふうに見えるだろうかと、クリスチャンは想像してみた。

マディーはスカートを手で撫でおろした。「今朝は父のティムズに会いに行こうと思うんだけどいいかしら？」

頭に思い描いていた絵がばらばらと砕け落ちる。クリスチャンは椅子の背もたれをぐっと握りしめた。「**ゆっくり**」顔をしかめ、どうにかそのひとことを口から押しだす。

「わたしの父よ」彼女が言った。「ティムズ」

「てぃむず」クリスチャンはいまいましげにくりかえした。本心は、もっとゆっくりしゃべってくれと彼女に強く命じたかった。

「数学の。ティムズ」

それでやっとぴんと来た。クリスチャンは苦労しながらその名前を口にしようとした。「すう――ティムズ。ユークリッド。えっと……えっと……ああ――平行線公準は他のユークリッドの公準からは独立したものであり、それらの公準から導かれうるものではない」

マディーは頭のいかれた人物を見るような目でクリスチャンを見つめていた。だが、彼の頭はいかれてなどいない。数学に関することならいくらでもよどみなく話せるというだけだ。

「行く？」彼女が訊いた。「ティムズに、会う？」

彼女の父親のところへ？　クリスチャンは驚きながらも同意するような声を立て、さっと立ちあがった。猿は今日もまともな服を着せてくれていた。クリスチャンの私服だ。カフスはマディーガールがとめてくれる。彼は希望を抱くと同時に、不安も感じていた。彼らがこのまま自分を人間に近いものとして扱いつづけてくれるのか、それともこれは一時的な気まぐれなのか。

マディーはドアを開錠して外に出ると、ドアを押さえていてくれた。クリスチャンは彼女のあとについていった。ふたりが廊下を歩きだすと、向かい側の部屋にいる男が怒ったような声をあげ、目の前を通り過ぎるマディーに向かって鉄格子の隙間から手をのばしてきた。クリスチャンは素早く彼女に駆け寄ろうとしたが、そのときにはもう、マディーはさっと男の手が届かないところまで逃げていた。鉄格子のなかの男が代わりにつかんだのはクリスチャンの腕だった。

爪が深く食いこんだかと思ったら、すぐにその手から力が抜け、今度は袖を強く引っぱられた。男の顔から怒りの表情は消えて、信じられないという面持ちに変わっていた。なんであんたがそこに立っているんだ、とでも言いたげな顔つきに。介護人がきれいにとかしつけてくれたはずの髪は、片側がくしゃくしゃにはねていた。おそらく、男が髪をかきむしったせいだろう。

男はやがて、クリスチャンには理解できない言葉をぶつぶつとつぶやきはじめた。

祈りの言葉をくりかえすように、低い声でなにやらささやきつづけている。うつろな目がクリスチャンを見つめていた。激しい混乱と生と死が同居しているようなまなざしだった。

クリスチャンは男を見つめかえした。

他人の目にはぼくもこんなふうに見えているのか？

こんなふうに？

彼は恐ろしくなった。

まさか……こんな……こんなはずは！

クリスチャンは男につかまれていた腕を振り切って、すがる思いでマディーを見た。ぼくは狂ってなどいない、と彼女に伝えたかった。彼女にはわかってもらいたかった。だが、どうしても言葉が出てこない。最近やっと、もがき苦しみながら出せるようになってきた短い音節すら、声にならなかった。耳に入ってきた音をばかみたいにくりかえすことさえできなくなっていた。今日まではできていたはずのことが、少しずつとり戻しかけていたものが、すべて消えてなくなってしまった。マディーがなにか話しかけてきても、もはやそれは単なる音の連なりにすぎず、なんの意味もない響きにしか聞こえなかった。

違うんだぼくは狂ってなんかいない違う違う違う！

クリスチャンは動けなかった。マディーがなおも話しかけてくる。彼にはまったく理解できなかった。今の彼にわかるのは、自分のなかで荒れ狂っているこの感情をなんとしても制御しなければならないということだけ。正気の人間のように振る舞わなければ。どうしても。是が非でも。それは、今この瞬間、神に与えられた試練のなかでもっとも厳しく困難なことのように感じられた。冷静で理性的な人間らしく、静かに廊下を前へ歩いていくだけのことが。

直角三角形の斜辺の長さの二乗はその他二辺の長さの二乗の和に等しい。

その定理が、クリスチャンに心のよすがを与えてくれた。

ぼくは正気だ。大丈夫、ぼくの頭はいかれてなどいない。今から彼女の父親に会いに行くところなのだから。

互いに垂直な三つの平面に投影された平面図の影の面積の和は、その平面図の面積に等しい。

ピタゴラスの定理の証明はあまりにも簡単すぎるので、もう少し複雑な解析幾何学を思いだしてみることにした。そうすると気分が落ち着いて、前へと足を踏みだすことができた。クリスチャンは投影幾何学から、自分が情熱を傾けて研究していた分野へと頭を切り替えた。ユークリッド幾何学を超える、虚幾何学について。

直線ＡＢの外に位置する点Ｃを通り、なおかつ直線ＡＢにまじわらない直線は、平面上に一本以上引くことができる。

そのとおりだ。それは、物理的空間に位置するものを描写する論理的幾何学で、平行線公準とは明らかに矛盾する理論だった。すなわち、ユークリッドの平行線公準は否定されたわけだ。数学者たちはギリシャ時代から連綿と、厳密な証明に証明を重ねてきたというのに。そう考えたら、自分などはまだましなほうだと思えた。自分よりはるかに頭のおかしい連中は数多く知っている。誰にも論破できない完全な証明を求めて命を燃やし、家族も健康もかえりみず、結局一生を棒に振ってしまった数多くの人々を。賢い連中なら途中であきらめてしまうだろう――クリスチャンとティムズは逆から攻めていって、ついにひとつの答えにたどり着いた。

なにかを思いだせそうな気がした。大いなる混乱の端のほうから、なにかがちらりと顔をのぞかせている――**雨、暗い空、音……雷！**　その瞬間、大勢の人々の顔と万雷の拍手が脳裏によみがえってきた。**あの音は……両手を叩く音だ**――解析協会で拍手喝采を受けたときの音。

ティムズ。論文。そうだ。ああ。

ティムズ。ふと気づくと、クリスチャンは動けるようになっていた。頭のいかれた男の部屋からはとっくに遠ざかっていた。誰がどう見ても冷静沈着な態度と足どりで、贅沢な内装の施されたカントリーハウスの階段をおりていく。あのティムズならきっとわかってくれる。それを信じて、クリスチャンは彼に会いに行った。

「お父さん、いらしたわよ、公爵が」

マディーはシャーヴォーを連れてパーラーのなかに入ると、そっとドアを閉めた。彼女がそれ以上なにもしないうちに、シャーヴォーは彼女の脇をすり抜けて、父のそばへと歩いていった。そして、テーブルの上に並んでいる、数字やアルファベットの書かれた木の駒を見おろす。それが三角関数の方程式を正確に表したものだと理解するやいなや、父の手をつかんで握りしめた。

「フレンド!」父が笑みをたたえて言った。その声にこもった深いぬくもりが、シャーヴォーの表情にも変化をもたらした。「あなたにお会いできるときをずっと待ちわびていましたよ」

公爵はさっと床にひざまずくと、父の手を両手で包みこんだまま、そこに額を押しあてた。

そうしてしばらくのあいだ深々と頭をさげていた。父がシャーヴォーのほうに顔を向ける。父は空いているほうの手を、ふたりが握りあっている手に重ねてから、公爵の頬のあたりへと動かした。

「フレンド」もう一度言う。

シャーヴォーは喉の奥から低くうなるような声を発した。それは、マディーがこれまでに聞いたどんな言葉よりも、愛情と喜びが伝わってくる声だった。彼は目を開けて、立ちあがり、父の手を放した。それから木の駒でつくった数式にふれ、人差し指でいとおしげになぞった。

シャーヴォーが口を開いた。「境界角πの二等分角のタンジェント。このXは負の指数のはずだ」彼はマイナスの記号を置いた。「でしょう?」そう言って、父のほうを見る。

父はすぐさま駒にふれて、訂正された箇所を確かめた。「ああ。そのとおりだ」

「1で計算してみると。Xは1」シャーヴォーはしばらく押し黙って、テーブルの上をじっと眺めていた。「境界角、40度、24分」そしてふたたび、真剣な目で父を見つめる。

「論文のためかな?」

「ろん――」シャーヴォーは奥歯をぐっと噛みしめた。「ろん……ぶ……」いきなりテーブルから離れて、部屋のなかを行ったり来たりしはじめる。「イエス、イエス、イエス。論……ぶん」

「Xイコール1か」父が勢いこんで言った。「わたしが計算して論文にまとめてみよう」

シャーヴォーは窓辺で立ちどまった。彼の向こうに見える馬車道と芝生の上に、黒い雲がかかっている。その雲が彼の顔にも影を落とした。シャーヴォーは、形を変えながら流れていく雲に見とれているようだった。

やがて彼はマディーのほうをちらりと振りかえった。それからまた部屋のなかを歩きまわり、なにかに引かれたようにテーブルのそばへ戻ってくる。そしてふたたび、三角関数の方程式に目を落とした。「物理的空間のなかで計算しないと。理論上の空間ではなく。視差。応用。物理的空間」

「しかし、どの例をとって？　距離が大きすぎるだろう」

シャーヴォーはなんとかしゃべろうとした。だが言葉は出てこなかった。彼はふたたび窓辺へ行くと、外の上のほうを指さしてマディーを見た。

「空のこと？」彼女はあてずっぽうで言ってみた。

シャーヴォーが大きくうなずく。「空。暗い」

「ああ」父が言った。「それなら、星のことでは？」

「**星**」シャーヴォーはくりかえした。

10

ラプラスがフランス語で著した『天体力学』に、ガウスがラテン語で書いた『天体運行論』、古いところでは、ケプラーの『新天文学』や、ニュートンの『プリンキピア』なども参照しながら――マディーはその日の午前中ずっとテーブルに覆いかぶさるようにして、父が持っていたそれらの本を次から次へと読んでいった。シャーヴォーはまだ文章を読むことはできないようだったが、数字や数式を理解することはでき、気が向けば声に出してしゃべることもできた。でもそれより、マディーの手から分厚い本をとりあげて、ぱらぱらとページをめくって目あての図表を探しては、また彼女にそれを手渡して音読してもらうほうが好きなようだった。父と一緒になってあれこれ頭をひねり、星の視差を計算する数式をつくってはまた訂正を加え、膨大な分量になりかねない論文を出版する意義や妥当性について熱い議論を重ねた。

父はやや保守的な立場から、これまでの常識を覆すような数式を盛りこんだ論文などを世に出したら物笑いの種になるだけではないか、と言った。父とは逆の立場をとっていたシャーヴォーは、熱弁を振るうあまりときおりテーブルを拳で叩いたりして、木の駒をあたりに飛び散らせたりした。案の定、議論に勝ったのはシャーヴォーのほうだった。

最初の一時間が過ぎたころ、マディーはひとつの過ちを犯した。ちょっと外へ散歩にでも行かないかとシャーヴォーに声をかけてみたのだ。その誘いに対し、父からは哀れっぽい悲しげなため息が返ってきた――シャーヴォーはみるみる不信感をあらわにして顔をしかめ、いかにも尊大な態度で、彼女が膝に抱えていたガウスの本のページをばしんと叩いた。マディーは仕方なく顔を伏せ、ふたたび音読しはじめた。

メイドが父に昼食を運んできたとき、男たちはすでに熱く意見を戦わせる段階を越えて、難解な計算に没頭していた。ふたりとも、昼食のトレイにはほとんど目もくれなかった。公爵が天体の位置や距離を算出しながら、父のパンを半分ちぎって、もぐもぐと食べはじめた以外は。マディーは困った顔つきでメイドを見あげ、自分とシャーヴォーの分の食事もここへ運んできてくれるように頼んだ。

ふたりがかなりの難所に差しかかっているあいだに、マディーはひとりで昼食をとった。シャーヴォーは木の駒を使って数式を表すことにいらだちはじめ、ペンを貸してくれと何度も彼女に要求してきた。しかしマディーは、そのたびにわからないふりをした。彼に筆記用具を与えてはいけないと、エドワードからきつく言い渡されていたからだ。でももしかしたら、木の駒にふれさせただけでもルールを破ったことになるのかもしれない。シャーヴォーは明らかに興奮していた。本当はそんなもの目にしたくもないかのように少し斜に構えつつ、テーブルの上で駒を動かしている。ときおりぐっと顔をしかめ、目を閉じて、父がするように駒の表面にさわったり引っくりかえしたりしてから、またテーブルに置いたりしていた。

それでも、しゃべることに関してはかなりの進歩が見られた。ときには数学以外の事柄についても、単語だけでなくある程度まとまったフレーズを口にできるようになっていた。とはいっても、彼の熱意はすべて計算に集中していたけれど。たぶん彼は言葉を失うずっと前からこんな感じで、数学のこととなると冷静ではいられないタイプの人だったに違いない、とマディーは思った。数学にとり憑《つ》かれている人物ならば、ひと目で見分ける自信はある。

奇妙な嫉妬《しっと》を覚えながら、マディーはテーブルから一メートルほど離れたところにある椅子に座っていた。ホイッスルは首にちゃんとかけてある。シャーヴォーとふたりで散歩に出かけるのが待ち遠しい気分だった。

午後になると、エドワードが一度様子を見に来た。マディーは静かに立ちあがって戸口へ行き、そこで彼と立ち話をした。ふたりの低い話し声はシャーヴォーの耳には届かなかったようだが、父はこちらに顔を向けて耳を澄ますそぶりを見せてから、すぐに顔を元に戻した。エドワードは、テーブルの上で数字の駒をしきりに前へ後ろへと動かしているシャーヴォーの様子を、しばらくじっと観察していた。医者の目にはおそらく、無意味な動きとしか見えないだろう。この手の患者にはよくあるチックの症状が出ているようだ、としか。それでも、シャーヴォーが暴れたりせずおとなしくしていることに、医者は満足しているようだった。

エドワードはドアを閉めて去っていった。すると驚いたことに、シャーヴォーが目の前に並べていた駒をいきなり手でざっと払って椅子の背にもたれかかり、マディーのほうを向いた。

父の手は相変わらず木の駒の表面をせわしなく撫でている。計算にどっぷりつかっているということだ。シャーヴォーはそんな父をちらりと見やり、ふたたびマディーを見てから、立ちあがった。

その気配を察したのか、父がわずかに頭を動かす。だが、すぐにまた作業を再開した。公爵は窓辺へ歩いていき、頭を後ろに反らしてのびをした。それから肩越しにマディーのほうを振りかえる。

彼女はドアにそっともたれかかった。「ちょっと散歩にでも行きたくなった?」

シャーヴォーはなにも答えなかった。ただじっと見つめてくるだけだ。彼女は思わずドアノブをつかんだ手に力をこめた。海賊の目だ。気だるげで、ちょっぴり邪悪そうな目。

彼は本棚のほうへふらふらと近づいていくと、首を少しかしげながら、そこに並んでいる本の題名を眺めた。そこからまた、ライティングビューローや読書用のテーブルのほうへと歩いていく。そうして部屋をゆっくり一周し、最後には彼女が立っている戸口のそばまでやってきた。

マディーはそこで逃げてもよかった。自分の身を守るものはなにもないのだから。彼が散歩に出たがっていると思いこんでいるふりをして、さっさとドアを開けることもできたはずだ。でもその代わり、マディーはドアノブを握りしめたままそこにじっと立っていた。

父は計算に夢中になっているふりをしていた。マディーとシャーヴォーは今どこに立っているかと訊かれたら、もちろんすぐに答えられるだろうけれど。シャーヴォーは物音を立てないように、とくに気をつけてはいなかった。彼女の目の前に来て立ちどまるまでは。部屋全体が、そしてなによりシャーヴォーが、ものすごく間近に感じられる。マディーがクラバットを結んでやり、カフリンクをとめてやったときくらい、ふたりの距離は接近していた。彼の吐息とぬくもりが肌を撫でる。あのときと同じように。

ただし、今日の彼女はボンネット帽をかぶっていない。硬くて大きな帽子のつばがどれほど自分を守っていてくれたか、今になって気づいた。あれをかぶってさえいたら、シャーヴォーとは安全な距離が保てたはずなのに。

「散歩に行く?」マディーはかすれたような声で訊いた。

彼は非常識なくらいすぐ近くにじっと立ちつくしている。ブルーの瞳と黒いまつげで――にこやかに微笑んで。

シャーヴォーは彼女の胸もとにぶらさがっている銀色のものに目をとめた。にこやかだった微笑みが皮肉っぽい笑みに変わる。彼はホイッスルをつかみ、もてあそんだ。それをちょっと持ちあげて、手のなかで引っくりかえす。そしてマディーの目を見据えながら、マウスピースを彼女の下唇にあてがった。

マディーの口からもれる速い息がホイッスルをかすかに鳴らした。迷子のひよこが遠くでピーピー鳴いているかのような音がする。それを聞いて、父がはっと顔をあげた。

「マディー・ガール?」

彼女はホイッスルから口を離した。「ええ、なに、お父さん?」

「煙突のなかにツバメかなにかが落ちているんじゃないかね? おまえにも聞こえただろう?」

シャーヴォーが腕をあげ、ドアを背にして立っているマディーの両脇に両の拳を突く。ホイッスルはまだ彼の手に握られていたので、鎖が引っぱられて彼女の喉に食いこんだ。完全に彼女を囲いこんだシャーヴォーは、からかうような笑顔を見せた。

「さあ、聞こえないけど」マディーは背中をドアに押しつけた。「あとで……確かめに行ってくれるように、管理人に頼んでおくわ」

　父はそれで満足したらしく、ふたたび計算にとり組みはじめた。マディーはひどくうろたえていた。こんな形でドアを背にして身動きできなくなってしまうなんて――彼を押しのけるなりなんなりしてとにかくその腕のなかから逃れ、父に助けを求めることもできない自分が、信じられなかった。

　シャーヴォーは片方の腕に体重をかけて寄りかかっていた。ホイッスルでマディーの耳の輪郭をなぞり、それが彼女にもたらす変化を夢中になって眺めている。彼はひんやりした銀のホイッスルを指であたためながら、彼女の顎のほうへと動かしていった。唇の輪郭を端からなぞり、中央のくぼみにふれたかと思うとまた端へ戻って、そしてまた中央へとなぞっていく。

　彼が顔を近づけてきた。マディーの呼吸が乱れ、ホイッスルに吐息がかかる。彼はホイッスルを彼女の唇に押しつけ、指を広げたてのひらで頬と顎を包みこんだ。それからさらに頭をさげて、銀色の表面に口をそっと寄せてくる。彼女はすでに抗う気を失っていて、無防備にキスを受け入れた。

ふたりの唇が重なったとき、ホイッスルが彼の指のあいだから滑り落ち、マディーの胸にあたって弾んだ。彼の唇の感触は、銀のホイッスルでなぞられたときと同じようにとても軽かったが、あたたかかった。

彼はいとも簡単に、マディーから慎み深さや貞淑さを奪い、神の教えを忘れさせた。彼女のほうも、いとも簡単に手放しすぎた。

マディーは羽根のように軽いシャーヴォーの唇の感触に溺れた。ふたりの吐息がまじりあう。彼女のなかに宿っている神の光が明るく輝き、不思議な力で全身を満たしてくれているような気がした。彼は目を閉じていた。とんでもなく長くて豊かなそのまつげまでが、罪深く見えた。

ショウガ飴《あめ》でもなめるかのように、シャーヴォーの舌がゆっくり彼女の唇の上を動いていき、下唇をそっとついばむ。そんなふうにやさしくくじらされるだけで、マディーの体の奥から熱く純粋な歓喜があふれ、花開いた。

気づいたときには自分のほうから一線を飛び越え、シャーヴォーを迎えに行っていた。彼女がそっと口を開くと、すぐさま彼が熱烈に応えてくれた。彼は手をおろして前腕をドアに突き、さらに身を寄せてきた。

そしてマディーを包みこんだ。キスの感触は、電気がびりびり走るような刺激的なものに変わった。マディーはなすすべもなく手を広げて彼以外のものにふれようとしたが、どこに手をやってもふれるのは彼ばかりだった。彼のどっしりとした存在感にマディーはすっかりのみこまれていた。シャーヴォーがてのひらで彼女の髪を撫でつける——親が子供の頭を撫でるように、何度も何度もやさしく撫でる——と同時に熱烈なキスをし、唇だけでなく体までぴったりと押しつけてきた。

ふいに彼はキスを解き、少し身を引いて、彼女の顔をのぞきこんだ。ふたりの呼吸は深く、とても静かだった——ほんの二メートルほど先に彼女の父親が座っているのだから、最初からずっと音を立てないようにはしていたのだが。

それでも、マディーの耳には自分の激しい脈の音が聞こえていた。自分がなにをしでかしたのかが、徐々にわかりはじめる。いつのまにか行方をくらまし、好き勝手に振る舞って、虚栄と官能の世界に浸っていた魂が、今やっと戻ってきたようだ。

シャーヴォーは彼女をじっと見つめていた。マディーは彼を見つめかえした。

この人は悪魔だ——かすかな微笑み、やさしさ、ぬくもり。この身と魂を汚れから守り清く正しくあらしめたまえ、と神に祈る日々のなかでは、悪魔があんな形で目の前に現れるなんて、想像すらしていなかった。サタンがあんなふうにやさしく髪を撫でてくれるなんて、太陽と大地の香りがするなんて……しゃべることができず、耳もとで邪悪な約束をささやくことすらできないなんて。サタンは醜く堕落しているから、清廉潔白なアーキメデア・ティムズなら簡単に誘惑をはねつけられるとばかり思っていたのに。

彼はマディーを見おろしていた。あたたかい微笑みがゆっくりと冷めていく。まとめてあった髪からほつれて顎のあたりまで垂れさがっていた彼女のカールに軽くふれてから、彼はドアを押すようにして体を離した。その反動で、足もとの床がきしんだ。

父がふうっとため息をついて、椅子の背に体をもたせかけた。「いやはや、恐ろしいことだぞ、これは」天文計算式を前にして、やれやれと首を振る。「まさかこんなことになるとは。自分で計算して出した結果が信じられない」

シャーヴォーが振りかえった。父のいるほうへ歩いていき、テーブルの縁を両手でつかんで、頭を片方に傾けて計算式のほうへ身を乗りだす。

彼がしばらく難しい顔をして黙っていると、父が訊いた。「これは本当に成り立つと思うかい？」

公爵はマディーのほうを見てから、父が完成させた公式を片手でさっと撫でた。それは、太陽と地球の距離の五十万倍よりもはるかに大きな値を示したもので、幾何学の新たな領域を切り開くものだった。

「**星**……」シャーヴォーの顔は情熱に燃えていた。「**無**……**限**……」

そして彼はマディーに微笑みかけてきた。すべてを所有しているかのような笑顔で。距離も、空間も、星も、無限も……そしてもちろん、彼女のことも。

静寂、ミーティング。

なにもない壁、質素なベンチ。シンプルで、地味で、静かな空間で、神の小さくささやかな声が聞こえてくるのをじっと待つ。マディーの前に座っている女性は、襟もとのボタンが少し欠けたグレーのウール地の服に身を包んでいた。彼女が頭をさげたとき、ボンネット帽の後ろから黒い髪がひと筋、はらりとこぼれた。

四角い部屋にわずか十二人の会員が集まっているだけの、規模の小さなミーティングだった。参加者の前に立って長老役を務める者はいない。口を開く者すらひとりもいない。みんなじっと耳を澄まし、内なる聖霊の導きに身を任せている。

マディーは女性の垂れ落ちた髪を見つめていた。彼女はそのとき、これまでのミーティングでは感じたことのないなにかを感じた――見知らぬ人たちに囲まれているような気がした。ここにいる誰もが無口で、質素で飾らず、穏やかだ。マディーもそうあるべきだった。これまでの彼女はそうだった。でも今のマディーは、女性の垂れ落ちた髪を見つめながら、公爵とボンネット帽のことを考えている。むきだしの壁を眺めても、そこに見えるのは彼の笑顔だ。からかうような微笑。やさしい微笑み。星と無限の話にすっかり興奮してほころぶあの顔。

無限。それさえもが不謹慎なことのように思えた。神以外のいったい誰に、無限を論ずる資格があるというのだろう？　数字や記号で表して、テーブルクロスの上に並べてみせるなんて。もしかすると神は、シャーヴォーがそういう不届き者だからこそ、こんな苦難を与えたのかもしれない——神が人間に与えた世界にはあてはまらない計算によって宇宙の神秘を解き明かそうという、邪悪で傲慢な態度に腹を立てて。

マディーはあの新しい幾何学を理解しているわけではなかったが、それが持つ大きな力は感じていた。恐れおののいていたあの父の声を聞けばわかる。数字、星、視差……無限。

気がつくとマディーは立ちあがっていた。どうしようもなく。頭のなかは何千もの言葉や考えで埋めつくされていたけれど、そのどれもが霊的なものでもなんでもなく、理性的ですらないものばかりだった。ミーティングの席で黙って静かに座っていると、誰かがふいに立ちあがって自発的にしゃべりはじめるのを聞いたことなら、過去に何度もあった——けれども、彼女自身が立ちあがってしゃべったことは一度もない。ほかのみんなが席を立つ前に自分が席を立ったことすらなかった。

しかし、彼女のなかで渦巻いているのは神の言葉ではない。そうであるわけがなかった。頭のなかを駆けめぐっているのは、キスと、彼の微笑みと、永遠にも感じられたあの一瞬のことばかり。彼が頭をさげて唇を重ねてきたとき、彼女は顔をそむけようとしなかった。

マディーの靴が床板をコツコツと踏み鳴らす音が部屋じゅうに響いた。最後列のベンチから出口まではたったの五歩だった。彼女がドアを開けると、薄暗い空間にまばゆい陽光が差しこんだ。しんと静まりかえったミーティングの部屋は、一瞬にして外の冷たい空気に溶け、あたたかい日差しを浴びた白木の板壁と煙の匂いにかき消されてしまう。一頭の牛がかわいらしい目でマディーをじろじろと見つめていたが、すぐにまた草をはみはじめた。

マディーは階段のいちばん下の段に腰をおろし、両膝を抱えこんだ。ボンネット帽のつばで顔を隠すようにして。外には彼女を見ている人などひとりもいなかったけれど――どのみち、このボンネット帽越しに彼女の心のなかをのぞきこめる人なんて、ひとりもいないはずだけれど。

クリスチャンは彼女を待っていた。朝になっても彼女はやってこなかった。来たのは、あまり機嫌のよくない猿だけだ。その猿が持ってきた聖書には、三箇所に印がつけてあった。片手に枷をはめられたままのクリスチャンを立たせると、猿はぼそぼそとした口調で聖書の一節を読み聞かせはじめた。クリスチャンは注意して耳を傾けようとはせず、ドアの向こうや窓の外に目をやってマディーを捜した。

彼女はその日、一度も姿を見せなかった。

一方的に避けられて捜しに行くこともできないなんて、屈辱以外のなにものでもなかった。彼女に屈辱を味わわせてやりたいという強い思いが、こんな形で自分に跳ねかえってくるとは。

それよりひどいのは、自分のなかの欲望を目覚めさせてしまったことだった。クリスチャンはそれをこの独房のなかまで持ち帰ってしまった。自分の体とドアのあいだにマディーを挟んで、抱擁のまねごとをしたとき。あのとき、彼の心になにかが生まれた。いくら求めても、決して手に入れられないもの。自分の意志ではどうにもならないもの。考えるのはそのことばかりだった。ここでは、以前のようにほかのなにかで気を紛らすことができないからだ――手をふれることすらできない女性に恋い焦がれるなんてばかばかしい……昔の彼ならすぐにあきらめて、次の女性へと頭を切り替えていただろう。だが今は、そう都合よく代わりの女性が現れてはくれない。背中の痛みと同じくらい鋭い、新たな欲望がうずくばかりだった。この激しいうずきを静めてくれるのはマディーだけだ。こちらの望むやり方で彼女が応えてくれさえしたら。

もう二度とマディーが姿を現さないのではないかと、クリスチャンは恐れていた。ベッドに鎖でつながれたまま、彼は様子をうかがっていた。やがて猿は去っていき、暗闇が訪れた。クリスチャンはずっと様子をうかがっていたが、いつまで経っても彼女はやってこなかった。

マディーは自分を恥じていた。あのあと初めてシャーヴォーのもとへ行かなければならなくなったとき、ただの一度も彼と目を合わせなかった。無言のまま部屋に入り、ベッドのシーツをはがして出てきただけだ。

それは午前中のことだった。そして午後には、彼を外のグラウンドへ連れていく予定が入っていた。

彼女は雨が降りますようにと祈った。だがもちろん、そんな姑息《こそく》で身勝手な願いが神に聞き届けられるはずもない。その日はこの季節にしては珍しく穏やかなあたたかい一日で、水色の背景に白くかすんだ雲がうっすらと溶けているような空模様だった。明るい黄色のダイニング・パーラーから階段をあがって二階の廊下へ出ると、マディーは彼の部屋のドアが見えてくる少し手前で立ちどまった。

心臓がどきどきしている。今ならまだ引きかえせるわよ、と〝リーズナー〟がささやいた。ここまでずっと足音を忍ばせてきたから、シャーヴォーには聞こえていないはずだ。このまま彼を放っておいて、事務仕事を片づけに階下へ戻ることもできる。

ほかの患者たちの部屋も今は静かだった――外に出されているか、ただ単におとなしくしているのだろう。マディーはそっと歩みを進め、ドアの陰からシャーヴォーの部屋のなかをのぞきこんでみた。

　彼は窓辺に立ち、片手を鉄格子にかけて金属の棒を軽く握り、外を眺めていた。その姿を目にしたとたん、彼をこんな薄暗い部屋に閉じこめておくことがいかに無礼で卑しむべき行為か、思い知らされた。神から、そしてエドワードから彼女に与えられた任務——シャーヴォーに対して請け負った任務——は、彼を外の明るい日差しのなかへ連れだしてやることなのだから。

　マディーは錠前に鍵を差しこんだ。シャーヴォーがぱっと振り向く。なにを考えているのか読めない顔つきで彼が見つめてきた瞬間——ふたりのあいだには無限の距離があった。

　そこには義務や任務の入りこむ余地はなかった。つややかな黒いまつげに縁どられた燃えるような青い瞳、いかめしくも非常に整った頬や口の線。なんて不思議な……。夢でも見ているかのように、下へ下へとどこまでも無限に落ちていく……。

　シャーヴォーが黒いまつげを伏せて目をそらし、その不思議な感覚を断ち切った。マディーが部屋へ入っていくと、彼は後ずさりして彼女から離れた。ある程度の距離を保っておかなければいけないかのように。

「今日はね、お庭へお散歩に連れていってあげたいと思ってるんだけど」マディーはドアのほうを手で示しながら言った。

　口もとにかすかな笑みを浮かべたものの、彼はなにも言わなかった。

「お散歩。お庭を」マディーはドアを大きく開けた。「行きたくない？」

シャーヴォーはレディーに先を譲るように、片手をすっと差しだした。


クリスチャンはマディーの遠慮がちな態度を、内心ありがたく思っていた。彼にぴったりと寄り添うのではなく、少し離れて歩いてくれている。道案内を彼女に任せ、彼はゆったりした足どりでそのあとを追って、薔薇《ばら》に囲まれた細い砂利道をたどっていった。


マディーは少しそわそわしながら、花にふれたり、黒いドレスのスカートを撫でつけたり、落ち葉を拾ったり、小さな雑草をむしったりしていた。花は今まさに満開で、ちょっと手をふれただけで、花びらがシャワーのようにはらはらと降り注ぐ。

もしもぼくが手をふれたら、彼女もこんなふうにほころんで、ぼくの腕のなかでそっと花開いてくれるだろうか、と考える。美しく咲き誇った薔薇は頭《こうべ》を垂れてうなずいてくれたが、肝心のマディーはお堅い黒いドレスとボンネット帽でかっちりと身を固めているので、彼女がまっすぐにこちらを見てくれない限り、顔色はうかがえなかった。

それでも、表情を探るのはそう難しくなかった。マディーは庭の小道をたどって角の四阿《あずまや》へと歩いていった。そこのベンチは、頭上の屋根を覆っている赤い蔓《つる》薔薇から落ちた花びらで埋めつくされている。彼女は腰をおろそうとせず、なにやら重要な儀式でも執り行うかのように、しげしげと花を観察していた。クリスチャンはなにもする必要がなかった。彼は四阿の陰にさっと身を隠した。

マディーがこちらを振りかえる。彼の姿が見えなくなったことに気づいたようだ。彼女は驚いた顔をして、あっと息をのんだ。ひらひらと舞い落ちてきた真っ赤な花びらが、帽子のつばを避けるようにして彼女の肩にとまる。

糊の利いたぱりっとした襟ときっちり結いあげられた髪のあいだにのぞく彼女の白い首筋のそばに、真っ赤な花びらが張りついている。クリスチャンは脇からすっと手をのばして、花びらをつまんだ。マディーが怯えた雌鹿《めじか》のようにびくっと身をすくめる。彼はしばらくのあいだ、その手をそこにとどめておいた。彼女の頰にふれるかふれないかの位置に——ぎりぎりふれないくらいのところに。愛のこもったキスをする代わりに。

みるみるうちにマディーの頰が赤くなる。なまめかしいまつげの下でヘーゼル色の瞳に期待が宿り、金色にきらめいた。その目には恐れと好奇心が浮かんでいた。

クリスチャンは一歩さがって、彼女を自由にしてやった。

マディーは首をすくめて大きな帽子のつばに顔を隠し、急いで彼の横をすり抜けていった。クリスチャンはひそかに微笑みながら、彼女のあとを追いかけた。

自由……それは彼が与えてやったものだ。自分にはまだそれだけの力がある——こちらがその気なら、彼女をここにとどまらせ、薔薇の花びらが降り注ぐなかでキスをすることもできたのだから。

そのあとマディーは壁に囲まれたローズ・ガーデンに長居をせず、門のほうへと急いだ。クリスチャンは適当な距離を保ち、のんびりした足どりで彼女のあとを追っていった。門扉の向こうには広々とした中庭があり、介護人につき添われた患者たちの姿がちらほらと見える。いちばん手前にいるのは、クリスチャンの部屋とは廊下を隔てて向かいあっている部屋の患者で、男の肩にとりつけた綱をしっかり持った猿がすぐ後ろにへばりついていた。

クリスチャンはその庭が気に入らなかった。**サーカスの動物みたいに綱につながれたまま運動させられるなんて、まっぴらだ。**彼は文句を言おうと思い、門を入ったところで立ちどまったが、マディーはすでにいなくなっていた。

たちまち不安が襲ってくる。クリスチャンはその場に立ちすくみ、彼女の姿を目で捜した。猿と患者がトラックをとぼとぼと歩いてこちらへ近づいてきた。男は激しく首を振り、声にならない言葉をつぶやきながら、綱をぎゅうぎゅう引っぱっている。猿が男の耳もとでなにかささやくと、男はぱっと顔をあげ、ほんの目と鼻の先に立っているクリスチャンのほうを見た。うつろな目は真ん丸に見開かれ、ぼんやりと宙を見つめている。

「ティムズ！」すれ違いざま、猿が鋭い声をあげた。「ちゃんと面倒を見なきゃだめじゃないか！」

クリスチャンが猿のほうを振りかえると、その向こうにマディーの姿が見えた。その瞬間、激しい怒号が聞こえ――とてつもない衝撃がいきなりクリスチャンに襲いかかってきた。彼は地面に押し倒され、コートの襟もとをかきむしられた。首に巻かれていたクラバットを両脇から力任せに引っぱられ、喉を絞めつけられる。例の頭のいかれた男がクリスチャンに馬乗りになり、大口を開けて歯をむきだしにして、顔や頭を拳で殴りつけてきた。

クリスチャンは応戦し、相手の顎に手をかけて思いっきり押しあげた。ごろりと体をひるがえすと、背中に激痛が走る。やみくもに放ったパンチが男の顔に命中した。すると男は爪を立ててクリスチャンの喉を引っかいた。甲高い奇声を発しながら両手でクリスチャンの首を絞め、ふたたび地面に引き倒したあげく、牙をむいて噛みつこうとしてくる。クリスチャンはごろごろと転げまわって逃れるやいなや、両の拳をぐっと固め、男の顎目がけて腕を振りあげた。

拳が命中した瞬間、喉を絞めあげていた男の手から力が抜けた。クリスチャンはもう一度、力いっぱい腕を振りまわした。それで男は気絶したようだった。だがクリスチャンは膝立ちになったまま、しばらくのあいだ男を殴りつけていた。脇腹に鋭い痛みが走って息をするのも苦しかったが、自分の下でもう動かなくなった物体をしたたかに殴りつづけた。彼はその狂った男が嫌いだった。憎んでいた。この悪夢を消し去るためなら、こんなやつは血まみれの土くれにしてやってもかまわない、とさえ思っていた。

だが、そこで猿がとめに入った——どこからともなくいきなり現れ、クリスチャンの体をむんずとつかんだ——クリスチャンが無理やり男から引きはがされて地面に立たされたところへ、人々がわらわらと集まってくる。しかし、マディーの姿はどこにも見あたらなかった。クリスチャンの体は炎に包まれたように激しく痛み、口のなかには血の味が広がっていた。**ぼくを置いて逃げたのか! マディー!** クリスチャンは四人の介護人にとり押さえられ、男のもとから引き離された。そしてようやく彼女の姿が見えたとき、クリスチャンは新たなショックを覚えた——いつのまにかふっといなくなったと思ったら、のこのこことまた現れるなんて。彼は責めるような目でマディーをにらみつけることしかできなかった。**ぼくを見捨てて、さっさと行方をくらましたくせに、マディー! こんなところにぼくひとりを置き去りにして、野獣相手に牙や拳で野蛮な戦いをさせておいて! 今さら戻ってきたって許さないぞ、マディー**

ガール、絶対に許すものか！

マディーは言葉を失っていた。ぎらぎらした目でこちらをにらみつけてくるシャーヴォーの顎からは血が流れ、シャツはびりびりに引き裂かれていた。その後ろにラーキンが立っていて、シャーヴォーを建物のなかへ連れていくよう、ほかの介護人たちに指示している。

「あんたがやつのそばを離れるからこんなことになったんだぞ」ラーキンがぶっきらぼうに言った。

「そんな……」マディーは言った。

「まるでブルドッグみたいに、おれの担当患者に襲いかかってきやがったんだ。なんの前ぶれもなく。やつが殴るところ、あんたも見ただろ？」

どのようにして取っ組みあいが始まったのか、マディーは見ていなかった。決然とした足どりで中庭から離れようとしていたとき、突然、男の甲高い奇声が聞こえ、血が凍りそうになった。ぱっと振りかえると、ふたりの男が地面の上で取っ組みあいをしていた。そしてたしかに――シャーヴォーは相手の男を叩いていた。殴りつけていた。気の毒な男が気を失っても、なお。

「この件は、わざわざドクターの耳には入れなくていいぜ」

マディーはまだ口が利けずにいた。

「こういうことはおれたち介護人のあいだで処理するもんなんだ。お互いいろいろあるからな。とにかく、もう二度とやつのそばから離れるんじゃないぞ」

「ええ」介護人たちの手でドアのなかへと押しこめられていくシャーヴォーを見送りながら、マディーはやっとそれだけささやいた。

ラーキンが彼女の肩にぽんと手を置く。「暴れる患者にきれいな服を着せないわけが、これであんたにもよくわかっただろう」彼はにんまり笑った。「ここにはここのやり方ってものがあるんだ。だから、あんまり余計な口出しはしないこった」

シャーヴォーに殴られたマスター・ウィリアムは医務室に運ばれ、ベッドに縛りつけられていた。そして目を覚ますなり、「イエス・キリストは悪魔だ」と何度も何度もくりかえしわめいていた。シャーヴォーは手枷足枷をはめられて、部屋のベッドに座らされていた。上半身は裸にむかれていたが、肋骨《あばら》のあたりに巻かれた包帯と丈の短いズボンだけが、かろうじて品性を保っていた。マディーは重いドアを閉めると、彼のそばに立った。

「どうして？」彼女は訊いた。

美しくも残忍な顔つきで、彼がこちらを見あげる。その髪は泥で汚れ、顔にもまだ血がこびりついていた。

マディーは唇を湿らせた。「どうして彼を殴ったりしたの？」

シャーヴォーは低いうなりをあげ、首を振った。「**殺す！**」

「嘘よ。違うでしょ――そんなこと信じないわ。本気で彼を殺そうなんて、考えてたはずないわよね？　どうしてあの人に襲いかかったりしたの？」

彼は、神秘的な幻でも見るかのように彼女を見つめたのち、ふたたび首を振ってうつむいてしまった。

「わかる？」マディーは訊いた。

彼は首を振り、さらに深くうなだれるばかりだ。

マディーは床にひざまずき、ゆっくりと彼に話しかけた。「わたしは理解したいの。どうしてなのか教えてくれない？」

シャーヴォーの顎がぴくりと動いた。「**殺す**」ほんのつかのま、なにかを訴えるように、まつげが上を向く。「**ぼ……ぼくを**」彼は拳を握り、自分の胸に打ちつけた。ナイフを突き刺すかのように。そしてふたたび口もとをゆがめて押し黙り、彼女から顔をそむけた。

今のが質問に対する答えなのか、それとも彼の願望なのか、マディーにはわからなかった。彼女はおずおずと手をのばしてシャーヴォーのこめかみにふれ、うつむいた顔から髪をかきあげた。彼は驚いたように一瞬びくっとひるんだが、すぐにリラックスして、彼女の手に顔をすり寄せてきた。

「きっと大丈夫だから」マディーはささやいた。

すると彼は半分笑っているような奇妙な声を立て、ふたたび首を振った。そして、強風に耐えるしなやかな木のように、体をゆらゆらと揺らしはじめた――言葉もなく、ただ静かに。

「顔をきれいにしないとね」

彼はなんの反応も示さない。マディーは立ちあがり、ピッチャーから洗面器に水を注いだ。タオルはまだ汚れていない新しいものだった――彼女自身がここへ持ってきたものだ。それを手にふたたび床にひざまずき、彼の顔についた血をそっとぬぐいはじめた。シャーヴォーが目を閉じる。顔をきれいにぬぐい終えたあと、マディーは彼の手をとって、傷口にこびりついた泥を洗い落としてやった。

そして彼女は立ちあがった。シャーヴォーが手や足につながれた鎖をじゃらじゃらいわせながら、彼女の腰に腕をまわして顔を埋《うず》めてくる。鎖が彼女の脚の裏側に巻きつき、手枷をはめられた彼の指が体にぎゅっと押しつけられた。マディーは彼の肩に片手を置いた。

それから長いこと、ふたりはそのままの格好でいた。重い木のドアを乱暴にノックする音さえ聞こえてこなければ、ひと晩じゅうでもそうしていたかもしれない。

鉄格子の向こうにラーキンが立っていた。「ドクターにばれちまった」彼はぼそりと言った。「朝まで彼を隔離室に閉じこめておけってさ」


朝食のあと、マディーはエドワードの部屋に呼ばれた。彼はデスクに陣どって、ペンを片手に、大きなノートを広げていた。「このやり方はやっぱりうまくいきそうにないな。残念だよ」

「ごめんなさい」マディーは心から申し訳ない気持ちでそう言った。「わたしがついうっかり彼のそばを離れたばっかりに」

「マスター・ウィリアムがたいした怪我を負わずにすんだのは、不幸中の幸いだったが。彼のご家族はハンティントン家とつながりがあってね、ホワイトヘイヴンの。そして公爵は……最近なぜか、体のあちこちに傷をつくっているように思えるんだがね。肋の骨にひびが入ったのも、偶然の事故によるものではなく、こうした乱闘騒ぎによるものではないかと疑いたくもなる」エドワードは探るような目を彼女に向けてきた。まさかなにか隠してはいないだろうな、と問いつめるように。

「まさか、そんなはずは。だって、シャーヴォー自身が身ぶり手ぶりでわたしに見せてくれたのよ、椅子が引っくりかえって転んだときの様子を」

「それはたしかにそうかもしれない、かもしれないが……。ラーキンは今回の件をなかなか報告してこなかった――それについてはきみも同じだ。こうなると、きみたちに任せっぱなしというわけにはいかなくなる」

マディーはうなだれ、エドワードの叱責《しっせき》を謙虚に受けとめた。彼はノートになにやらメモを書きつけた。

そして手をとめ、話を続けた。「きみからの報告は前向きなコメントばかり書かれているが。公爵がきみに暴力を振るったことは一度もないのかね?」

マディーは目をあげなかった。「そういうことはまったく」

「彼と一緒にいて不安を感じたことは?」

彼女はようやく顔をあげた。「わたしに対しては、いっさい暴力的な面を見せたことはありません」

「だとしてもだ、しばらくのあいだは彼の行動を制限したほうがいいだろう。きみが面倒を見つづけること自体はかまわないが、その場合は彼に拘束具をつけさせておくか、男性の介護人がそばにいるときに限ること。それでひとまず様子を見よう。それにしても、今日まではとてもうまくいっている気がしていたんだがね。取っ組みあいを始めたのがマスター・ウィリアムではなくてマスター・クリスチャンのほうだったと聞いて、正直、わたしも驚いているんだよ。ここ二週間ほど、ひどい癇癪を起こし

て暴れていたのは、マスター・ウィリアムのほうだったからな」エドワードはそこで
ふたたび、マディーの顔を探るように見つめた。

「どちらが最初に手を出したのか、わたしは見ていないから」彼女は言った。

「今度そういうことがあったら、もっとちゃんと目を光らせておくように」

「わかりました。そうします。本当にごめんなさい」

11

今からどこへ向かうのか、マディーはシャーヴォーに説明しようとした。理解してもらえたかどうかはわからない。彼は、外側は凍っていながらなかでは激しく燃えているような、ひどく緊張した顔をしていた。革製の長い袋状の枷をはめられ紐できつく縛りあげられた両手で馬車の吊革をしっかりと握りしめ、窓から外を真剣に眺めている。数学の問題を解いているときのように集中し、干し草の山や水車などのごくありふれたものに、用心深く目を光らせていた。あたかもそこから敵が飛びだしてきて、いきなり馬車を襲ってくるのを恐れているかのように。彼はまるで、いつでも発射できるように準備された移動式の大砲みたいだった。マディーは彼と父に向かいあって座り、どうかそんな瞬間が訪れませんようにと祈っていた。

ラーキンは馬車の上の御者台に座っているから、なにかあってもすぐにとめに入ったり助けに来たりすることはできない。シャーヴォーのお目付役として馬車に同乗する任務を与えられたマディーは、医者の実験的な試みのために、自分の能力を超えた仕事を押しつけられた気がしていた。公爵は例のけんか騒ぎを起こして以来ここ二週間ほどはおとなしくしているので、そろそろ少し自由を与え、マディーと一緒に馬車に乗せてみてもいいだろう、というのがエドワードの判断だった。

エドワードいわく、彼女の存在そのものが、公爵の礼儀正しい行動を引きだすらしい。上流階級の出でもなければ、高貴な血を引いているわけでもなく、一介の庶民マディー・ティムズとしてそこに存在するだけで。たとえシャーヴォーが、両腕に拘束具をはめられている姿を他人に見られでもしたら、自制心を失いかねないとしても。たとえ彼が、最初の休憩地点である旅館に着いたとき、馬車から降りるのを拒んだとしても。旅行者や馬でごったがえしている旅館の中庭には馬丁の大声が響き渡っていた。シャーヴォーは馬車の座席に背中を押しつけ、食いしばった歯の隙間から荒い息を吐きながら、恐怖と怒りと屈辱に満ちた表情でマディーを見たあと、ぷいっと顔をそむけてしまった。

マディーは馬車の窓のカーテンを引いた。扉を開けに来たエドワードに、公爵はここで休憩したくはないようだ、と説明する。ときには愚かでときにはそうでもないエドワードは、暗闇できらりと光る猫の目のように、いかにも底意地の悪そうな目つきで、暗がりに座っている公爵を見つめた。

「では、もう少し先で休むことにしようか」エドワードが言った。

マディーはふうっと息を吐いた。「わたしは馬車で待っているから、お父さんだけでも連れていって、お茶を飲ませてあげてくれるかしら」

彼らがふたたび馬車をとめたのは、森の谷間にある小さな古い村だった。真っ昼間だというのに人通りはなく、ドアが開け放たれているパブのなかも静かで暗かった。マディーは父に手を貸して馬車から降ろしてやった。そして振り向くと、驚いたことに、シャーヴォーが立ちあがろうとしていた。両腕を拘束されているので動きにくそうではあるものの、明らかに自分もあとに続こうとしている。

彼は誰の手も借りようとせず、みずから馬車を降りた。地面に降り立つと、カーブした通りの向こうを見渡した。煉瓦の壁とスレート葺《ぶ》きの切妻屋根を持ち、低い石垣に囲まれた木骨様式《ハーフティンバー》の家々は、きっちりかっちりした直線的でモダンな建築様式の建物とは違って、なだらかな丘に溶けこむように立っていた。「パ……」シャーヴォーがマディーを見つめかえし、顎を引きつらせながら口を開いた。どうにかそれだけ言ってから、さらに続ける。「**ロスト**」

「いやいや、誰も迷子《ロスト》になどなっていないよ、マスター・クリスチャン」エドワードがふたりのほうへ歩いてきた。「そんな心配はしなくていい。たしかに大通りからはちょっと外れたところに来てはいるがね、われわれが今どこにいるかは、ちゃんと把握している。チャルフォント・セント・ジャイルズだよ」

シャーヴォーはいらだたしげに鼻を鳴らした。「**ロスト**」

「とんでもない、迷ってなどいないよ。ちっとも」

「セント・ジャイルズ……」父がなにかを思いだしかけているようにつぶやいた。

「**ロスト!**」シャーヴォーが語気を強めてくりかえす。

エドワードは公爵をなだめようとした。「いやいや。迷ってはいないから。ラーキン、公爵のそばについていてくれないか。注意深く丁重に扱うんだぞ——あまりご機嫌がよろしくないようだからな」

シャーヴォーはエドワードの後ろに立ち、辛辣《しんらつ》な面持ちで彼を見おろした。「この薄ばか!」はっきりとわかるように言う。「**ロスト!**」

「道ならわかっているから」エドワードは抑揚のない口調で答え、危険な兆候を探すようにシャーヴォーをしげしげと観察した。「もしかすると、躁病エピソードの症状が現れはじめているのかもしれないな。他人の言うことに耳を貸さず悪口雑言を吐くというのは、よく見られる初期症状なんだ。念のため、拘束具ははめたままにしておこう」

「さあ、こっちだ、マスター・クリスチャン」ラーキンが公爵の腕をとった。シャーヴォーは後ずさりしてラーキンの手を振り払うと、マディーが彼を裏切ったかのようにこちらにちらりと暗い視線を投げてから、ラーキンを後ろに従えてパブのほうへ歩いていった。その様子はまるで、サラブレッドのあとをブルドッグが追っていくみたいだった。

マディーは唇を湿らせた。「お父さんもお茶を飲みたい？」

じっと黙って考えこんでいた父がこちらを向いた。「お茶？　いや、お茶はいい。それより、少しその辺をぶらぶらしてみないかね、マディー・ガール？」

父の口から愛称で呼ばれて、マディーは思わずぎくりとした。やけに明瞭でよどみのない音に聞こえたからだ。このところ、シャーヴォーが苦しげに発する〝マディーガール〟という呼びかけに耳が慣れてきていたせいだろう――というより、シャーヴォーが音節をひとつひとつ声に出そうと苦労しているのがわかるから、余計に印象深く耳に残っているのかもしれない。

マディーはなおもどぎまぎしながら、父の腕をとった。ふたりはしばらく黙って歩いていたが、ついにマディーはうわずった声でしゃべりはじめた。「彼が暴れだしたりしないといいんだけれど」

「暴れだす？　公爵が？」

中庭でのけんか騒ぎについて、マディーはまだ父にはひとことも話していなかった。彼女は袖口の折りかえし部分を撫でつけ、縁を指先でいじくりまわした。「彼はここ最近……ちょっと気が立っているみたいで。もしかするとエドワードは、お父さんやわたしと一緒の馬車に乗せるより、やっぱりラーキンと一緒のほうがいいって言いだすかもしれないわ」

「まさかおまえ、彼のことが怖いのか？」

驚いた口調で父に問いただされて、マディーは少し恥ずかしくなった。「お父さんは彼のこと、よく知らないから。とても激しい感情の持ち主なのよ。あんまり理性的とは言えないし。それに、力だってものすごく強いしね」

「わたしには、かなり理性的な人物のように思えるがな」父が言った。「エドワードのことを、薄ばかと言っていただろう」

「お父さんったら！」

父は立ちどまり、奇妙な笑みを浮かべて彼女を引きとめた。「わたしたちは今どこにいるんだ？　たしか丘をのぼってきたと思うが。左側に小さな家がないかね？――赤い煉瓦造りで、通りに面したところに煙突があって、庭のほうに面した壁は蔦《つた》で覆われている」

「ええ。たしかに――この道をもう少し行ったところに、もう一軒、家があるみたいだけど。お父さん、前にもここに来たことがあるの？」

「煙突の上のほうに……看板がないか？」

マディーは煙突を見あげた。「ミルトンズ・コテージって」

父はじっと押し黙っている。マディーはためらいがちに、田舎風の小さなその家を眺めていた。しばらくすると、ぱっとひらめいた。

彼女はいきなり笑いだした。「そうか、そうよね――たしかにエドワードは薄ばかだわ！　そしてわたしも！　わたしたち、ちっとも迷ってなんかいなかったってことでしょ？」公爵をなだめようとしていたエドワードの口まねをしてみせる。「いやいや、そんな心配はしなくていい、マスター・クリスチャン。今どこにいるかは、ちゃんと把握しているんだ、マスター・クリスチャン。チャルフォント・セント・ジャイルズだよ。〝失楽園《パラダイス・ロスト》〟の」

「あの家こそまさに、ミルトンが『失楽園』を執筆したところなんだ。おまえがまだ乳飲み子だったころ、フレンド派の仲間たちとともに、母さんやわたしもここに立ち寄ったことがあってな」

「公爵に言わせれば、わたしたち、まぬけもいいところね！　われわれは迷ってなどいないと言い張りつづけるエドワードを見つめる、公爵のあの顔ときたら！　ああ、お父さん……」彼女は唇を噛みしめた。笑い声は消え、声がかすれる。「ねえ、お父さん――彼はきっとはらわたが煮えくりかえっているでしょうね、あんなひどい扱いを受けて」

「彼にはおまえが必要だ、マディー・ガール」父は娘の肩に手を置いた。「おまえの信頼が必要なんだ。たとえおまえが彼を怖がっているとしても」

「そんなつもりは――というか、自分でもよくわからないのよ――ずっと祈りつづけてはきたけれど。これまではなんだか自信がなくて……でも今は……」マディーは口をぎゅっと閉じた。父は黙ってたたずんでいる。

彼はわたしにキスしてきたのよ、お父さん。

そう言ってしまえたらどんなに楽か。でも、言えなかった。父はきっと許してくれないだろう。公爵は父の友人だ――そしてわたしは……キスを拒もうともしなかったのだから。むしろ自分のほうがシャーヴォーを誘ってしまったのかもしれない。悪魔がこの体に乗り移り、公爵に対してよこしまな感情を抱かせたに違いない。何週間か前のミーティングで女性の牧師が語っていた話が、ありありと脳裏によみがえってきた。そのときはたいして気にもとめず、適当に聞き流していた言葉が、正確に思いだされた。神がそのことを望んでいるかのように。〝わたしたちの感じるあらゆる喜び、快楽、利益――肉体にとって魅力的なものすべて――それらは単なる虚栄であり、悩みの種でしかありません。ですからわたしたちは沈黙を守り、世俗にまみれた欲望の声には決して耳を貸さないように心がけましょう〟

マディーの心は決して穏やかではなかった。心のなかでは、虚栄と歓喜と悦楽が上を下への大騒ぎをくり広げている感じだ。悪に魅入られて心が弱くなり、自分が自分でなくなってしまった気がして、恐ろしかった。

「わたし……どうすればいいのかわからない」マディーは苦しげに言った。「わからないの！」

父が顔をあげた。しばらくしてから、父はゆっくりと口を開いた。「彼のそばにとどまるのはそんなに難しいことなのかね、マディー・ガール？」

やはり父に話すわけにはいかない。どうしても。

「そういう気がしてならないの」マディーはそう言って、彼女の腕をそっとつかんでいる父の手を見おろした。

「じゃあ、おまえはできたら家に帰りたいと願っているのかね？」

マディーは真剣に考えてみた。チェイニー・ロウの静かで安全なわが家に帰れば、心を惑わすような出来事はほとんど起こらないはずだ。ときどきメイドを叱りつけたり、きれいな服を着た女の子を見てちょっぴりうらやましいと思ったりするくらいだろう。家に帰る――でもそれはつまり、ラーキンとエドワードとマスター・ウィリアムのもとに、シャーヴォーを置き去りにすることにほかならない。沈黙と鎖と刑務所のような独房のなかに。

「たしかに帰りたい気持ちもあるけれど、でもわたし……」マディーは絶望のため息をもらした。「彼を見捨てるようなまねはできない」

父は彼女の手をぽんと叩いた。「おまえはやっぱりいい子だ、マディー」

「ああ、お父さん」マディーは声をあげた。「そんなことないのよ」

聞き分けのない幼い子供をあやすように、父はやさしく微笑むばかりだった。だがマディーにはわかっていた。わたしはちっともいい子なんかじゃない。わたしの心は、地上に、悪魔に、そしてひとりの男性に縛られているのだから。


一行は夕暮れどきにロンドンに到着した。田舎暮らしを始めてほんのひと月ほどしか経っていないマディーにも、都会はいやな臭いが鼻につき、人が多すぎてごみごみしているように思えた。馬車は速度を落とすことなくハイド・パークの前を通り過ぎ、オックスフォード・ストリートへと入っていった。街灯にはすでに火が灯り、通りにずらりと並んで人待ちをしているきらびやかな馬車を明るく照らしている。紳士淑女は通りをそぞろ歩き、買い物を楽しんでいた。銀細工店、酒屋、宝石店、リネン店、菓子屋などなど。どの店も商品があふれるほどあって、すべてが美しく陳列され、きらきらと輝いて見える。

公爵は馬車の窓からそれらの店を眺めつつ、ときおりマディーのほうを振りかえっては、鋭い視線を向けてくる。彼女が魔法でこの幻影をつくりだしたのではないかと疑ってでもいるように。マディーは審問会に向けて心の準備をしてもらいたくて、シャーヴォーにそのことを説明しようとした。だがいくら言葉をつくしたところで、彼に通じていないのは明らかだった。抑えようと思ってもつい顔に出てしまう高揚した表情を見ればわかる――彼はきっと、これでようやく自宅に帰れると思っているに違いなかった。

馬車がオックスフォード・ストリートから洒落た街並みの細い通りへと曲がったとき、シャーヴォーは拘束具をはめられている両手を彼女のほうへ差しだした。

「**外せ**」彼が言った。

馬車は高級住宅街のなかにある広場に出た。フットマンが大声をあげて、歩道を行き交う人々に道を空けてくれるよう指示しているのが聞こえてくる。

「**お願いだ**」他人にものを頼むにしては、ぶっきらぼうすぎる言い方だ。

広場の正面に位置する屋敷の前に馬車がきしみをあげて停車するなり、お仕着せに身を包んだ使用人たちがわらわらと駆け寄ってきた。独立して立っているその屋敷は近所の家々を圧倒するほど大きく、コリント式の柱や窓が左右対称に配置された純白の館だ。ベルグレイヴ・スクエアにある公爵の屋敷と似たような造りだが、それよりもさらに大きく、完璧すぎてかえって冷たい感じに見えた。通りから一段だけあがったところにあるドアは小さくて、敷居が高い雰囲気を漂わせている。

ドアが開いて、家のなかの明かりが見えた。執事のカルヴィンが出てきて脇に控え、そのすぐあとから黒いドレスに身を包んだ公爵未亡人が出てきた。彼女はカルヴィンの手を借りてエドワードの馬車へと急いだ。

マディーは身をかがめ、シャーヴォーの両手を自分の膝へと引き寄せた。薄暗い馬車のなかで彼女がやっと革の紐をほどき終えたところへ、エドワードと公爵未亡人がこちらの馬車へとやってきて扉を開けた。

手枷が床の暗がりに落ちる。マディーはそれを隅のほうへ蹴った。シャーヴォーがちゃんとした言葉にならない声を発した。馬車の扉が開けられ、ランタンの明かりが車内に差しこんでくると同時に、公爵未亡人の甲高い声が響いた。

「クリスチャン！」それっきり言うべき言葉が見つからないかのように、縁石に立った公爵未亡人は呆然と息子を見あげていた。そして、黒いスカートの裾をひるがえし、その場から一歩さがった。目を閉じて喉のあたりを押さえている彼女の脇に、フットマンがすっと寄ってくる。「いえ――大丈夫よ。これくらいで倒れたりしないから」公爵未亡人は目を開けた。「さがって。みんな、さがりなさい！　人さまがなにごとかと思うでしょう。誰かに見られでもしたらどうするの」彼女はエドワードのほうを向いて、屋敷の横の細い道を手で示した。「裏のほうへまわってちょうだい。彼をおろすのはそちらのほうがいいわ」

「いや」シャーヴォーが口を開いた。

まるで馬がしゃべりだしたかのように、母親が驚いて公爵のほうを振りかえる。ふたりの外見はあまり似ていなかった。公爵未亡人の頭髪は黒ではなく、すでに白くなりかけているブロンドで、肌も透けるように白くて、体つきはほっそりしていて華奢《きゃしゃ》だった。夜の闇にも似たダークブルーの瞳の色だけが息子とのわずかな共通点だ。ただし、その顔が希望に輝いたときには、公爵が数学に対して見せる熱心さと同じ、頑固で真剣な表情がうかがえた。彼女はまたすっと前に出てきて、馬車の扉の縁をつかんだ。「クリスチャン？　あなた……」

そこでまた口ごもり、エドワードのほうを見やる。

「閣下はここ最近、かなりの進歩を見せていらっしゃいまして」医者は答えた。「閣下夫人もお喜びになられると思いますよ」

シャーヴォーはマディーが座席に置きっぱなしにしていた帽子を手にとると、お先にどうぞ、と彼女と父を促した。公爵未亡人が声もなく見守るなか、マディーは素直に従って、父を連れて馬車から降りた。

「こちらがミス・アーキメデア・ティムズ、そしてこちらが彼女の父親のミスター・ジョン・ティムズです、閣下夫人。こちらのミス・ティムズは現在、公爵閣下の介護役を務めさせていただいておりまして。閣下の治療に関しては、当院では画期的な手法をとり入れているんです。詳しい内容はまたあとでゆっくりご説明させていただきますが、この治療法がいかに効果的かは、ひと目でおわかりいただけるでしょう」

公爵未亡人はマディーにも父にも目をくれず、馬車から降りてくる息子だけを見つめていた。シャーヴォーは母親に乾いた笑みを見せ、一礼した。

彼はなにも言わず、誰かが方向を指示してくれるのを待っているかのように、ただじっと馬車の脇にたたずんでいた。公爵未亡人も呆然と息子を見つめているだけだ。全身を小刻みに震わせて。突然、彼女は泣き崩れ、息子の腕のなかに飛びこんでいって、彼をひしと抱きしめた。

シャーヴォーはしばらく凍りついていた。母親の震える腕のなかで彼が爆発寸前の顔をしていることに、マディーは気づいた。感情が嵐《あらし》のごとく渦巻いて、さまざまな言葉が自由を求めて戦っているかのようだ。左手にぐっと力がこもり、固い握り拳になっていた。

彼はマディーに目を合わせてきた。今にも爆音が轟きそうな激しい憤怒が浮かんでいる。母親がそのことに気づいていないとは思えなかった。口が利けない彼は、暴力でしか感情を表せない――それが、高級住宅街の広場の静かな空気をびりびりと震わせていた。

マディーは心のなかで必死に彼をいさめつつ、恐怖に立ちすくんでいた。

シャーヴォーが目を閉じ、深々と息を吸いこんでから右手を持ちあげ、母親の頭にためらいがちに置いた。公爵未亡人は声をあげて泣きだし、息子をさらに強く抱き寄せた。

危機一髪の瞬間はどうやら過ぎ去ったようだ。シャーヴォーは美しく整えられた母親の頭をぎこちなく撫でている。ひどくはしゃいでいる子供をどう扱っていいかとまどっている男性のように。それでも左手の拳から力が抜けることはなく、無言の敵意がそこに宿っていた。

公爵未亡人は少し身を引いて顔をあげ、落ち着きのない手で息子の襟を撫でつけた。「クリスチャン」頭からふっと離れた彼の手をつかみ、胸もとへと引き寄せる。「神さまに感謝しなければ。ずっと祈っていたのよ。これはまさに奇跡だわ」

「進歩、です、閣下夫人」エドワードが言った。「科学的治療に基づく進歩です。といっても、まだ完治したわけではありませんが」

「これは奇跡よ。みんなでひざまずいて、感謝の気持ちを天に届けなければ」公爵未亡人は息子の手をぎゅっと握りしめた。「誰よりもあなたが感謝しないと、クリスチャン——あれだけの罪を重ねてきたんだから。許しを得たこと、悪魔から解き放たれたことに、感謝を捧げなくては」彼女は深々と頭を垂れた。「全能なる神よ、われらに命を与え、奪い、その寛容なる——」

シャーヴォーは母親の手を振りほどき、彼女から離れて歩きだした。カルヴィンが慌ててドアを大きく開けに行く。

公爵未亡人は声を出さずに唇を動かして早口の祈りを終え、息子のあとを追った。彼女は明かりのついた玄関ホールへ消えていき、そのすぐあとをエドワードが追いかけていった。カルヴィンがなおもドアを押さえたまま、こちらを振りかえった。「ミス・ティムズ？　ミスター・ティムズ？」


玄関ホールに足を踏み入れた瞬間、クリスチャンはひとりだった。後ろから足音が聞こえたのでマディーガールが追ってきたのかと思って振りかえると、そこにいたのは、なにやらわけのわからないことをつぶやいている母親だった。クリスチャンは忘れていた。いや、忘れかけていた。外の通りで彼の胸にすがって泣いたこの母親こそ、彼を見捨てて、あの独房とあの猿のもとに追いやった張本人のひとりに違いないということを。

そこでもまたすがりついてこようとする母親を振り切り、クリスチャンは必死に自分を抑えながら、マディーガールを待っていた。世界がぐらぐら揺れて今にも崩壊しそうな気がする。地味なグレーの服に身を包んだ彼女が戸口に姿を現すとようやく、気分が落ち着いてきた。クリスチャンはマホガニーの階段に立って、カーブした手すりに手をかけた。

この家は彼が所有しているものだ。その事実に若干違和感を覚えると同時に、やけにしっくりくる感じもした。この玄関ホールを抜け、この階段をのぼるのは、いったいいつ以来のことだろう？　それは思いだせなかったが、とにかくこの家はクリスチャンのものだった。ここにいる誰もが彼の指示に従う。ここに住んでいる母親でさえ、彼の意向には逆らえない。

そのときふと、自分はここには住んでいないのだと思いだした。今は。いちばん楽しかった時代の記憶をたどってみる。シーズン中は都会で過ごし、姉妹たちのために舞踏会を開いてやって、シーズンが終わるとシャーヴォーに帰る——そこがクリスチャンの居城だ——螺旋《らせん》状の塔と煙突と無数の部屋がある中世の城の黒いシルエットが脳裏に浮かび、熱い思いが胸によみがえった。

こうして晴れて自由の身になったのだから、あそこへ帰りたい。シャーヴォー城のわが家へ。

応接間へ行くと、姉妹たちが待っていた。クリスチャンはその戸口にたたずみ、ふたりが彼に気づくまで、しばらくじっと様子をうかがっていた。ふたりはなにやら落ち着かない感じで、声を低くしておしゃべりしていた。彼の背後から誰かの足音が近づいてくると、ふたりがぱっとこちらを振りかえった。そして、姉妹たちは彼を幽霊を見るような目で見た。後ろが透けて見えるような。歩く死体。ショックに満ちたふたりの顔を見て、クリスチャンははっとした。

あのふたりがなにを予想していたかはわかる。鎖につながれて部屋へ引きずられてくる狂人だ。だからこそ、あんなにびくびくしていたのだろう。

あとから来た母親がクリスチャンの腕をとって、応接間のなかへと彼を引き入れた。なにやら話しかけてくるのだが、あまりに早口で、なにを言っているのかまったく聞きとれない。

クレメンティア。クリスチャンは姉の名前と、クレムという愛称を思いだした。続いて、シャーロットという名前も浮かんでくる。ふたりは彼に近づいてきて、代わる代わる頬にキスをした。パフスリーブとレースに包まれた手で彼の手を軽く握り、すぐにさっと身を引いてしまう。そしてぎこちない笑みを浮かべるふたりを前に、彼は当惑していた。ふたりの着ているドレスは派手すぎて、髪もくるくるのカールが多すぎる。

クリスチャンはふたたび振りかえってマディーの姿を捜したが、階段をあがってきたのはあのいまいましい医者だけだった。彼女はまだ父親と一緒に、下のホールにたたずんでいる。ボンネット帽をかぶり、マントを羽織ったままの姿で。

階段を半分ほど降りたところで、クリスチャンは立ちどまった。マディーがこちらを見あげたとき、彼は声を出した。彼女の顔色がさっと変わり、マントの紐を素早くほどいてカルヴィンになにやら声をかけながらそれを預けるのを見て、クリスチャンは大いにほっとした。彼女は父親を階段の足もとまで導いた。クリスチャンはふたりがゆっくりと階段をのぼってくるのを、じっと待っていた。

家族や、前から自分を知っている使用人の前では、口を開く気はなかった。クリスチャンは応接間へ入っていくと、言葉を交わしあっているほかのみんなからは離れて、白と金で装飾された部屋のなかをぐるりと一周した。

ここは居心地のいい家だ。目に映るものすべてが懐かしく、おさまるべきところにちゃんとおさまっている。金色の脚がついた大理石のテーブルに、深い緑の生地が張られたそろいの椅子。どれもこれも、彼が生まれるずっと前からこの屋敷にあったものだ。

クリスチャンはマディーがまだそこにいることを確かめるために、ときおりみんなのほうを向かなければならなかった。というのも、誰ひとり彼女に話しかけようとしないだけでなく、彼女はおろか、彼女の父親にも椅子を勧めないからだ。それがクリスチャンを怒らせた。彼はシャーロットをにらみつけて少しは礼儀を示すように念じたが、姉は彼と目が合ったとたん、真っ青になっておろおろするばかりだった。

「あの……あんなふうに野放しにしておいて大丈夫なんですか？」シャーロットが医者に向かって、不安げに尋ねた。

野放し？　動物園で見せ物になっている野獣みたいに。ここはぼくの家なんだぞ！　この家も、おまえも……おまえが着ているそのドレスも、ひらひらしたレースも、信託財産も、なにもかもだ。

クリスチャンは姉妹たちの魂胆を見抜いていた。ふたりとも、彼の一筆をなにより必要としている。シャーヴォー家の財産を少しでも多く恵んでもらうために――彼女たちの夫が紳士らしい体面を保てるよう、彼らの事業に投資してもらうために。そのときになって、クリスチャンは気づいた。今夜は彼が自宅に戻ってきた最初の晩だというのに、どちらの夫も挨拶にすら来ていないことに。

クレムとシャーロットがわざわざここに顔を出した理由は明らかだった――手当が欲しいのだ――正式にそのことを頼まれたときどう返答するかまでは、まだ考えられなかった。あの独房と猿の前では、すべてがぼんやりとかすんでしまう。今がどの季節なのかも、手当に関して自分が前にどんな取り決めをしたか、あるいはしなかったかも、思いだせなかった。

クリスチャンは彼らに背を向け、暖炉のほうを向いた。きれいに掃き清められた炉床の上で火が赤々と燃えている。彼はみんながいなくなったあと、マディーガールに着替えを手伝ってもらうつもりでいた。

「もしかして、なにか怒っているの？」クレムが小声で言った。「ねえ、クリス？」

話しかけられているのは自分だということに、遅まきながら気づいた。クリスチャンは両手を背中の後ろに隠したまま、斜に構えて姉を見かえした。

「怒ってるの？」クレムがくりかえす。

クリスチャンは、みんなとは少し距離を置いてまだじっと立っているマディーのほうを見た。彼はすたすたと部屋の隅へ歩いていき、金ぴかの椅子を二脚持ってくると、わざと音を立ててティムズ親子のそばに置いた。誰が聞いてもはっきりわかるように。そして、みずからミスター・ティムズの手を引いて椅子に座らせる。マディーがなおもためらっているのを見て、クリスチャンは彼女の背後にまわりこみ、空いている椅子のほうへと押した。

マディーはうつむき、椅子に座った。家族全員が、難解なパズルを見るような目をいっせいに彼に向けてくる。

クレムが口を開きかけたが、すぐにその口を閉じてしまった。聞き慣れた杖の音にはっと気をとられたからだ。それは、クリスチャンの脳にも深く刻みこまれた音だった――言葉を覚えるずっと前の赤ん坊のころから耳になじんでいる音――押しの強い頑固者で知られる、おばのヴェスタだ。

冷めた笑みを浮かべて、クリスチャンはおばのためにもう一脚、椅子を用意した。おばのお気に入りの、金の肘掛けにドラゴンの爪のような脚がついた椅子だ。雌竜のように気性の荒いおばにはぴったりの玉座だった。彼はそれを暖炉のそばに置き、戸口に現れた彼女に向かって、大仰にお辞儀をした。おばの白い肌は漆黒のドレスに映えて、ますます透きとおるように見えた。父と夫と兄の死の喪に服すため――もしかするとそこにはクリスチャンも含まれるのかもしれないが――おばはいまだに黒い服を脱ごうとしない。この屋敷ではいつも、どちらがより深く死者を悼んでいるかについて、母とおばのあいだでひそかな争いがくり広げられていた。自分がここで暮らしていない理由を、今やっとクリスチャンは思いだした。

「ずいぶんと元気そうじゃないの、シャーヴォー」レディー・ド・マーリーは高らかにそう言って、彼のほうへ歩み寄った。

マディーは誰にも紹介されないうちから、その女性がレディー・ド・マーリーであることを見抜いていた。ブライスデール・ホールの公爵のフォルダーにおさめられている、簡潔でずばりと要点を押さえた手紙の主だ。信心深い言葉を長々と書きつづる代わりに、手のこんだ上等な仕立ての服を何着も送ってきた女性。マディーが呆然と事態を見守ることしかできなかったあの朝、しっかりした足どりでベルグレイヴ・スクエアの屋敷のなかへと消えていった女性だ。

慌ててそばに駆け寄ってきた、身なりの美しい若い女性たちのひとりの手を借りて、レディー・ド・マーリーはシャーヴォーの用意した椅子に腰をおろした。白い花びらのように透明感のある肌にくっきりと描かれた眉、繊細かつ鮮やかに紅をさされた唇や頬。彼女はほっそりした指を一本だけあげた。「クラレットを一杯いただこうかしら」

公爵は首をかしげた。そして、ほんの一瞬迷ったのち、暖炉の脇にとりつけられた呼び鈴の紐を引っぱった。

「お食事前にそんなものをお飲みになったら、消化によくありませんわよ、ヴェスタおばさま」若い女性が言った。

レディー・ド・マーリーはその女性を無視して横を向き、後ろに立っているシャーヴォーに話しかけた。「こちらへ来て、ちゃんと顔をお見せなさい」そして、杖の先で床をコツコツと叩く。

シャーヴォーが彼女の前へと移動した。レディー・ド・マーリーは頭のてっぺんから足の爪先まで、じっくりと彼を眺めている。マディーの目には、これほどハンサムで洗練された紳士はこの世にふたりといないように見えた。

「ハンティング用のクラバットなんか巻いて、まるで音楽会にでも出かけるような格好ね。指輪はどうしたの?」レディー・ド・マーリーが問いただした。

「ああ!」エドワードがポケットをまさぐりながら答える。「それでしたらわたしが。

ここに到着するまでは、こちらで保管しておいたほうがいいと思いましたので」

「もうその必要はないわ」

エドワードはクエーカー教徒らしくもなく、おもねる顔つきでレディー・ド・マーリーに近づき、小さな箱を差しだした。彼女はさっとその箱をとりあげ、シャーヴォーに差しだした。

公爵の顔をよぎったかすかな不安に、ほかの人たちが気づいたかどうかはわからない。だが、マディーはそれを見逃さなかった。彼はその箱を受けとると、しばらく手のなかのそれをじっと見つめていた。レディー・ド・マーリーが、たった今戸口に現れた召使いにワインを早く持ってくるよう指示するかたわらで、シャーヴォーがちらりとこちらに視線を投げてよこした。

マディーはこっそり片手で小箱を握るまねをしてから、その手でスカートの脇を撫でおろした。

シャーヴォーはそれを見て箱を握りしめ、コートのポケットのなかへそれを落とした。そして、顔半分だけのひそかな笑みをマディーだけに見せた。

「ともあれ、元気そうでなによりだわ、シャーヴォー」レディー・ド・マーリーが言った。「正直な話、ここまでよくなっているとは思いませんでしたよ。いったいどんな治療のおかげなのかしら、ドクター・ティムズ？　最後にいただいた報告書によれば、病状はほとんど改善していないということだったけれど」

「画期的な治療法を導入したおかげなんです」エドワードが待ってましたとばかりに説明した。「こちらの期待以上の成果が現れまして」

「画期的?」レディー・ド・マーリーが疑《うたぐ》るような目を向けた。「それはどういう治療法なの?」

「われわれのやっている社会的かつ道徳的な療法を自然な形で応用したんですよ。ブライスデール・ホールでは、異性間の定期的な交流が患者に自制心をとり戻させるうえでかなりの効果があることがわかっています。そのことはたしか、公爵をブライスデールにお迎えするにあたってわたしがお屋敷にあがったときに、ご説明申しあげたはずですが。とはいえ、暴れる患者をほかの患者たちに引きあわせるためには、もちろん、その前に最低限のマナーが守れるようになっていなければなりません。最後のお手紙をお送りした時点では、公爵閣下の行動は残念ながらその基準まで達しておらず、むっつりと黙りこんでいたかと思うと発作的に暴れだしたりしていたんです。すべての介護人やわたしに対しても。ですが、幸運なことにそこで、わたしのいとこの娘であるミス・ティムズが当院へ来てくれることになりましてね。彼女はとても穏やかな性格で、人一倍道徳心の強い女性であることはわかっていましたので、わたしはすぐに彼女を公爵の介護人に抜擢しました。といっても、昼間だけの担当ですが。彼女の存在が、公爵のなかに残っているわずかな自制心にいい影響を及ぼすと期待していたのですが、このやり方が目覚ましい効果をもたらしたという点については、ご賛同いただけると思いますが」

エドワードは喜びを押し隠し、専門家らしい威厳を保とうと努力してはいたが、得意げな表情がつい顔に出てしまうのをこらえることはできなかった。レディー・ド・マーリーはそんなエドワードにはちらりとも目を向けず、彼が話し終えてもなお、シャーヴォーをじっと見つめていた。

それからふいに、マディーに尊大なまなざしを向けてきた。「あなたがミス・ティムズ？」

マディーは立ちあがった。「ええ、そうです。そしてこちらが、父のジョン・ティムズです」

「お座りなさい」

黒い瞳で見据えられ、マディーはふたたび腰をおろした。レディー・ド・マーリーをまっすぐ見つめかえす代わりに、視線を少し伏し目がちにして、大げさにこびを売るでもなければ、礼を失した態度をとることもないよう心がける。

「わたしが最後に会ったときは」レディー・ド・マーリーが話しはじめた。「甥《おい》はまるで野獣そのものだったわ。ベッドに縛りつけられているのに、鉄格子の隙間から無理やり手をのばすせいで、骨まで達するほどの深い傷を負っていたし。義理の兄弟に襲いかかった彼を制止しようとしたフットマンの腕を骨折させてしまったりね。食事も受けつけない。満足に口を利くこともできない。わめいたり叫んだりするばかり。まさに動物並みの状態だったのよ、ミス・ティムズ。あのときのシャーヴォー公爵は、知性のない野獣だった」彼女はマディーをまじまじと見つめた。「この変化はどのようにしてもたらされたのか、あなたの口から説明を聞きたいわ」

マディーはまつげをあげ、レディー・ド・マーリーの目をまっすぐに見た。「彼は知性がないわけではありません」落ち着いた声で言う。「野獣でもありません」

しばらくのあいだ、老貴婦人はなにも答えなかった。だがやがて、唇にゆがんだ笑みを浮かべて言った。「つまり、その件に関しては、彼はまんまとわたしをだましていたということかしら?」

「わたしは――」マディーはちらりとエドワードを見やった。苦虫を嚙みつぶしたような顔をしている。だが彼女は、自分の意見を勝手に述べるな、とは言われていなかった。「彼の頭はまともであって……知能も……あなたやわたしと同じくらい高いと信じています」

レディー・ド・マーリーが眉を吊りあげた。「いかにも高慢なクエーカーらしい口の利き方ね」

「高慢だなんてとんでもない。わたしはあなたに説明したいだけなんです」

「わたしの時代には、そういう口の利き方こそ無礼極まりないと教わってきたものよ。あなたの親戚《しんせき》のエドワードだって、目上の者に対してそんな対等な物言いはしていないでしょう」

マディーは視線をまっすぐに保ち、自分が〝飾らないしゃべり方《プレーン・スピーチ》〟をする理由について言い訳めいたことを口にする気はないと態度で示した。レディー・ド・マーリーのように頑固な老貴婦人に会うのはこれが初めてではない——刺激的な議論がなにより好きなこういう人に口答えなどしようものなら、結局は叱り飛ばされるのが落ちだ。けれどもマディーはこの手の老婦人に好感を抱いていた。自分も年をとったらこんなふうになるのではないかという気がするからだ。今は、どんな餌にも食いつこうとしない父親の手前、おとなしくしているけれど。

エドワードがいらだたしげに唇を突きだすのを見て、マディーは、外部の人間の前ではクエーカー的な言葉遣いを控えるという彼との約束を思いだした。でも、今さらもう遅すぎるし、ここで変に謝ったりしたら、かえってレディー・ド・マーリーに嫌われてしまうに違いない。

「それで」老婦人は公爵に向かって言った。「ミス・ティムズが言うには、あなたは完全に正気だということだけれど」

シャーヴォーはそこに突っ立ったまま、彼女を見つめかえしている。

「どうなの？　そのことについて、あなたからなにか言うことは？」

彼はわずかに頭をかしげた。なにかに真正面からとり組むのではなく、斜に構えて受け流そうとするときのように。

「わたしの言うこと、わかる？」

彼は心もとなげにマディーに目を向けてきた。

「彼女のほうを見るんじゃありません。話をしているのはこのわたしですよ。わたしの言葉は、ちゃんと聞こえているの？」

シャーヴォーの口もとが引きつった。彼は一度だけ素早くうなずいたのち、サイドテーブルをさも意味ありげに見つめて黙想しはじめた。たしかに、まじまじと見つめるだけの価値がありそうなテーブルだ。大理石の天板は、ごく普通の脚の代わりに、翼を広げた二羽の巨大な金の鳥によって支えられている。翼の先から炎が放たれても不思議ではないくらい、華美で派手な造りだった。これほど豪華で趣味の悪い家具を、マディーはかつて見たことがなかった。マントルピースの反対側にも、これとまったく同じテーブルが置かれていた。

レディー・ド・マーリーが杖で床をコツコツと叩き、甥に向かって顔をしかめている。「これ以上、あなたのわがままにつきあっている暇はないのよ。何年ものあいだ、あなたの気まぐれにわたしたちはさんざん振りまわされてきたんですからね。これまでやりたい放題やってきたつけが、とうとうまわってきたということよ。分別のある男なら、そもそも銃による野蛮な撃ちあいなんかに巻きこまれるはずがないし、目が覚めたら頭が完全にいかれていた、なんていうことにならなかったはずなんだから」

公爵が顎をぐっと噛みしめているのを見ると、少なくとも自分に話しかけられていることだけはわかっているようだ。レディー・ド・マーリーは椅子に深く座りなおし、鋭いため息をついた。

「お嬢さん」レディーが責めるような目でマディーを見る。「これのどこが進歩なのかしら？」

「もう少しゆっくりしゃべりかけてくだされば」マディーは思いきってそう言ってみた。

「彼の頭はまともだって、あなた言っていたわよね」

マディーは立ちあがった。「あなたが中国へ連れていかれて中国人に囲まれているときと同じ程度の理解力はあるはずです。こちらが辛抱強くゆっくり話しかければ、彼にはちゃんと伝わりますから」

「ミス・ティムズ、彼は明日の朝十時には大法官と面会することになっているのよ。わたしが頼んで、とりあえずは非公式の審問ということにしてもらったけれど。つまり、陪審員は呼ばれていないの——まだ」レディー・ド・マーリーは相手をすくみあがらせるような目をふたりの姪《めい》に向けた。「でも、ハゲタカたちは貪欲《どんよく》ですからね。あなたもせっかく手に入れた獲物に法律によって知的障害の烙印《らくいん》を押されたくなかったら、その高潔な道徳心を多少曲げてでも、彼に自分の置かれた危機的状況をきちんと理解させてやらないと」

その言葉は、気まずい沈黙のなかに消えていった。使用人用のドアが開いて、フットマンがレディー・ド・マーリーのクラレットを運んでくる。彼女はシャーヴォーから目を離すことなく、グラスをトレイからとって、ひと口飲んだ。それからグラスをサイドテーブルに置き、椅子から立ちあがった。

「ミス・ティムズは今夜ここに泊まってもらいます。ほかのみなさんは——ごきげんよう」

公爵未亡人がショックを受けた顔をする。「でも、ドクター・ティムズは——」

レディー・ド・マーリーがさえぎった。「泊まるところくらい、用意はしてあるんでしょう？　たしか〈グロスター〉だったかしら？」

「ええ、もちろんですとも」エドワードは深々と頭をさげた。二度も。

「わたしはドクターともう少しお話ししたいんだけど」公爵未亡人が憐れを誘うような声で言った。「あちらでのクリスチャンの様子を詳しく聞かせてほしいのよ」

「ヘティー」レディー・ド・マーリーは冷ややかに言った。「今の十五分間のやりとりを見ていてなにもわからなかったのなら、話などいくら聞いても無駄よ。ドクター、明日の朝食のときに、またこちらへいらしてくださる？　八時に」

「かしこまりました。おいとまする前に夜番の介護人を呼んで、患者をベッドに寝かせたいと存じますが」エドワードが言った。

「その必要はあるのかしら、ミス・ティムズ？」

独裁者を思わせるレディー・ド・マーリーの鋭いまなざしに、マディーはうかつなことは口にできないと思い、言葉を探した。「え……ええ、まあ、そのほうがよろしいかとは思いますが」

「それはそれとして。今夜はここにあまり多くの人を泊めるわけにはいかないの。その程度の役目なら、あなたひとりでも充分に果たせるでしょう？」レディー・ド・マーリーはフットマンに目をやった。「公爵のドレッシングルームにミス・ティムズ用のベッドを用意するよう、ペドーに伝えて」

レディー・ド・マーリーが足音を響かせてドアのほうへ歩いていっても、マディーはまるで根が生えたようにその場に立ちつくしていた。レディーは戸口で立ちどまり、こちらを振りかえった。「なにを赤くなっているの？　あなたはたしか看護婦なんでしょう？」

「ええ」マディーはなんとかそれだけ答えた。

「しかも相手は頭がいかれているのよ。そうではないことを、あなたが証明してみせない限りはね。とにかく今夜は彼が見苦しいまねをしでかさないよう、ちゃんと目を光らせておくように」

12

ブライスデール・ホールがいかに贅沢で、ベルグレイヴ・スクエアにある公爵の家がいかに居心地よく豪奢《ごうしゃ》だと言っても、とてもこうはいかない。この大邸宅の真っ白な外壁の裏側にここまで豪華絢爛《けんらん》たる世界が広がっていたなんて、庶民であるマディーには想像すらつかなかった。使用人はみなどこかの王子さまのように純白のサテンに青や銀のレースがついた服を着ていて、赤いベルベットの壁には巨大な絵画が何枚も飾られ、漆喰の繊細なモールディングにも白と金のペンキが塗られていた。絨毯は足音を完全に消してしまうくらいふかふかで、そこいらじゅうに置かれた枝つきの燭台があたりを明るく照らしている。

お仕着せに身を包んだフットマンが、公爵のドレッシングルームへとマディーを案内してくれた。彼女は努めて驚きを顔に出さないようにしていたが、フットマンが去っていき、小さな旅行鞄ひとつだけを抱えて部屋にひとりとり残されると、とうとう我慢できなくなって天井を見あげた。あまりの驚きに、つい声をあげて笑いだしそうになる。

　とにかくあきれるほかなかった。ここは単なるドレッシングルームのはずなのに、壁は全面ロイヤルブルーに塗られ、ドアの上にはご丁寧に金色の大きな破風飾り《ペディメント》がついていた。それだけではない。ペディメントの上には、円形の額縁におさめられたまじめくさった顔つきの紳士たちの肖像画が並び、時代がかった金色の天使たちが同じく金色の花や垂れ幕を持って、そのまわりを囲んでいた。窓辺の青いベルベットは天井のアーチ部分まで続いていて、その上部、つまり天井そのものにも、木の枝や葉っぱなどをかたどった壮麗な装飾が施されている。それらもすべて金色で、細かな模様までがくっきりと浮かびあがって見えた。狭いその部屋は文字どおり輝いていた。こんな金ぴかの部屋で眠れる人がいるなんて、マディーには信じられなかった。

　奥の壁にもうひとつドアがあって、そこから隣の寝室へ抜けられるようになっていた。開け放たれている高いドアの向こうから、公爵未亡人の声が聞こえてくる。

「これでいいかしら、クリスチャン?」彼女は廊下側の戸口にたたずみ、メイドがてきぱきとベッドのリネンを整えてカーテンを閉める様子をためらいがちに見守っていた。シャーヴォーは母親にもメイドにもまったく関心を示さず、すべてを記憶に刻みこもうとしているかのように、真剣な目で部屋じゅうを見渡している。

　そちらの部屋もブルーだったが、ドレッシングルームほど派手ではなく、もう少し抑えた色調で統一されていた。ベッドが贅沢を通り越して無駄なくらい巨大で、ヘッドボードも天井まで届くほど高いものでなかったら、なかなか趣味のいい部屋だと思えたかもしれない。ダマスク織りのシルクのカーテンも壁とおそろいで、唯一色合いが違うのは、全身が描かれた数枚の肖像画と、床に敷きつめられた東洋風のグリーンの絨毯だけだった。

シャーヴォーは衣装だんすの鏡に映った自分の姿を視界にとらえ、しばらくのあいだじっと見つめていたが、ふとなにかに気づいたらしく、くるりと後ろを振り向いた。意外にも、彼が捜していたのはマディーだった。彼女の姿を目にしたとたん、彼はにっこりと笑みを浮かべ、全身から緊張がふっと解けたように見えた。

マディーは寝室へと入っていった。公爵未亡人が視線を投げかけてくる。「ああ、ミス・ティムズ。ちょっとお訊きしたかったんだけど――」そこではっと口ごもり、ばつの悪い顔をした。「ええと、その――なんて言うか――彼が夜中にうろつきまわったりするようなことはないわよね?」

公爵未亡人は息子に怯えていて、できれば彼を拘束しておいてほしいと願っているのだろう。マディー自身、不安を感じていないわけではなかったが、母親が息子に対してそんなことを願うなんて悲しいことだと思わずにはいられなかった。「そのほうがよろしければ、外からドアに鍵をかけておいたらいかがですか?」マディーは言った。

「そうね、それがいいかもしれないわ。でも、窓は……」公爵未亡人は最後まで言わなかった。「まあとにかく、なにか問題が起こったらベルを鳴らしてちょうだい。ひと晩じゅう、フットマンを廊下に待機させておくから。それにしても……彼はずいぶんとよくなったように見えるわ。この様子なら……窓から逃げだしたりする心配はないわよね？」

マディーはシャーヴォーを見た。ブライスデール・ホールでは鎖につながれていたこともあったとはいえ、家族にここまで警戒されるほどの暴れようは見せたことがないのに。

「ねえ、シャーヴォー？」マディーはゆっくりと話しかけた。「窓を破って逃げだしたりはしないわよね？」

彼は即座にうなずいた。こちらの言ったことを本当に理解してくれたのかどうかはわからない。注意深く言葉に耳を傾ける様子もなく、ただ彼女の口調に反応して同意を示しただけのようにも見えたからだ。

「そういうことなら、あとはあなたにお任せするわ」公爵未亡人が言った。「じきにコックがお茶を運んできますからね」彼女はしばらくのあいだ、息子をじっと眺めていた。「それじゃ、おやすみなさい、クリスチャン。おやすみなさい」

彼は辛辣な笑みをたたえて、小さくお辞儀をした。メイドがマディーの横をすり抜け、ドレッシングルームへと消えていく。

「神さまにお祈りしておくわ」公爵未亡人はそう言い残すと、廊下へ出てドアを閉めた。鍵がかちゃんとかけられた。


わが家。

クリスチャンはベッドに座った。両手を首の後ろで組んで、頭を後ろへのけぞらし、そのままふわっと仰向けに倒れた。そして満足げにため息をついた。

猿も、鎖も、悪夢もない。雌竜のようなおばに厳しい言葉をかけられたところで、いっこうに気にならない。そんなことは昔から慣れっこだった——むしろ楽しんでいるくらいだ。それに、ここにはマディーガールがいる。もしも自分に選ぶ権利があったなら、ほかのすべては捨て置いてでも、あの場所から唯一連れてきたかった女性だ。

まるで世界があべこべに引っくりかえってしまったみたいだ。家族がわざわざ外から鍵をかけて、若い女性とふたりきりで部屋に閉じこめてくれるなんて。おばのヴェスタはマディーのことを、**看護婦**、と呼んでいた。クリスチャンはブルーの天井を見つめながら、にやにやと笑った。

両脚を引きあげてベッドの縁にかかとを載せ、ふとどきな妄想をふくらませる。こんなに都合よく絶好の機会を与えられたとしたら、これまでつきあってきた恋人たちは、いったいどんなふうにぼくを楽しませてくれただろう？　クリスチャンはそこでため息をついた。夢を見るのは楽しいが、今は状況が違った。敬虔なクエーカー教徒の女性の評判に傷がつくかどうかなんて、彼の家族には考えも及ばないことなのだろうが——たとえ頭をよぎったとしても、さして気にはしないだろう——こうして自分の支配下に彼女の身を預かっている以上、ぼくには彼女に対する責任がある。ここで彼女を誘惑して痛い教訓を学ばせるというのは、あまりうまいやり方ではないと思えた。見ようによっては、ハウスメイドに無理やり手をつけるろくでなしの男と変わらないことになってしまう。

だいいち、どうして彼女をそんなふうに痛い目に遭わせてやりたいと思ったのか、そもそもの理由がもう思いだせなかった。

顔をしかめてそのことを考えていると、彼女に名前を呼ばれた。クリスチャンは声のしたほうに顔を向け、眉をあげてみせた。

「話をしましょう」マディーが言った。

彼は、なんだ？　と問いかえすような声を出した。

「話がしたいの」彼女がくりかえす。

クリスチャンは体を起こした。ベッドの上のほうへと腰をずらし、枕の上に座って、空いたスペースを手で撫でつけて、彼女に座るように手で示した。「話そう」言葉がなんの苦もなく出てきたのがうれしかった。

マディーはベッドに座る代わりに、彼と正面から向きあうように、まっすぐな背もたれの椅子に腰をかけた。「明日なにがあるかは、わかってる？」

「あ……した？」

「審問《ヒアリング》が——」

「ぼくは……聞《ヒ》こえてる《ア》」ちゃんと聞こえているかどうかいちいち確かめられることに、クリスチャンはいらだった。

「そうじゃなくて、審問《ヒアリング》よ」マディーがくりかえす。「大法官《ロード・チャンセラー》の」

ロード・チャンサーというような名に聞き覚えはなかった。思いだせないことはほかにもたくさんあるが、その事実をこうして突きつけられると不安になる。

「チャン……ドス？」クリスチャンは問いただした。まさか彼女がバッキンガム公の息子のことを言っているとは思えないのだが。クリスチャンの知る限り、チャンドス侯爵の聴覚《ヒアリング》にはなんの問題もない。彼とはロンドンやパリで賭《か》け事などをして遊んだ仲だ。金遣いが荒すぎる点ではトラブルの多い人物だが、耳にはなんの問題もなかったはずだ。クリスチャンが覚えている限りでは。

「ヒア」彼女が強い口調で言った。「ヒアリング」

クリスチャンは別の言葉を思い浮かべた。「若い」チャンドスは決して耳が遠くなってなどいないはずだ。クリスチャンと同い年なのだから。

マディーは首を振り、両手を握りあわせてため息をついた。自分が彼女の期待に応えられていないのはわかっていた。無性になにかを殴りつけたくなる。なにか硬いものに拳をガツンと叩きつけたい。クリスチャンは怒ったように舌打ちすると、ごろりと転がってベッドから立ちあがり、彼女から離れた。

ドアの鍵がかちゃかちゃいう音が聞こえ、彼女が立ちあがる。フットマンが紅茶を載せたカートを押して部屋に入ってきた。彼はクリスチャンを心配そうにちらりと見ただけで、ひとことも発さずにポットのカバーを外し、カップに紅茶を注いだ。

ミンス・パイと、薄くスライスしたパンにバターを塗ったものが、皿に美しく盛られている。クリスチャンはカートのほうへ歩きだした。そのとたん、フットマンがびくっとしてとり落としたカップが、ソーサーの上で音を立てた。

クリスチャンは立ちどまった。生まれてこの方、使用人からこんなふうに警戒の目を向けられたことは一度もない。それはまるで、裏通りで獲物をつけ狙う追いはぎを見るような目だった。

彼は顔をぴしゃりと叩かれたような衝撃を覚えた。じっとその場に立ちつくし、無言のまま相手を責めるようににらみつける。

「つないでおかなくて平気なんですか?」フットマンがマディーに向かって尋ねた。

逆上して顔がかーっと熱くなっていくのが、自分でもわかった。この生意気な無礼者はいったい誰なんだ? クリスチャンはショックを覚え、マディーガールにすがるような目を向けた。彼自身はどうすることもできないからだ。この男に部屋から出ていけと命ずることも、首を言い渡すことも。

「ええ」マディーが答えた——本当なら怒って部屋から追いだしてもいいくらいだとクリスチャンは思うのだが。

「怖くないんですか?」フットマンがさらに尋ねた。

怖い? マディーが首を振るのを見て、クリスチャンは感謝の気持ちで胸がいっぱいになった。

フットマンはなおもちらちらとクリスチャンに目を配りながら、ふたたびポットに手をのばした。「腕を折られたことがあるんですよ、ぼくは」

クリスチャンにはとめようがなかった。激しい抗議の声がわきあがり、怒号となって口からこぼれた。「**出ていけ!**」彼は一歩前へ踏みだした。「この、ろくでなしのげす野郎——**出ていけ!**」

ボンネット帽をかぶったマディーは、両手をしっかりと握りあわせ、けげんそうに眉をひそめていた。敬虔なクエーカー教徒の女性には耳慣れない猥雑《わいざつ》な罵詈雑言《ばりぞうごん》をすべて完全に理解したわけではなさそうだったが、彼女はフットマンに向かって、申し訳なさそうに小さくうなずいた。

「あの……あなたはもうさがったほうが……」マディーはそう言って立ちあがった。

フットマンはポットを置き、素早く一礼してから、そそくさと出ていった。

マディーがカートのほうへ歩いてきて、紅茶を注ぎ終えた。それから、静かに落ち着き払った様子で皿をセットし、ベッドサイドのテーブルへと運ぶ。

「折ってない……腕なんか……」クリスチャンは必死に訂正しようとした。「あんなやつ……一度も……会ってない」

「さあどうぞ、召しあがれ」マディーが言った。

クリスチャンは顔をしかめ、腕を組んで壁にもたれかかった。

「いいから食べて」

「信じてくれ！　マディーガール！」

マディーの口もとが少しだけ引きつった。「あなたはなにも覚えていないだけなのよ」

どうしても信じてもらえないようだ。このぼくより、あのみすぼらしい無学な使用人のほうを信じるというのか？　クリスチャンは拳で壁を殴りつけた。

彼女の唇がいっそう引きつった。「あなたは……病気……だったから」ひとことひとこと区切って、ゆっくりと言う。「だから……なにも……覚えて……いないの」

クリスチャンは憤然と彼女から離れ、大股で部屋の反対側へと歩いていった。「ノー。ノー、ノー、ノー！」

「シャーヴォー！」

鋭い口調でたしなめられて、クリスチャンははっと立ちどまり、彼女のほうを振りかえった。

「明日、大法官《ロード・チャンセラー》による審問《ヒアリング》があるのよ。だから落ち着いて。まともで分別があるところを見せないといけないの」

「**誰のことだ？**」クリスチャンは怒鳴った。「ぼくの耳は……**まともだぞ！**」

「わたしだってそうよ」マディーが顎を突きだして言った。

彼は顎をこわばらせたままふうっと息を吐きだし、わかったというように大きくうなずいた。「誰なんだ？　ロード……？」先ほどよりは静かな声で尋ねる。

「チャンセラー。大法官《ロード・チャンセラー》よ。あなたはその人に会って審問《ヒアリング》を受けるの」

彼女の険しい顔つきから、それはきっと重要なことなのだろうと察しはついた。それなら、きちんと理解しなくてはいけない。彼女もそれを望んでいる。「会って……話を……聞く《ヒア》？」彼は困ったような顔で訊いた。

「審問《ヒアリング》」

クリスチャンはあきらめ、やれやれと頭を振った。とにかく明日は話を聞きたがっている耳の遠いどこかの領主《ロード》に会いに行く。それが大事な仕事だということだ。

いつのまにか寝ていたらしい。マディーは心地よさに包まれて眠りから覚めたが、目を開けたとたん、すぐ目の前になにやら派手な金色のものが迫ってきているように感じて、一瞬とてつもない恐怖を覚えた。だがすぐに、それは天井に施された金の装飾だと気づいた。彼女は素早くベッドの上で体を起こした。

「シャーヴォー?」

隅のほうの暗がりでなにかが動く気配がした。黒いシルエットがドアの陰からぬっと姿を現す。本物の恐怖がわき起こり、彼女自身の心臓の鼓動とともにマディーを包みこんだ。

「マディー」心臓が激しく打つ音以外はなにも聞こえない静けさのなかで、彼が声をかけてきた――それがやけに不安そうな声だったので、マディーはほっとして息をつき、全身の筋肉から力を抜いた。

「どうかしたの?」彼女は平静を装って尋ねた。

つけっぱなしにしておいたシェードつきのランプのほの暗い明かりが、シャーヴォーをぼんやりと照らしだす。「ヒアリング」彼はズボンの上にエメラルドグリーンのドレッシングガウンだけをまとい、前をはだけていた。「マディーガール。教えてくれ……ヒア……リング。ロード・チャンス……。それは……ほう……法的な……？」

マディーは唇を嚙みしめた。「ええ。法的な審問よ。禁治産者かどうかを決めるためのね」

かすかな明かりのなかで、彼の瞳は黒く、顔も暗く陰って見えた——その顔にとまどいのようなものが浮かぶ。「きんち……ぼくが……？」

「ええ」彼女は言った。

シャーヴォーは彼女を見おろし、それからランプに目をやって、つややかな光沢を放っている鏡台を見た。マディーは両膝を抱えてスカートのなかに隠し、彼の様子を見守っていた。

突然、シャーヴォーが悪魔のような顔つきでこちらを見かえした。いきなり彼に腕をつかまれた瞬間、マディーが座っている簡易ベッドがきしみをあげる。彼は激しい怒りのこもったまなざしで彼女を見据えた。「連れ戻されるのか？」シャーヴォーが問いただす。「また——あそこへ？」

つかまれた腕が痛かった。しかしマディーはそれに耐えた。それくらいしか、慰めの方法がないからだ。「わからないわ」

彼は目を閉じた。「いやだ……また……あの狂った場所に帰るなんて」ぱっとまぶたを開け、ぎらぎらする目で彼女をにらみつける。「いやだ」

マディーは嘘をつきたかった。真実を偽りだと言いたかった。でも彼女には、わからない、と答えるのが精いっぱいだった。それだって半分嘘だ。真実の言葉以外を決して口にしてはならないと、生まれてからずっと教わってきたのに。

「とにかく明日は、なるべく理性的なところを見せなければいけないのよ」マディーは言った。「冷静に話をして、正気であることをわかってもらわないと」

彼女の腕をつかんでいる彼の手に力がこもり、痛みが骨まで走った。

「あなたにならできるわ」

シャーヴォーは廊下側のドアを見やった。マディーには彼の考えが手にとるようにわかった。その瞬間、ふたりは彼の意志にとらわれて身動きできなくなっていた。

「鍵は?」彼女の腕をつかんでいる手にいっそう力が加わる。

嘘はつきたくなかった。だからマディーはなにも答えなかった。

シャーヴォーは彼女を放し、ドアのほうへ歩いていった。彼がつかむと、ノブは簡単にまわり、蝶番《ちょうつがい》がきしむこともなくすっとドアは開いた。

ドアを押さえたまま、シャーヴォーが彼女のほうを振りかえる。「**行こう**」彼は噛みしめた歯の隙間から声を押しだした。

マディーはなすすべもなく座っていた。彼がどうしても行きたいのなら、とめられはしない。

シャーヴォーはドアのノブに手をかけたまま立っていた。「行こう……ふたりで」頭をぐいっと動かして彼女を誘う。「一緒に」

「いいえ」マディーは小声で言った。「わたしは行けない。あなたも逃げてはいけないわ」

彼女が目の前にいきなり障害物でも置いたかのように、シャーヴォーは眉をひそめた。用心深くドアをさらに押し開け、そっと顔を出して外の様子をうかがっている。廊下からもれ入ってきたひと筋の明かりが、悪魔のような彼の顔を照らした。

口の端が持ちあがって、せせら笑うような表情になる。開いていたドアがすうっと閉まった。「骨……折れた」暗がりのなかで彼が言う。「腕」

マディーは暗さに目を慣らした。シャーヴォーはドアに背を向けてたたずみ、彼女を見ていた。

「マディーガール。戻ったら――」彼ははっと言葉をのみ、喉の奥深くから声をしぼりだした。「死ぬ」

彼女には答えようがなかった。

シャーヴォーが近づいてきて、ベッドに座っている彼女の横に腰をおろし、両腕でぎゅっと抱きついてくる。「いやだ……戻りたくない。いやだ！」

「わたしが決められることじゃないのよ。そう言われても、わたしはなんとも答えられない」

「**行こう！**」彼の声には必死な思いがにじんでいた。「今」

マディーはどうしていいかわからなくなって、彼を押しかえした。「なら、行って！　わたしはとめないから」

シャーヴォーは彼女にすがりついて激しく揺さぶった。「ふたり。ふたりで行く」

「だめよ」マディーは悲しげに言った。「そんなことできない」


クリスチャンは頭を傾け、苦しげに声を出した。「だめだ……ひとりじゃ、だめだ。マディー！」手の指をマディーの肩に食いこませる。「行けない」彼女を自分のほうへ引き寄せ、首のカーブに顔を埋めた。「マディー。マディーガール。ひとりじゃだめだ。だめなんだ」額を彼女に押しつけて、懇願するように顎を震わせた。今にも自分が崩壊してしまいそうだった。檻と看守と鎖からやっと解放されたと思ったら、こんなことになるなんて。もしも彼女が鍵を手渡してくれていたとしても、彼は出ていけなかっただろう。

そこまでの勇気はなかった。彼ひとりでは。ふたり一緒でなければ。

でも、またあの場所へ……あの猿のいる、あの檻に戻るなんて。

パニックに襲われて体が麻痺したようになりながら、彼はマディーにしがみついた。「シャーヴォー」彼女は声に苦悩をにじませて彼の髪を撫でた。「明日。落ち着いて。分別よ。分別を見せるの。一世一代の見せ場だと思って」

「マディー」彼女の肌に顔を埋め、くぐもった声で彼は言った。それしか言えなかった。そして激しく首を振った。できるのはそれだけだった。今の彼には分別も理性もない。とにかく行かなければ、逃げなければ。だが体が凍りついて動かない。全身がぶるぶる震えるばかりだ。

マディーが頭をそっとさげて頬を寄せてきた。その手は彼の髪を撫でつづけている。クリスチャンは彼女の喉のあたりに顔を埋めた。この広い宇宙のなかで、大切なのは彼女だけだった。彼を現実につなぎとめてくれる唯一のよりどころだ。クリスチャンは情熱のこもったうなり声を出した。どのみち言葉では伝えられない思いを彼女に伝えたくて。彼女にそばにいてもらうことが自分にとってどれほど必要かを、どうしてもわかってもらいたくて。

マディーは震える息を吸いこんだ。ひと筋の涙が頬を伝う。彼女はささやいた。「神よ、シャーヴォーをお許しください――わたしは彼を愛さなければなりません」

わたしは彼を愛さなければなりません。

その言葉がクリスチャンの呪縛《じゅばく》を解いた。彼女は本当にそう言ったのか？　クリスチャンは体を離し、まじまじと彼女を見つめた。

ランプのかすかな明かりがマディーの頬を照らしていたが、目もとは暗すぎて見えなかった。マディーは彼の腕にそっとふれ、すぐに手を引いた。

クリスチャンは決して無視できない現実に直面し、呆然としていた。彼女の言葉を正しく聞きとれたのかどうか、自信が持てない。

マディーは顔をそむけ、彼から離れていこうとしていた。クリスチャンは引きとめようとしなかった。

彼は立ちあがった。マディーは暗がりに溶けこんでしまい、じっと身をひそめている。彼の頭はすっかり混乱していた。どこかへ行って、冷たい壁に顔を押しつけ、この無秩序な世界から抜けだす道を見つけたい。最悪なのは、彼女が泣いたことだった。彼はそのことに怒りを覚えた——**そんなふうに哀れまれるなんてまっぴらだ、教会の慈善活動みたいに。**

だが、本当に彼女はそう言ったのか？　どうして彼女は泣いたんだ？　ぼくがひとりでは檻から逃げだすこともできない臆病な獣だからか？　自分の考えを言葉にできず、その考えすらも、決してまともではない狂ったものだからなのか？　クリスチャンはマディーをその場に残し、そこよりももっと暗い部屋へと歩いていった。往年の父と祖父と曾《そう》祖父もそこで眠った寝室へ。そしてクリスチャンは両腕を広げ、シルクの心地よい肌ざわりを頬に感じつつ、うつ伏せにベッドに横たわった。肋にずしんと痛みが走る。祈りの言葉を知っていたら、今こそ祈っていただろう――今さら神に救いを求めるなんて、身勝手もいいところだが。

神はおそらく、ぼくの祈りなど聞き届けてはくれないだろう。こうなったのは神のせいでもなんでもない。すべてを与えられていたのに、ぼく自身が人生を無駄に費やしてきたせいだ。燃える池や吠《ほ》え哮《たけ》る獅子《しし》なんて、いたずらな子供を怖がらせるための恐ろしいつくり話にすぎないと思っていた。

クリスチャンは寝返りを打ち、暗闇を見つめた。

彼は今、本物の地獄とはどんなところか、つくづく思い知らされていた。

13

リンカーンズ・イン法曹院の議場の窓から見える景色は、田舎の町みたいにのんびりとしていた。高くそびえる古木から木の葉が舞い散り、芝生は青く、すべては静寂に包まれていて、ときおり、黒い法服姿の人影がひとり、ふたりと、午後のあたたかい日差しと影に彩られた小道を歩いていくのが見えるだけ。ここはロンドンのど真ん中だというのに、いちばん大きく聞こえる音も、近くの木にとまっているカラスと人間の歩く道を堂々と横切っていくその兄弟たちがカアカアと鳴き交わす声だった。

マディーは父とともに窓辺の席に座っていて、エドワードとシャーヴォーがその両脇に立ち、数歩離れたところにラーキンが控えていた。

みんなが待っているその部屋はかなり込みあっていた。暖炉のそばに並べられた椅子には、レディー・ド・マーリーと公爵未亡人を囲むようにして、レディー・クレメンティアとレディー・シャーロットのほかに、もうふたりの姉妹が身を寄せあって座っている。それぞれのレディーの夫たちは戸口のそばに集まって談笑しつつ、書類を配りに来たかつらの男性をつかまえては、なにやら相談したりしていた。

マディーと父がここにいるのは、畏《おそ》れ多くもレディー・ド・マーリーからじきじきに頼まれたからだった。ティムズ親子はすでに、しかつめらしい顔をした声の低い法廷弁護士から、公爵の行動について別室で話を聞かれていた。弁護士は数学の研究に関して父から聞いた話をノートに書きとめつつ、手を替え品を替え、長時間にわたってあれこれと質問を投げかけてきた。ようやく話が終わって、父をエスコートして部屋を出たときも、これからどうなるのかマディーにはさっぱりわからなかった。

そののち、今度はレディー・ド・マーリーとシャーヴォーが連れていかれ、しばらく経ってから戻ってきた。シャーヴォーは一見落ち着いた外見とは裏腹に、ひどく緊張しているようだった。マディーの横に立っている彼は、今朝いきなりやってきて失礼にも彼女をドレッシングルームから追いだした側仕《そばづか》えによって、身なりを完璧に整えられていた。といっても、美しい刺繍の施された派手なウエストコートではなく、余計な飾りのないシンプルで真っ白なウエストコートに、膝丈の白いズボン、レディー・ド・マーリーお見立てのダークブルーのコート、といういでたちだった。服装だけ見ればクエーカーと言ってもいいくらい地味だったが、その顔つきや表情は、マディーの知っているどのフレンドにも似ていない。別の宗旨の女性と結婚してミーティングに来なくなり、フレンド派から除名処分になった、例の男性を除いては。

シャーヴォーの親戚一同が望んでいるのも、まさにそういうことなのだろう。マディーはそう察していた。彼らはみな、公爵の座から彼を引きずりおろしたがっている――シャーヴォーに法的無能力者の烙印を押して爵位を奪い、一族の前から姿を消してもらおうとしているわけだ。大法院の待合室で長い午後を過ごしているうちに、その程度のことは誰に教えられなくてもわかった。彼と血を分けた親戚たち、姉妹たち、その夫たち、そして彼の母親までもが、今回の審問にそれを期待しているようだ。彼らとは逆の立場、つまり公爵の側に立っているのは、レディー・ド・マーリーただひとりだった。

そしていよいよ、大法官からのお呼びがかかった。レディー・ド・マーリーがさっと立ちあがると、ほかの女性たちもいっせいに立ちあがったが、実際に呼ばれたのはシャーヴォーひとりだけだった。

レディー・ド・マーリーは杖を突いて、ふたたび椅子に腰をおろした。「わたしをがっかりさせないでちょうだい」公爵に向かってぴしゃりと言う。

角張った顔にかつらをかぶった弁護士らしき男が、無表情で戸口に立って待っていた。シャーヴォーがその顔に絶望感をたたえて、ちらりとマディーのほうを振りかえる。彼女は両手をきつく握りあわせ、みんなのいる前では口にできない励ましの言葉を必死に念じた。

「公爵閣下？」弁護士が言った。「大法官閣下がお待ちになっておられます」

公爵の顔に憎しみの冷たい炎が広がっていく。きっと怯えているのだろう。彼は家族の顔をひとりひとり見つめていった。姉妹たち、義理の兄弟たち、母親――この借りは必ず返してやるから覚えていろと、全員の心に深く刻みこむかのように。そしてシャーヴォーは戸口へと歩いていき、弁護士とともに消えていった。

奇妙に移ろう現実のなか、クリスチャンはテーブルの向こうに陣どっている男をひと目見て、それが誰かを思いだした。リンドハースト大法官――政権が変わったおかげだ――それは覚えている――ジョージ・カニング――彼のおかげで、リンドハーストの人生は突然大きく開けたわけだ。

片手の指でテーブルを打ち鳴らしていたリンドハーストが、手にしている書類から目をあげた。クリスチャンが静かに立っているのを見て、妙にそわそわして落ち着かなげだったその顔に、安堵《あんど》の表情が浮かぶ。リンドハーストは立ちあがり、テーブルをまわりこんで近づいてくると、片手を差しだした。

クリスチャンは彼のことをよく知っていた。有名な女たらしにして、ホイッグ党から鞍《くら》替えした変節者――貴族院で過激な政治論争をくり広げているクリスチャンたち若手少数一派にしてみれば信じられないことだが、長老たちのなかにはもっとひどい連中もごろごろしていた。そんな男が今や大法官さまだとは！　なんという大出世だろう。だがそこで、クリスチャンははたと思いだした。トーリー党の危機がささやかれていたことを。それがどれくらい前のことだったか、現行政府はどちらの側だったか、彼には見当がつかなかった。

少なくとも、革命は起こっていないはずだ――リンドハーストのような男が安穏と大法官の座についていられるのだから。

リンドハーストはクリスチャンの肩をぽんと叩き、握手を求めてきた――クリスチャンが右手を差しだすことができなかったせいで、一瞬気まずい空気が流れたが、リンドハーストがすぐに手をとってくれた。クリスチャンはどうにか相手の手を握る手に少しだけ力をこめることができた。

「おや、元気そうじゃないか！　とても元気そうだ！」

クリスチャンはうなずいた。

「さあさあ、座ってくれたまえ。たいして時間はかからないはずだよ。ちょっと話をするだけだから」リンドハーストは暖炉の前の椅子を指し示し、自分の椅子もその横に引きずってきた。法衣の紐をするするっとほどき、そばにいた事務官に脱いだ法衣を手渡した。事務官はそれを大事そうに抱えてドアから出ていった。リンドハーストは眼鏡をとりだし、鼻の上に載せた。そばに立っている、かつらをかぶったほかの弁護士たちは、がさごそと音を立てて書類をめくっていた。「いくつか簡単な質問をしたら、それで終わりだ」

彼は希望と当惑の入りまじった目でクリスチャンをちらりと見てから、軽く咳払いをした。かつらの男が大法官に書類を手渡す。

リンドハーストは難しい顔をして、膝に置いた書類をしばらく眺めていた。そして顔をあげずに言った。「では、本名を述べて」

クリスチャンは両手で椅子の肘掛けを握りしめた。暖炉の炎がぱちんとはぜる。心臓がどきどきと早鐘を打っていた。

リンドハーストが顔をあげる。「名前は?」

クリスチャン・リチャード・ニコラス・フランシス・ラングランド。

たったそれだけの名前を口にすることができなかった。

新たな恐怖が襲ってきた。どうしても言葉が出てこない。次第に息が荒くなっていく。クリスチャンはリンドハーストを見つめ、吐息をなんとか声にしようと努力した。かつらの男がなにか言ったが、クリスチャンには意味がわからなかった。彼らは羊皮紙のノートをクリスチャンの膝に置き、ペンを差しだした。

クリスチャンはペン先を羊皮紙につけた。なにも起こらない。彼はペンをいったん置いて、左手に持ち替えた。文字の形を思い浮かべ、書き順を思いだそうとする。顔をあげると、リンドハーストが眉根を寄せ、身を乗りだすようにしてクリスチャンの手もとをのぞきこんでいた。

「名前を書くこともできないのかね?」

クリスチャンは椅子の背に頭をもたせかけた。猿のいる、あの場所——ぼくはまたあそこに閉じこめられてしまう! それを考えるといっそう頭が混乱して、余計に言葉がちりぢりになっていった。手の届かないところへ、希望の向こうへと。

かつらの男たちはまじめな顔でクリスチャンを観察していた。最後に貴族院で発言したとき、彼は教育や産業社会や科学について、堂々と論戦をくり広げた——そのときリンドハーストもそこにいて、メモをとったり隣に座っているトーリー党議員と内緒話をしたりしていた。そして今、大法官とその取り巻きたちは、死の床に駆けつけた遠い親戚のごとく、シャーヴォー公爵の顔色をうかがっていた。不安と好奇心をあらわにして。

かつてはぼくもあちら側の人間だった、あのような服を着て、リンドハーストとともに貴族院の議席に座っていた——それがこんなことになるなんて。

リンドハーストは口をへの字に曲げ、椅子の背にもたれかかった。そして首を振り、書類にメモを書きつけた。

クリスチャンの心は無念さでいっぱいになった。膝の上のノートを見おろし、直交軸に対する二点間の距離を表す代数の式を書き記す。

「なんだね、それは？」リンドハーストがのぞきこみ、クリスチャンの膝に置かれたノートの上下を引っくりかえした。

　四角い顔のかつらの男が同じようにノートをのぞきこみ、大法官になにやら耳打ちする。

「なるほど」リンドハーストはうなずき、鼻の上の眼鏡を押しあげた。そしてクリスチャンを見つめた。「一から二十まで、数字を順番に書いてみてくれ」

二十？　全員が期待のこもった顔つきでノートを見つめている。クリスチャンは、数字を書けと言われているのだと推測した。今回は手も素直に言うことを聞いてくれる。彼はノートに〝20〟と書いた。

「一から二十《ワン・トゥー・トゥエンティー》までだ」

　ワン、トゥー、トゥエンティー、すなわち、1、2、20か。今度はさらに自信を持って、クリスチャンは〝１２２０〟と書いた。

　リンドハーストがため息をつき、ふたたび口をへの字に曲げる。クリスチャンが一時的に抱いた自信は霧のように消えた。しくじった、それは間違いない。激しい恐怖がまたこみあげてきて、自分が壊れてしまいそうな気がした。

　別のかつら男がしゃべり、リンドハーストがぼんやりとうなずく。ドアが開いて、クリスチャンの母親が事務官に導かれて部屋に入ってきた。クリスチャンは立ちあがった。母親は彼を見ようともせず、戸口のそばでたたずんでいる。かつら男がそっと腕にふれて促すと、母親はくるりと背を向けて部屋から出ていってしまった。そしてドアが閉まった。

クリスチャンは困惑してそのまま立っていたが、しばらくして腰をおろした。

「今の女性に見覚えは?」

クリスチャンのなかに怒りがわいてきた。これはゲームだ——彼をまごつかせて楽しもうという、彼らなりのささやかなゲームなのだ。

「名前はわかるかね?」リンドハーストがせかす。

クリスチャンは目を閉じ、必死に口を動かそうとした。だがどうしても声が出ない。ただのひとことも言葉が出てこなかった。

「覚えていないのか?」

とんでもない! クリスチャンはリンドハーストをにらみかえし、歯の隙間から鋭く息を吐いた。

かつら男のひとりが、マントルピースに載っていた火の灯っていない枝つきの燭台をクリスチャンの横のテーブルに置いた。それから彼は、棒状にねじった新聞紙も差しだした。

これでキャンドルに火を灯せというわけか。まず最初に紙に火をつけ、それをキャンドルに移せばいい。だがクリスチャンの両手は、互いに意思の疎通ができない状態だった。

リンドハーストが身を乗りだし、ねじった新聞紙をクリスチャンの手からとりあげた。それを暖炉の石炭に近づけ、煙が出はじめるまでじっと待つ。やがてその先端に小さな炎が燃え移った。リンドハーストはそれを手のなかで持ち替え、火のついていないほうをクリスチャンに向けて差しだした。

クリスチャンはおそるおそるそれを受けとった。青と黄色の炎をじっと見つめ、その先から立ちのぼる白い煙を目で追った。

誰かが厳しい口調でなにか言った。かつら男が近寄ってきて、ふっと息を吹きかけて火を消した。

クリスチャンは眉をひそめた。もう少し時間をくれなければ。たったこれだけの時間ではなにもできない。かつら男の表情がクリスチャンを激怒させた。彼は目を閉じ、手探りでキャンドルを一本つかんだ。もう一方の手には燃えさしの新聞を握りしめていた。

自分にもできるということを見せつけてやるつもりだった。クリスチャンは新聞を見つめ、それをキャンドルに近づけていった。見やすいように頭を少し傾けて。すると、キャンドルを持っている右手の角度が若干ずれてしまう。燃えさしの黒く焦げた部分は、キャンドルの芯ではなく、ワックス本体にぶつかった。焼け焦げた部分が黒い煤《すす》となって、ノートや彼のズボンの上にぱらぱらと落ちる。これではだめだ。クリスチャンはキャンドルをまっすぐに持ちなおし、もう一度新聞の先端を近づけていった。今度は新聞が彼の右手に押しつけられてくしゃっとなり、床へ転がり落ちた。クリスチャンは落胆し、呆然とキャンドルを見つめつづけた。

リンドハーストはぶつぶつとひとりごとを言いながら、メモを書いている。事務官が寄ってきて、クリスチャンが上下逆さまに握りしめていたキャンドルを右手からそっととりあげた。そのあと彼はテーブルに置かれていた紙幣と硬貨をかき集めて、大法官のもとへ持っていった。リンドハーストはその金を受けとり、クリスチャンが膝に載せているノートの上にざらっと置いた。「これの合計金額は?」

クリスチャンは一ポンド紙幣を手にとり、リンドハーストを見つめた。大法官がやさしい顔つきで見つめかえす。同情するように。哀れむように。その寛容な笑みを見て、クリスチャンは自分の運命を悟った。

彼は紙幣を手のなかで握りつぶした。そして立ちあがり、ノートを暖炉の火のなかへ投げつけた。飛び散った硬貨が火格子にぶつかって炉床に落ち、チャリンチャリンと音を立てる。「ノー、ノー、ノー、ノー!」彼にはそれしか言えなかった。そのむなしいひとことを、何度も何度もくりかえす。「ノー、ノー、ノー、ノー、ノー！」そこにいる全員が目をみはり、追いつめられた野獣を見るように彼を見つめていた。

　正気を失った人間は、あの狂った場所に連れ戻されて、鎖につながれる。わざわざ死にに帰るようなものだ。いや、もっとひどい――この先もずっと狂人として生きていかなければならないのだから。

　狂人。ああ、なんということだ。これでぼくは正式に精神異常者の烙印を押されてしまう。狂人として！


　彼を落ち着かせるために、マディーとエドワードが呼ばれた。マディーはとんでもない修羅場を覚悟して部屋に入っていった――ところが、案に反してシャーヴォーは引っくりかえった椅子の横におとなしくたたずんでいて、大法官と弁護士たちがそのまわりで困り果てた顔をしているだけだった。

　シャーヴォーがマディーのほうを見た。彼は悲痛なうめきをあげながら、両手をいったん掲げて、すぐにおろした。

　エドワードが引っくりかえった椅子に近づいていって、それを起こす。「いったいどうしたんだね？」彼は穏やかな口調で言った。「まさかわれわれに、無理やりきみに手枷をはめさせるようなまねはしないだろう、マスター・クリスチャン？　お母上やミス・ティムズの見ている前で」

シャーヴォーがいきなり彼に殴りかかった。

エドワードの体は吹っ飛び、椅子とともに床に転げた。弁護士たちが慌ててシャーヴォーをとり押さえにかかる。一瞬にして混乱がその場を支配し、激しい物音や怒号が部屋じゅうに響いた。そこへラーキンが飛びこんできて、公爵の頰に裏拳を一発見舞って、テーブルの上へ仰向けに殴り倒す。と同時に、ふたりの弁護士が公爵の左右の腕をつかみ、ねじりあげていた。書類があたりに散乱し、床にひらひらと舞い落ちてくる。ラーキンはすかさず公爵にのしかかり、がっしりした両手でシャーヴォーの喉を絞めあげた。

ようやく乱闘はおさまった。シャーヴォーは息も絶え絶えになって、頭をがくんとテーブルの上に落とした。そして目を閉じ、みんなから顔をそむけた。

ラーキンはゆっくりと体を離し、手に巻いていた太いゴムの輪を外して、ポケットに突っこんだ。弁護士たちはそろって、かつらをどこかに飛ばしていた。恥ずかしそうに赤面しているふたりに向かって、ラーキンが言った。「もう彼を立たせていいですよ。これ以上、暴れたりはしないと思いますから」

ふたりは公爵を引っぱって立たせた。シャーヴォーは腕をがっちりつかまれていることにも気づいていない様子だった。テーブルに寄りかかるようにして立ち、頭を垂れ、弁護士たちが手を離しても自分から動くそぶりは見せなかった。上等のコートは肩の縫い目がほつれ、その裂け目から白い麻の生地がのぞいていた。

エドワードが革製の手枷を持ってシャーヴォーに歩み寄り、彼の両腕に素早くそれをかぶせ、紐を結んだ。長年の経験を積んでいる医者ならではの手際のよさだ。エドワードの唇には血がにじんでいたが、シャーヴォーはラーキンからはるかに強く殴られたにもかかわらず、どこからも流血してはいなかった。

「いったいなにごとなの？」レディー・ド・マーリーの冷ややかな声が部屋の空気を切り裂いた。

大法官はひびの入った眼鏡越しに彼女を見つめた。「これはこれは、マイ・レディー」

レディー・ド・マーリーのあとに続いて、公爵未亡人とその他大勢が戸口からどやどやとなだれこんでくる。マディーは夫のひとりに押しのけられ、部屋の隅へと追いやられた。おっと失礼、という謝罪の声には、まったく誠意が感じられなかった。

シャーヴォーはその場に立ちつくし、じっと床を見つめている。両腕に枷をはめられたせいで、コートの肩の裂け目がやけに大きく開いていた。

大法官は集まってきた家族の面々を見まわした。「さて」乾いた口調で、いささかいらだったように言う。「せっかくみなさんおそろいのようですから――このたびの、シャーヴォー公爵クリスチャン・ラングランド閣下の心神耗弱による禁治産者宣告の申し立てに対する、わたくしの見解を申しあげましょう」

レディー・ド・マーリーが杖の先で床を突き、不穏な空気を漂わせた。「リンドハースト——」

「マイ・レディー」大法官は声に警告をにじませ、彼女の言葉をさえぎった。「どうぞこちらへ」暖炉のそばの大きな椅子に腰をおろし、レディー・ド・マーリーをその向かいの席へと手招きする。

事務官が飛んできて、大法官の足もとに散らばっている書類をかき集めた。リンドハーストはそれを受けとり、きれいにそろえた。ひびの入った眼鏡を鼻の上で押さえながら。

「公爵の事務処理能力に関して、ひととおり簡単に調べさせていただきました。その結果わかったのは、彼は自分の名前も言えず、書くこともできなかったということです。一から二十までの数字も数えられない。母親の顔すら覚えていない。キャンドルに火を灯すこともできませんでした。紙幣と硬貨の合計金額を計算させようとしてみたときには、金を暖炉に放り投げる始末です。これらは——」口を挟もうとしたレディー・ド・マーリーを制すために、大法官は声を張った。「これらのテストは、その者に〝正常な思考能力〟があるかどうかを調べるときに、われわれがいつも用いている基準です」

　前に身を乗りだして話を聞いていたレディー・ド・マーリーは、大法官に見つめられて椅子に深く座りなおし、心持ち、顎をあげた。「閣下、彼は畏《かしこ》くも、シャーヴォー公爵なんですよ」相手が石でも縮みあがってしまいそうな鋭い目で大法官をにらみつける。「シャーヴォー……公爵」

　それは、ふたりの頑固な老人の巨大な意志と意志とのぶつかりあいだった。ほかの誰もが押し黙り、不気味なほど静まりかえった部屋のなかで、暖炉の火だけがときおりぱちぱちと音を立てている。あまりにもありふれた音だからか、シャーヴォーはぴくりとも動かず、顔をあげることもなかった。

　大法官が書類をがさがさいわせながら、こほんと咳払いをした。「シャーヴォー公爵未亡人閣下、並びに、ティルゲート卿、ストーナム卿、ミスター・マニング、ミスター・パーシヴァルの連名による今回の裁判所への申し立てはたしか、公爵の〝心神耗弱〟を理由として禁治産者の宣告を求めるものだとわたしは理解していますが」彼は一家の代理人のほうを向いた。「ミスター・テンプル、あなたが提出なさった書類には、どうやら不備があるようですな。このケースは〝心神耗弱〟ではなく〝心神喪失〟であるべきでしょう――少なくとも、わたしが調べた限りにおいては」大法官は落ち着き払った様子で、一同をぐるりと見まわした。「公爵は単に精神が弱っているというより、精神錯乱状態であるように見えます。ミスター・テンプル、その点を訂正したうえで再度申し立てを行うのであれば、それはもちろん、後日あらためて受けつけます」

レディー・ド・マーリーが大喜びしている理由が、マディーには理解できなかった。レディーはこの延期処分を、完全な勝利と見ているようだった――たしかに公爵の義理の兄弟たちは、低い声でぶつくさ不満をもらしあっていたけれど。レディー・ド・マーリーが足音も高らかにゆったりと玄関ホールを歩いていき、外で待っている馬車のほうへ去っていくのを見送りながら、夫のひとりはこうつぶやいていた。「まったく、どうもこうもならん。また半年も待たなきゃならないのか?」彼はそばにいた弁護士の腕をつかまえ、声を荒らげた。「そのあいだに、領地はめちゃくちゃになってしまうじゃないか!」

ほかの人々が慌てて彼を黙らせる。マディーは玄関ホールでたむろしている彼らの横をすり抜けようとした。公爵の姉妹たちや義理の兄弟たちはマディーを避けるように目をそらし、そそくさと端のほうへ動いて、壁に背中をもたせかける。マディーは正面玄関の外階段のてっぺんで立ちどまった。

両腕に枷をはめられたままのシャーヴォーが、エドワードとラーキンに両脇を固められ、壁際にずらりと並んだ親戚一同に見守られながら、こちらへと歩いてくる。群がる野次馬のなか、処刑場へと引っ立てられていく罪人のように。シャーヴォーはまわりにいる誰にも注意を向けていなかった。その視線は、姉妹たちのドレスの裾あたりに向けられている。マディーのいるところまで来て、彼はようやく目をあげた――だが、彼はもう、いつもの彼ではなくなっていた。

そこにはなんの表情も浮かんでいなかった。悲しみも、怒りも、彼女を彼女と認識している気配すらも。ふたたびあの場所へ送りかえされたら死んでしまう、とシャーヴォーは言っていた。マディーにはもう、彼の心がどこか遠くへ行ってしまったように見えた。手をのばして彼にふれようかとも思ったけれど……できなかった。

だめよ。このままそっとしておいたほうがいい。彼を現実に引き戻し、このつらい瞬間をわざわざ味わわせることはない。家族は遠巻きにシャーヴォーを囲み、声をひそめてなにやらささやきあっていた。マディーはスカートをつまんで彼らに背を向け、階段をおりていった。

いつものように暖炉のそばに椅子を寄せて、レディー・ド・マーリーが座っていた。オリエンタルな黒塗りの家具に囲まれた彼女専用の個室で。部屋のそこかしこには、青と白の陶磁器の壺《つぼ》が置かれている。大きさや形は大小さまざま、素朴なデザインのものもあれば、グロテスクな竜や神話に出てくる怪物などが描かれたものもある。レディーは瓶入りの芳香塩を長々と嗅いでから目を開け、その小瓶を握りしめた。「ミス・ティムズ」彼女はマディーを見据えた。「わたしの話を彼にきちんと理解してもらうことがどうしても必要なの。だからあなたはここに呼ばれたのよ」

「わかっています」

「不作法な娘ね。わたしに受け答えするときは、ちゃんと〝マイ・レディー〟と呼びなさい」

「それはわたしたちの主義に反することですから」マディーは冷静に言った。

レディー・ド・マーリーが眉を吊りあげる。「それでも、よ」

言うだけ言って満足したらしく、レディーは公爵のほうに注意を向けた。彼はまだとらわれの身となった無法者のように手枷をはめられたまま、ふたりのやりとりを見ていた。レディー・ド・マーリーはふたたび芳香塩を嗅いだのち、小瓶を振った。

「外してやりなさい、その……枷を」口にするのも汚らわしいかのように、少し言いよどみながら命ずる。

マディーは喜んで指示に従った。彼女が素早く紐を解いてやるあいだ、シャーヴォーはじっとして動かなかった。やっと枷がとり除かれると、彼は両手を離し、指を大きく広げて、片方ずつ念入りに動きを調べていた。そしてマディーに向かって、礼を言う代わりに一度だけ大きくうなずいてみせた。

レディー・ド・マーリーが杖で床をとんと鳴らして注意を引いた。「さて——あなたは今日なにが起こったのか、ちゃんとわかっているのかしら?」

「もう少しゆっくり」マディーは助言した。

老貴婦人はいらだったように顔をしかめた。「シャーヴォー!」

彼がようやくレディーのほうを向く。

「よく聞きなさい」レディー・ド・マーリーは言った。「あなたは今日、しくじったのよ。失敗したの」

シャーヴォーの顎がぴくぴく動いた。なんとかしゃべろうとして、呼吸が速くなる。ありがたいことに、レディー・ド・マーリーはさえぎることなく、辛抱強く待ってくれた。

「ヴェスタ!」シャーヴォーの口から勢いよく言葉が吐きだされた。「だめだ……ぼくは……ああ! もしも……愛しているなら。もしも——」彼はいきなりマディーの腕をつかみ、おばの前へと突きだした。「**言ってくれ**」

マディーは彼の手の指が腕に食いこんでくるのを感じた。シャーヴォーは彼女を揺すり、喉の奥からうなるような声を出した。

「**言ってくれ**」

「彼はブライスデールには戻りたくないんです、レディー・ド・マーリー」マディーは言った。「たぶんそのことをあなたに伝えたがっているんだと思います」

「でしょうね」レディーはマディーを見ようともせず、後ろにいる公爵をじっと見ていた。

シャーヴォーがうめきをあげて、マディーから離れていった。部屋の奥のほうまで大股で歩いていく。「殺される……今度こそ」そしてふたりのほうを振りかえり、雷文の入った中国製の象牙の椅子をつかんだ。「戻りたく……ない」

レディー・ド・マーリーは彼を見てかすかにうなずいた。「でも、戻るしかないのよ。あなたの母親がそれを望んでいるんだから」その言い方があまりにも残酷だったので、マディーは思わず口を開いた。

「あの、できたらこういうふうには考え――」

「ミス・ティムズ!」レディー・ド・マーリーがぴしゃりとたしなめる。

マディーは黙りこんだ。

「ミス・ティムズ、あなたたしか、彼には知的な会話をする能力があるなんて、ひとことも言っていなかったわよね」

レディー・ド・マーリーは、たとえこちらが進歩を見せたとしても、かえって罪悪感を抱かせるような問いつめ方をしてくる。「ときどきは、しゃべれることもあるんです」マディーは言った。「でも、そうでないことも多くて」

「ときどきって、どの程度なの？　たとえばどういう状況で？」

「たぶん――怒っているときとか。なにかとても欲しいものがあるときとか。あるいは……」マディーは少しためらった。「彼にとってとても大事なことを言いたいときとか」

「なるほど」

レディー・ド・マーリーは両手を重ねて杖の取っ手を握った。そして椅子の背に頭をもたせかけ、目を閉じた。

「シャーヴォー」老貴婦人は言った。「あなたは戻らなきゃいけないの。わかる？」

彼は椅子をつかんだまま答えた。「**戻る？**」そのたったひとことに、苦悩が現れていた。

「そうよ」レディー・ド・マーリーは目を開け、杖で床をどんと打ち鳴らした。「あなたがわたしの言うことを聞くというなら、話は別だけれど」

レディーは杖を突いて立ちあがった。公爵はじっと動かない。半歩進むごとにシルクの衣《きぬ》ずれの音をさせながら、彼女のほうから近づいていく。やっと彼のもとまで行くと、レディーは杖に寄りかかった。象牙の椅子を挟んで、ふたりは互いを見つめあった。

「戻らなくてもいいのよ、シャーヴォー。もしも……あなたが……」レディー・ド・マーリーはぎろりと公爵を見あげた。「わたしの案に同意するなら」

シャーヴォーの顔が、なにかを警戒するように曇る。「同……意……？」

「つまり、あなたが結婚してもいいというなら」

彼はわずかに頭を傾けた。どうやらとまどっているようだ。

「結婚よ」レディー・ド・マーリーがはっきりとくりかえした。「結婚するの……爵位を剝奪《はくだつ》されないように……そうしたらあそこへは戻らなくてもいい。わたしがそうはさせないから」

レディーの言わんとすることを察知して、シャーヴォーの顔が明るくなった。と同時に、むっとした表情になる――余計なお節介をされたことに腹を立てる、いかにも貴族らしい傲慢さが漂う顔つきだ――だがすぐにレディーの申し出の意味を完全に理解したらしく、シャーヴォーはつかんでいた椅子を放した。

「わかった」彼は大声で言った。

短いそのひとことに、気持ちがこめられていた。あそこへ戻らずにすむのなら、なんだってやってやる。

14

「誓います」マディーはもう一度くりかえした。

重たい印章をつかんでいる公爵の指に力がこもった。デスクの上の吸いとり紙に、またひとつスタンプが押される。マディーは一日じゅうシャーヴォーとふたりきりで図書室にこもり、『英国国教会祈禱書《きとう》』に記されている結婚式用の誓いの言葉を読んで聞かせてやっていた。公爵は吸いとり紙にいくつも押されたフェニックスの紋章には目もくれず、じっとマディーの口もとを見つめている。「ちかい……むあす」彼はやっとのことでそう言った。

「誓い……ます」彼女がきちんと言いなおす。

デスクの向こうから、彼はマディーを見つめていた。とても集中しているせいか、その顔には人間らしい表情がいっさい浮かんでいない。氷のように冷たく、暗く、その瞳は青い冬のごとき深みを帯びていた。沈黙が広がる。

マディーはふたたび本に目を落とした。レディー・ド・マーリーが書いてくれたメモを参照しながら、公爵のフルネームを何度もくりかえしているうちに、いつのまにか完璧にそらで言えるようになっていた。「我、クリスチャン・リチャード・ニコラス・フランシス・ラングランドは――」

「クリスチャン・リチャード」彼が言った。「われ、クリスチャン・リチャード……ニ……クラス」そこでごくりと唾《つば》をのみこみ、歯を食いしばって続ける。「フラン……ラング」

「汝《なんじ》を――」

「んなああ」彼の声はうめきにしかならなかった。

マディーはそのまま先を続けた。いつまで待ったところで、どうせうまく言えそうになかったからだ。レディー・ド・マーリーからこの任務を課されたのは今日の朝食後だった。昼の正餐《せいさん》を終え、ティータイムも過ぎた今、マディーは途方に暮れかけていた。

彼女は唇を湿らせて、そっと息を吐いてから、もう一度読んだ。声に疲れがにじみでていた。「汝、アン・ローズ――」

「なんじ、アン・ローズ」

シャーヴォーが今度は比較的はっきりとその言葉を口にした。突然なめらかな言葉が聞こえてきたので、マディーは顔をあげた。ふたりともそのことに驚いていた。公爵の顔には、彼女と同じくらい、その成功が信じられないという表情が浮かんでいる。

マディーはにっこりと笑いかけた。「できたじゃない！」

公爵も少し照れくさそうに顔を赤らめ、にやりと笑いかえしてくる。「汝、アン・ローズを――」彼はいちいちうなずきながら、ひとことずつ区切ってくりかえした。「汝、アン・ローズ・バーニス・トロットマンを――」

公爵の顔から笑みが消える。彼は眉をひそめて、首を振った。「なんじ、アン・ローズ……」

「バーニス・トロットマン」

「汝、アン・ローズ・バーニス・トロットマン」

「そうよ！」マディーは身を乗りだした。「我、クリス――」

シャーヴォーがそこで彼女をさえぎり、自分のリズムでしゃべりはじめる。「クリスチャン・リチャード・ニク……ラス・ラングランド。クリスチャン・リチャード・ニクラス・ラングランド。われ……クリスチャン・リチャード・ニコラス・ラングランド」彼は椅子から勢いよく立ちあがった。「われ、クリスチャン・リチャード・ニコラス・ラングランド。ラングランド。クリスチャン。われ、クリスチャン・リチャード・ニコラス・フランシス・ラングランド。ラングランド！」そこで勝ち誇ったように笑いはじめる。彼は手のなかの印章をぎゅっと握りしめ、ひとこと言うたびに、吸いとり紙にスタンプを押していった。「われ、クリスチャン・リチャード・ニコラス・フランシス・ラングランド！」

ひどく興奮している彼の様子が、マディーを少し怯えさせた。彼女は本をぱたんと閉じた。「それじゃ、今日はこれくらいにしておきましょうか」

「ノー！」シャーヴォーはデスクをまわりこんで近づいてくると、彼女の手から本をとりあげ、テーブルの上に開いて置いた。「マディーガール！ 汝、アン・ローズ・バーニス・トロットマンを——」

マディーはためらっていた。するとシャーヴォーが彼女の手をとって、強く握りしめてくる。

マディーがうなずくと、彼は手を放した。彼女はふたたび祈禱書のほうへかがみこんだ。「——妻として娶《めと》り」その文言をリズムに乗せて覚えるのは、いささか難しそうだった。「妻として、娶り」

「妻とし……めとり」

そこまで言えたら充分だろう、とマディーは判断した。「よいときも、悪いときも——」

「よいときも、悪いときも——」

富めるときも貧しきときも、病めるときも健やかなるときも——フレンド派の敬虔な信徒が、英国国教会の結婚の誓いの言葉を口移しに教えるというのも妙な話ではあるけれど、シンプルで流れるような独特のリズムを持つ言葉は、シャーヴォーにも覚えやすいようだった。お世辞にも完璧とは言えないまでも、練習をくりかえすうちにどんどん上達していくことが、彼自身、楽しくて仕方がないらしい。シャーヴォーは部屋を行ったり来たりしながら、小さくうなずいてテンポをとり、何度も何度も彼女に同じ文章を読ませては、自分もくりかえした。

そしてついにシャーヴォーはマディーの背後に立ち、彼女の肩に両手を置いて、暗記した言葉をひとりで最後まで言った。「誓います。われ、クリスチャン・リチャード・ニコラス・フランシス・ラングランドは、なんじ、アン・ローズ・バーニス・トロットマンを、つまとしてめとり、よいときも、わるいときも、やめるときも、すこやかなるときも、死がふたりを分かつまで、しょうがい、これを愛し、いつくしむことを、神のしゅくふくを受け、ここに、ちかいます。ああ！」彼はマディーの肩をぎゅっとつかんだ。最後の難しい一文までどうにかこうにか言えたことが、自分でも誇らしくてたまらないのだろう。

マディーは後ろを振り向いたが、ボンネット帽をかぶっているせいで、彼の顔は見えなかった。といっても、どうしても見たかったわけでもない。このボンネット帽があるおかげで、現実を直視せずにすむという一面もある。帽子のつばは、いかにも得意げな彼の顔や、その美しい微笑み、ミッドナイトブルーの瞳から、ある意味、彼女を守ってくれていた。

彼は自分とは違う世界の人だ。彼は教会の聖職者によって、彼にふさわしい女性と結婚する。彼の世界に住む女性と。結婚すれば、ブライスデール・ホールへは帰らなくてすむのだから。

彼女はぱたんと本を閉じて、彼の手から逃れるように立ちあがった。「レディー・ド・マーリーにはわたしから報告しておくわね――あなたが誓いの言葉を言えるようになったって」


まもなくマディーはレディー・ド・マーリーのもとへ呼ばれた。レディーは異国の鳥や東洋の彫像に囲まれた中国風の部屋で、ベッドにトレイを運ばせて、軽い夕食をとっているところだった。

「それじゃ、ちゃんと言えるようになったのね?」レディー・ド・マーリーがトーストをかじって紅茶を口に含むあいだに、問いただした。

「もっと練習すれば、もう少しうまく言えるようになると思いますが」

「六カ月よ、ミス・ティムズ。リンドハーストが与えてくれた猶予は六カ月しかないの。それだって、確実ではないけれど。でも、法廷弁護士のひとりがそっと教えてくれたところによれば、再提出された書類が最初の申し立ての審査よりも短い時間で処理されることはめったにないそうだから」レディー・ド・マーリーは音を立ててスプーンをトレイに落とした。「これ以上、待っている暇はないの。とにかくこの結婚話を進めて、彼女に子供を産んでもらわなければいけないんだから。もちろん、子供は嫡出子でなければ困るわ。この件を急ぐ理由はそこにあるの。あなたもそれはわかっているわよね？」

「彼の結婚を急ぐ、という意味ですか？」

「跡継ぎをつくることを、よ。彼にはまだ跡継ぎがいないの。本当なら、何年も前につくっておかなきゃいけなかったのに。まともな男ならそうしていたはずよ。でも、愚鈍な母親が、早く改心して結婚しろ、とあんまり口うるさく責め立てるものだから、かえってあの子はへそを曲げてしまって。彼は母親を軽蔑していて、ことごとく逆らおうとするの。まあ、その気持ちはわからないでもないけれど、爵位を剝奪されても仕方のない状態のままほったらかしにしておくなんて、不老不死の幻想にとりつかれている愚か者のすることよ。爵位をきちんと継承させることこそ、彼の使命なんだから。だからわたしも、そのことははっきり釘を刺しておいたんだけど。とにかく、こうなった以上は――」

そこで急に声が震えだし、レディーはしゃべるのをやめた。なぜか突然、レディーはひどく老けこんだように見えた。手探りでティーカップをつかみ、小刻みに震えながら紅茶を飲んだのち、かちゃんと音を立ててカップを置く。

しばらくのあいだ黙って宙を見つめていたが、やがてレディーは、老人らしくふんと鼻を鳴らした。「いずれにしても、彼があんな――ああいう状態になってしまったからには、回収できるものだけでも回収しておかないと」言いにくいことをはっきり口にすることで、レディーはまた元気をとり戻したように見えた。「男の跡継ぎがいない限り、公爵領はまた国王のものになってしまうんだから。それこそが、今わたしたちの直面している危機なのよ。彼には跡継ぎがいない。そして、正気を失った者は結婚もできない。心神喪失状態の者もね。だから、禁治産者の宣告が正式に出される前に、なんとしても彼を結婚させてしまわなければ――さもないと、こちらの負けになってしまうの」

マディーは少しショックを受け、声を失っていた。公爵の身分といった俗世の名誉や権益にしがみつくことのむなしさをいくら説いてみせたところで、レディー・ド・マーリーが聞く耳を持つはずはないけれど、それにしても、ブライスデールへ送りかえすと脅してまで、実の甥を無理やり結婚させようと仕組むなんて――そんなにひどい話があるだろうか。

「でも、その、お相手のアン・トロットマンという方は……」マディーは別の切り口から攻めてみた。「本当に彼との結婚を望んでいるんですか？」

「当然でしょう、彼はシャーヴォー公爵なのよ」

「だとしても――」

レディー・ド・マーリーがわざと大げさにトレイの上のカップをかちゃかちゃいわせた。「彼女の父親とわたしはひと月ほど前に、双方にとって満足のいく条件でこの結婚を決めたのよ。彼女の一家は貴族階級ではなく郷紳《ジエントリ》で、遠くさかのぼればラトランド公爵につながりのある家系らしいけれど、今現在は世襲できる爵位を持っていないの。ミスター・トロットマンはつい先ごろ、ハンティンドンシャーの小さな地区から庶民院の議員に選出されたばかりの人物で、娘の持参金もたったの一万ポンドしかないんだけれど、彼女が晴れて公爵の妻になれば年間五万二千ポンドの手当がもらえるようになるわけだから。ミス・トロットマンは自分のことを、驚くほど幸運な娘だと思っているに違いないわ」

「でも、彼女は知らないんでしょう？」

レディー・ド・マーリーはにわかにトーストに興味を覚えたかのように、几帳面《きちょうめん》にそれを四角く切りとった。「彼が病気だったことは知っているわ。でも、あちらのご両親とわたしとの話しあいで、あまり詳しいことまでは教えないほうがいいだろうということになったの。若い娘は、すぐにとんでもない想像をふくらませてしまいがちだから」

「レディー・ド・マーリー、それは、神の御前における真実の結婚とは言えないのではありませんか？」

「あなたって人は、相当な無礼者ね」

「飾らないしゃべり方《プレーン・スピーキング》をしているだけです」

「それがぶしつけで失礼だと言っているのよ。神の御前における真実の結婚、ですって？　ふたりは英国国教会で式を挙げるのよ——それ以上にふさわしい結婚の仕方があるとでも？　くだらない話はやめなさい。次はいったいどういう下々の話を持ちだすつもり？　着衣同衾《どうきん》？　田舎育ちの下男下女みたいに、ベッドのなかでたわむれればいいのかしら？　正式な手続きも踏まず、誓いの言葉を述べることもなく？　真実の結婚が聞いてあきれるわね。あなたはなにもわかっていないのよ」

「高慢さや嘘偽りの上に真実が成り立たないことくらいはわかっているつもりです」

レディー・ド・マーリーは銀のナイフを放り投げた。「よくもそんな不遜《ふそん》な物言いができるわね！　このわたしを嘘つき呼ばわりするつもり？」

マディーは強情そうに息を吸いこんだ。「あなたの心は、あなた自身がいちばんよくわかっているはずです」

「とにかく、このことは深く肝に銘じておきなさい。そういう異教徒的なたわごとはもうたくさん。彼は公爵なの。彼女は公爵夫人になるのよ。この結婚のどこに、異議を唱える余地があるというの？　問題となるのはただひとつ、これが汚れた血によるものかどうかということだけよ。でも、何世紀にもわたって代々続いているうちの家系には、狂気や痴呆を発症した人間はひとりもいない――あのばかな彼の母親を除けばね。その点はわたしもきちんと調べてあるの。ミスター・トロットマンもきっとそうするでしょう、もしも彼がまともな頭の持ち主ならね」

マディーは深い悲しみに襲われた。「もしも彼女がそのことを知ったら、結婚は承諾しないのでは？　彼に恥をかかせるようなことになるのではないでしょうか」

「そんなこと、あるものですか！」レディー・ド・マーリーがはねつけるように言った。「ミス・ティムズ――あなたが心の広い女性であることは許しましょう――でもそれなら、わたしもあなたと同じように率直に物を言わせてもらうわ。あなたがわたしたちのやり方に慣れていないのは仕方のないことよ。ミス・トロットマンは貴族の夫人になるの。自分の家だって持てるし――この家のことだけど――彼女専用の使用人だって持てるようになるのよ。広大な領地が手に入り、一生かかっても遣いきれないほどの富が得られるの。この縁談によって、彼女の父親は政治家としての安泰が――いえ、彼女の家族全体の未来が――保証されるのよ。それだけのものを手に入れるために、彼女が果たすべき使命は、彼の跡継ぎを産むことだけなのよ。ご両親もそのことは納得しているんだから。本人の気持ちなんて、この際あまり関係ないの。あとになって振りかえれば、ミス・トロットマンだってこれでよかったんだと満足するはずよ」

「公爵の気持ちは？」

「公爵のことは、これ以上あなたに心配してもらう必要はありません」

「でも――跡継ぎが生まれたあとは？　そうしたら彼女は公爵をどこかへ追いやってしまいたいと思うようになるんじゃありませんか？」

「あなたは本当に人をいらだたせるのが得意のようね、ミス・ティムズ。わたしがわざわざあんな娘を選んだとでも思っているの？　彼女はただ、結婚相手として不足がないというだけよ。義理の兄弟たちも、これなら文句は言えないというだけ。彼の母親もね。ミス・トロットマンは、いったい誰がこの縁談をとり仕切っているか、ちゃんとわかっているはずだから」

　公爵の将来に格別の不安を覚えたまま、マディーは黙って立ちつくしていた。

　レディー・ド・マーリーが話しかけてくる。「ミス・ティムズ」これまでに比べて、かなり抑えた口調だった。「彼はわたしの兄の子供たちのなかで、唯一生き残っている息子なの。家族のなかで、わたしが理解し共感できるただひとりの人間なのよ。夫や子供にまで先立たれ、気づいてみたら自分の世代はひとりも生き残っていないという状況に置かれない限り、あなたには決して事の重大さが理解できないかもしれないけれどね」

「もしもあなたが彼を愛しているなら、彼をあの場所へ送りかえすようなまねは決してしないはずです」

レディー・ド・マーリーは美しく描かれた眉をくいっとあげた。「あら。でもわたしは彼を愛しているとは言っていないわ。共感できると言っただけよ。彼にはふたつの選択肢しかない――結婚するか、あそこへ戻るか。だからあなたも、そのことを間違いなく彼に理解させてやってちょうだい」レディーは枕に体をもたせかけた。「彼の将来を本気で心配しているのなら、誓いの言葉をきちんと述べられるようにしてやってね。それじゃ、このトレイをさげて。わたしはもう寝るから」


マディーがシャーヴォーとともに応接間へ入っていったときには、トロットマン家、レディー・ド・マーリー、公爵未亡人がすでに集まっていた。レディー・ド・マーリーは椅子から立ちあがることなく言った。「シャーヴォー、こちらがトロットマンご夫妻よ」

血色がよく、いかにも強健そうな紳士が、絨毯の上を歩いて近づいてきて片手を差しだした。

シャーヴォーはその手を見てから、相手の顔へと目をあげ、かすかにうなずいた。するとトロットマンは手をおろした。

「サー」気まずい空気を素早くかき消すように、うやうやしく一礼する。「お目にかかれて光栄に存じます。妻をご紹介させていただきたいのですが――」トロットマンが顔をわずかに動かして促すと、色の白い小柄な年配の女性が膝を曲げてお辞儀をした。「そしてこちらが……娘のアンでございます」父親らしい態度で娘をそばへ呼び寄せる。「アン、そんなところに引っこんでいないで。今日はどうも恥ずかしがっているようでして――どうかお許しを、サー。ほら、早くこちらへ来て、公爵にご挨拶をしなさい」

アン・トロットマンはその言葉に従い、顔を伏せたまま母親のもとから離れて前へ出てきた。父親のそばまで来ると、ほんの一瞬だけ顔をあげたが、すぐにまたうつむいてお辞儀をした。ちらりと見えた彼女はとても若く、レディー・ド・マーリーと同じくらい色が白かったが、その頬は父親と同じく林檎《りんご》のように赤かった。美人と呼ぶには少しぽっちゃりしすぎているものの、かなりかわいらしい女性だ。髪はブロンドで、白いリボンやレースがあしらわれたアップルグリーンのドレスを身にまとっているアンはまるで、黒い狼のごとき雰囲気を漂わせているシャーヴォーの前で恐怖に縮みあがっている子羊のように見えた。

シャーヴォーはじろじろと彼女を観察していた。入念に仕上げられた髪、ふんわりとふくらんだ袖、細いウエスト。それにしてもなんて若いのだろう、とマディーは思った――おそらくまだ十七歳にもなっていないのではないだろうか。

だが公爵はほとんど表情を変えなかった。深々とお辞儀をするアンに向かって、慇《いん》懃《ぎん》無礼に軽く一礼を返しただけだ。背筋をぴんとのばした彼は、その長いまつげの下から、さらに彼女を観察しつづけていた。

「本当にすばらしいお嬢さんだこと。あなたもそう思うでしょう、クリスチャン?」公爵未亡人が優雅に前へ進み出た。「とても信仰心の厚いお嬢さんなのよ。ミセス・トロットマンともども、教会建設の活動にも熱心に参加していらっしゃるの」

レディー・ド・マーリーが杖をつかみ、そこに体重をかけるようにして立ちあがった。「ミスター・トロットマンはたしか、図書室をご覧になりたいとおっしゃっていたわね」レディーは言った。「ここは若い人たちに任せて、わたしたちは席を外しましょう。ミス・ティムズ――あなたはここに残りなさい。紅茶と、なにか軽くつまむものでも運ばせるといいわ」

手持ち無沙汰《ぶさた》だったマディーは、小さな任務を与えられたのがありがたかった。レディー・ド・マーリーはぐずぐずしている公爵未亡人を置き去りにして、さっさと部屋から出ていった。トロットマン夫妻がすぐに駆け寄って、公爵未亡人をエスコートしていく。公爵は口もとに少しゆがんだ笑みを浮かべ、目の前を通り過ぎていく彼らにいちいち軽くうなずきかけた。

ドアが閉まると、シャーヴォーはくるりと背を向けて、窓辺へと歩いていった。そこに立って、窓の外を眺めている。

少女は頬を真っ赤に染め、両手をぎゅっと握りしめて、床をじっと見おろしていた。

「お座りにならない?」マディーはホステス役を買って出た。

アン・トロットマンがわずかに顔をあげてマディーを見てから、公爵にもちらりと目を向け、すぐにそらす。「ええ」そして、蚊の鳴くような声で言った。

マディーは暖炉のそばに椅子を二脚引き寄せてから、その少し後ろに、自分用の椅子を置いた。少女はすぐに、後ろに置かれたほうの椅子へ座ろうとした。

「あら、だめですよ」マディーはきっぱりと言った。こうしてせっかく婚約が整ったのだから、結婚という大海原に漕《こ》ぎだす前に、ふたりにはできるだけお互いのことを知ってもらわなくては。「こちらのお席へどうぞ。火のそばに」

アン・トロットマンはマディーが勧めた椅子に、しぶしぶ腰をおろした。背筋をのばし、うつむいて、左右の手を小さな拳にして握りしめている。シャーヴォーはというと、いつもの皮肉っぽい笑みを顔半分にたたえて、こちらを見ていた。マディーは少し眉をひそめて彼を見つめ、顎をわずかに動かして、こちらへ来て座るように促した。だがシャーヴォーは眉を吊りあげただけで、その場から動こうとしなかった。いかなる指図もいっさい受ける気はないという、冷めた抵抗だ。

マディーは自分用に用意した椅子に座り、アン・トロットマンの顔が見えるように、前のほうへ少し体を傾けた。「わたしはマディー・ティムズよ」

少女はこくりとうなずき、こわごわとマディーを見てから、またすぐにうつむいてしまう。

幸いなことに、そこへお茶のトレイが運ばれてきた。この気づまりな雰囲気を多少なりとも変えられることをありがたく思いつつ、マディーは紅茶をカップに注ぎ、ミルクと砂糖の好みを尋ねた。アン・トロットマンは皿を受けとろうとしなかった。

「ごめんなさい――なにも喉を通りそうになくて」消え入りそうな声で言う。

マディーは別のカップに紅茶を注ぎ、シャーヴォーのもとへ持っていった。窓辺のカーテンにもたれかかっていた彼は、カップを受けとりはしたが、口をつけるそぶりは見せなかった。

彼女は自分の椅子に戻った。するとまた重苦しい沈黙が訪れる。たわいのないおしゃべりをする才能のない自分が恨めしくなった。

「公爵は数学がお好きなのよ」マディーはついにそう言った。

まるで彼女がいきなり暗黒大陸アフリカの言葉でもしゃべりだしたかのように、少女は目を丸くした。

「公爵とわたしの父は幾何学の新しい理論を打ち立てたの」マディーはひるまずに続けた。「解析協会で開かれた学会で拍手喝采を浴びたのよ。あなたは数学に興味はあるのかしら、アン・トロットマン？」

　少女は目をぱちくりさせた。「ちっとも」

「その関係の本を何冊かお貸ししましょうか。結婚して夫婦になったら、お互いの好きなことを知るというのも楽しみのひとつでしょう？　たとえばわたしは庭いじりが趣味なんだけど。あなたはどういうことが好きなのかしら？」

　アン・トロットマンは唇を湿らせてから言った。「舞踏会へ行ったり。ダンスをしたり。といっても――社交界にはまだデビューしていないんだけど。母が、わたしにはまだ早いって。でも……」そこで公爵のほうをちらっと振りかえる。「このお話がまとまったら」少女は少し顔をあげた。「いつかわたしも裾の長いサテンのドレスを着て、宮廷で陛下の拝謁《はいえつ》をたまわることになるでしょう？　頭には羽根飾りをつけて、ダイヤモンドを身につけて」

　マディーは立ちあがった。シャーヴォーのほうへ行きかけて途中で立ちどまり、はっきりと大きな声で言う。「アン・トロットマンは舞踏会で踊るのがお好きなんですって」

ティーカップを見つめて深い瞑想に沈んでいたシャーヴォーが目をあげた。「ダンスよ」マディーはくりかえした。「アン・トロットマンはダンスが好きなの。舞踏会がお好きなんですって」

シャーヴォーはさも驚いたように、両眉を吊りあげてみせた。

マディーは暖炉のそばにいる少女のそばへ戻った。「公爵は……かなり重いご病気だったのよ。でも、こちらがゆっくりはっきり話しかければ、話はちゃんと通じるから」

「公爵は正気を失ってしまったんでしょう?」アン・トロットマンの口調が急に熱を帯びた。「昨日、妹さんが訪ねていらして、こっそり教えてくれたの——公爵がフットマンを危うく殺しかけたって!」

「公爵は正気を失ってなどいないわ」

少女はぶるぶる身を震わせて、息をひそめて叫んだ。「でも、ずっと病院に入れられてたのよね? 鎖につながれてたって聞いたけど。その話は嘘なの?」

マディーは口を固く閉じていた。

「やっぱり本当なのね!」アン・トロットマンはカップをトレイにがちゃんと置いて立ちあがり、マディーのほうを向いた。「あなたの顔を見ればわかるもの!」その視線はシャーヴォーのほうへさまよっていく。「なんて気味が悪いのかしら。そんな人と話なんかしたくない。指一本ふれてほしくないわ」

「そう思うのなら、あなたは公爵との結婚を承諾するべきではないわ」マディーは静かに言った。

アン・トロットマンがシャーヴォーから視線を引きはがした。「でも、みんながそうするべきだって言うから」

さすがのマディーも、両親が娘のためによかれと思って決めたことに逆らえとまでは言えなかった。それは正しいことではない。彼女としては、少女が自力で〝光〟を見いだしてくれるのを祈ることしかできなかった。

「こうするしかないのよ。わたしは公爵夫人になれるんだもの」アン・トロットマンが言った。「公爵夫人よ」

シャーヴォーがふふんとせせら笑うように微笑んだ。彼は窓辺を離れ、マディーの横を通り過ぎて、アン・トロットマンのほうへゆったりした足どりで近づいていく。少女はピンクの頬を紅潮させて、金色のテーブルのところまで後ずさりした。

「やめて！　わたしにさわらないで！　ミス・ティムズ、助けて！」

公爵はヒステリックに叫ぶ彼女の顎をつかんで、上を向かせた。それから手を大きく広げて、幅の広いサッシュのリボンにふれた。白いサテンに映えて、彼の指は黒く力強く見える。そのてのひらがいたずらに上へと動いていき、フリルやタックがふんだんにあしらわれたドレスの胸もとをさまよいはじめる。

横へ逃げようとするアン・トロットマンの腕をつかみ、シャーヴォーは体全体で彼女を押さえつけた。少女は必死にもがき、悲鳴をあげた。

「やめてったら、はしたない！」彼女が叫ぶ。「放して！」

シャーヴォーは抗う少女を素早く抱きすくめた。「ふれる……いつだって……好きなときに」

その声に含まれた残酷な響きがアン・トロットマンを凍りつかせた。彼女は息をのみ、びっくりして固まってしまった小動物のように、目を丸くして彼を見つめかえしていた。マディーは立ちあがった。

「シャーヴォー」

するとようやく、彼がアン・トロットマンを放した。少女は慌てて脇へ逃げていき、泥でもついて汚れてしまったかのように、シルクのドレスやリボンをばさばさと手で払った。そして無言のまま、必死の形相でマディーをちらりと見るなり、スカートをつまんで駆けだしていった。部屋のドアがばたんと大きな音を響かせて閉まった。

「アン・ローズ・バーニス・トロットマン」シャーヴォーは右手をリズミカルに握ったり開いたりしながら、黒いまつげの下から彼女を見つめかえしていた。

「わざと彼女を怖がらせたのね」

「いやな女だ」シャーヴォーははっきりそう言った。唇に意地の悪い笑みが浮かぶ。彼はマントルピースに手をのばし、そこに飾られていた陶製の少女の像をつかむなり、暖炉のなかへ投げつけた。マディーはそれが粉々に砕け散るのを見て、とっさに彼の前に立ちはだかった。彼がほかの置物にも手をのばそうとしたからだ。

ふたつめの像が暖炉のなかで砕けた。そして三つめをつかんだとき、嘲るような目でマディーを見た。彼女ははっと動きをとめた。

シャーヴォーの手から像が落ちる。床にぶつかって砕けたかけらが、彼女の足もとへも跳ねてきた。

「**ぼくのだ**」シャーヴォーが言った。「壊す」さまざまなもので飾られた部屋を彼はぐるりと見まわした。「全部、壊してやる」

マディーはくるりと背を向けた。「どうぞ！　あなたは公爵ですものね！　そんなに壊したいなら全部壊せばいいわ！」そして肩越しに彼を見る。「これでもう、彼女は結婚してくれないでしょうから、あなたはあそこへ戻ることになるのよ」

「アン・ローズ・バーニス・トロットマン」シャーヴォーは吐き捨てるように言って、陶器のかけらをブーツの爪先で蹴った。

「彼らはきっとあなたをあそこへ送りかえすわよ」感情が高ぶって、マディーの声はうわずった。「あの場所へ！」

それがシャーヴォーの注意を引いた。彼は目を細めた。「ノー」

「結婚しなければ、送りかえされるの」

シャーヴォーの顔がゆがむ。「けっこん……しなければ……？」

マディーは彼の婚約者が逃げていったドアのほうを手で示した。「彼女はもう、あなたと結婚なんかしてくれないわよ！」

しばらくのあいだシャーヴォーはマディーの顔をじっと見つめていた……が、突然、笑いだした。「ノー？」彼は首を振り、金色の脚の椅子にどかっと座りこんだ。「正気を失って……気味が悪い……さわるな！」憎悪をあらわにして、アン・トロットマンがしたように、てのひらをびくっと引っこめてみせた。そしてまた苦々しげに笑った。「マディーガール。しないと……思うか？」


公爵未亡人が、例のごてごてと飾り立てられたドレッシングルームにいるマディーのもとへやってきた。マディーはちょうど、その部屋で夕食をとり終えたところだった。公爵未亡人は、どうかあなたも一緒に神さまに祈りを捧げてちょうだい、と言いに来たのだった。彼女は長い長い祈禱のなかで、ミス・アン・トロットマン、ドクター・ティムズ、介護人のラーキン、そしてもちろん、神の特別な計らいによって導かれたミス・ティムズが人道的に助けの手を差しのべてくれなかったら、息子の更生はありえなかった、そのことを神に感謝したい、とくりかえし述べていた。

その長い祈りを通じて公爵未亡人がマディーにも個人的に感謝の意を伝えたがっているようだと気づき、マディーは少し居心地の悪さを感じた。部屋にひとつしかない椅子に座っている公爵未亡人が最後のアーメンを唱えたあと、床にひざまずいていたマディーは立ちあがって、ベッドの縁に腰かけた。

公爵未亡人が両手を膝の上に置く。「ミス・ティムズ、あなたのおじさまともじっくり話しあったんだけれどね、わたしはまだ、息子はブライスデールで手厚い看護を受けるべきじゃないかと考えているの。最終的に誰が決定権を持っているかはあなたもわかっていらっしゃると思うけど、とりあえず今はそのことはさておくとして。ドクター・ティムズにもお伝えしたことをあなたにも話しておくと、わたしはこの状況をひとつの実験ととらえているのよ」なにか楽器でも弾いているかのように、公爵未亡人は落ち着きなく指を動かしていた。「公爵は結婚しなければならない、そのことに疑問の余地はないわ。だからこそわたしも、この計画を推し進めることを許したの。ただし、息子がまた手に負えないくらい暴れだすようなことがあったら、そのときは彼を養護院に送りかえすしかないでしょう。その点では、ドクターもわたしも同じ意見よ。わたしがあなたにこんな話をしているのはね、あなたにはしばらくここにいてほしいからなの。結婚式が無事にすむまで――できれば、その少しあとまで。ミス・

トロットマンからも、自分がいいと言うまでは決してミス・ティムズを返さないでほしい、と頼まれているのよ。彼女はあの年ごろの娘さんにしては、とても賢くて、落ち着いているほうだと思うわ。善良なキリスト教徒でもあるしね。もちろん、あのお嬢さんを息子の嫁に……とは、これまで考えたこともなかったけれど」彼女は口を真一文字に結んだ。「ミス・トロットマンの生まれや育ちは申し分ないとまでは言えないものの、この状況を考えたら、これでもずいぶん幸運なほうだと思うほかないわ。ミス・ティムズ、わたしはこれまで毎晩のように、いつか息子が自分の過ちに気づいてくれますようにと祈りつづけてきたの。それがどれだけ……」

最後のほうは声にならなかった。マディーは静かに座っていた。公爵未亡人は顔を伏せ、声もなく涙を流していた。しばらくして急に立ちあがり、廊下側のドアのほうへ歩いていく。

「彼のおばは――」公爵未亡人はマディーから顔をそむけたまま言った。「――レディー・ド・マーリーはとにかく爵位を維持させることしか考えていないけれど、本音を言えばわたしは、まだ早すぎるんじゃないかと思っているの。息子はブライスデールに戻るべきなのよ。あそこできちんと最高の治療を受けたほうがいいの。あなたに看護してもらってね。そうすれば――ドクター・ティムズの管理のもと――時機を見て、ときどき妻に会いに行くこともできるでしょうし」公爵未亡人はドアノブをつかみ、こちらを振りかえった。「誰にとっても、そうするのがいちばんいいのよ」「レディー・ド・マーリーは公爵に違うお約束をなさいました」マディーは言った。「そのようね」公爵未亡人は言った。「まあ、どうなるかやってみましょう。彼の心の状態について、わたしには逐一報告してちょうだい、ミス・ティムズ。レディー・ド・マーリーはふとした気まぐれであれこれ口を挟んできたりするけれど、彼の母親はわたしなんですからね。息子にとってなにがいちばん幸福か、誰よりもわかっているつもりよ。ミス・トロットマンもきっと、結婚後はわたしの意見に賛成してくれると思うの。ふたりが結婚してしまえば、そういうことを決めるのは妻の役目になるんだもの。レディー・ド・マーリーだって、それは認めざるをえないでしょう。ミス・トロットマンはとてもしっかりしたお嬢さんだから」

クリスチャンは結婚式用の正装に着替えさせられた。濃いブラウンのベルベット地に銀ボタンがあしらわれた刺繍入りの燕尾服《テイルコート》、美しい模様入りの丈の長いウエストコート、テイルコートとおそろいの膝丈のズボン——その上にガーター勲章の青い大綬《たいじゅ》を斜めにかけ、胸もとに銀の星章をピンでとめればできあがりだ。靴についているダイヤモンドのバックルに至るまで、時代遅れで封建的なスタイルだった。

マディーの言ったことは間違っていた。あの少女は結婚がいやで逃げだすどころか、公爵夫人になりたくてたまらなかったようだ。

正気を失った気味の悪い患者。正真正銘の頭のおかしな人間という烙印を押されたクリスチャンは、彼らのいいようにされていた。彼の存在はなきに等しかった。**裸にむかれ、拘束され、骨抜きにされて……力を奪われ……これでは死んだも同然だ！**

――だが、そんなはずはない、と彼は思っていた――激しい怒りは今もこの胸のなかで燃えている、屈辱の炎がこの肌を焼き焦がしているのだから。

このぼくに指一本ふれてほしくない、だって？　笑うだけしか能のないあんな小娘など、本当ならこっちから願いさげだ。機転も利かず、派手なドレスをひらひらさせて、舞踏会で踊ることがなにより大切だと思いこんでいるような、あんなくだらない小娘なんて。

だが、その小娘が自分の運命を握っていることは、クリスチャンにもわかっていた。おばの考えも理解している。これは一族の問題であって、そこにクリスチャン個人の意向が介入する余地はない――これは、なにがなんでも果たさなければならない義務なのだから――七百年もの長きにわたって絶えることなく続いてきたラングランドの家名を守ることが、なによりも重要なのだ。

そうしなければ、シャーヴォー城は人手に渡ってしまう。クリスチャンは負け、拘束衣と鎖につながれて一生をあの檻のなかで過ごすしかなくなる。

父と祖父も使ってきたベッドに横たわり、クリスチャンはずっとそのことを考えてきた。ゆうべも、その前の晩も。結婚して、跡継ぎをつくる。自分の血を引く子孫にシャーヴォーの爵位を継がせる。そういう視点でわが身を振りかえってみたことは、これまであまりなかった。この問題に関して気をもむことは、家族の女性陣に任せっぱなしにしてきたからだ。

金で買われてきた雌馬に種つけをする。ミス・トロットマンとベッドをともにする場面を想像したクリスチャンは、その名前に偶然〝速歩《トロット》〟という乗馬用語が含まれていることに気づいて、思わずにやりとした。不埒なユーモアが、自分のなかにある残忍さを多少なりともやわらげてくれたようだ。〝速歩《トロット》〟の、愚かで幼すぎる、公爵夫人――そんな女性を妻にしなければならないなんて、情けなくて涙が出そうだ。

とにかく彼女とベッドをともにし、早く息子を産んでもらわなければ――そのときまでは神もきっとぼくを見捨てやしないだろう――そのあとぼくは息子を連れてシャーヴォーへ帰る。彼女はひとり町に残って、好きなだけ踊りつづけ、死ぬまで公爵夫人と名乗りつづければいい。そしてマディーは……マディーガールはぼくと一緒に連れていく。マディーがいなければ生きていけない。宝石でも、子猫でも、キスでも、彼女が望むものはなんでも与えて。

敬虔なクエーカーのマディーが、愛人の立場を甘んじて受け入れてくれるとは思えないけれど。彼自身、本当は気に入らなかったが、贅沢は言っていられない。彼女がそばにいてくれることが、なによりも重要だ。もちろん、彼女の貞淑を奪うからには、それだけの見返りを与えるつもりだった。彼女が望むものはなんでも。

みんなそろってシャーヴォー城で暮らしてもいい。彼女と、父親と、跡とりの息子と。本当にそうできたら、どんなにすばらしいか。ほかにはなにもいらない。かつての自分が想像していたのとはずいぶん違う人生にはなるだろうが、どうせ死んだも同然のわが身を思えば、そうやってひっそりと生きていけるだけで充分だ。

結婚の誓いの言葉を思いだそうとしてみたが、最初の一行が出てこなかった。だがそれも、今はあまり気にしなくていい。実際の式になったら、牧師の言葉をくりかえせばいいだけなのだから。

側仕えがテイルコートにブラシをかけはじめた。クリスチャンは鏡に映る自分を見つめた。そこにいるのは、半分自分であって半分自分でない、あやふやな存在だった。彼はそこはかとない不安を覚え、鏡から目をそむけた。

公爵。

公爵夫人。

本音を言えば、アン・トロットマンとは結婚したくない。彼女のことを知らなさすぎるので今は憎しみを抱くほどではないが、いずれ近いうちにそういう日が来るだろう。妻と顔を合わせるのがいやで家に帰りたがらない男なら、百人くらいは知っている。

側仕えがテイルコートの肩の縫い目を丁寧に撫でつけてからブラシを置いた。これでいよいよクリスチャンも、百一番めの男になる準備が完璧に整った。

15

ほとんど人気《ひとけ》のないその教会は、小さな声や物音も響き渡るくらいがらんとしていて、窓はすべて冷たい朝霧で曇っていて暗かった。クリスチャンはこれまで、姉妹たちの結婚式にはすべて出席してきた。それらの式はどれも、決して盛大ではないもののそれなりに華やかだったが、今日の式は内密に執り行われるため、実にささやかなものだった。彼がかつて一度も足を踏み入れたことのない、教区内の小さな礼拝堂。そこに、ごく近しい身内だけが集まっていた。最前列には母とおばが並び、通路を挟んで向こう側の列にトロットマン一家、後ろには医者のエドワードと例の猿――そして、地味なグレーのドレスに黒いマントを羽織ったマディーが、きまじめな顔つきで、後方のボックス席に控えていた。

静寂のなか、ミスター・トロットマンが娘を連れてしずしずと入場してきた。ひんやりとした空気に包まれて、ふたりとも口から白い息を吐いている。その白い息と頰の赤みを除けば人間らしさをまったく感じさせないくらい、花嫁はぴかぴかに磨きあげられていた。まるで、石でできた彫刻のように。

白いシルクを全身にまとった彼女は、長いベールを引きずってクリスチャンの横までたどり着いたが、いっさい彼のほうを見ようとしなかった。やがて教区牧師がしゃべりはじめる。クリスチャンは深呼吸して前を向き、牧師の口もとをじっと見つめて言葉を読みとろうとした。

だがすぐについていけなくなった。早口すぎて、今なにをしゃべっているのか読みとれない。クリスチャンは奥歯をぐっと食いしばった。

牧師はいったん言葉を切って顔をあげ、クリスチャンとミス・トロットマンの後ろにいる数少ない列席者を見渡した。おそらく、この結婚に異議を申し立てる者はいないか、と尋ねたのだろう。そして一瞬の間を置いてから、ふたたびしゃべりはじめた。最初にちらりとクリスチャンを見、それから花嫁にも目をやって。この恐ろしい最後の審判の日に、彼はひとことも口が利けないまま、刻一刻と運命の瞬間が近づいているのを感じた。

顔の前の空気が、自分自身の吐息で白くなっていく。クリスチャンは必死に自分を制御しようとした。唾をのみこみ、意識を集中させ、握っている手を開こうとするのだが、すぐにその手は固い拳に戻ってしまう。

牧師がこちらに目を向けた。クリスチャンは名前を呼ばれた気がしたが——あまりにも早口すぎたために――はっきりと聞きとれなかった。外国語でいきなり話しかけられたみたいに、最後が疑問形だったことしかわからなかった。教会全体がクリスチャンの返事を期待するように、しんと静まりかえる。

誓います。

そう答えればいいことはわかっていた。

マディー相手に何度も何度もくりかえし練習してきたのだから。流れるようなリズムに乗って彼女の頭が小さく上下するさまを思い描く。クリスチャンは深く息を吸ってから、ふうっと吐きだし、口を動かそうとした。

だが声が出てこない。なんの音も。牧師はずっとこちらを見つめつづけている。ミス・トロットマンはまっすぐ前を向いたままだ。

クリスチャンは握っていた拳を開いた。言うべき言葉はわかっている。ただそれが声に出して言えないだけだ。しゃべれ。**しゃべるんだ！**　自分にそう命ずれば命ずるほど、拳は固くなるばかり。そのうちに彼は頭がくらくらしはじめた。

「シャーヴォー」おばの声が、煉瓦と木材とはめ殺しになっている素通しのガラス窓に反響した。「ちゃんと誓いなさい――さもなければ、ブライスデールに戻るはめになるのよ！」

あの狂った場所。**檻と鎖と野獣の世界。**

いやだいやだいやだいやだ。

クリスチャンはおばのほうを振りかえろうとせず、牧師を見つめつづけていた。おばの声の残響はやがて消えていった。

絶対にそうはさせるものか。このぼくをまたあの場所へ連れ戻すことなど、できるはずがない。間違っている。ぼくは必死に答えようとしているのに、おばはぼくが逆らっていると思っている。

誓います、誓います、それが言えない戻りたくないどうしても、ああ！

クリスチャンはもがいた。声が……言葉が……いっさい出てこない。**単語も、文も、うめきやうなり、叫びすらも、なにも出てこない。**鏡に映っていた無力で無能なあやふやな存在。ミス・トロットマンは唇をなめた以外、微動だにしない。

「わかっているの、シャーヴォー？」おばの問いつめる声が高い天井にあたってこだましました。「ブライスデールへ戻らなきゃいけないのよ」

彼は後ろを振りかえった。おばは立っていて、激しい怒りにわなわなと身を震わせていた。

「ブライスデール」その言葉がわんわんと鳴り響く。**あの狂った狂った狂った狂った狂った狂ったところへ……。**

ミス・トロットマンは石でできた胸像のごとく、ぴくりとも動かない。生きながらにして死んでいるかのようだ。牧師はふたたびクリスチャンの名前を呼び、手にしている聖書を読んだ。そしてまた、クリスチャンに向かって尋ねてきた。**死がふたりを分かつまで彼女を愛しつづけると誓いますか?**

クリスチャンは答えようとした。絶対にあそこへは戻りたくない。だがどうしても言葉を声にすることができなかった。あまりにも気を集中したせいで吐き気までしてくる。彼はそこで大胆にもくるりと後ろを向き、マディーを捜した。彼女は質素なボンネット帽とマントに身を包み、静かに座っていた。いくら彼が目で必死に助けを訴えても、応えてはくれない。誓いの言葉がちゃんと言えるように、リズムをとってはくれなかった。

「彼を聖具室へ連れていきなさい」おばが怒鳴るように言って、最前列の席からよぼよぼと歩きだした。母親も慌てて席を立つ。牧師は軽く咳払いをしてから、聖書をぱたんと閉じた。ぶざまなほど似合わない借り物のコートを着て立っていた猿が、脇の通路をこちらへ向かって大股で歩いてくるのが見えた。

クリスチャンは動いた。ミス・トロットマンを置き去りにして、自分から介護人のほうへ向かっていく。猿のあとに続いて、母とおばも通路へと出てきた。クリスチャンは介護人と医者の横を通り過ぎ、冷静な足どりでおばのもとへ急いだ――ぼくがおばに近づくのをとめる権利など誰にもないはずだ――そして次の瞬間、ぱっと向きを変えて、マディーが立っているボックス席へと入っていった。

そして素早く彼女の腕をつかみ、体を軽く押して、ボックス席の外へと促す。クリスチャンは猿にとめる隙を与えなかった――マディーを腕のなかに抱きかかえるようにして、式が始まるまで待たされていた聖具室へと、みずから進んで向かっていく。

ほかのみんなもぞろぞろとついてきた。さまざまな声が教会内に飛び交っていたが、さほど緊迫した雰囲気ではなかった。クリスチャンは聖具室のドアを開け、マディーを先に部屋のなかへ押しこんだ。

続いて自分もなかに入り、後ろ手にドアを閉めた。

鍵はなかったので、かんぬきをかける。たくさん吊されている聖衣の列のなかへぐいと引っぱられたマディーは、思わず悲鳴をあげた。裏口のドアは閉まっていた。だがそのすぐ脇の壁に、赤いリボンが結ばれた鍵がかけてあった。クリスチャンは細工の美しいその鍵を手にとったが、彼の右手は使いものにならなかった。鍵穴も見えにくい。左手を使うためにマディーの腕を放したものの、今度は鍵を右手から左手に持ち替えることができなかった。

背後のドアががたがたと揺さぶられている。男の大声が外から聞こえた。マディーがそちらを振り向く。かんぬきががちゃがちゃ鳴って、ドアを強く叩く音も聞こえはじめた。クリスチャンは錠前に差しこもうとしていた鍵をとり落とした。彼は悔しそうにうめきながら鍵を拾い、マディーのマントをつかんで、彼女の手にその鍵を押しつけた。クリスチャンのしようとしていることに彼らが気づいてこちらのドアの外へまわりこんでくるのは、時間の問題だ。

クリスチャンは彼女の手を握りしめ、錠前のほうへ引っぱった。

「だめよ」マディーが叫ぶ。「できないわ!」

クリスチャンは両手で彼女の手首をつかみ、ドアにぎゅっと押しつけた。マディーがわっと泣き崩れる。それでもクリスチャンは彼女を放さなかった。マディーの名前を声に出して呼んで懇願することさえできない自分が情けなくて、彼自身、涙が出そうになりながら。鍵穴に鍵を差しこむという、たったそれだけの小さな動きに、彼の人生すべてがかかっているというのに——本当なら土下座をしてでも彼女に頼みこみたいところなのだが、そんな悠長なことをしている暇はない。

クリスチャンは肩でドアに体あたりした。木製のドアがフレームのなかでめりめりっとゆがむ。彼はその分厚くて頑丈なドアにもう一度体をぶつけた。腕や肋骨に激痛が走るのもかまわず、自由を求めてがむしゃらに体あたりする。マディーが大声で泣き叫びながら彼をとめようとしたが、クリスチャンはその声も無視した。彼の猛攻に耐えかねて、ドアにはついにひびが入った。もうひとつのドアの外から聞こえていた怒鳴り声や物音がふっと消える。彼に残された時間はごくわずかだった。

マディーはなおも大声で彼の名を呼びつづけていたが、バキバキッと音を立ててドアを破ろうとしているクリスチャンにはほとんど聞こえなかった。マディーは死にものぐるいで彼の腕をつかんだ。「待って！」必死の叫びがようやくクリスチャンの脳に届く。「待って——待ってったら！」マディーは彼を押しのけるようにして、錠前に手をのばした。

クリスチャンはドアにもたれかかったまま、彼女の手もとを見ていた。マディーは手早く鍵を差しこみ、あっというまに開錠してしまう。クリスチャンはドアの取っ手をつかむと、ドアを大きく押し開けた。

そこは小さな側庭に通じていた。クリスチャンが腕をつかんでぐいっと引っぱったせいで、マディーは石段から転がり落ちそうになった。彼は石段をおりたところにある門の鍵を足で蹴って壊した。

マディーはすでに、しゃべるのも抗うのもやめていた。クリスチャンが素早く門をすり抜けると、彼女もあとを追ってきた。ほんの一瞬だけ彼を見たのち、ずっと顔を伏せたままで。クリスチャンは門を閉じるや、古い墓地のあいだを走りだした。

深い芝生に足を滑らせながら、マディーは彼についていった。ふたりを追いかけてきていた追っ手の声はどんどん遠く離れていってやがて聞こえなくなり、あたりには霧と墓しか見えなくなった。凍えるように冷たい霧のなか、結婚式用のベルベットのテイルコートを身にまとった公爵の黒いシルエットは、何世紀も前の時代からよみがえった幽霊のようだった。彼女がちゃんとついてきているかどうか、ときおり振りかえって確かめるときだけ、かろうじて生身の人間に見える。

シャーヴォーの足どりは速かった。道を知っているかのようだ。マディーは半分地面に埋まった墓石に足をとられそうになりながらも、必死にあとをついていった。のび放題にのびた薔薇の茂みの棘《とげ》や枯葉がスカートに引っかかる。立ちどまってそれを外そうとしているうちに、今度はマントが絡まってしまうという具合だった。すると彼が戻ってきて、布地が破れるのもかまわず力ずくで服を引っぱる。そののち彼女の腕をむんずとつかみ、ふたたび墓石のあいだを縫うように駆けだした。

霧の向こうにうっすらと壁が浮かびあがって見えたときには、マディーの服の裾や足もとは露に濡れてすっかり湿っていた。シャーヴォーはそこで向きを変え、壁伝いに進んでいった。いかにも古そうな墓をよけ、翼の先が欠けた大きな天使像に見守られている墓碑をまわりこんで。

その壁の向こうはどこかの通りになっているらしく、行き交う馬車や売り子の声などの町のざわめきが聞こえてきた。黒い影と濡れた墓石だらけの薄暗い墓地とは対照的なにぎやかさだ。マディーとしては、さまざまな彫刻や記念碑が添えられたこういう荘厳で重苦しい雰囲気の墓地より、もっと質素で清らかなフレンド派の墓地のほうが好きだった。

シャーヴォーは墓地の片隅までたどり着くと、茂りすぎた木の濡れた枝をかき分けて、その向こうに現れた石の棺の上に飛び乗った。木の葉を踏みしめながら、マディーのほうを向いて片手を差しだす。

子供っぽいトリックだ、とマディーは思った。おそらく彼はこの場所を前から知っていたのだろう。いたずら盛りの少年時代にここで遊んだことがあるおかげで、霧に覆われた草ぼうぼうの墓地でも道を迷わずに進むことができたに違いない。マディーが墓の上によじのぼると、シャーヴォーは美しい刺繍入りのテイルコートや胸にかけている大綬の重たい勲章を気にするそぶりも見せず、ひょいと壁に飛び乗った。そして、腕をのばして彼女を支えようとする。

マディーはためらい、後ろを振りかえった。シャーヴォーがいらだたしげな声を出し、彼女の手をつかもうとする。墓地の遠くのほうから、木の葉を踏みしだく足音が聞こえてきた。エドワードが呼ぶ声もしたが、遠くにいるのか近くにいるのかはよくわからなかった。

公爵がマディーのマントと腕をつかみ、無理やり上へと引っぱった。彼女は少々はしたない格好になりながらも、なんとか壁の上にまたがった。ざらざらする煉瓦に脚をこすられ、ストッキングが脱げそうになる。ボンネット帽もかしいでしまい、視界がかなり狭くなっていた。この細い路地の先にある表通りまでどれくらいの距離があるかを素早く目で確認しつつ、帽子を元の位置に戻し、あらわになった足首をスカートの下に隠そうとする。

シャーヴォーがこちらへ身を寄せてきて、彼女の顎の下で結ばれていた紐を解いた。そしてボンネット帽をはぎとって、墓地へ向かって放り投げる。帽子は高い木の折れた枝に引っかかった。

それを見てシャーヴォーがにやりと笑う。マディーは一瞬、もしかしたら彼がここでキスしてくるのではないかと恐れおののいた。ラーキンとエドワードが迫ってくるなか、壁にまたがり、通りを行き交う人々から丸見えになっているめくれあがったスカートを必死に手で撫でつける。

だが、シャーヴォーはキスをしてこなかった。壁の向こう側へと両脚をおろし、通りの歩道に飛びおりる。それからさっとマディーに両腕を差しだすのを見て、彼女は唇を嚙みしめた。

自分がなにをしようとしているのか、自分でもわからなくなっていた。考える暇もなくここまで来てしまった。質素できまじめなあのアーキメデア・ティムズが、お行儀の悪い石炭売りの娘みたいに公爵の腕にすがって、汚水や小便の臭いがあふれる路地裏へ飛びおりようとしているなんて。

「行って！」マディーは声をひそめて言った。「行って！　あとはわたしがなんとかするから、ひとりで逃げて」

シャーヴォーはマディーのスカートを引っぱると同時に、彼女の腕をつかんで下へ引きずりおろそうとした。彼女はバランスを崩して引っくりかえり、てのひらや腿のやわらかい素肌を煉瓦の壁にじゃりっとこすられ、小さな悲鳴をあげながら転げ落ちた。公爵はマディーをしっかりと抱きとめてくれたが、その勢いで彼女もろとも後ろへ倒れこんでしまい、反対側の建物に体をしたたか打ちつけた。その瞬間、ぐふっ、と大きなうめきがもれる。彼の肩がクッションになってくれたおかげで、マディーはかろうじて額を壁にぶつけずにすんだ。

公爵のコートに両手を突き、なんとか上体を起こして膝立ちになる。そのとき、彼がキスをしてきた。じめじめした汚い路地裏で。彼女の頭の後ろを片手で支え、痛いほど強く唇を重ねてきた。

マディーはすぐにそのキスから逃れて立ちあがった。ドレスはぐちゃぐちゃになり、帽子もなくなってしまい、まとめてあった髪も解けてだらしなく垂れさがり、てのひらからは血がにじんでいる……おまけに、そんなみすぼらしい彼女に向かって、シャーヴォーが微笑みかけてくる。マディーは泣きたくなった。

公爵は立ちあがり、コートの片側だけを手で払った。もう半分はすっかり汚れて濡れた木の葉がべっとりと張りついていたので、そちら側は無視することにしたようだ。彼は片手で銀の星章のピンを外そうとしたが、すぐにあきらめ、いらだたしげに舌打ちした。その姿はまるで、夜明けとともに家の前の掃き掃除を始めたつましい庶民たちをしり目に千鳥足でわが家へと帰る、だらしのない貴族さまのようだった。

「これからどうするの？」マディーは震えのとまらない声で訊いた。「どこへ行くつもり？」

シャーヴォーは片手を頭にやって、くしゃくしゃに乱れた髪をかきあげようとしていた。マディーはふんと息を吐き、垂れ落ちた三つ編みをつかんで外れてしまったピンを探りあてると、三つ編みをふたたび頭に巻きつけて、できる限り元どおりの髪型に直そうとした。彼女が頭をいじくっているあいだに、シャーヴォーがスカートやマントについた埃や木の葉を払ってくれる。泥水で汚れたり生地が裂けたりしてしまった部分はどうしようもなかった――持っている服のなかではいちばん上等なグレーのドレスなのに――それだけの犠牲を払ってもなお、彼女はおそらく厳しく非難され、罰を受けさせせられ、フレンド派からも追放されて、刑務所へ送られるはめになるのだろう。シャーヴォー公爵をかどわかした罪で。

これからどうすればいいのか、マディーにはわからなかった。シャーヴォーを家族のもとへ連れ帰るわけにはいかない。彼らがふたたび公爵をブライスデールに送りかえすのを黙って見ていることなどできやしないし、爵位を守るためだけに無理やり結婚させられるなんて理不尽すぎる。明らかに神は、シャーヴォーとアン・トロットマンの結婚を望んではいない。以前はきちんと言えた誓いの言葉を、あの場でシャーヴォーが口にできなかったことが、なによりの証拠だ——それ以上に明らかな真実など、マディーには想像もつかなかった。だが今この状況で自分がどうすればいいのかについては、いかに信心深い彼女にも、神の声がまったく聞こえてこない。

代わって公爵が判断を下し、マディーの腕をとった。貴族らしい断固とした態度で彼女を脇に抱き寄せ、細い路地から表通りへと歩いていく。

ボンネット帽を失ってしまったので、マディーは仕方なくマントのフードを頭にかぶった。それでも、シャーヴォーと一緒に歩いていると目立ちすぎる気がして仕方がない。マディーはこの通りに見覚えがなかった。メイフェア付近にはこれまで一度も来たことがなかったからだ。霧に包まれた通りの両脇に立ち並ぶ家々は、シャーヴォーの邸宅やベルグレイヴ・スクエアに立つ新しい屋敷ほど優雅な造りではないものの、マディーが見慣れている町並みに比べればはるかに高級そうだった。薄い靄にまじって焼き林檎の香りが漂い、売り子の女性の歌うような声が軽やかに響き渡っている。だがその売り声は、通りを駆けてきた二台の馬車の馬のひづめの音にかき消された。

馬車の御者台と後方の立ち台には、立派なお仕着せに身を包んだどこかの屋敷の召使いらしき男たちが乗っていた。

その二台が通り過ぎていったあと、また別の馬車が霧のなかから現れた。脚の悪い一頭の馬に引かれた辻馬車が、ゆっくりとふたりのほうへ近づいてくる。教会の方角から人々の怒鳴り声が聞こえてくると、シャーヴォーはマディーの腕をつかんでいる手にぐっと力をこめ、一瞬そちらを振りかえった。

それから急に道路へ飛びだし、辻馬車の前に立ちはだかった。驚いた馬が頭を大きくもたげる。御者はすでに立ちどまっていた気の毒な馬の手綱を深く引いた。「おっと、危ない！」御者は、霧の向こうから大声をあげてふたりを追いかけてくる一団を肩越しにちらりと見てから、シャーヴォーとマディーに目を戻した。「お連れのご婦人を轢《ひ》いちまうところでしたよ、だんな！」「よろしかったら乗っていただけませんかね、だんな？　どこへでもお送りしますよ」あまり期待はできそうにないが、という口調で尋ねてくる。「稲妻のように素早くて、乗り心地も抜群ですぜ」

シャーヴォーが扉に手をかけると、男はむしろ驚いた様子で、慌てて御者台から飛び降りた。マディーに続いて公爵を座席に乗りこませてから、ふたりに向かって大げさに礼を言う。霧に煙る通りを駆けてくる一団の大きな声や足音が、どんどんこちらへ近づいていた。

御者はそちらをちらりと見てから、シャーヴォーに目を戻した。「どちらへ向かいましょうか、だんな？」

公爵がマディーの手をあまりにもきつく握りしめたので、彼女はうっと息をのんだ。ひと呼吸ついてから、マディーは言った。「チェルシー……待って！」あそこはだめだ。誰かが先まわりして待ち受けているに決まっている。今や怒鳴り声がすぐそこまで迫っていた。考えている余裕はない。「とにかく出して――急いで！」そのときふっと頭に浮かんだ地名をマディーは叫んだ。「ラドゲート・ヒル！」

「お安いご用だ。このジョン・スプリング、またたくまにおふたりをそこまでお連れしてみせましょう！」馬車の扉が叩きつけるように閉められてまもなく、哀れな馬にびしっと鞭を振るう音が聞こえてきた。馬車は猛スピードで追っ手から離れていく。車輪ががらごろと路面を転がり、おんぼろの馬車が激しいきしみをあげるせいで、追っ手の声や足音はすぐにかき消された。

マディーは座席の背もたれに頭をがくんと打ちつけた。「ちょっと待って。やっぱりだめ！」彼女は口をはっと手で押さえた。「あなた、お金は持っているの？」

シャーヴォーは答えなかった。吊革にしっかりつかまって、眉をひそめてこちらを見かえすだけだ。彼女の言うことがまったく理解不能であるかのように、彼自身の行動にまったく責任など持てないかのように、当惑の表情を浮かべている。

「お金よ！」マディーは思わず大声で叫んだ。

彼がとまどったように目を合わせてくる。

マディーは小さくうめいた。「わたしは一シリングも持っていないのよ。靴のなかにこっそり隠してあったりもしないの」

「**くつ**」シャーヴォーが言った。いつものおうむがえしだ。彼は怒ったような声を出し、顔をしかめてそっぽを向いてしまった。辻馬車が勢いよく角を曲がると、遠心力でふたりの体は傾き、片側にぎゅっと寄せられる。シャーヴォーが向かいの席に片足を載せ、肩を彼女に押しつけてきた。

そして突然、笑いだした。「マディーガール」彼は前に身をかがめ、正装用の上等な靴のバックルをむしりとった。「**かね**」

布地や服地の店がずらりと並んだラドゲート・ヒルの目抜き通りにたどり着くと、扉を開けに来た御者に向かって、マディーは道を行き交う馬車の金属製の車輪の音に負けないように声を張りあげた。「これを売りに行かなきゃいけないの」彼女はシャーヴォーの膝に覆いかぶさるようにして、扉のほうへ身を乗りだした。「そうしたら、乗車賃が払えるから。あなたをここで足どめするのは申し訳ないんだけれど」

御者はぴかぴかに輝くバックルを手にとり、指先のない手袋をはめた手のなかでそれを引っくりかえした。セント・ポール大聖堂の鐘が突然鳴りだし、歩道にいた鳩《はと》の群れが、黒い霧に覆われた空に向かっていっせいに飛び立つ。「まさかそのまま逃げようっていう魂胆じゃないでしょうね、マイ・レディー」

鋭い指摘に肝を冷やしつつ、マディーは唇を湿らせた。「わたしは貴族でもなんでもないの！　そんなふうに呼ばないでちょうだい」

「そういや、さっきあなたを追いかけてきてた人たちも、そういう変わったしゃべり方をしてましたね。あなたもお仲間なんでしょう——なんて言うんでしたっけ？」

「フレンド派よ」マディーは小声で答えた。「クエーカーとも言うわ」

御者はシャーヴォーを見あげて言った。「それじゃ、だんな、本気でこのお嬢さんと結婚なさるおつもりで？　こういう駆け落ちみたいなまねは、あんまり感心できませんがね」

公爵はなにも言わなかった。困惑したような表情はすでに消え、いかにも貴族らしい尊大な顔つきで無言を貫いている。そんな話に興味はないとでも言いたげに、御者をにらみつけていた。

「そうじゃないの」マディーは言った。「わたしたち、結婚するわけじゃなくて」

「しなきゃだめですよ」御者が文句を言った。「このだんなにちゃんと責任をとってもらわなきゃ」

「だから――」マディーはそこで口を閉じた。こんなところでいくら説明などしたって意味がない。「それより、この品を買いとってくれそうな店をどこか知らないかしら？」

「あっちのほうに、戸口の上に三つの球が掲げられている店が見えるでしょう。あれが質屋の看板ですよ。すみませんが、あなたはここに残ってください。だんなに行ってきてもらいましょう」

「いいえ。わたしが行かないと。こうしゃ――」マディーはうっかりシャーヴォーを爵位で呼びかけて、はっと口をつぐんだ。余計なことは言わないほうがいい。「彼をここに待たせておきますから」彼女はスカートの裾をまとめて降りる用意をした。

するとシャーヴォーが御者の手からバックルを引ったくり、マディーがとめる暇もなく、馬車から降りてしまった。彼女は慌ててあとを追ったが、御者に腕をつかまれて引きとめられた。

「おふたりのうち、どっちかが残ってくれなきゃ困りますよ」

「だめなのよ！　ひとりでは行かせられないの。彼は――」

御者とマディーがとめるのも聞かず、公爵はすでに、背中に石炭のかごを積んでのろのろ歩いてくるロバをひょいとよけて、人込みのなかに紛れてしまっていた。質屋とは反対の方角、丘の上にある大聖堂へ向かって。

「お願い、放して！」マディーは爪先立ちになってシャーヴォーの姿を目で追っていた。「わたしがついていかないとだめなの！」彼は背が高く、帽子をかぶっていない黒髪とテイルコートの上に斜めにかけている青い大綬のおかげで、人込みのなかにいてもひときわ目立つけれど、いつその姿が視界から消えてしまうかわからない。

「いいや――あなたのようなご婦人を、あのだんなが見捨てて逃げるはずないでしょう、マイ・レディー？」マディーが不安そうに首をのばすと、御者はシャーヴォーの後ろ姿を指さした。「あそこですよ。ほら、三十二番地の看板が見えるでしょう」ジョン・スプリングが満足そうに言った。「あの〈ランデル・アンド・ブリッジ〉っていう店です」


クリスチャンはその貴金属店に一歩足を踏み入れたところで立ちどまった。すかさず近寄ってきた店員は前から彼に見覚えがあったらしく、うやうやしくお辞儀をしてから愛想よく迎えてくれた。クリスチャン自身、なんとも言えない懐かしさを感じた。この店にはたぶん、何度も足を運んだことがあるのだろう――エメラルドのブレスレットとおそろいのイヤリングを、たしかここで買ったような気がする。でも、誰のために買い求めたのかは覚えていない。

すぐに店主が店の奥から出てきた。クリスチャンはその男の顔を覚えていた。名前までは思いだせないが、今は別に思いだす必要もない。しゃべらなくても用は足せる。いつもなら特別にしつらえられた個室に通され、ベルベットのトレイに載せられたきらびやかな宝飾品をじっくり品定めするのだが、今日に限ってはそんな暇もないからだ。こちらの顔を知られている店であまり長居をするわけにはいかない。

クリスチャンはカウンターにバックルを置いた。一瞬の間があってから、店員が奥の暗がりへと引っこんでいく。恰幅《かっぷく》がよくて礼儀正しい店主は、驚いた様子など微塵も見せず、いっさい顔色を変えなかった。店主はすぐさまカウンターの裏側へまわり、ポケットから小型の拡大鏡をとりだした。そしてクリスチャンが見守る前で素早く鑑定を終え、バックルをカウンターに置いた。

「このお品でしたら、三百ほどでいかがでしょうか、閣下?」

三百とは、法外なくらい高すぎる。左右ふたつのバックルを合わせても、その半額以下ほどの価値しかないはずだ。クリスチャンは自分が聞き間違えたのかと思い、眉をひそめた。こみあげてくる不安を抑えこみ、どうにか冷静な表情を保つ。

「では、三百二十五ということで」店主がにこやかに言った。「閣下にはこれまでひとかたならぬお世話になっておりますので、せめてもの感謝の印として、そのお値段で引きとらせていただきます」

店員がふたたび奥の暗がりから出てきて、別の客の前に置かれていたトレイをさげ、引き出しにしまおうとした。美しい金の指輪。それがクリスチャンの目を引いた。

店主が小声でなにやら尋ねてくる。クリスチャンはその言葉を聞き逃したが、この値段でかまわないかと念を押されているに違いないと推理して、こくりとうなずいてみせた。

指輪のトレイは、いくつもの段になった専用の引き出しにしまわれた。結婚指輪だ。店員は首からさげている鍵を使って、別の引き出しを開けた。

店主がクリスチャンのほうへ少し身を乗りだし、穏やかなやわらかい声で話しかけてくる。「閣下……いかがいたしましょうか?」

こちらの希望を尋ねられていることはわかったが、その内容がクリスチャンには理解できなかった。彼は当惑し、期待をこめてこちらの顔色をうかがっている店主をまじまじと見かえした。気まずくなるほど長い沈黙のあと、クリスチャンはふたたび氷のごとく冷静な表情を浮かべた。店主のほうへ顔を寄せて質問をもう一度くりかえすよう促す代わりに、頭のなかで必死に考える。品物は鑑定され、値段の交渉もすんだ……となると、あとは?

支払いの方法だ。

小切手か、現金か。

そのことに気づいたとたん、心臓の鼓動が速くなった。だが、どうやって返事をすればいいのかわからない。クリスチャンは仕方なくカウンターの縁をつかみ、白い手袋をはめた片手をその上に載せた。てのひらを上に向けて。

「かしこまりました」店主がうなずく。「少々お待ちくださいませ」彼は買いとったバックルを持って、さっと奥の部屋へと引っこんでいった。

それと入れ替わるように、先ほどの店員が新しいトレイを持ってカウンターへ近づいてくる。そのトレイは、地味なグレーの服を着た若い男女の前に置かれた。クリスチャンは奥歯をぐっと嚙みしめ、心臓をどきどきさせながら、ふたりの様子をこっそりうかがっていた。どこかの田舎から出てきたらしい若い男女は、一世一代の贅沢な買い物を前に、真剣な表情で話しあっている。そのときだった。クリスチャンはひとつの啓示を受けた。反応が鈍くて気まぐれにしか働いてくれない脳が、想像以上に長い時間をかけてようやく導きだした、ひとつの答えだ。

マディー。ぼくが結婚すべき相手はマディーガールだ。

明確で美しいその答えが、彼のなかで完璧な輝きを放った。あのマディーガールなら、決してぼくをあんな場所へ送りかえしたりしない。マディーガールならぼくの気持ちを理解してくれるし、ぼくを侮辱するようなまねはしない。父親は有能な幾何学者だし、なにより彼女は献身的で誠実な女性だ——マディーガールがこうしてぼくについてきてくれたことだけをとっても、それは間違いない。ぼくはなにも、いやがる彼女を腕ずくでさらってきたわけではないのだから。まあ、多少は強引な面があったことは否めないが。しかし、彼女はむしろみずから進んで、ぼくの助けになろうとしてくれている――ぼくのために立ちあがり、雌竜のごときあのおばにまで立ち向かおうとしてくれたことがあるじゃないか。それに、マディーガールはぼくのことを愛していると言っていた。たしか、そんなようなことを言われた気がする。クリスチャンは今や、そのことに確信を抱いていた。

マディーガールは公爵夫人にふさわしい女性だ。シュガー・スクープみたいなボンネット帽をかぶって質素で地味なクエーカーとして生きていくだけなんて、もったいない。

店主が革製の薄い手帳のような札入れを持って戻ってきて、慎重な手つきでカウンターに置いた。外からはなにも見えなかったが、そのあいだに紙幣が挟まっていることは間違いない。

クリスチャンは一刻も早くこの場から立ち去りたかった――が、なかに挟まっている札束をつかんで逃げだしたい衝動を必死にこらえて、トレイに並んだ指輪を見ている男女のほうへゆったりと近づいていく。そして、若い女性のほうに軽く会釈して許しを乞《こ》うてから、ベルベットの台に挟まっている指輪をひとつ引き抜き、店主のもとへ戻った。

店主が満面に笑みを浮かべて、革製の札入れに手をのばそうとする。クリスチャンはその手を上から押さえつけた。

「では、こちらのほうのお品代はつけにしておきますので」店主はまばたきひとつせずにそう言った。「ただ今、箱をとってまいります」彼は札入れのなかの現金には手をつけず、指輪だけを持って裏へ引っこんだ。

クリスチャンは革の札入れをポケットにしまった。なんとも言えない後味の悪さを覚える――自分の金を盗む泥棒にでもなった気分だ。自制心ががらがらと崩れてしまいそうな気がした。檻から逃げだした動物、法の監視下に置かれた精神病患者、自分の靴のバックルを売り払う権利もなければ未来の妻に指輪ひとつ買ってやれない禁治産者。

店主が箱を持って戻ってきた。クリスチャンはそれを受けとり、大仰に見送られて店をあとにした。こういう丁重な扱いを受けると、自分はまだれっきとしたシャーヴォー公爵なのだと思える。けだものではなく、まだひとりの人間なのだと。

店の外に出たとたん、クリスチャンはめまいを覚え、足がすくんだ。気だるさのなかに恐怖がとらわれているかのような、とてつもない疲労感に襲われる。歩道を少し歩いたところで、彼は立ちどまって壁にもたれた。人々が目の前を流れるように通り過ぎていく。口々に大声でしゃべりながら――わけのわからないそれらの言葉は、外国語のようにしか聞こえない。本当はちゃんと意味のある言葉のはずなのに。

それまで必死にとりつくろっていた冷静さが、一瞬にしてかき消えた。恐怖のせいで、心臓が激しく打ちはじめる――もしかしたら自分はなにか過ちを犯したのでは？なにか大事なことを忘れたのでは？　だが、彼にはわからなかった。すべてが不吉で異様に感じられた。自分がなにかとんでもないへまをしでかしたせいで、みずからの首を絞めるようなことになっていたとしたら？　ばかげた過ちのせいで、ふたたび彼らにとらえられ、拘束されることにでもなったら？

そのとき、マディーの呼ぶ声が聞こえた。無秩序な騒音のなか、敬称を使わずにただ〝シャーヴォー〟と呼びかけるマディーガールの声が、はっきりと耳に届く。彼女は両手で彼の腕をつかまえ、その瞳――淡い金色にも見えるヘーゼル色の瞳――に恐れと問いをたたえ、彼の目を見あげていた。

クリスチャンは鼻からすっと息を吸いこみ、パニックを抑えこんだ。そして無理やり笑顔をつくる。彼は視線をおろすことなく、紙幣の挟まった札入れを手探りでポケットからとりだし、マディーの手に押しつけた。

16

生まれてこの方、マディーはこんなにたくさんの現金を実際に手にしたことなど一度もなかった。ドレスのなかに挟みこんでおくのも畏れ多くて、彼女は札入れを両手でしっかり握りしめて歩いた。これだけの現金が手もとにあれば、この非常識な逃避行もにわかに現実味を帯びてくる――今すぐ家に戻ることは、必要不可欠なことではなく、選択肢のひとつになった。

マディーが御者に馬車の料金を支払ったあと、シャーヴォーは探るような目で彼女を見つめてきた。これからふたりがどうすればいいか、あたかも彼女が知っているかのように。マディーガールにすがるように、それでいて守るように、彼女の肘をしっかりつかんで。こうやって公爵と並んで歩いていると、手押し車の売り子の少年たちもしつこく声をかけてきたりしないし、けんか腰の歩行者に押されてぬかるんだ道へ追いやられることもない。むしろ、彼らのほうからさっとよけて、道を空けてくれるくらいだ。シャーヴォーは肩幅が広く、気品があって堂々としているうえに、ダークブルーのその瞳には、他人にある種の畏怖を抱かせる不可思議な力が備わっているからだろう――黄昏《たそがれ》どきの空を見あげ、頭上にひとつだけ輝いている星を眺めているうちに夜のとばりが降りてきて、すべてが幻のように闇に吸いこまれて消えていく。そんな瞬間の、そこはかとない不安。

もしかしたら自分の確固たる世界もそんなふうに消えていってしまうのではないか、とマディーは思った。一介の庶民にすぎないアーキメデア・ティムズが人でごったがえすラドゲート・ヒルの通りにたたずみ、シャーヴォー公爵の今後の身の振り方を決める立場にあるなんて、どうにも信じがたいことだったけれど。でも、彼自身には決められそうにないのだから、仕方がない。

ほかにいい考えも思いつかなかったので、とりあえずマディーは歩きだした。安全な隠れ家――とにかく彼が身をひそめておける場所を見つけるしかない。あとでどんなお仕置きを受けることになろうとも、自分は今日の夕方までには父のもとへ戻らざるをえない――娘が公爵とともに行方をくらましたりしたら、父は半狂乱に陥るに決まっている。自分がどのような法にふれ、どのような犯罪を犯したことになるのかはわからないけれど、レディー・ド・マーリーには遅かれ早かれすべてを見抜かれてしまうに決まっている。マディーはそう確信していた。この身がどうなろうとかまわない――シャーヴォーは彼女にとっての〝オープニング〟であり、それに伴ういかなる

〝苦悩〟もともに受け入れるべきだからだ――が、もしも自分が刑務所送りにでもなったら、父がどうなってしまうかが心配だった。

シャーヴォーに手を引っぱられて、マディーははっと立ちどまった。〈ベル・ソヴァージュ〉というホテルの看板の下から、ブライトン行きの大型の駅馬車が警笛を派手に鳴らし、ふたりの目の前を通り過ぎていくところだった。守衛がピピーッとホイッスルを吹き、歩行者を制して道を空けさせている。

その馬車が混雑した通りの流れに乗って黒い靄の彼方《かなた》へ消えていくと、シャーヴォーはマディーをホテルの中庭へ続く門のほうへ連れていった。通路にいた馬屋番の男がすかさず泥や馬糞を熊手でかき分けて、ふたりのために道をきれいにしてくれる。彼は飛び跳ねるように後ずさりしながら、脇を通り抜けるふたりに頭をさげて挨拶してきた。

中庭には、トランクや旅行鞄や箱づめされた荷物をたくさん携えた旅行者たちがいた。黄色と黒に彩られたニューマーケット行きの大きな駅馬車に荷物がどんどん積まれていく。きれいに手入れされた馬たちが石畳の上でひづめを打ち鳴らし、白い息を吐いていた。

シャーヴォーはマディーを連れてまっすぐに切符売り場へと向かった。そして、ためらう彼女を軽く押すようにして、建物のなかへと促す。デスクのまわりには人が群がっていて、人ふたりが入るのが精いっぱいというくらい込みあっていた。マディーと公爵の目立つ服装にも目をとめる人はなく、係員が忙しそうに茶色い小包の箱をデスクの後ろの郵便受けに仕分けするかたわら、客が大声でなにか尋ねたり、ポーターを呼んだりしていた。

シャーヴォーは人込みを避けるようにしてマディーを隅のほうへ引っぱっていき、彼女の耳もとに口を寄せてきた。「い……行こう」言葉につまりながら、ささやくような声で言う。この喧噪《けんそう》のなかでは、たとえ大声でしゃべったとしても、ほかの人には聞こえなかっただろう。

マディーは彼を見つめかえした。「どこへ？」

その質問がシャーヴォーをいらだたせてしまったらしい。「行こう」彼はくりかえした。「ふたりで」

「わたしはだめよ」マディーはきっぱりと言った。

小さな女の子ふたりを両腕に抱えた女性が、いちばん短い列に並ぼうとして、彼の後ろを無理やりすり抜けていく。シャーヴォーはマディーの肩に手を置き、強く言い張った。「ふたりで」

「わたしは行けないわ」

シャーヴォーの指が肩に食いこむ。「わが家へ。シャー……」彼は歯を食いしばり、苦労して言葉を吐きだした。「ヴォー！」

シャーヴォーが居城へ帰るという考え自体はそんなに不条理だとは思えなかったが、マディーはそれがどこにあるのか、はたして彼ひとりでそこまでたどり着けるかどうか、まったく見当がつかなかった——迷子札か荷札のようなものを身につけていれば誰かが無事に送り届けてくれるかもしれないけれど、公爵にそんなものをくりつけるなんて、想像するだけでぞっとする。だいいち、苦労して居城に戻ったところで、たちまち家族に見つかって、無理やりブライスデールに送りかえされるのが落ちだ。

「うちへ」シャーヴォーがせっついた。「マディーガール」

「うちって、どこ？」彼女は尋ねた。「どこにあるの？」

ついにシャーヴォーはしびれを切らし、怖い顔をして、マディーの体をくるりと壁のほうへ向けた。そこには、すっかり古びて黄色くなったワニス塗りのイングランドの地図が貼《は》ってあった。ロンドン周辺はこすられすぎてワニスがひび割れ、ところどころ見えなくなっている。シャーヴォーはロンドンのはるか西、緑色に塗られたイングランドと赤く塗られたウェールズの国境付近を手で示した。

「無理よ！　そんなに遠くまであなたひとりで行けるわけないわ」

シャーヴォーにふたたび肩をがしっとつかまれた。と思うまもなく、マディーは後ろから抱きすくめられた。彼はマディーが頭にかぶっているフードを耳からどけ、頬を寄せてきて、せがむような声を出した。まわりを駅馬車の乗客たちに囲まれていることも気にせずに。「ふたりで」彼が耳もとでささやく。「うちへ」

　マディーは身じろぎして逃れようとしたが、放してもらえなかった。シャーヴォーは彼女を自分のほうに向かせ、地図の貼ってある壁に背中をべったり押しつけさせた。マディーはどうすればいいのかわからなかった。その地図を見ようとしている客もいるというのに。彼らの目に、いったいわたしはどんなふうに映っているだろう？　破れたドレスに身を包み、帽子もかぶらず、人目もはばからず男性の腕のなかにとらわれているなんて。シャーヴォーが耳もとに口を近づけてきた。

「マディーガール……**結婚しよう**」

　数名の客がさらに建物のなかへ入ってきて、シャーヴォーのすぐ横へと押し寄せてきた。そのうちのひとりは、つばの広い地味な帽子をかぶっている。紛う方なきクエーカーだ。マディーは恐怖に駆られて首をすくめた。相手の顔までは確認できなかったが、仕事でロンドンを訪れているフレンド派の会徒ならば、〝年会《イヤリー・ミーティング》〟で顔を合わせていたとしても不思議はない。ロンドン在住の会員ならもちろん、彼女を知らないはずがなかった。マディーはシャーヴォーの肩に顔を埋めて隠した。すると彼が喉の奥からやわらかい声を出し、いっそう強く抱きしめてくる。

　マディーは顔があげられなかった。抗うこともやめた。大柄でたくましい彼はまるで、自分の身を守ってくれる盾のように感じられた——その手でフードをおろすことさえせずにいてくれたら。だがシャーヴォーはフードをおろしただけでなく、マディーの首の後ろに手をまわして彼女をさらに引き寄せると、その髪に顔を埋めた。

まわりにいる人々があきれて息をのみ、はしたないふたりをとがめるような声が聞こえてきそうだ。しかし、客やポーターたちは相変わらず忙しそうに足音を響かせて出入りしているだけだった。ニューマーケット行きの馬車は警笛を鳴らし、ひづめの音も高らかに通りへと走りだしていった。

シャーヴォーが彼女の腰に添えていた手をおろし、テイルコートのポケットをまさぐりはじめる。マディーは誰にも顔を見られたくなくて、ずっとうつむいていた。やがてシャーヴォーが彼女の手をとって、てのひらに小さな箱を押しつけてきた。

マディーは顔を伏せたままその小箱を握りしめ、横目でちらりとあたりの様子をうかがった。先ほどの見知らぬクエーカーがもういなくなったかどうかを、こっそり確かめるために。するとシャーヴォーがいらだたしげに舌打ちしながら、彼女のてのひらを開かせて、親指で不器用に小箱を押す。

ふたが開いた。すでに下を向いていたマディーは、顔をさらに手もとへ近づけた。金と虹《にじ》色に輝くものが見えたからだ。指輪だ——金細工の太い腕に小さな真珠と遊色が美しいオパールがはめこまれている——アン・トロットマンに渡すはずだったものだろうか？

シャーヴォーは片手でその指輪をとりだそうとして、人差し指を半分ほど輪のなかに引っかけ、箱を床に振り落とした。ふたりはこの狭い空間で額と額がふれあうほど顔を寄せあい、ふたりだけの小さな世界をつくりだしていた。マディーは彼がその指輪を彼女の指先へと滑らせていくのを、困惑しながら見守っていた。

「**結婚**」シャーヴォーが耳もとに唇を寄せてささやく。「マディー……結婚しよう。うちで暮らそう」

マディーが声もなくその指輪に見入っていると、彼はそれをぐっと押して彼女の指にはめた。

「だめよ！」彼女は慌てて指輪を引き抜くと、身をかがめて小箱を拾いあげ、フードを頭にかぶりなおした。「そんなこと――だめに決まってる――とんでもない！　いったいどこから、そんな突拍子もない計画を思いついたの？」

小箱を彼のてのひらに押しつけ、くるりと背を向ける。そしてフードを手でしっかりと押さえつつ、旅行客たちのあいだを縫って建物の外へと飛びだした。中庭に出ると、戸口から一メートルほど離れたところで立ちどまる。真っ赤に燃える顔を隠したくて、フードで口もとや鼻まで覆った。

公爵もすぐに切符売り場から出てくる。マディーはすぐ目の前に立っているのに、彼は気づかないようだった。普通の身なりをした人々に囲まれて、彼だけがいかにも場違いなくらい紳士然としている。迷子の廷臣。手の込んだ刺繍入りの豪華なベルベットのテイルコートに、勲章つきの青い大綬をかけている彼は、時間も空間も超えて別の世界から舞いこんできたように見えた。

人々もさすがに振りかえって公爵をじろじろ眺めている。シャーヴォーは不安そうな顔つきで、その場に立ちすくんでいた。一歩でも足を踏みだしたら奈落《ならく》の底へ落ちてしまうかのように。顎を引きつらせ、黒い眉をぐっと寄せて、己と必死に闘っている。たったひとりで見知らぬ場所に放りだされた恐怖を封じこめておくために。

シャーヴォーは中庭を見渡した。マディーは彼が右手をのばせば届くくらい近くにいたのだが、あたり一面に積まれている荷物に紛れてしまって、彼にはどうしても見つけられないらしい。というより、シャーヴォーはこちらを見もしなかった。全身からひどく張りつめた空気と不気味な静けさを放っているだけだ——爆発寸前の男のように。

マディーはフード越しに彼の名前を呼んだ。すると、シャーヴォーの緊張がふっとゆるむ。彼は魔法から解かれたかのように彼女のほうを振り向いて、その顔に明るい安堵の表情を浮かべた。すぐそばに彼女がいたことに、ひどく驚いているようだ。シャーヴォーは大股で近づいてくるなり、マディーをがっちりとつかまえた。

「だめだ……行くな！」声を荒らげて言う。「ひとりじゃ……だめなんだ！　いてくれ。そばに……いてくれ！」

「でもわたし、あなたをどうすればいいのかわからないのよ！」マディーはウールのフードで口もとを押さえながら言った。「このままあなたについていくわけにはいかない！　あなたを連れ戻すこともできない！」

「シャー……」彼は両のてのひらを広げてマディーの肩をつかみ、ぐいっと揺さぶった。「ヴォー！」ふたたび肩を強く押して、彼女をあとずさりさせる。「わが家へ」もう一度。「結婚しよう」――ぐいっ――「イエス！」ぐいぐい押されて、マディーは後ろ向きに中庭の端へと追いつめられた。「あんな……狂ったところは……いやだ！　結婚してくれ……マディー！」

「無理よ！」マディーはそう言うと、動揺しながら息を吸いこみ、フードを思いきり強く引っぱって顔を隠した。地味な色合いの帽子とコートに身を包んだクエーカーの男性が、切符売り場から出てきてふたりのほうへ近づいてきた。

見知らぬその男性がシャーヴォーの腕に手をかけるのを、マディーはフードの陰からこっそり見ていた。「少し落ち着いたらどうですか、フレンド。ちょっとしつこすぎますよ」

シャーヴォーは唾でも引っかけられたかのように、その男をにらみかえした。マディーは一瞬、シャーヴォーが相手に殴りかかるのではないかとおののいた。大法官の前でいきなりエドワードを吹っ飛ばしたときのように。クエーカーの男性は中肉中背で、年齢はマディーと同じくらい、ひげはきれいに剃っていて、澄んだ目をしている――やはり初めて見る顔だったが、ひと目で善人とわかった。それに、明らかに憤慨している貴族のシャーヴォーに立ち向かい、身分的にも体格的にもはるかに上の相手をたしなめようというのだから、勇気のある人に違いない。

公爵はつかまれた腕を振りほどき、こいつに説明してやってくれと言いたげに、鋭い目でマディーを見た。

「ありがとう、フレンド」彼女は一刻も早くシャーヴォーの気を落ち着かせたくて、慌てて男性に向かって言った。「でも、助けは必要ありませんから」

クエーカーの男性が驚いたようなまなざしを向けてくる。マディーは胸がどきりとした。

「あなたも〝生命《ライフ》〟のなかにあるのですか?」彼が訊いてきた。

マディーはうつむき、地面を見つめていた。見知らぬ相手についうっかり〝フレンド〟などと呼びかけ、こちらの素性を明かしてしまったことを、彼女は激しく後悔していた。それをとりつくろうために、思わず邪悪な嘘が口をついて出そうになる。だがどうしても嘘はつけなかった。この男性は別に、シャーヴォーにとって脅威になる人ではなさそうだ。それならば、同じ信仰を持つ仲間の前で、下手に体裁などとりつくろっても意味がない。

マディーはわずかに視線をあげて答えた。「ええ」

シャーヴォーが彼女の肘をつかむ。決して乱暴ではないけれど、しっかりとした感触だった。彼はクエーカーの男性に用心深い目を向けた。

「この人につきまとわれて困っているわけではないんですか？」男性は彼女にそう尋ねてから、シャーヴォーの視線をまっすぐに受けとめた。「あなたが彼女を手荒に扱ったりしないのであれば、誰も文句を言ったりはしませんよ。落ち着いて、もっと穏やかに振る舞うことはできますか？」

静かな問いかけだった。やさしいと言ってもいい。マディーの胸に感謝の気持ちと親近感がどっとわいた。この男性の存在は、荒れ狂う不安の嵐のなかでやっと見つけた小島のように感じられた。つばの広い質素な帽子と無地のコートという、彼女にとってはなじみ深い姿の男性は、ベルベットのテイルコートに勲章つきの大綬をかけている気難しい公爵よりも、はるかに信頼できそうな気がするほどだ。

クエーカーの男性は、シャーヴォーからの反応がないことにとまどいを見せていた。

「ひとりの誠実な男性として答えることもできないんですか？」

シャーヴォーが彼女の腕をつかんでいる手に、ぐっと力がこもる。

マディーは男性が着ているウール地の服の袖にふれた。「フレンド」公爵につかまれている腕の痛みを無視して、静かな声で男性に語りかける。シャーヴォーは明らかに、彼女を男のそばから引き離したがっていた。「さっきは慌てていたので、助けは必要ないなどと口走ってしまいましたけれど」マディーは視線をあげ、探るようなまなざしを向けてくる男性の目を見つめた。「本当はとても困っているんです。あなたのお力を貸してもらえますか？」

「もちろんです」男性が言った――その短いひとことが、マディーの肩に重くのしかかっていたものを、ふっととり除いてくれた。

大衆食堂のテーブルからひとりだけ椅子を遠く離し、シャーヴォーはいかにも不機嫌そうに腕組みをしてふんぞりかえっていた。マディーは若いクエーカーの男性のほうへ身を寄せて、今の自分たちが置かれている苦境を打ち明けた。彼女が話し終えると、リチャード・ギルはエールに口をつけながら、あらためて公爵を見つめた。

シャーヴォーは相変わらず仏頂面をして、黒いまつげの下からリチャードをにらみかえしている。シャーヴォーはそもそもこの食堂に入ること自体が気に入らなかったらしく、必死に彼女をとめようとしたのだが、マディーは従わなかった。すると彼は、決して彼女を手の届くところより遠くへ行かせないよう、ぴったりあとにくっついてきた。シャーヴォーは無言を貫いているので、たった今リチャードに説明した話をどこまで理解しているのか、マディーにはわからなかった。だが、この新しい出会いによって、彼女に裏切られて尊厳を傷つけられたように感じていることは、その態度からありありと感じられた。

　リチャードは真剣な面持ちで、しばらく黙って考えこんでいた。マディーはじっと待っていた。思いついたことをすぐにぱっと口にするのではなく、深く考えてからしゃべったり行動したりする人にまた出会えたことが、うれしかった。リチャードの気のすむまで、いくらでも考えてもらってかまわない。その若いフレンドはハンサムで、落ち着いた身のこなしには自信があふれ、いかにも心の強そうなオーラを放っていた。精悍《せいかん》な顔立ちには、つばの広い帽子や質素な服がよく似合っている。陰気でまじめくさった老人などより、よっぽど似合っているように見えた。

　この人はたぶん、毎年ロンドンで開かれているフレンド派の〝年会《イヤリー・ミーティング》〟に出席したことはないだろう。マディーはそう確信していた。フレンド派では、小さな集会をまとめて〝月会《マンスリー・ミーティング》〟をつくり、それらをまとめて〝四季会《クオータリー・ミーティング》〟が組織され、さらに年に一度、イングランドじゅうから各地の代表者やその家族が集まって年会を開いている。もしもリチャード・ギルがどこかの代表として年会に参加していたら、マディーもきっと顔を覚えていただろう。これだけ人目を引く風貌《ふうぼう》で、しかも独身となれば、男性だけのミーティングには出席しない女性信者のあいだで噂にのぼらないはずがない。

ロンドン年会は、結婚を望む若いフレンド派の男女にとっての出会いの場でもあった。だがマディーの知る限り、このリチャード・ギルが、結婚相手にふさわしい男性として女性たちの注目を引いたことは一度もない。彼の仕事はなんなのかについても、マディーには察しがつかなかった。リチャードはここの切符売り場へ荷物をとりに来たらしく、先ほど会ったときは、小さいけれど頑丈に見える箱を大事そうに抱えていた。今その箱は、彼のすぐ横のテーブルの上に置かれていて、表に〝クローディアナ、四列め、ローズ〟〝トラファルガー・バナー、一列め、ビブロメン〟〝クラレンス公、四列め、ビザール〟という謎の標題が記されたラベルが貼ってある。

ウエイターがビーフステーキ・プディングとゆでキャベツの皿を運んできた。シャーヴォーがそれを見て顔をしかめる。彼がエールをぐびりとあおるかたわら、マディーは三枚のパンにバターを塗って、それぞれの皿にとり分けた。

彼女はそれから頭を垂れて、神への祈りを捧げた。リチャードは帽子を脱いだが、シャーヴォーはなにもせず、少し前かがみになって腕組みをしたまま意地の悪い目つきでふたりを見つめているだけだ。

祈りが終わると、リチャードはふたたび帽子をかぶって、プディングを食べはじめた。〝飾らないしゃべり方《プレーン・スピーチ》〟と〝飾らない服装《プレーン・ドレス》〟をこれほど厳格に実践している若い男性はめったにいない。マディーはそのことに感心した。自分ももっとまともな格好をしていたらよかった。ボンネット帽もかぶらず、スカートも破れているような、こんなだらしのない格好ではなくて。

シャーヴォーのほうをちらりと見てみる。彼は料理に手をつけようとせず、じっとマディーを見つめていた――リチャード・ギルがいくらハンサムだと言ったとて、この公爵にはかなわない――憂いを帯びたその表情、彼女の唇にキスをしてきた整った口、彼女の髪をやさしく撫でた手。

自分がとんでもない嘘つきか詐欺師にでもなった気がして、マディーは赤くなった。リチャードには、自分は看護婦で、シャーヴォーは自分の患者だと説明してあった。でも冷静に考えたら、そんなばかげた説明がまかりとおるはずはない――いったいどこの看護婦が、家族の意向に逆らってまで患者を連れて逃げたりするだろう？　いったいどんな看護婦が、患者にキスなどさせるだろうか？　もしもリチャードがその事実を知ったら、彼女のことをいったいどう思うだろう？　かといってそれを隠しておくことは、沈黙と怠慢の嘘にあたる。それはそれで、クエーカーの〝道〟に反することだ。

「つまりきみは、彼は正気を失っていないと思っているんだね？」リチャードが訊いた。

彼が突然口を開いたので、マディーはびっくりして顔をあげた。「ええ」

「たしかに、精神が錯乱しているようには見えないね。でもさっき中庭で、きみのことをぐいぐい押していたじゃないか」

マディーはパンを小さくちぎり、ゆがんだ小さな笑みを浮かべた。「彼は公爵なんだもの。だからあれは、そういうこととは関係ないのよ」

リチャードはプディングをもうひと口食べ、眉を吊りあげた。「公爵っていうのは、あんなふうに人をぐいぐい押すのが普通なのか？」

「あれくらい、たいしたことじゃないから」

テーブルから少し離れて座っているシャーヴォーは、退屈そうな顔をして頭を傾けている。彼はマディーからリチャードへと視線を走らせ、エールにふたたび口をつけた。

「彼は理解していないのかな？」リチャードが尋ねる。

「わからないわ。少しはわかっていると思うけれど」

「やっぱりきみは、彼を家族のもとへ連れて帰るべきなんじゃないのかい？」

マディーは少し背筋をのばした。「いいえ」

シャーヴォーが彼女を見る。退屈したそぶりは消えていた。

「もしも家族が彼を廃嫡させたがっているのであれば、きみがいつまでも彼をかくまいつづけるのはおかしいよ。彼はあちら側の人間であって、きみとは住む世界の違う人なんだから」

「そうじゃなくて。彼の家族はなにもわかっていないのよ。あそこがいったいどんなところか」

「でもそこって、きみのお父さんのいとこが経営している施設なんだろう?」

「あそこはいわゆる精神病院よ。でも彼は、精神を病んでいるわけじゃないの!」

「だとしても、口が利けないいんだから、ひとりでは生きていけないじゃないか」

マディーはマントの前をかき寄せた。「そのとおり。ひとりでは無理よ」

「じゃあ、どうするんだ? 彼には、きみのほかに友人はいないのか?」

「わたし――」マディーははっと口をつぐんだ。彼女はシャーヴォーのほうを向いて尋ねた。「ねえ、お友達は? 親しくつきあっている仲間はいないの?」

シャーヴォーは用心深い目で、彼女とリチャードをふたたび交互に見た。

「ううん」マディーは言った。「クエーカーの仲間のことじゃなくて。あなたのお友達よ。仲のいい友人」

シャーヴォーが少しためらってから、彼女のことを手で示す。

「シャーヴォー！」マディーは絶望の入りまじった声で言った。「あなたを愛してくれているお友達はひとりもいないの？」

シャーヴォーが片手を握りしめた。指にはめている金色のシグネット・リングがきらりと輝く。彼はうさんくさげにリチャードを見てから、椅子に深くもたれた。

「そうだ――シャーヴォー……彼と一緒にここで待っていてもらえない？」彼女はリチャードのほうへ頭を少し傾けた。「この……リチャード・ギルと」

「アーキメデア――」

口を開きかけたリチャードをさえぎり、マディーは急いで言い添えた。「わたしはいったん父のところへ戻って、無事であることを伝えてきたいの。それまでのあいだ、ここでしばらく待っていてくれないかしら。一、二時間くらい」

「いつまでもこんなところにいるわけにはいかないだろう。彼を連れ戻してやらないと」

「だから、それはできないのよ！」マディーは叫び、前に身を乗りだした。「あなたにはわからないでしょうけど！」

シャーヴォーは真剣な目で彼女を見ていた。右手の拳でリズムをとりながら。左手はジョッキを握りしめているものの、エールを飲もうとはしない。

「お願い」マディーはリチャード・ギルに向かって言った。

リチャードの眉間にかすかなしわが寄る。澄んだグレーの瞳に不信の念がよぎるのを、彼女は見てとった。

「お願いだから」マディーはささやいた。「このことを、あなた自身の〝関心事〟にしてもらえないかしら」

その言葉は、どのクエーカーにとっても決して軽々しく受け流すことのできない嘆願だった。リチャードは眉根を寄せて、料理の皿をじっと見つめている。やがて彼は目を閉じた。マディーは、神がリチャードの心に語りかけてくれることを祈りつつ、辛抱強く待った。自分の願いを他人に押しつけるなんてしてはいけないことだとわかってはいるけれど、どうしようもなかった。シャーヴォーを連れて帰ることはできない――それは彼女が唯一確信している〝真実〟だった。彼をふたたびブライスデール・ホールの独房に閉じこめるなんて、考えることすらできない。

リチャードがふうっと長いため息をついてから彼女を見た。「ぼくの〝関心事〟としてとらえてみるよ。本当に彼が戻るべきなのかどうか、もう少し深く考えてみる」

その言葉が、リチャードがここで公爵と一緒に待っていてくれるという意味なのかどうかはわからなかったが、そのことをマディーが問いただす前に、シャーヴォーがエールのジョッキをテーブルにどすんと置いた。そしていきなり椅子を蹴って立ちあがり、マディーのことも立ちあがらせた。「**行くぞ**」瞳に炎をたたえ、歯をぎりぎりと噛みしめながら叫ぶ。「**フレンド！**」

シャーヴォーはマディーの手をぎゅっとつかんでその場から駆けだした。後ろのほうでリチャードがなにか叫び、ウエイターが慌ててテーブルへ飛んできて彼を阻止しようとするのが聞こえる。その間にシャーヴォーは有無を言わさず、彼女を出口へと引っぱっていく。

マディーはなんとか後ろを振り向こうとして抵抗を試みたが、シャーヴォーの力にかなうはずもなかった。両足を突っ張ってその場に踏みとどまろうとしても、ずるずると引きずられてしまう。どうにか腕を振りほどいたが、すぐにまたつかまってしまい、今度は力ずくで首に腕をかけられた。マディーががむしゃらに体をひねると、彼の指がうなじに食いこみ、ほつれた髪が引っぱられる。彼女は悲鳴をあげた。「シャーヴォー！　リチャード！　だめよ――助けて！」

リチャードとウエイターの姿が視界の端にちらりと見えたが、シャーヴォーに出口の外へと押しだされたため、たちまち見失った。彼女は石段を転げ落ちるようにして歩道におりた。

「フレンド！」シャーヴォーが絶叫し、歩道の人波をかき分けながら彼女を引っぱっていく。「**ダルム！**」

彼は小型の辻馬車をとめた――前と同じように、いきなり馬車の前に飛びだす形で。

驚いた馬が前脚を高く振りあげ、次の瞬間、地面に叩きつける。馬はあとほんの数センチといったところで、危うくシャーヴォーの足をひづめで踏みつけそうになった。御者が怒鳴り、別の馬車が慌ててよける。シャーヴォーは馬のくつわをつかんだ。
「オールバン！」片手で馬を、もう一方の手でマディーをつかんだまま、大声で叫ぶ。
「だんな！　気をつけてくれなきゃ困りますよ！　オールバニーまで行きたいんですか？」御者が怒鳴りかえした。「すぐに馬をとめますから、ちょいとお待ちを！」

石畳の歩道は霧に包まれていた。ピカデリーのそばに立ち並ぶ淡いクリーム色の建物のあいだを歩いていくと、しんと静まりかえった通りに公爵の足音が響き渡る。もう午前も半ば過ぎだというのに、人通りはほとんどなかった。靴磨きの少年がひとり、片手に道具箱を、もう一方の手に靴を一足ぶらさげて、ふたりの脇を走り抜けていっただけだ。

マディーはもう、抗うのをやめていた。シャーヴォーに遅れないようについていくだけで精いっぱいだ。シャーヴォーもまた、彼女が少しでも先に行ったり自分より遅れたりすることを許さなかった。どこかの召使いらしき人物とすれ違ったとき、太鼓腹に赤いウエストコートを着た小柄なその男はさっと脇にどいて、公爵に向かって一礼した。「これはこれは、閣下」シャーヴォーは歩調をゆるめることなく、石造りの建物へと入っていき、階段をあがってマディーを二階へと連れていった。

するとシャーヴォーがドアにふれもしないうちから、なかにいる犬が大声で吠えはじめた。すぐにもう一頭の声も加わる。彼はドアをノックしようとしてあげた手を空中で凍りつかせた。

「**デヴィル**」シャーヴォーの唇が左右に広がり、大きな笑みが浮かんだ。彼は拳でドアを叩いた。ドアの向こうにいる犬たちが激しく吠え立てる。「デヴィル、デヴィル、デヴィル！」

「こらこら、騒ぐな！」部屋の奥のほうから、くぐもった怒鳴り声が聞こえた。階段の途中の踊り場にある別の部屋のドアががちゃっと開く。マディーがそちらへ目をやると、ナイトキャップをかぶったローブ姿の老人がドアの隙間からけげんそうにこちらを見あげていた。犬たちは必死にドアを引っかいている。狭い階段に、犬の咆哮とシャーヴォーのノックの音が鳴り響いていた。

部屋のなかの人物が犬たちを黙らせる。「こら、キャス、こっちへ来るんだ。だめじゃないか。静かにしろ、黙れ——さもないと本当に撃ち殺されてしまうぞ」

シャーヴォーは突然ドアを叩くのをやめ、そこにどさりともたれかかった。溺れた水夫がやっとしっかりした陸を見つけたかのように、ドアに頬を押しつけて。犬たちがなおもうるさく吠え立てるなか、掛け金が外れる音がしてドアが開いたとたん、白と黒の毛皮に覆われた二頭の犬がピンクの舌を見せながら飛びだしてきて、しっぽを激しく振りつつシャーヴォーに飛びついた。

その向こうの玄関ホールに、ブロンドの髪に眠たげな目をした男性が立っていた。上半身は裸で、足には靴下をはいただけ、そして顎にはシェービングクリームが塗られたままだ。犬たちは鳴きやみ、シャーヴォーの足もとに体をこすりつけていた。公爵は身をかがめて両腕を広げ、犬たちに好きなだけ顔をなめさせてやっていた。

「シェヴ？」つい先ほど深い眠りから目覚めたばかりと思しき男性が、戸口の向こうから声をかけてきた。

下の踊り場にいた老人のほうにちらりと目をやると、彼はドアから大きく身を乗りだすようにして、こちらの様子をうかがっていた。マディーはブロンドの男性に向かって尋ねた。「あの、なかに入れていただいてもかまいませんか？」

シャーヴォーと犬たちにすっかり目を奪われていた男性が、はっとマディーの存在に気づいて、一歩後ろへさがった。「ああ、どうぞどうぞ」それだけ言って、手にしていたタオルを肩に引っかけ、早くなかに入れと公爵を手招きする。シャーヴォーが従うと、犬たちはうれしそうに彼の脚にまつわりつきながら部屋のなかへ入った。マディーも続いて素早くなかに入り、後ろ手にドアを閉めた。

まともに口が利けないほど驚いている男性は、シャーヴォーと犬たちのあとに続いて居間のほうへ歩いていく。「シェヴ……」

シャーヴォーはその部屋の奥まで行って、窓辺に両手を突き、霧に煙る外の景色を眺めはじめた。それからおもむろに振りかえり、壁にもたれかかって、犬たちのさらなる歓迎を受けた。その顔に大きな感情の動きが見える。彼は目を閉じ、壁伝いに腰をおろしていって床に座った。白地に黒の斑模様のセッター犬がシャーヴォーの耳にしゃぶりつく。彼は犬の首を抱えて、シルクのようにつややかな毛並みに顔を埋めた。するとと黒い犬がくうんと鳴いて、彼らのあいだに割りこもうとした。

「ぼくはてっきり――嘘だろう?――だって、おまえは死にかけてるって聞いていたのに。死んだも同然だって。だからこそ、ぼくがこいつらを引きとることになったんだよ」だらしのない紳士はシャーヴォーのそばへ近づいていったが、どうすればいいのか自分でもわからないらしく、床に膝を突いてへたりこんだ。「シェヴ」途方に暮れたような声で言う。

シャーヴォーは顔をあげようとしなかった。デヴィルの毛皮に両手の指を埋めたまま、首を振る。

ブロンドの男性はマディーのほうを振り向いた。「どういうことなんだ? ぼくはたしかに、彼は死にかけてるって聞かされていたのに。いったいなにが?」

「あなたは彼のお友達なんですか?」

「もちろんだとも！　ぼく以上の親友なんていないはずだよ！　白状したまえ——きみはいったいどうやってこいつを落としたんだい？」彼はまたシャーヴォーに目を戻した。「まさか——アヘンじゃないだろうな？」

「彼はあなたの助けを必要としているんです」

「助けって？　そもそもきみは誰なんだ？」

「わたしはアーキメデア・ティムズと言います。彼はわたしの父のいとこがバッキンガムシャーで経営している養護院の患者で、わたしはそこで彼の面倒を見ていたんです。わたしたち——」マディーはそこで小さく笑い、両手を広げてみせた。「なんて言うか、その……拘束を破って逃げてきたところなんです」

男性はくしゃくしゃに乱れた前髪をかきあげ、床に正座した。「シェヴ」困り果てたような声で、ふたたびシャーヴォーに呼びかける。

公爵がやっと顔をあげた。ミッドナイトブルーの瞳が涙で濡れている。それが恥ずかしいのか、彼はわざと怒ったように腕を振りあげ、顔の片側を袖でぬぐった。「フレンド」かすれた声で言う。「ダァ。ダンム」彼はうめき、頭を反らして壁にゴンとぶつけた。

「ダーム？」マディーは言った。「それがあなたのお名前？」

「ダラムですよ」ブロンドの男性はそう言ってから、うわのそらでつけ加えた。「キット・ダラムです。以後、お見知りおきを、マァム」

シャーヴォーは友人を見つめた。デヴィルがうれしそうに彼の頬やこめかみのあたりをなめまわす。シャーヴォーは犬を抱いてやりながら言った。「ダル……ありがとう。こいつら……ありがとう」

ダラムは彼を見つめかえした。シャーヴォーが苦しげな声をしぼりだして首を振り、歯のあいだから息を吐きだす。

「ああ。犬のことか。なんでもないさ」ダラムは立ちあがり、椅子を引き寄せて置いた。「いつまでもそんなところにへたりこんでないで、こっちに座ってくれ。少し考えさせてほしいんだ。そんなふうに床に座っていられたんじゃ、ちっとも考えられやしないからな、シェヴ」

古くからの友人の前で普段どおりに振る舞うのはいいことだ、とマディーは思った。しかしシャーヴォーは実に奇妙な表情を浮かべている——今にも心が砕け散ってしまいそうな顔つきだ。自分で自分が制御できなくなっているところを友人に見られたくないのだろう。「あの、よかったら先に着替えをすまされたらいかがかしら？」マディーは公爵に気を落ち着ける暇を与えたくて、ダラムに向かってそう言ってみた。

「おっと、これは——」ダラムは急いでさがっていった。「とんだ失礼を。お許しあれ、マァム——自分がこんななりをしていたことを、すっかり忘れてましたよ！ まさかご婦人が訪ねてこられるなんて、思ってもいなかったもので。そこにいてくれよ、シェヴ！　勝手に帰るんじゃないぞ！」

「帰ったりしませんから」マディーは言った。

シャーヴォーの代わりにいつもマディーが答えるので、ダラムは目をぱちくりさせながら隣の部屋へと後ずさりしていき、ドアをばたんと閉めた。


キャベツとビーフステーキ・プディングには見向きもしなかったシャーヴォーだが、ダラムが用意させたサーモンと生ガキとパンの朝食には満足そうだった。ダラムは公爵になにが飲みたいかと尋ねることなく、コーヒーの代わりにチョコレートをつくって持ってくるよう、召使いに命じた――外で公爵に挨拶してきた太鼓腹の男だ。

シャーヴォーは湯気の立つ茶色の液体をちびちびと飲みながら、料理のかけらを少しずつ犬たちに与えていた。だいぶ気分も落ち着いてきたらしく、友人がマディーを質問攻めにする様子を、カップから立ちのぼる蒸気越しに静かに眺めている。自分にやれることはすべてやったと思っているのか、あとの決断はすべてふたりにゆだねようとしているかに見えた。

少なくともダラムは、シャーヴォーは家族の手から守られるべきだという意見に賛成してくれたようだった。「まったくもって胸くその悪くなるばあさんだな」彼はレディー・ド・マーリーのことをばっさりとそう切り捨てた。そして公爵の母親に対しても、マディーがかつて聞いたこともないようなひどい言葉を並べ立てた。

せめてもの幸いは、マディーがダラムの砕けすぎたしゃべり方に慣れておらず、彼の言うことを半分も理解できないことだった。

「それで、教会からまんまとずらかることには成功したわけだね？」

「ずらかる？」

「誰かにあとをつけられたりはしてないか、ってことだよ」

「それなら大丈夫だと思いますけど。いったんラドゲート・ヒルまで行って、そこからまた辻馬車で戻ってきたんですから」

「ラドゲート・ヒルだって！」ダラムは爆笑した。「上出来だよ」シャーヴォーに向かってにやりとする。「おまえがあんな服地だらけの町へ向かったなんて、いったい誰が思う？」

公爵は頭をわずかにかしげて微笑みかえし、チョコレートを飲んだ。おそらくシャーヴォーは彼女以上に、ダラムの話がわかっていないに違いない。

「そんなやつはひとりもいないよ。ただのひとりもだ」ダラムは自分で自分の問いに答えた。「それより彼らはきっと……。ああ、まずい！」彼は椅子から飛びだし、慌ててカーテンを閉めに行った。「やつら、きっとここへ来るぞ。おい、マーク！」隣の部屋に向かって怒鳴る。「おまえは階段へ行って、見張っておいてくれ！　ぼくは家にはいないからな。もしも誰かが訪ねてきたら、今日は早くに証券取引所へ出かけたと言っておけ」

使用人が真っ赤な太鼓腹を抱えこむように頭をさげてから言う。「お言葉ですが、サー、そんな話を信じてくれるお方はいないと思いますが」

「ええい、くそっ。ぼくには公債を買う権利もないというのか？」

「大佐はどうなさいます？　大佐にもお帰り願うのですか？」

「ああ、そうだった――フェインのことを忘れていた！　もうじきやつがここへ来ることになってたんだ」ダラムは唇を噛みしめた。「今さらもう間に合わないな」彼はマディーを見た。「ぼくが取引所へ公債を買いに行ったなんていうでたらめは、やつにはどうせ信じちゃもらえないし。でも大丈夫だ、フェインは信用できる男だから。頭で考えるのはあまり得意なほうじゃないが――背後を守らせたらアンディー・フェインの右に出る者はいないくらい屈強な男なんだ」

誰かに背後を守ってもらえるなら、マディーにとってそれほど心強いことはない。ダラムは少々軽はずみなところのある人物のように見受けられるが、心底シャーヴォーを助けようとしてくれているのは間違いないだろう。できれば自分はいったん父のもとへ帰りたいとマディーが言いかけたとき、ヒューーッという甲高い口笛が窓の外から聞こえて、シャーヴォーとダラムがいっせいにそちらを向いた。

公爵がにんまり笑って、カップを置く。「フレンド」彼はマディーに向かってそう言った。

「約束の時間より前に現れるなんて、初めてだな」ダラムがそう言った瞬間、マントルピースの上の時計が美しいチャイムを鳴らしはじめた。彼はひょいと身をかがめて、玄関ホールをのぞいた。「マークを下へやって、できるだけ静かにやつを連れてこさせるから。さっききみらがあがってきたとき、下のご老人がドアからこっちをのぞいていただろう？　彼には適当な話を信じこませておけばいい」ダラムは眉をひそめてマディーを見つめた。「そうだな……きみはぼくの遠い遠い親戚ってことにしよう。弁親を亡くしてしまった孤児だ。それできみは、遺産相続の件でぼくに相談に来た。弁護士と一緒に。弁護士は忙しいから、すぐにどこかへ戻らなきゃいけなくて、それでドアをどんどん叩いてぼくを起こそうとした。犬の吠える声？——それはじいさんの空耳だったってことで押し通す。ここでは犬を飼っちゃいけないことになってるからね。今日までばれずにすんでいたのが奇跡みたいなものなんだが」

それだけ言って、ダラムは玄関へと消えていった。あまりにも多くの嘘や偽りが、マディーの心にさざ波を立てていた。自分自身が嘘を口にするわけではなくとも、嘘に荷担することには違いない。リチャード・ギルのまっすぐで思慮深いまなざしを思いだし、彼女は良心にさいなまれた――だが、シャーヴォーの友人たちを前にすると、なにも言えなかった。ダラムが連れてきた男性は、金モールつきのあでやかな深紅の制服に身を包んだ軍人だった。彼はひとことも発さずに、まじまじとシャーヴォーを見つめていた。それからおもむろに肩を抱き、背中をばしんと叩いてから、公爵の体を押しかえすようにして離した。

大佐は自分の足もとを見おろし、膝にまつわりつくデヴィルを追い払った。「やっぱりな。こいつは殺しても死ぬようなやつじゃないって、わかってたよ」犬に向かって言う。「まだ論文が書き足りなかったのか?」彼はマディーを横目で見た。「おまけにこんな女性まで連れてくるとは。いやはや、恐れ入ったね」

「こちらは、ミス……ええと……」ダラムが先を促すようにマディーを見つめる。

「ティムズです」マディーは言った。

大佐が白い手袋をはめた手に剣を抱え、さっと身をひるがえして一礼すると、軍帽についている白い羽根飾りがマディーのスカートをかすめた。「アンドリュー・フェイン大佐、ここに参上つかまつりました」

「無駄だぞ、フェイン。彼女はクエーカーなんだ」

フェイン大佐の顔に驚きが広がった。軍人らしく背筋をぴんとのばしてかかとをそろえ、顔をみるみる真っ赤に染める。「なんですって、マァム、いや、ミス！　それじゃあ、下の通りにいたのはあなたのお仲間ですか？　あなたとシェヴがここにいるかどうか、訊かれたんですよ。そのときはいったい彼がなにを言っているのかわからなかったんだが、今ようやくわかりました。彼はぼくに、どこへ行けば公爵に会えるか、と尋ねてきたんです。だからぼくは、どの公爵のことだ、と訊きかえしてやったんです。公爵なんて大勢いるぞ、と」

「リチャードよ！」マディーは両手を胸の前で打った。「たぶんそれはリチャード・ギルに違いないわ！」

「おや」フェイン大佐が言った。

「どうやってかはわからないけれど――」マディーは下唇を噛み、ダラムのほうを向いた。「わたしたちのあとをつけてきたんでしょうね。わたしが彼に頼んだから――助けてほしいって。そうしたら彼は、助けたい気持ちはあると言ってくれたんだけど……でも、公爵を家族のもとへ連れ戻すべきかどうかについてはまだ迷っているみたいだったから」

「彼もこの話を知ってるのか？」ダラムが問いただす。「そいつは今、下の通りにいるのか？　ここに？　だめじゃないか、ミス――それならそうと、どうして言ってくれなかったんだ？」

「わたしも知らなかったんだもの。まさかあとをつけてくるとは思っていなかったし。

ついてこられるはずもなかったのに。でもわたしが、このことをあなた自身の〝関心事〟としてとらえて、と頼んだの。だから彼は簡単にあきらめずに、ここまで追いかけてきてくれたんだと思う」

「いったいなにがどうなってるんだ？」フェイン大佐が訊いた。

「まあいいから、頭に載っかってるそのばかげた帽子をさっさと脱いで座れよ」ダラムがテーブルの下から椅子を引いた。「ぼくらはこれからシェヴをかくまうことになったんだ。彼が家族と呼んでいる例の口うるさい連中が、彼を病院送りにしたがっているんでね」

「なんだって？」

「こいつにも話してやってくれないか、ミス・ティムズ。シェヴがぼくらの助けを必要としてるってことをさ。ぼくに話してくれたことを、こいつにも洗いざらい教えてやってくれ」

17

「しゃべれないのか？」フェイン大佐はシャーヴォーを見て、にわかには信じがたいというような顔をした。

公爵はキャスの黒い毛皮を撫でながら、力なく笑ってみせた。口もとをゆがめ、犬の毛並みに指を食いこませて、やっとのことで声を押しだす。「ばか……おまえ」

大佐はその言葉を聞きとり、即座に言いかえした。「ぼくはばかじゃないぞ！」

「そんなにかっかするなよ、フェイン」ダラムが大佐にコーヒーを注いでやりながら言う。「おまえがうすのろだってことは、誰もが知ってることなんだから」

「ぼくはうすのろなんかじゃない！　いいか？――シェヴを〝復活の御者〟に売りつけてやろうというすばらしいアイディアを思いついたのは誰だ？　ぼくだよ！」

「そのおかげで、こっちは保釈金を払いに行くはめになったんだけどな」

フェイン大佐はにやりと笑った。「殺せ――」唇をすぼめ、わざと恐ろしげな声で言う。「殺してしまえ――」そしてとうとう、こらえきれずに忍び笑いをもらしはじめた。

「いいからコーヒーを飲めよ、このまぬけ野郎」なんとかして笑いをこらえようとしているダラムの顔もピンク色に染まっていく。

「殺してしまえ――」大佐はついに声をあげて笑いだし、まともにはしゃべれなくなっていた。「殺してしまえばいい――」

「殺してしまえばいい、好きなときに」シャーヴォーがはっきりとそう言って、椅子の後ろに体重をかけて前脚を浮かせた。

ダラムが驚いて、ふっと真顔になる――だがマディーは彼の目を見逃さなかった。たった今、公爵がしゃべったことについては、ダラムはなにも言わなかった。大佐のほうはなにも気づいていない様子だ。声高らかに笑いながら、拳でもう一方のてのひらを叩いている。

「まったくあのときの大騒ぎと言ったら、ミス・ティムズ！　シェヴのやつ、完全にできあがっていて――わかるだろう？――ぐでんぐでんに酔っぱらっていたんだよ」

「要するに、人事不省の昏睡状態ってことさ、ミス・ティムズ」ダラムがまじめな顔つきで説明した。「強い酒をきこしめしたせいでね」

「ああ、そうだそうだ、懐かしきオックスフォード語じゃないか。昏睡状態！」大佐はその表現がいたくお気に召したらしく、ますます上機嫌になった。「完全に意識をなくしていたからな。それで、ぼくらが担いで家まで連れて帰らなきゃいけなくなったんだ。たったのふたりで、くそ重いやつを担いでだ――当時の彼は九十キロ近くはあったんじゃないかな！　だが、ちょうどそのとき〝復活の御者〟ってやつが通りかかったんだ」

「夜馬車の御者のことだよ。外科医に死体を売りさばくんだ」ダラムが横から口を挟んだ。「解剖学の講義のために」

「そうそう！　そこでぼくはひらめいたんだ――これはぼくひとりで思いついたアイディアだったたってことは忘れないでくれたまえよ、ミス――ともあれ、御者はシェヴを引きとって……」フェイン大佐は人差し指を振りまわした。「そして……彼の着ていた服はぼくらが受けとり、シェヴは裸でシートにくるまれて運ばれていった。ブレナム・ストリートまで！　そこにあった講師の家の戸口までね！」大佐は頭をのけぞらせ、テーブルをバンと叩いた。「そして御者は……あろうことか……こいつを講師に……う……売りつけようと……して！」

大佐は自分で自分の話に笑い転げていて、ろれつがまわらなくなっていた。マディーも声を失って、大佐をまじまじと見つめかえすことしかできなかった。

フェイン大佐がふたたびしゃべりはじめる。「するとドクターが、シェヴの体を調べてこう言った……〝おまえさん、いいかげんにしてくれよ、この男はまだ……死んでなどいないじゃないか！〟って」

　シャーヴォーもダラムも満面に笑みを浮かべ、話の続きを期待するような顔で大佐を見ている。

「そこで御者はこう言った……〝死んでない？〟」大佐は姿勢を正し、まごついたような顔をしてみせた。「〝死んでない？　いや、でも、どうして……そんな……嘘でしょう……でもそれならば……〟」

　ほかのふたりも加わって、彼らは声をそろえて言った。「〝殺してしまえばいい、好きなときに！〟」――男性三人の低い声が響き渡る。シャーヴォーの言葉も、ほかのふたりと同じようによどみなかった。彼はげらげら笑いながら両脚を広げてふんぞりかえり、椅子の後ろに体重をかけていた。

「ちくしょう」大佐に向かって言う。「盗人」

「ああ、そうだった――それがこの話の落ちだったな――ドクターは哀れなシェヴを前にして、これは一種の強盗未遂事件なのではないか、と言いだしたんだ。わが家へ押し入るための狂言に違いない、って。御者はとっとと逃げてしまったが、シェヴは裸のままシートにくるまれて縛りあげられ、モールバラ・ストリートへと送られてしまった。そして、そこでそのままひと晩過ごすはめになったんだよ。翌朝ダラムが、中央刑事裁判所《オールド・ベイリー》の弁護士にかけあって、どうか起訴だけは免れるようにしてやってくれと頼みこむまで。さもなければ公爵は――」大佐はまた大声で笑いはじめた。「このシャーヴォー公爵は……つかまっていたかもしれないんだ……強盗の罪で……それも……それも……遺体安置所に押し入った罪で！」

三人は爆笑の渦に巻きこまれ、涙さえ流しながらひとしきり笑い転げたのち、やっと大きなため息をついた。デヴィルが膝に飛びついてくると、シャーヴォーは両手で頭を挟み、ごしごしこすってやった。そしてあの、海賊のような笑顔をマディーに向けてくる。ミッドナイトブルーの瞳をいたずらっぽく輝かせて。

「とまあ、そういうわけだったんだよ、ミス・ティムズ」大佐が言って、自己満足のうめきをもらした。「もちろんその一件は闇に葬り去られたんだが、きみはこうして本人の口から直接話を聞いたわけだから」

「なるほど」マディーにはそれしか答えようがなかった。

「あれは本当に愉快な出来事だった。あんなすばらしいアイディアを考えつくくらいだから、ぼくはばかでもなんでもない。まったく、実に痛快だった」

「あの……よかったらそろそろ話を戻したいんですけれど。公爵が今置かれている状況についての話に」マディーは言った。

「ああ、そうだった。聞かせてくれ。公爵が置かれている状況、か。こいつがまたどじを踏んで窮地に陥ったって話かい？」

「すまないね、ミス・ティムズ、どうか勘弁してやってくれ」ダラムが言った。「ぼくらがフェインを仲間扱いしてやってるのは、こいつの頭脳目あてじゃなくて、筋肉のためにすぎないんだ。それで、ぼくらはそのリチャード・ギルという男からも話を聞いたほうがいいのかな？　彼はどこまで知ってるんだ？　そいつが連中の手先となって、追っ手をここへ導いてくるという可能性はあるのか？」

「わたしが今あなた方にお話ししたことは、全部彼にも打ち明けたから」

ダラムは自分と大佐のカップにコーヒーを、シャーヴォーとマディーにはチョコレートのお代わりを注いだ。「ぼくなりにちょっと考えてみたんだが。彼がわれわれの手もとにいることは、すぐにばれてしまうと思うんだ。きみたちが馬車に乗った場面を誰にも目撃されていなかったのなら、しばらくは彼らもその教会の近所を捜すだけにとどまるかもしれないが。いずれはぼくの存在を思いだして、ここへも訪ねてくるだろう——もちろんマークならうまく追い払ってくれるはずだが。でも長い目で見れば、きみたちふたりをいつまでもここに置いておくわけにはいかない」

「町を出ろと？　公爵にとっては、そうするのがもちろんいちばんいいと思うけれど。でもわたしは父のもとへ戻らないと」

「そのほうが賢いやり方だと？」

「賢いかどうかは関係ないわ——どうしても帰らなければいけないのよ」

「そうか。なら、適当なつくり話をでっちあげないとな。こういうのはどうだろう。きみは必死に公爵のあとを追いかけたが、途中で見失ってしまった」

「でも――」

「それなら、ギルとかいう男だって納得してくれるんじゃないか？　馬に乗せられて走っているうちに迷ってしまったとかなんとか言えば。セント・ジェイムズを目指していたが、ピカデリーのあたりで彼を見失ったって。あとのことはこっちでなんとかするから。ひとこと言わせてもらうなら、きみは本当に勇気のあるすばらしい女性だ。そんな苦境から彼を救いだしてここまで連れてきてくれたんだから」

「ありがとう。でも、わたし……そんなつくり話はできないわ」マディーは言った。

「どうして？」

「真実ではないからよ」

「そりゃそうさ。きみが真実をぺらぺら話したりしたら、計画が台なしじゃないか」

「だとしても、わたしは偽りの言葉を口にすることはできないの」

ダラムが妙な顔をして彼女を見つめかえした。「やってもらわなきゃ困る。ほんのちょっとでいいんだ。罪もない小さな嘘だよ」

「無理よ。わたしは嘘なんてつけない」

「嘘がつけない？」フェイン大佐がくりかえす。大佐とダラムは靄のなかからぼうっと浮かびあがった幻を見るような目で彼女を見つめていた。

「ええ」マディーは答えた。百歩譲ってレディー・ド・マーリーやエドワードをだますことはできたとしても、父にだけは絶対に嘘などつけない――神の教えを忠実に守って生きている敬虔なリチャード・ギルに対しても。「それはわたしたちの信仰に反することだから」彼女は力なく言った。「だからどうしても嘘はつけない」

「だが、それじゃいったい、彼らになんと説明するつもりなんだ？」

マディーは唇を噛んだ。「もしも訊かれたら、正直に答えるしかないでしょうね」

「嘘はつけない、か」ダラムが険しい表情で彼女の目を見据える。「こういう事態になっても――たとえそれが、ひとりの男の命を救うためであっても、なのか？」

「すべては神の思し召しのままにあるべきだからよ。嘘をつくのは、それを自分の意志で曲げようとすることになるの。でも……わたしがここを去ったあと、あなた方が彼をどこかへ連れていくのであれば、わたしは正直に、彼の居場所は知らないと言うことができるわ」

「なるほど、そいつはありがたい。それならきみはたしかに嘘をつかずにすむものな。だがきみは、公爵を最後に見たのはどこかと訊かれたら、ここだと答えるんだろう？となると、ぼくはいずれしょっぴかれて裁判にかけられることになってしまう」

マディーは目を伏せた。

「わかった。ちょっと……時間をくれ。考えさせてほしいんだ」ダラムはコーヒーカップの縁を指でなぞった。「きみはすぐにでも戻らなければいけない、と。でも、どうしてすぐに戻らなきゃいけないんだ？」

「父が……わたしの行方を捜しているはずだから。父はわたしが自分の意志で公爵についていったなんて知らないんだもの。だから父は、もしかしたらわたしが何者かに襲われたと思っているかもしれないし、あるいは……もっとひどいことを想像しているかもしれない！」

「なるほど。お父上がきみのことを心配しているのか。彼は今どちらに？」

「父はいとこのエドワードと一緒に〈グロスター・ホテル〉に泊まっているわ」

「それならこうしよう。お父上の部屋のドアの隙間から、短い手紙を放りこんでおけばいい――わたしは無事だけれど事情があって今すぐには帰れなくなった、って書いてさ。それなら嘘にはならないだろう？」

「父は手紙が読めないのよ。目が見えないから。それに、わたしから突然そんな手紙が届いたら、きっと気が動転してしまうと思う。あなたが父の立場なら、あなただってそうなるでしょう？　だいいち、わたしが父のもとへ戻らないでどうするの？　ほかにどこへ行けばいいの？」

「だめだな」ダラムは言って、ため息をついた。「そう簡単にはいかないか」

彼は顎をこすりながら、マディーを見つめて考えこんだ。部屋のなかがしんと静まりかえる。ときおり、二頭の犬が公爵の注意を引こうとして、爪の音を立ててあたりをうろうろ歩きまわったり互いを押しのけたりする音が聞こえるだけだ。

「フェイン」ダラムがふいに口を開いた。「おまえも少しは役に立てよ。下へ行って、ミスター・ギルをランチに招待してきてくれ」

大佐は素直に立ちあがり、羽根飾りのついた軍帽を頭にかぶりなおした。

「いいか、絶対に断られるなよ」ダラムは眉をくいっとあげて、つけ加えた。

フェイン大佐はうやうやしく一礼した。金と銀でできた剣の柄《つか》を片手に軽く握り、制服姿で頭に羽根飾りをつけているその姿は、たいそう堂々としていて威厳があった。

「任せてくれ。その気になれば、人を説得するのはうまいほうだから。母にしょっちゅうそう言われてたよ」


公爵はリチャードにまた会えたことを決して喜んではいなかった。誰の目にもそれは明らかだった。フェイン大佐が、奇妙な箱を抱えたクエーカー教徒を部屋まで連れてきたとたん、公爵はわざといらだたしげな声をあげて立ちあがった。シャーヴォーはマディーの座っているソファーのほうへやってきて、彼女の後ろにまわりこんだ。黒いセッター犬のキャスが低いうなりをあげながら彼女を守るように足もとに立ちはだかる一方、デヴィルはソファーに飛び乗って彼女の横に座り、新参者に向かって牙をむいて吠え立てた。

「シェヴ」ダラムがぴしゃりと言う。「こいつらを黙らせろ！」

シャーヴォーは歯の隙間からシュッと息を吐きだした。するとたちまち二頭の犬はおとなしくなる。デヴィルは彼女の腿に前脚を載せ、ソファーの上でうずくまった。キャスは相変わらず警戒心をむきだしにして彼女の膝に体をすり寄せている。

マディーは二頭に守られながら、リチャードに弱々しく微笑んだ。「またわたしを助けに来てくれたのね、ありがとう」

リチャードはほかの三人をさっと見まわしてから、やさしい声で言った。「あとを追ってきたんだ。きみのことが心配で、アーキメデア。どこか怪我をしたりはしていないかい？」

「まさか、とんでもない。公爵がここへ連れてきてくれたの――ここにいるのは彼のお友達よ。ダラムと、フェイン大佐」

黒っぽい地味なコートを着てつばの広い帽子をかぶっているにもかかわらず、リチャード・ギルはなぜか、どことなくフェイン大佐と似ているところがあるように思えた――ひとりは白と金と青の飾りがついたあでやかな深紅の制服に身を包み、もうひとりは質素な身なりをしているというのに、ふたりはどちらも堂々としていて力強さを感じさせた。

ダラムはリチャードを立たせたまま、両手を椅子の背にもたせかけた。「単刀直入に話をさせてもらうよ、ミスター・ギル。ぼくらは公爵を家族のもとへ帰らせるつもりはない――少なくとも、ミス・ティムズが話してくれたような状況のままではね。きみには別の意見があるようだとミス・ティムズは言っていたが、ぼくとしては、きみに余計な首を突っこんでほしくはないんだ。もちろん、この件に関してきみによそでぺらぺらとしゃべられたりしたら非常に困る。だから……その点についてきみとじっくり話しあっておきたいと思ってね」

リチャードはなにも言わなかった。フェイン大佐は彼の後ろに立って、ドアのフレームに肩をもたせかけている。出口をふさいでいるつもりなのだろう。

「ミス・ティムズはきみの助けを求めている」ダラムが言った。「きみは彼女に手を貸してくれる気はあるか?」

「アーキメデアは正しいと思うことをやっているはずですから」リチャードはどっちつかずの返事をした。

「無礼を承知でひとつ訊かせてもらうが、ぼくが知りたいのは、きみ自身はなにを正しいと考えているのかってことなんだ。きみが今や、この件を自分の問題としてとらえようとしてくれているのは理解している――そして、もしかしたらきみは彼の家族の立場に立って考えるかもしれないということもだ。もしもそうなら、たとえきみがこの家の所番地まではは っきり答えられなくても、公爵はオールバニーのほうにいたときみが証言するだけで、家族には彼がどこに身をひそめているかわかってしまうだろう」ダラムは椅子の上で両手を軽く曲げ、やわらかい声でつけ加えた。「この男はぼくの大切な友人なんだ、ミスター・ギル。その点だけははっきりわかっておいてもらいたい。間違いなく。だからぼくは彼をふたたび檻に閉じこめるようなまねだけは絶対にしたくない。たとえそれがきみの熱心な信仰に反することであっても、だ」

剣を携えている大佐が金属同士のぶつかるかすかな物音をさせて、姿勢をぴんと正した。「そのとおりだ」と小声で言う。

「きみに黙っていてもらうためにぼくらはなにをすればいいのか、教えてくれないか、ミスター・ギル」ダラムはほんのわずかに嘲りを含む口調で言った。

「あなたになにを言われたとしても、ぼくの行動は変えられません」

「なるほど。ぼくごときよりもはるかに高いところにおられる神の声にしか従わない、というわけか」

リチャードはうなずき、同意を示した。

ダラムが両の眉を吊りあげる。「つまりきみは、神がその崇高な目的のためにきみをここへお遣わしになった、というふうには考えないわけだ。きみになにかを学ばせるために」

「ぼくが思うに」リチャードが口を開いた。「あなたはとても口がお上手なようですから、そういう美辞麗句を並べてぼくを説得しようとしているんでしょうが」

ダラムはにっこり微笑んだ。「口がうまい？　ぼくが言葉だけできみを説得しようとしているなんて思っているのかい？　もっとはっきり見せてやらなきゃいけないってことか」

リチャードの表情は変わらなかった。マディーはそんな彼が誇らしかった。脅迫めいた言葉をかけられても、決して平静さを失わない彼の心の強さが。「シャーヴォー公爵に関しては、どちらの立場にも賛成しかねるというのが正直なところです」

「ミスター・ギル――ぼくは見てのとおり、不まじめな男だ。おいしいものや酒には目がないし、美しい女性や、ギャンブルや、上等な仕立ての服も大好きだ。ぼく自身、胸を張ってぼくのことを推薦することなどできないくらいな――そういう意味じゃ、そこにいるフェインのほうがよっぽどましだ。なにしろ彼は、カトルブラやワーテルローで大隊を率いて見事に戦い抜いてきた男だからな。だがその事実を除けば、フェインとぼくの心はほぼひとつなんだ。ぼくらはお互い、シャーヴォーのことを血を分けた兄弟のように深く愛している。彼の爵位や家族の意向なんてものは、どうなったってかまわない。ただ、彼が自分の意志に反して閉じこめられるようなことだけは、なにがなんでも阻止したいというだけだ――もしも逆の立場なら、彼だって必ずや同じことをしてくれるだろう。それだけなんだ、ミスター・ギル。この件に関してぼくから言っておきたい美辞麗句はこれですべてだよ」

マントルピースの上に置かれたエナメル細工の置き時計が、静寂を破るように美しいメロディーを奏ではじめた。デヴィルはマディーのてのひらの下に鼻先を突っこみ、手をなめた。

リチャードが彼女を見つめて言った。「きみには謝らなければいけないね。せっかく出会っておきながら、結局は彼らの望むままに立ち去るぼくを、どうか許してほしい。でもこれは、ぼくらには関係のない世俗的な問題のようだから」

「よし決まった。じゃあ、行っていいぞ」彼女がなにも答えられずにいるうちに、ダラムが素早く言った。「行け――ただし、お父上にはしばらく近づかないように。ぼくらに少しだけ時間をくれ、ミス・ティムズ。数時間、いや、できれば半日。ぼくらが安全に逃げおおせるだけの時間を与えてほしい。きみの身に危険が及ぶ心配はないはずだ――ミスター・ギルがちゃんと送り届けてくれるだろうからね。お願いだ、ミス・ティムズ、せめてそれくらいは協力してもらえないか？　お父上のもとへ戻るのは少し経ってからにして、なるべく時間を稼いでほしいんだ」

マディーは唇を噛みしめ、父が今どんな恐怖を感じているか想像した――父の心中と、自分が嘘をつかなければならないこと、そしてシャーヴォーがつかまってしまう危険性を秤《はかり》にかけて考えてみる。そしてひとつの恐るべき結論にたどり着いた。おそらく自分は嘘をつくことになるだろう、父にさえも――ダラムやフェイン大佐と同じように――公爵を救うためならなんだってやる覚悟だった。

彼女は息を吸いこんだ。「じゃあ、今日の夜くらいまで？」

「充分だ」

マディーは立ちあがった。すると犬も床に飛びおり、彼女の足もとをすり抜けて、ソファーをまわりこんで公爵のもとへ行く。「では、夕食の時間までは父のもとへは帰らないようにするわ。午後七時まで」

ダラムがこくりとうなずいた。「それだけあればなんとかなる。そうと決まったら、早く立ち去ってくれ。絶対に後ろを振り向くんじゃないぞ。ちらりとでも振り向いたら、われわれが責任を持ってふたりとも塩の柱にしてやるからな。絶対だ」

言葉のやりとりこそはっきりとは聞きとれなかったものの、ダラムとフェインがあの偏屈なクエーカー教徒の男をうまく言いくるめたことは、クリスチャンにもわかった――ダラムは冷ややかな嘲笑《ちょうしょう》を浮かべ、フェインはその筋肉質な体にものを言わせて。クリスチャンにも文句のつけようがないやり方だった。マディーガールがこんなに短時間であの男に信頼を寄せたことが、クリスチャンには気に入らなかった。こっちになんの断りもなく、あんな見ず知らずの男と頭を寄せあうようにして、ぼくにはよく理解できない計画を小声でこそこそ話しあうなんて。だが、マディーは最後になって〝戻ってくる〟と言いだして、ラバのように陰気でむっつりしているあの男と言い争いを始めた。それにしても、こんなところまでしつこくあとをつけてくるなんて、まったくお節介な野郎だ！

あとはダラムとフェインがうまくやってくれるだろう。クリスチャンはおもしろそうに、彼らがラバをこの部屋から追い立てるのを眺めていた。できれば自分も加勢したいところだったが、ダラムの華麗なダンスを邪魔してはいけないと思って自重した。彼らの会話をすべて聞きとって、きちんと理解していたわけではないからだ。わかっているのは、ダラムが穏やかな口調で軽く脅しをかけて欲しかった簡潔な答えを引きだした、ということだけ。間違ったところで余計な口を挟んで、せっかくまとまりかけている話に水を差してはいけない。

ラバがマディーに向かってなにやら話しかける。するとダラムもすかさず彼女になにか頼みこんでいた……**時間？　時間をくれ？**

マディーの顔は見えなかったが、なにかためらっている様子だった。それを見て、クリスチャンの全身に緊張が走る。彼が一歩近づいたとき、彼女はダラムに向かって訊きかえした。ダラムが答える――**充分だ？**　マディーが立ちあがると、クリスチャンも素早く動いた。が、彼女をつかまえることはできなかった。ダラムが別れを告げるような言葉を投げかけている――マディーを追いだそうとしているのか！　ラバが彼女を連れて出ていこうとすると、犬たちがクリスチャンの行く手をさえぎるように足もとにまつわりつく……どうしてこんなことになったのか見当もつかなかったが、誰ひとり彼女を引きとめるそぶりは見せなかった。

「**だめだ！**」怒りのこもったクリスチャンの声に、全員が振り向いた。「マディーガール！　きみは……**残れ！**」

彼はマディーをつかまえ、乱暴にソファーへと押し戻した。彼女の着ているマントがふわりと座面に広がる。

クリスチャンは彼女の前に立ちはだかった。「きみ……ぼく」たったそれだけでは思いは伝わらないとわかっていたが、それ以上声が出なかった。自分と一緒に行くのでなければ彼女をどこへも行かせる気はないし、彼自身、ダラムとフェインと犬たちが一緒でなければどこへも行く気はない。それよりなにより、彼女がそのラバとふたりきりで行くなんて、もってのほかだった。クリスチャンはそれを態度で示すべく、マディーとクエーカーのあいだに割って入った。二頭の犬も応援に加わり、もしもラバが彼女に手をかけようものならいつでも飛びかかれるように身構えている。

ダラムは椅子にどさっと腰をおろして腕組みをした。そして、クリスチャンをぎろりとにらみつけてくる。その顔を見れば、自分が話をぶち壊してしまったのは間違いなさそうだったが、クリスチャンは気にしなかった。マディーを自分のもとから引き離すような計画なんて、間違っているに決まっている。

ラバはくすんだ茶色の目で、氷の短剣のように鋭くクリスチャンの瞳を射抜いた。フェインだけがにやにやと笑いながら、事態を見守っている。まるで彼らがひとりの女性をめぐってけんかでもしているかのように。当のマディーはソファーに座ってじっとうつむき、膝の上で拳を握りしめていた。しばらくすると、彼女はその固く握った拳を口もとへと動かした。泣いているようだ。そのことに気づいて、クリスチャンは激しく動揺した。

彼自身の涙はとっくの昔に涸《か》れ果てていたけれど。クリスチャンは突然、自分に注目が集まっているのを感じた。自分がマディーを泣かせてしまったせいだ。男たちは全員こちらを見つめていたが、クリスチャンにはどうしてもうまく説明できなかった。彼女をそばに置いておくことがどうしてそんなに大事なのか。でもとにかく、彼女にはそばを離れてほしくない。一緒にいてもらわなければ困る。なぜならぼくは、彼女を連れてわが家へ帰り、結婚するつもりだからだ。そして……。そこから先はまだ考えられなかった。それにしても、彼女はなぜ泣いているんだ？

「マディーガール」クリスチャンはかすれた声で言った。

拒絶するように彼女が首を振る。

クリスチャンはラバをにらみつけた。マディーが泣いたのはきっと、こいつのせいだ。粗末なコートに身を包んだ、出しゃばりのならず者め。できるものなら首を絞めてやりたい。そんなことを考えていると、クリスチャンの目の前をなにか黒いものが横切り、ドアのほうへと走っていった。

マディーだ。クリスチャンは彼女が立ちあがるところを見ていなかった。気づいたときにはすでに、彼女は脇をすり抜けていた。頭がひどく混乱しているようだ。クリスチャンがなんとかして考えをまとめようとしていたそのとき、ドアのフレームにだらしなく寄りかかっていたフェインが体を起こし、マディーの行く手をふさいだ。

「シェヴはきみに残ってほしいようだ、ミス」

マディーはクリスチャンのほうを振り向いた。「でも父が！」彼女は叫んだ。「わたし、行かなきゃ！　父のところへ！　わかるでしょう？」

「**だめだ**」クリスチャンはやっとのことでそうつぶやいた。

「シャーヴォー！」マディーが顔をゆがめて懇願する。「父にはわたしが必要なの。きっとひどく心配しているはずだし。だからわたし、帰らないと！」

恐怖と拒絶がクリスチャンの喉もとまでせりあがってきた。彼女の父親――目が見えず、年老いていて、娘の身を案じている。だがそれでも、クリスチャンは彼女を必要としていた。「マディー……」彼は奥歯を噛みしめた。「だめだ」ほかの人々がいる前で口を開くのは苦痛だった。知能の劣る動物みたいに、こんなかたことしかしゃべれないのだから。ダラムやフェインと懐かしいジョークを飛ばしあい、軽口を叩きあっていたころの自分はもう消えてしまった。

「お願い」マディーが行った。「どうか行かせて」

だめだ。だめだ！　クリスチャンはマディーの向こうにいるフェインを見て激しく首を振り、絶対に彼女を逃すな、と目で命じた。

すると、マディーと同じ信仰を持つラバが彼女の肩に手を置いた。「アーキメデア、お父さんのところへはぼくが行ってくるよ。フレンド派の仲間として、どうしても見捨ててはおけないからね」

マディーの顔が喜びで輝いたことが、クリスチャンを怒らせた。「あなたが？」

「ぼくらを裏切る気じゃないだろうな？」ダラムの鋭い声がどこからか飛んでくる。クリスチャンはすっかりその存在を忘れかけていたが、声のしたほうを振り向くと、ダラムはたしかにそこにいた。

「とんでもない」ラバが答える。

「誓えるか？」ダラムが問いただす。

「さっきも言ったはずだ。真実は神とともにある」

信心深いラバめ、とクリスチャンは思った。

まじめな顔をしたクエーカーはマディーをちらりと見て言った。「ぼくが戻るまで、きみはここで待っててくれ」

マディーはその言葉にうなずいた。ラバはここへ来てから一度も帽子を脱がないまま、ドアのほうへ近づいていった。フェインがその前に立ちはだかっていたが、ダラムがひとこと「通してやれ」と言うと、近衛隊の大佐はさっと脇にどいた。

マディーはクリスチャンに向きなおり、刺すような目で彼を見た。そして、彼の横をかすめるようにして、ソファーへと歩いていって腰をおろした。


午前中いっぱい、そして正午を過ぎても、彼らは待ちつづけていた。フェイン大佐だけが、午後の閲兵式のためにいったん帰っていった。夕食の時間までには戻ると約束して。マディーはソファーに座ったままで、シャーヴォーのほうはあえて見ないようにしていた。彼みずからチョコレートのカップを運んできてくれたときでさえ、彼女は黙ってそれを受けとり、お礼すら言わなかった。自分の意志でここに残ったのではないことを、シャーヴォーにはっきりとわからせてやりたかった。彼女が残ったのは彼が邪魔立てしたせいであり、リチャードが親切にも父のところへ行って、公爵の居どころを明かすことなく事情を説明してきてくれることになったおかげだ。

　驚いたことにシャーヴォーは、マディーの怒りの原因をうすうす感じとっているようだった。いつものように貴族らしい尊大さで無関心を装うのではなく、ずっと彼女のそばにへばりついていた。ときには無言のまま、彼女が座っているソファーの反対端に腰をおろしたり、チョコレートを運んできてくれたりすることもあった。明らかな謝罪ではないものの、少なくともそれは、彼がマディーを自分の所有物としてではなく、ひとりの人間として扱おうとしている証ではあった。

　夕食の時間が近づいても、リチャードはまだ戻ってこなかった。だがお茶の時間ごろ、銀と白のお仕着せに身を包んだどこかの召使いがダラムに話があると言って、突然訪ねてきた。マークはその男を簡単には追い払えなかった。どうしても直接ダラムの手に渡したい手紙を預かってきているらしい。窓の外から聞こえてくる玄関前でのふたりのやりとりは、次第に声が大きくなっていった。そのうちに召使いは、ミスター・ダラムが帰宅なさるまでここで待たせてもらうと言いだした。ダラムに目通りが叶《かな》うまでは頑として帰らないつもりのようだ。そこでダラムは機転を利かせ、いったん屋根裏部屋へあがってから、建物の裏へとこっそり抜けだした。

　マディーと公爵が寝室に隠れて待っていると、ダラムはたった今外から帰ってきたふりをして、公爵未亡人の召使いを居間へと通した。ドア越しなのでマディーにもはっきりとは聞きとれなかったが、ダラムはその召使いに向かって、自分が今まで外出していた理由を話していた。遠い親戚が亡くなったので、その弔問に出かけていた、とかなんとか。召使いはダラムのでっちあげた複雑な話に、いちおう納得してくれたようだった。

シャーヴォー公爵に関する話題についても、ダラムはうまくごまかした。つまり、公爵はあのあと一命をとりとめたのか？　それはすばらしい知らせだ！　息子はもう死にかけていて助かりそうにないと、公爵未亡人から聞かされていたのに。それが今では元気になって、外を歩きまわれるまでになったのか？　奇跡だ！　でもそれなら、どうして友人のところへ訪ねてこないのだろう？——すっかり治ったのなら、真っ先に訪ねてきそうなものだが。召使いが公爵の居場所に心あたりはないかと尋ねてくると、ダラムはなぜそんなことを訊かれるのかわからないというように答えた。公爵が行方不明だって？　ああ——迷子になったわけではないのか。行方不明でもなく、死にかけているわけでもなく、友人たちの家を訪ね歩いているのでもないのなら、いったい公爵はどこでなにをしてるんだ？　もう何カ月ものあいだ、誰も彼とは会っていないはずだ。ダラムはそこでひとつの提案をした。こうなったら世間体など気にせずに、当局に捜索願を出したほうがいいのでは？

すると召使いはただちにその話題を引っこめ、なにかわかったらすぐにこちらへも知らせてほしいというダラムの伝言を持って、公爵未亡人のもとへ帰っていった。

カーテンの引かれた薄暗い寝室のなかで、シャーヴォーはベッドの支柱に手をかけて立っていた——威厳と警戒の色をたたえて。狙っていた獲物に逆に追いつめられた狩人のように、こうやって身を隠さなければならない自分が歯がゆいのだろう。ダラムが近づいてきてドアを開けたとたん、犬たちが部屋へ飛びこんできた。二頭がうれしそうにシャーヴォーに飛びつくと、彼の表情から尊大さが消えて、にこやかな笑みに変わった。

こういう瞬間こそがマディーの心を揺さぶる。いかにも傲慢そうな態度が一変して、愛情深さを見せるときが。そういうやさしい表情に対して、彼女の心は無防備だった。どう受けとめていいのかわからなくなる。

もはやマディーは、これが本当に自分の使命なのかどうかもわからなくなっていた。リチャードは彼女のとった道を正しいとは見ていない。これまでの人生で、マディーはいつも強い意志をもって、さまざまな欲望に打ち勝ってきた。流行のドレスやきらびやかな宝飾品の誘惑に負けないように。ときには自分を抑えられず、反抗してしまいたくなるときもあったけれど。リチャードのような人だったら、神の導きと〝リーズナー〟の罠を、もっと簡単に見分けられるに違いない。

マディーは父のもとへ帰りたかった。安全なところに戻りたかった。ドアの前にはもう、彼女が出ていくのを阻止しようとする近衛隊の将校は立ちはだかっていない。公爵は犬とたわむれるのに忙しく、ダラムはみんなの分までグラスを並べて金色のシェリー酒を注ぎ分けていた。

ドアはそこにある。だが、マディーは出ていかなかった。

クリスチャンはマディーガールを先にやすませることにした。あのラバが帰ってくるのを待って、椅子に座ったままうつらうつらしはじめていたからだ。フェインは一度戻ってきたが、また別の任務があると言って帰っていった。クリスチャンのつたないしゃべり方を鷹揚《おうよう》に受けとめてくれて、なるべくゆっくり話しかけてくれるフェインが帰ってしまうのは、残念でならなかった。ダラムのほうはつい早口でまくしたててから、クリスチャンが話についてきていないことに途中で気づく、ということをくりかえしている。クリスチャンはその事実を必死に隠そうと努力してはいたが。

それは、お互いにとって気まずい状態だった。クリスチャンは助けを求めようとして何度もマディーのほうを振り向くのだが、彼女は石のように固まったままで目を合わせようともしてくれない――父のもとへ帰ることを許さなかった彼にまだ腹を立てているのだろう。だがクリスチャンは、どうしても彼女に頼らざるをえなかった。申し訳ないとは思うものの、彼ひとりでは、めまぐるしく変わっていくこの状況についていけない――驚き、混乱、雑音が、余計に新しいことの理解を難しくしている。

だからマディーにはそばにいてもらうしかなかった。といっても、寝室でやすんでもらうくらいなら大丈夫だ。寝室のドアは居間からでも見えるから、彼女がその奥にいると安心できる。

クリスチャンが近づいていくと、マディーははっと目を覚ました。ついてきたデヴィルが彼女の手に鼻先をちょんと押しつける。彼女が目を開けると、クリスチャンは片手を差しだした。

「リチャードは?」最初にマディーの口を突いて出たのはその言葉だった。

クリスチャンはじっと彼女を見かえしただけだった。

「まだだ」ダラムが答える。

「**ベッド**」クリスチャンはなおも片手を差しだしていた。

「そうだな」テーブルのほうからダラムが言う。「きみは横になるといい、ミス・テイムズ。彼が戻ってきたら、すぐに起こしてやるから」

マディーは眠たげな目をぱちぱちとしばたたき、ため息をついた。クリスチャンの手に軽く手を重ねて立ちあがる。彼はマディーをみずから寝室へと連れていきたかったが、彼女はぱっと手を離すと、くるりと背を向けて寝室へと消えていった。

寝室のドアが閉まると同時に、暖炉のなかの小さな炭火が炉床にコトンと落ちる。

ダラムはなにも言わず、テーブルの上の夕食の残りをじっと見つめていた。

クリスチャンはサイドボードへ近づいていって、クリスタル製のデキャンタから丸い取っ手つきの栓を抜き、自分のグラスにシェリー酒を注いだ。

するとダラムが空のグラスを差しだす。クリスチャンはそれにも酒を注いでやった。

「で、おまえはこれからどうするつもりだ？」

クリスチャンは人差し指を口の前に立てた。静かに。ダラムはごくりと酒をあおり、椅子の背に頭をもたせかけて天井を見あげた。クリスチャンは時計を見つめて時間が経つのを待つ代わりに、こちこちと時を刻む音に耳を傾けるだけにしていた。時計の文字盤に並んだ数字を見ていると、鏡に映る自分を目にしたときと同じように、なんとも奇妙でいらだたしい感覚に包まれるからだ。どこか非現実的な感覚に。だから彼は昔から、可能な限り無視するようにしている。

チャイムが一度だけ鳴って、正時半を告げた。ダラムは声をかけてくることもなく、酒を飲みつづけている。あれからさらに二杯ほど飲み干していた。クリスチャンのほうも次第に心地よい酔いがまわってくる。ここにこうして座って酒を酌《く》み交わすのは、懐かしくも愉快な気分だった。かけがえのない友人と。

シェリー酒のおかげで、ダラムの動作や思考もだいぶのろくなってきたようだ。クリスチャンはダラムをよく知っていた。三杯飲むと、いつもは鋭い舌鋒《ぜっぽう》がだんだん鈍くなりはじめる。四杯めが空くころには、陽気になって、しゃべり方もゆっくりになる。クリスチャンは四杯めまで待つことにした。

彼はやがてグラスをテーブルに置いた。「**結婚**」ひとことだけ言ってダラムを見つめる。「マディーガール」

ダラムは眉をひそめ、首を振った。「すまんな、友よ。なにが言いたいのか、さっぱりわからない」

早口でまくしたてられるより、これくらいゆっくりしゃべってくれるほうが、はるかにわかりやすい。

「マディー」クリスチャンは寝室のほうへ頭を傾けてみせた。

「ああ。なるほど。ミス・ティムズのことか」

「**ぼくと**」クリスチャンはコートのポケットに手を突っこみ、指輪の箱をとりだした。それをテーブルに置き、親指でパチンとふたを開ける。「**結婚**」

ダラムはその指輪を凝視した。これでもまだ、こちらの意図が通じないようだ。クリスチャンがもう一度口を開こうとした瞬間、ダラムはグラスを叩きつけるようにテーブルに置いた。

「なんてこった！　おまえ、気は確かなのか？」

「ああ」クリスチャンは言った。

「彼女と結婚？」ダラムは腰を浮かせかけたが、クリスチャンが警告するようにしっと声を出すと、ふたたび椅子にどさりと座りこんだ。そして、低い声で尋ねる。「本気なわけじゃないだろう？」

クリスチャンは指輪の箱を手にとり、もう一度テーブルに叩きつけた。

「彼女はただの看護婦じゃないか」ダラムがテーブルに身を乗りだしてくる。「それだけじゃない、彼女はクエーカーだぞ！」

「**結婚**」苦労して唇をゆがめながら、クリスチャンは言った。「戻る……**わが家に**」

ダラムが首を振る。「あそこへは戻れないよ、残念ながら。危険すぎる。連中がおまえをつかまえに来るぞ」

「ノー！」クリスチャンはテーブル越しに腕をのばし、友人の手首をつかんだ。「結婚……すれば。息子……ドラゴンの望みは……それだけ。**息子**」

一瞬の間があってから、ようやく意味が伝わったようだ。ダラムの眉がぴょんと吊りあがった。彼は片手で口もとを押さえた。「跡とり、ってことか？」

「それだけ」

「ドラゴンの望みはそれだけ？」

「そうだ」クリスチャンはダラムの手を放した。「あの場所……帰らない……絶対。結婚する」

「じゃあ、もうひとりの女性とは結婚しないのか?」

クリスチャンは声で嫌悪を表した。

ダラムは両手でグラスの脚を持ち、くるくるとまわした。キャンドルの明かりを受けて、クリスタルのカットグラスと琥珀《こはく》色の液体がきらめく。

「こっちの彼女のほうが気に入ってるってわけか?」ダラムがテーブル越しに横目を向けてくる。

クリスチャンはシェリー酒をぐびりと飲んだ。それから指先を唇に近づけていって、友人に向かってキスを投げ、にっこりと微笑む。「三つ編み……」クリスチャンは長い髪を手で梳《す》くように、手の指をゆっくりと広げていった。「おろす……」

ダラムは鼻を鳴らした。そして、親指を立てて拳を握り、クリスチャンのほうへぐいと突きだした。「それならそうするがいい。彼女が欲しいなら、手に入れるべきだ。ぼくを聖職者に任命しておいたことが、ここへ来て役に立ったな」

18

「ミス・ティムズ」夢のなかに語りかけてくる声があった。「起きる時間だ、ミス・ティムズ」

マディーはただちにぴょんと跳ね起きた。「お父さん？」

彼女はマントを着たまま寝ていた。一瞬なにがなんだかわからなくなって、強盗にでも襲われたのかと思った――キャンドルを片手に持った見知らぬ男がベッドから離れる。顔は暗くてよく見えなかった。でも、ここは自分の家ではない――今いる場所がどこかを思いだす前に、黒と白の斑の犬がキャンドルの明かりが照らす範囲へ走ってきて、ベッドの縁に前脚をかけた。犬はうれしそうに首をのばし、彼女の鼻をぺろりとなめた。

マディーはきゃっと声をあげて身を引き、まばたきをして眠気を振り払おうとした。

「これがきみ宛に届いた」ダラムが、蠟で封じてある一通の手紙を差しだす。「ミスター・ギルからだ」

マディーは目を見開いた。正常な感覚と記憶が戻ってくる。彼女が手紙を受けとると、ダラムはキャンドルをベッドの横に置いて、部屋を出ていった。

彼女はさっそく蠟をはがして封を開け、便箋を顔に近づけて、濃淡のむらがある手書きの文字を読んだ。

ミス・ティムズ

きみのお父さんに会って長々と話をしました。この騒動がおさまるまで公爵はどこかに身を隠しておくべきだというきみの意見にはお父さんも賛成で、きみにはそれをきちんと見届けてほしいと希望していました。お父さんはまた、公爵の友人たちを信頼して、できるだけ速やかに公爵を危険な場所から移すように、追っ手はすぐそこまで迫っているから、と言っています。公爵がどこへ行くことになろうと、きみはずっとそばについているように、また、きみ自身の身に危険が及ぶかもしれないのでこちらへは決して帰ってこないように、とお父さんは強く念を押していました。尾行される可能性もあるので、ぼくは直接きみに会いに行けません。ぼくがお父さんに会いに行ったとき、怪しい動きが感じられたからです。きみからお父さんに伝言がある場合は、〈ベル・ソヴァージュ〉気付で送ってくれれば、必ずお父さんの手に渡るようにぼくのほうで手配します。

きみに神のお恵みを
リチャード・ギル

「ああ……」マディーは思わず声をもらした。

手紙をもっとよく明かりに照らして、まばたきをくりかえしながら、何度も何度も読みかえす。いくら読んでも、その奇妙な文面は変わらなかった。

おまえはシャーヴォーとともに行くように。ずっと彼のそばについているように。

父はそう望んでいる。

それがマディーには信じられなかった。それどころか悲しかった。こちらへは帰ってくるな、なんて！　いったいいつまで？　もしもわたしが戻ったとしたら、いったいどんな危険が待ち受けているというの？

ベッドの上で居住まいを正した。おそらくわたしは、誘拐の罪に問われるのだろう。実際、そのとおりなのだから。あのレディー・ド・マーリーのことだから、一瞬たりとも躊躇《ちゅうちょ》するはずはない。

マディーは目を閉じ、これから直面することを乗り越えるためにどうか力をお与えください、と声を出さずに素早く神に祈った。それから急いで靴を捜した。身をかがめてバックルをはめようとすると、すかさずデヴィルが飛びついてくる。しつこくじゃれてくる犬を結局四回も押しやって、ようやく靴が履けた。彼女はキャンドルを手に持って、暗い寝室から居間へと出ていった。

シャーヴォーがいた。服はいまだに派手な正装を着の身着のままで、髪はくしゃくしゃ、おまけにひげもうっすらとのびてきている。彼はマディーに叱られることを畏れているかのように、用心深い目を向けてきた。時計のチャイムが鳴る。マディーがキャンドルの明かりで照らしてみると、時刻はまだ夜中の三時半だった。

玄関ホールのほうから、ドアが開く音と、ダラムと召使いの低い話し声が聞こえてきた。ドアが閉まる。ダラムは靴下をはいただけの足で足音を忍ばせ、コーヒーポットとトレイを持って居間に入っていた。「今、マークに辻馬車を呼びに行かせた。こんな時間にうまくつかまってくれれば、だけどな。まあとりあえず、これでも飲んでくれたまえ。〈ザ・スワン〉から五時に出発する郵便馬車があるんだ。それまでにきみは身支度を整えたいだろうから、寝室は自由に使ってくれ、ミス・ティムズ。でもその前に、シェヴの着替えをとってこないとな」

ダラムの顔つきも公爵とあまり変わりなく、くたびれはてていた。おそらくふたりとも一睡もしていないのだろう。ダラムはトレイを置いてあくびをしてから、キャンドルを持って寝室へ消えていった。オイルランプのほのかな明かりだけが居間に残された。

「シェヴ」ダラムが静かな声でシャーヴォーを呼ぶ。「ちょっとこっちへ来てくれよ。サイズが合うかどうか試してみないと」

公爵はふたたびちらりとマディーを見てから、寝室へと歩いていった。

マントルピースの上に大きな鏡がかけられている。そこに映ったマディーの姿は、彼らと似たり寄ったりのひどいありさまだった。せめて髪だけでも整えたいけれど、ここにはブラシも櫛もない。となると、ずっとフードをかぶっておくくらいしか手の打ちようがなかった。

眠気覚ましになってくれればと願って、マディーはカップにコーヒーを注いだ。ダラムのなかではなにがしかの計画が立っているようだった――郵便馬車がどうとか言っていたけれど、ダラムはそれに便乗して、できるだけ速くふたりの身柄をどこか安全な場所へ移したいと願っているのだろう。たしかに、郵便よりも速い輸送手段はほかにないし、出発の時刻もいちばん早い。おまけに、切符を買って普通の駅馬車に乗るのと変わらないくらいの匿名性は保てるはずだ――でも、どこへ？　あんまり遠いところでなければいいけれど。だがそのとき、マディーは思いなおした。もしも自分が誘拐犯として絞首刑に処せられるかもしれないとしたら、できるだけ遠くまで逃げたほうがいいのかもしれない。スコットランドとか。あるいはアフリカとか。さもなければ、月へ。

結局のところ、行き先はどうやらバースのようだった――違うとしても、ロンドンから西へと向かう大きな街道を走っていることは間違いない。双頭の白鳥が図案化された紋章入りの黒と赤の美しい郵便馬車は、ランプの明かりを頼りに、朝霧に煙る街道をひた走っていた。ダラムはマディーに最終目的地を教えてはくれなかった。そもそもダラムは、彼女に対してやけに口数が少なくなっていた。バースまで行くのは遠すぎないかとマディーが食いさがると、ぼくらはバースの町へ行くわけじゃないから、という答えが返ってきただけだった。

シャーヴォーとダラムは馬車のなかで眠った。ダラムは前の座席を占領して寝そべり、シャーヴォーは後部座席に座ったままマディーのいるほうと反対側の窓に寄りかかるようにして。借り物の厚手の外套にくるまっている彼は、無精ひげを生やしたままで、帽子はかぶっていなかった。〝保養のため〟に田舎へ出かける紳士はそういう格好で行くものだ、とダラムが妙な主張をしたからだ。シャーヴォーにその程度の変装をさせることについてはマディーも真実との折りあいをつけたが、公爵を〝ミスター・ヒギンズ〟と呼び、自分をその妹と称することだけはどうしてもできなかった。たとえそれが、馬車に乗るため、あるいは絞首刑を免れるためであっても。マディーは自分からはできるだけ名乗らないようにし、必要なときは公爵の看護婦だと説明することにした。もしも名前を訊かれてしまったら、アーキメデア・ティムズと答えるしかない。

そういう態度を貫こうとしたせいで、マディーは混雑した宿屋以外では馬車から降りることを許されなかった。にぎわっている宿では、鞍をつけた馬たちのひづめの音や、馬車を誘導する係の怒鳴り声、短い休憩時間のあいだに馬車を乗り降りしたりする乗客たちのせわしなさに紛れ、ひとりの旅行客が人目を引くことなどめったにないからだ。そういうところでも念には念を入れ、マディーはひとりで、あるいはダラムとふたりだけで馬車を降りた。追っ手がどこで目を光らせているかわからないから、三人が一緒にいるところを他人に見られるのはまずい、というダラムの判断によって。彼はあらかじめ郵便馬車の御者に四人分の座席の料金を支払っていたので、他人と同乗させられることはなかった。最初の宿で馬と御者が交替したあとも、ダラムが気前よくチップを弾みつづけたおかげで、馬車のなかをのぞきこむような人はいなかった。犬たちは大いに不満そうだったが、公爵と飼い犬が一緒にいるところを誰かに目撃されることを恐れて、二頭はマークとともにダラムの家に残してきた。

スプリングがよく利いた馬車で、すばらしい道を駆け抜けるのは、なんとも不思議な気分だった。駅馬車はもちろん、個人所有の軽装二輪馬車さえ、次々と追い越していく。大金をかけてまでこんなに速く走らせる必要が、はたしてあるのだろうか。マディーは郵便馬車というものの存在に疑問を抱いていた。まだ暗い早朝の道をこんな猛スピードで疾走するなんて、無駄な気がして仕方がない。馬は受け持ちの区間を全速力で走り、三十分後にはへとへとになって次の宿場へたどり着く。それからものの二分ほどで、そこで待っていた代わりの馬たちがあとを引き継ぐ。馬が走っているあいだは眠りこけている紳士たちと違って、マディーには窓から外の景色を眺める時間がたっぷりあった。霧のなかにぼうっと浮かびあがっては一瞬にして消え去っていく白い里程標を見ているうちに、意識が遠くかすんでしまいそうになる。

次第に夜が明けてきて、霜がおりてきらめいている前方の路面に、木々が長く青い影を落としはじめた。はるか彼方のゆるやかな丘の上に、ふたつの大きな塔と高い防壁を備えた巨大な城が見えてきた。旗の掲げられた小塔をまばゆい曙光《しょこう》が照らしている。マディーは窓に顔を近づけて、朝日がその石造りの城をピンクがかった金色に染めていくさまに見入っていた。

「ウィン……ザー」

その声がマディーを驚かせた。びくっとして振り向くと、公爵が妙な格好で馬車の側面に肩をもたせかけ、眠たげな目で彼女を見ていた。

馬車は荒れた道路に差しかかっても、いっこうに速度を落とさなかった。マディーは吊革につかまった。シャーヴォーの頭は側面の壁にゴンゴンぶつかり、ダラムは座面から転げ落ちそうになった。ダラムはすんでのところで落下を免れ、舌打ちしながら床に片足を突いて体を支え、帽子をふたたび目の上に置いた。

シャーヴォーは体をまっすぐに起こした。両手で顔をこすってから、外套に覆われている膝に肘を突き、てのひらに顔を埋める。馬車は曲がりくねった道を揺れながら走っていた。もしかしたら彼はもう完全に目を覚ますのではないかとマディーは思っていたが、シャーヴォーはふたたび体をごろりと横にした。ただし今度は、それまでと反対のほうへ。狭い座席で背の高い彼が横たわろうとすれば、どうしてもマディーの膝に頭を載せるしかない——彼は申し訳なさそうなそぶりも見せず、深いため息をひとつついただけで当然のように彼女の膝に頭を載せ、体勢を落ち着けてしまった。

「シャーヴォー」マディーがきつい声でたしなめる。

すると彼はゆっくり微笑みかえしてきた。薄暗がりのなかで、うっすらと無精ひげがのびたその横顔は、木陰で眠ることもいとわない怠け者の放浪者のようにワイルドに見えた。

片手をずっと空中にあげたまま残りの旅路を行くわけにもいかないので、マディーは仕方なくシャーヴォーの肩に手を置いた。馬車が路面のでこぼこで跳ねるたびにその手も跳ねあがるくらい軽く載せているだけだったが、やがて彼が腕をのばしてきてその手をつかみ、指を絡ませてきた。ふたりとも手袋をはめていないので、じかに素肌がふれあう。マディーの手袋はロンドンの教会に置き忘れ、シャーヴォーの優雅な白い手袋はどさくさに紛れてどこかでなくしてしまっていた。

マディーはだんだん明るくなっていく田舎の景色に見とれていた。小高い丘の上にそびえ立つ巨大なウィンザー城もいつしか、ゆるやかにうねる丘陵地帯の向こうに隠れて見えなくなっていた。シャーヴォーが落ち着かなげに頭を動かし、彼女の体に顔をすり寄せてくる。そして、彼女の手がちょうど自分の頬からこめかみのあたりにふれるように手を移動させた。マディーは気づかないふりをしていた。もしも公爵が普通の患者だったら——病弱な子供とか病気で伏せっている隣人とかだったら——こんなに疲れる旅のなかで患者本人をできるだけ楽に過ごさせてやれるよう、彼女としても最大限の努力を惜しまないはずだ。ましてやシャーヴォーは疲れやすい状態だし、この二十四時間のあいだに起こったさまざまな出来事を思えば、健康な人でさえへとへとにくたびれていても不思議はないくらいだった。マディー自身、睡眠不足とつのる不安のせいで身も心もひどく弱っているのを感じるほどなのだから。

彼の手から伝わってくるぬくもりと生気が、マディーに元気を与えてくれた――彼はしっかりと指を絡ませ、馬車が揺れるたびに肩や体を大胆に押しつけてくる。

そして眠たげな声をもらしては、わずかに顎を動かして、なるべく楽な姿勢をとろうとしていた。無精ひげがマディーのてのひらにちくちくと刺さった。彼はおそらく本気で眠ってはいないはずだ、と彼女は思っていた。馬車が次の駅にとまったとき、それは確信に変わった。御者たちの大声や笛の音が響くなか、馬車が突然大きく揺れてとまった。ダラムは座席から転げ落ちて、慌てて起きあがったが、シャーヴォーはぴくりともしない。彼とマディーを交互に見てから、ダラムはいくつもあるポケットをあたふたとまさぐりはじめた。

捜していた財布をようやく見つけて、そそくさと馬車から降りていく。するとシャーヴォーがマディーの指にキスをした。彼女はすぐにその手を引っこめた。公爵はため息をつき、目を開けることなく、ふたたび彼女の膝に頭をぐっと押しつけた。

ダラムが窓枠に手をかけて、マディーに微笑みかけてきた。「その様子じゃ、朝食はぼくが買いに行って運んでこないといけないようだね、ミス・ティムズ」

マディーはよく頭のなかで、庭について空想をふくらませることがあった。そこに家はなく、ただ庭が広がっているだけ。彼女が植えたいものをすべて植えられるくらい広い庭だ。ラベンダーの花壇に、田園風景を遠くまで見渡せる低い塀。春にはエンドウやアスパラガス、チューリップやヒヤシンスの花が咲き乱れ、夏には野菜やタチアオイ、ヒエンソウ、ヒゲナデシコ、そして秋には庭の隅に植えてある木々にさまざまな果物が実り、アスターやテマリカンボクの上に枝がたわわに垂れさがる。この庭はブライスデール・ホールにあるような、だだっ広い芝生のある直線的で人工的な庭ではない。ああいう庭は散策したり観賞したりするためにあるものだが、マディーの庭は自分の手で園芸を楽しむためのものだった。花々を愛でるだけでなく、実りある草木を育てることを楽しむために。

翌朝、セント・マシューズ・アポン・グレイドに立つ司祭館の窓からマディーがいちばん最初に目にしたのは、まさにそういう庭だった。彼女の理想とする庭、いや、正確にはそのなれの果てと言うべきだろうか。早朝の日差しを受けて、草花の葉や茎が細く長い影を落とし、幾千もの露がきらきらと輝いていた。

その庭は長いあいだほったらかしにされていたらしく、荒れ放題に荒れていた。雑草がはびこり、枯葉が積もっているせいで、敷石はほとんど見えなくなっている――それでも、彼女の理想に近い庭であることに変わりはなかった。空積みの石垣が庭の半分ほどをぐるりと囲み、四隅には果物のなる木が植えられ、真ん中あたりの地面は緑の苔《こけ》で覆われている。石垣の向こうにはみずみずしい牧草地が広がっていて、村のほうまでゆるやかに下っていた。谷間には家々が点在している。どれも似たような銀灰色の石造りの家で、木々のあいだにたなびく薄靄のなかできらめいている。

司祭館のほうは罪なくらいの荒れっぷりだった。ダラムはマディーの予想をはるかに上まわる、とんでもない俗僧だったわけだ。偽りの聖職者というだけでなく——神をも畏れぬその態度はマディーの知っている誰よりも俗っぽく、もしかするとシャーヴォーやフェイン大佐のほうが高潔かもしれないと思わせるほどだ——こんなにすばらしい庭や館を廃墟のごとく荒れさせてしまうなんて。ゆうべ遅く、午後の十時十五分ごろに疲れきった一行がやっとここへたどり着いた瞬間から、マディーにはひと目でわかっていた。ダラムがきらびやかな宮殿に案内するかのような調子で、得意げに鍵を開けて招き入れてくれた司祭館は真っ暗だった。くたびれはてていた公爵は、床に乱雑に置かれているものに何度も何度も足をぶつけていた。そしてマディーはベッドに敷くシーツを見つけるために、三十分もあちこち捜しまわらなければならなかった。

夕食は、ミート・パイと菓子パンの入っていた紙袋をテーブルに広げて、そこから直接手で食べるという方法でとるほかなかった。午後の半ばにハンガーフォードの町でバース街道に別れを告げ、小さな貸し馬車に乗り換えた際に買っておいたものだ。その馬車は二人乗りだったので、三人はぎゅうぎゅうづめになってここまで揺られてきた。マディーはふた晩続けてドレスを着たまま眠るはめになった。といっても、隙間風がひどいうえにろくな寝具もなかったので、あまりぐっすりとは眠れなかったけれど。そしてようやく朝を迎え、この荒れ果てた庭をまのあたりにした瞬間、マディーは、どうやら今日の朝食もまともなものは食べられそうにないと悟った。

洗面用の水もブラシもないなかで、マディーは精いっぱい身なりを整えた。すべての家具には布がかかっていて、ベッドの上の天蓋《てんがい》にも分厚い埃がたまっていた。でこぼこのマットレスにはシーツが二枚敷いてあるだけで、上掛けはない。ベッドの下の綿埃を見ると、明らかにネズミが駆けまわったようなあとがあった。

そんなふうにどこもかしこも汚れてはいるものの、司祭館はかなり広くて住みやすそうな館だった。反対側の棟でやすんだはずのシャーヴォーとダラムの声が聞こえないかと耳を澄ましながら、マディーは階段をおりていった。透かし彫りの間仕切りが立てられている戸口から板石張りの広々としたホールに出ると、足音が響く。そこに置かれている唯一の家具は、長くて黒い木製のどっしりとしたアンティークのテーブルひとつだけだった。

その真ん中に、ゆうべ食事をしたときに使った紙袋が畳まれて置いてあり、その上に一本の鍵が載っていた。紙袋の表側にはマディーの名前が書いてある。彼女は大きく深呼吸してから、油染みのできている紙袋を手にとって広げてみた。

親愛なるミス・ティムズ

ひとことの挨拶もなく立ち去る無礼を許してくれたまえ。ぼくは一刻も早く町に戻らなければならない。今日の晩までにはロンドンに戻っていたいんだ。そうすれば、万が一ぼくが公爵の逃亡を手助けしたのではないかと疑われたとしても、まさかこんなに遠くまで来ているとは誰も思わないだろうからね。帰る途中、この村に住むミセス・ディグビーのところに立ち寄って、病気の友人が司祭館に滞在することになったから面倒を見てやってほしい、と頼んでおくよ。その分の費用はこちらで持つ。それ以外の出費については、すまないが、バックルを売った現金の残りで当座はなんとかまかなってくれ。来月分の聖職者手当がもらえるまでは、こちらの懐もすっからかんだからね。ここを自分の家だと思ってくつろいでくれ。すべてがうまくいけば、きみたちにはしばらくこの館に滞在してもらうことになる。きみは正しいことをしているのだから、どうか安心していてほしい、ミス・ティムズ。そしてくれぐれもきみの良心にかけて――あるいは、きみの良心に少々そむくことになろうとも――公爵を守るためにきみができることを精いっぱいやってほしい。

あなたの僕《しもべ》
キット・ダラム

PS――近いうちに犬たちをこちらへ送る手はずを考えるから、と公爵に伝えておいてほしい。その前にぼくがやつらを撃ち殺してしまわなければ。

来月ですって？　そんなに長くここにとどまらなければいけないの？　マディーはその手紙を折り畳み、がらんとしたホールをぐるりと見まわした。ここまでの馬車代その他はすべてダラムが払ってくれたので、肌身離さず持っている財布のなかには公爵の三百ポンドが手つかずのまま残っている。それだけあれば、マディーと父のふたりなら楽に二年は暮らせるだろう。

大きな足音が階段のほうから聞こえてきた。マディーがそちらを振りかえると、髪の毛がぼさぼさのシャーヴォーが険しい表情で戸口に姿を現した。服は着ているものの、ボタンは全部外れたままだ。マディーを発見した瞬間、助かった、というような表情がその顔に浮かんだ。彼は片手をドアのフレームにかけ、そこにどさりともたれかかって、大きく息を吐きだした。

「**いない**」目を閉じて、首を振る。

「わたしならここにいるでしょ」マディーは言った。

シャーヴォーは頭を動かし、彼とダラムがゆうべ眠った棟のほうを示した。「**いない**」

「ダラムはロンドンへ帰ったみたい」彼女は油染みのある手紙を差しだした。

シャーヴォーは体を起こすと、大股で近づいてきて、その手紙を受けとった。眉をひそめながらそこに書かれている文字を見つめて、首をひねる。昨日はうっすらのびているだけだったひげが、今はすっかり濃くなっていた。この館のどこかにひげ剃り用の道具は置いてあるだろうか、それとも村まで買いに行かなければならないのだろうか。ふたりで村まで出かけたりしたら危険ではないのだろうか。ここの人たちは公爵の顔を知らないから大丈夫だ、とダラムは言っていたけれど、マディーとしてはどんなささいなリスクも冒したくなかった。

シャーヴォーが目をあげて、顔の半分だけ微笑む。「**犬**」

彼女はわざとしかめっ面をしてみせた。「そうなのよ。あのいたずらっ子たち、もうじきこっちへ来るんですって」

彼が顔をくしゃくしゃにして笑う。

マディーは彼の手首をつかんで、コートのなかにまくれあがっているシャツの袖を引っぱった。「カフリンクは?」

シャーヴォーはうなずき、先ほどと同じように頭を動かして寝室を示した。

マディーはもう一方の袖を引っぱってから、首にだらしなく垂れさがっているクラバットに手をのばした。シャーヴォーはじっと立って、長いまつげの下から彼女を見つめている。マディーが目をあげると、彼は微笑みかけてきた。

無精ひげがのびている彼はやけに少年っぽく見える。唇を嚙みしめていなければ、こちらも思わず微笑みかえしたくなるような顔つきだ。しかしマディーは学校の先生のような口調で命じた。「カフリンクをとってきなさい」彼の手首にそっとふれ、戸口のほうへと促す。

シャーヴォーはためらうことなく、くるりと背を向けて歩きだした。その手にはまだ、ダラムからの手紙が握られている。

「シャーヴォー」マディーは呼びとめた。

彼が振り向く。

「それ、読める?」

シャーヴォーは戻ってくると、叩きつけるように手紙を置いて、その上にかがみこむようにテーブルに両手を突いた。

「しん……あいな……てぃむ……。ひとこと……あい……あいさつ……なく……たちさる……ぶれい……ゆるし……たまえ。いっこく……はや……はやく……まちに……もどらなければ……」彼は誇らしげな顔でマディーを見あげた。「**読める**」

「前はどうだった？　前から読めたの？」

「数学」シャーヴォーが答える。

公爵が父と一緒に研究をしていたときのことをマディーは思いだした。「数学の本なら読めるってことね。数字や式なら」

彼が肩をすくめる。

「カフリンクはとってきてくれないの？」

シャーヴォーは小さくうなずき、テーブルを押すようにして体を起こすと、ホールから出ていった。マディーは彼の背中を見送り、口をぎゅっと結んだ。一週間前の彼は――いや、つい昨日の彼でさえ――こんなに長くて複雑な言葉は理解できなかった。今みたいにこちらがあえて普通の速さでしゃべりかけたときは、とくに。

ほどなくシャーヴォーはカフリンクを持って戻ってきた。マディーはそれを受けとって、袖口にはめてやりながら訊いた。「今日の朝食はどういうものがいい？」

彼は油の染みた紙袋を親指と人差し指でつまみあげた。そして小さくうなってから、その袋を落とした。「**パイ**」

「シャーヴォー」マディーは言った。「あなたやっぱり、どんどんよくなっているみたいね」

するとさ彼は海賊のような笑顔になった。

マディーガールは村へ出かけた。ひとり残されたクリスチャンは落ち着かない気分になって、家のなかをぶらぶらと歩きまわった。とりあえずなにかやることが欲しくて、家具にかかっている布を次々とめくり、床のあちこちに白い山をつくっていく。パーラーのマントルピースにかけられていた布をはがすと、鏡に映った自分と目が合った。

いやはや、なんともひどいありさまだ。まるで、三日三晩飲んだくれていたかのようではないか。それにダラムのコートは袖が短すぎて、無精ひげを撫でようとして手をあげるたびに、シャツのカフスがみっともないくらいはみだしてしまう。

まったく、こんなにいい男がほかにいるだろうか。若くて敬虔な身持ちの堅い女性がいかにも好みそうなだらしのなさだ。これではシャーヴォー公爵の名がすたる。

そうやって鏡を見つめていると、頭がくらくらしはじめる――現実ではない自分の像に焦点を合わせるのは、目を覚ますことなく夢から逃れようとするのと同じくらい苦しかった。そこにあるのに、どういうわけかそこにはない。

玄関のドアを激しくノックする音が聞こえ、クリスチャンははっとわれに返った。マディーガールが帰ってきたのだと思い、廊下を走って玄関へ向かった——だが、最後の瞬間に迷いが生じた。片手を大きく前に突きだした格好で立ちどまる。ノッカーの音はやんで、一瞬しんと静まりかえったが、すぐにまたどんどんとドアを叩く音が聞こえてきた。

そこにいるのがマディーかどうかを確かめたかったが、声が出てこなかった。いちばん必要なときに限って、いつもこうなる気がする。無分別なパニックを起こさないよう、クリスチャンは必死に気を落ち着けようとした。といっても、永遠にここに突っ立ってやりすごすわけにはいかない。ついに彼は古めかしい取っ手をつかみ、ぐいっとひねってドアを少しだけ開けた。

そのとたん、湿った風が吹きこんでくる。十月にしては妙にあたたかい風だ。嵐が近づいているのかもしれない。黒っぽい石造りのポーチに、エプロンをつけて縁なしの帽子をかぶった少女が立っていた。彼女はすぐにマントの下で膝を曲げ、お辞儀をした。「お目にかかれて光栄です、ブルンヒルダ・ディグビーと申します、家事全般を請け負うメイドです」

それからしばらく、ふたりは互いを見つめあっていた。大きな黒い目をした少女はいかにも純朴そうで、ひどい風体の彼をじろじろと眺めまわしたりしないよう気を配ることもできない無邪気な年ごろの女の子だった。この少女なら別に危険はないだろうと判断して、クリスチャンはドアを大きく開け、彼女をなかに招き入れた。

マディーは村の小さなレストランで、パンと焼いた羊肉とつけあわせのポテトを買って戻ってきた。少しでもまだあたたかいうちにと思って、玄関のドアからキッチンへ急いで料理を運ぼうとしたとき、奥から女性の声が聞こえてきて、はたと立ちどまった。キッチンの戸口からこっそりなかをのぞいてみると、シャーヴォーとメイドらしき若い少女が、テーブルを挟んで向かいあわせに座っていた。

ふたりとも、湯気の立つ陶器のマグを手にしている。こちらに背中を向けている少女が自分の〝恋人〟のことを楽しそうにぺらぺらと話していた。週末になるとその恋人は市場のある町へ出かけ、〝化学物質〟に関する講義を受けているらしい。少女は同じ話を二度くりかえし、最後に〝わかるかしら？〟とつけ加えた。相手が話についてきているかどうかを尋ねるのはごくあたりまえのこと、という口ぶりだった——このあたりに住んでいる人々は、よそ者に対していつもそういう口の利き方をしているのだろう。

シャーヴォーはマグを置き、大きくうなずいた。メイドをじっと見つめているせいか、マディーの存在には気づいていないようだ。

「ですからね――ほんとに賢い人なんです、わたしの彼って」少女が言った。マグの中身を飲み干して、椅子を引いて立ちあがる。「だって彼、機械学会ってところに所属していて、難しい講義だのなんだのまで受けてるんですもの。それでいつかはエンジンをつくるのが夢なんですって。エンジンって、知ってます？」少女はマグをキッチンのシンクに運ぼうとして、ようやくマディーに気づいた。「まあ！　奥さま《ミストレス》！」少女は慌ててお辞儀をすると、マディーが抱えている料理の皿を受けとりに近づいてきた。「ミスター・ラングランドがきみも座らないかと誘ってくださったので、わたしったらつい座りこんでしまって！　わたし、ブルンヒルダ・ディグビーと申します。村のほうでわたしの母にお会いになりませんでしたか？　わたしがお手伝いにあがること、お聞きになってらっしゃいません？　あら、なんておいしそうな匂いかしら。これ、あたためなおしたほうがいいですか、ミストレス？」

返事を待たずに少女は皿をテーブルに置き、鉄製の天火で作業しはじめた。シャーヴォーが立ちあがり、のんびりした笑顔を向けてくる。この笑顔を見せられると、マディーはいつだって信仰とはかけ離れた俗っぽいことを想像させられてしまう。彼女はパンと、もうひとつの袋をテーブルに置いた。

「ならず者みたいな顔になっているわよ」マディーは厳しい口調で言った。「かみそりとブラシを買ってきたから」

シャーヴォーが小首をかしげる。

「お湯ならわいてますわ、ミストレス」ブルンヒルダが訊かれもしないうちから言った。座りこんで無駄話をしていたところを見つかってしまったので、なんとかマディーに気に入られようと必死になっているようだ。「洗面器をこちらへ運んできたほうがいいですか？」

キッチンはすでにかなりあたたかくなっている。二階の寝室は寒くて湿っているだろう。それを考えて、マディーはうなずいた。「ええ。わたしも一緒に行くから、リネンのある場所を教えてくれるかしら？」

「はい、ミストレス」少女は素直に従って、マディーの先に立ってキッチンから出ると、廊下を歩きはじめた。最初の階段のところまで来たとき、ブルンヒルダは立ちどまって振りかえり、笑みを浮かべながらマディーに少しだけ顔を近づけた。「だんなさまって、ちょっぴりご病気なんでしょう？」笑みが満面に広がる。「でも、ものすごくすてきな方ですよね！　とってもやさしくってハンサムな紳士だし！　奥さまがああいうお方をお選びになった理由がわかる気がします」

夜が更けると、嵐が襲ってきた。あられまじりの激しい風雨にマディーは怯えた。

町で暮らしていたころは、嵐の晩にベッドにもぐりこんで、雷鳴や叩きつけるような雨の音に耳を傾けるのが好きだった。だがこれは、魂の叫びかと思うほどの咆哮をともなう荒れ狂う嵐だ。半分空き家のようなこの館にいると、雷は部屋のなかで轟いているのではないかとさえ思えてくる。

ブルンヒルダはとっくに帰ってしまっていた。ときおり強く吹いてくる隙間風に炎がゆらゆらと揺れるなか、マディーはキッチンで公爵のカフリンクとウエストコートのボタンを外してやった。彼女がすべてのボタンを外し終えると、シャーヴォーは一歩さがって、なにを考えているのかさっぱり読めない表情でこちらをじっと見つめかえしてきた。それでもマディーにはわかっていた。今ここで、彼が望んでいる以上の余計なお節介を焼くわけにはいかない。彼女はキャンドルを一本だけ持ち、自分が先に立って階段をあがっていった。そして、ふたつの棟が分かれる踊り場に着いたところで立ちどまった。

「ゆっくり眠れそうかしら？」マディーは尋ねた。

一瞬、時間がとまったようだった。シャーヴォーは身じろぎもせず、金色に揺らめくキャンドルの明かりを浴びて、ただじっと彼女を見おろしている。

やがて彼は、とんでもなく長いまつげで半分隠れるインディゴブルーの瞳で、気だるい笑みを投げかけてきた。マディーは突然、心がよじれるような感覚を覚えた。なんの前ぶれもなく、いきなり嗚咽《おえつ》が喉もとまでせりあがってきたみたいな感じだけれど、嗚咽とは違うなにかだ。

稲妻がぴかっと光り、一瞬、影が凍りついた。次の瞬間、頭上に雷が落ちた。マディーはびくっと身をすくめ、キャンドルをとり落とした。廊下に雷鳴が響き渡り、ふたりは闇に包まれた。ごろごろとうなる雷鳴が館全体を激しく揺さぶっていた。

「ああ……」その音がおさまると、マディーはばかみたいにつぶやいた。

するとまたしても閃光《せんこう》が走り、雷の轟音《ごうおん》が空気を震わす。マディーの全身の筋肉が縮こまった。そこへ公爵の手がのびてきて、雷鳴の轟くなか、マディーをぎゅっと抱きしめた――それは、彼女がびっくりしてキャンドルをとり落としたときと同じく、なんの狙いも下心もないとっさの動きだったはずだ。だが、彼の腕が巻きついてきた瞬間、マディーは自分が間違いを犯したことを知った。とても甘くて、雷の直撃よりもはるかに危険な過ちを。

シャーヴォーは壁に寄りかかり、片手をマディーの髪に差し入れて、頰を自分の肩に押しつけさせた。彼の胸板が上下し、男らしい香りのするあたたかい吐息が肌にかかるのを感じる。雷は低くごろごろと鳴りつづけ、空気を震わせ、重い荷馬車が木製の橋を渡るときのような音を響かせていた。

シャーヴォーが片手をあげ、マディーのこめかみのあたりに指先で軽くふれてきた。

しっかりと彼女を抱きかかえているもう一方の手の力強さとは対照的な感触だ。彼の指は下へおりていって、羽根のように軽く頬や唇をそっとなぞった。それから彼はマディーを腕のなかへ引き寄せ、頭をさげてきて彼女の髪にキスをした。「怖い、マディーガール？」

「いいえ」マディーはそう答え、体を離そうとした。「ちっとも——全然平気よ。気持ちは落ち着いているわ」

シャーヴォーに言うだけでなく、自分にも言い聞かせていた。今の彼は力ずくでマディーを押さえつけているわけではない。彼女は顔を真っ赤にして、彼の腕のなかから逃れた。

「キャンドルが……」ばかみたいに熱くなりながら、小声で言う。マディーは身をかがめ、暗がりのなかを手でまさぐった。キャンドルはすぐ足もとに落ちていたが、ふたたび火を灯す道具が手もとにはなかった。「ごめんなさい！」

彼が愉快そうな声を出し、マディーの肘に手を添えて寝室のほうへ促した。遠くの部屋からもれているほの暗い明かりだけではなにも見えないことに変わりはないけれど、シャーヴォーは彼女よりも闇には慣れているようだった。片手で壁をさわりながら、彼女の部屋の暖炉の炎が床を照らしているのが開いたドアから見えるところまで、ゆっくりと廊下を進んでいく。

戸口の前までたどり着くと、マディーはシャーヴォーの手をそっと振りほどいて、先に部屋のなかへ入った。カーテンが閉めきられた窓に雨が激しく叩きつけ、ゴーッと音を立てて雨どいを流れていく。ちろちろと揺れる明かりを頼りに彼女は部屋の奥へと歩いていって、暖炉の前にしゃがんでキャンドルに火を灯した。

「さあ、どうぞ」マディーはキャンドルを差しだした。「これを持っていけば、自分の部屋まで帰れるでしょう?」

シャーヴォーは受けとろうとしなかった。キャンドル越しに、じっとマディーを見つめている。その小さな炎と暖炉の炎が彼の顔を照らしていた。とってもやさしくってハンサム、とブルンヒルダは言っていた。マディーは彼のことをやさしいと思ったことは一度もなかった。キャンドルの明かりが彼のまつげを照らし、その瞳にやわらかな色を添えていたとまどいの表情を消し去り、邪悪な雰囲気をもたらしていた。

溶けた蠟のひとしずくがキャンドルの側面をつつーっと伝い落ちる。ふたりはとっさに反応した。マディーは溶けた蠟が自分の手にかからないよう、慌ててキャンドルを傾ける。と同時に、シャーヴォーが彼女の手に自分の手を覆いかぶせた。すると、熱い蠟がぽたりと落ちた。床に、ではなく、彼の手首の内側に。

シャーヴォーがうっとうめく。マディーは悲鳴をあげた。「ああっ!　あなたの手が!――余計なことしなくてよかったのに!」

彼はキャンドルを吹き消し、鋭い声で言った。「危ない！」

「大丈夫？　やけどしなかった？」

マディーの手はまだシャーヴォーの手にがっしりと包みこまれていた。彼が皮肉っぽい笑い声をあげる。「**燃える**」親指でゆっくりと彼女の指を撫でながら。そして最後に手をぎゅっと握りしめてから、シャーヴォーは彼女を放した。暗闇と炎が彼の顔の輪郭をくっきりと浮かびあがらせている。

シャーヴォーは自分の言葉を理解してもらえたかどうか探るように、じっとマディーを見つめていた。雷雨に降りこめられている館のなかで、彼の強いまなざしに貫かれながら、その言葉にこめられた意味を理解するのは怖かった。

シャーヴォーは手首を彼女の胸もとに押しつけた。「**燃える**、マディーガール」彼は言った。そしてくるりと背を向け、明滅する闇と轟く雷鳴のなかに彼女を残して出ていった。


（上巻終わり）

◉訳者紹介　清水寛子（しみず　のぶこ）
英米文学翻訳家。デリンスキー『ワインカラーの季節』、ロバーツ『運命の女神像』、同『十七年後の真実』（以上、扶桑社ロマンス）、クランダル『ひとときの永遠』（二見書房）など、訳書多数。

嵐に舞う花びら（上）

発行日　2010年3月30日　第1刷

著　者　ローラ・キンセイル
訳　者　清水寛子

発行者　久保田榮一
発行所　株式会社 扶桑社
〒105-8070　東京都港区海岸1-15-1
TEL (03)5403-8870 (編集)　TEL (03)5403-8859 (販売)
http://www.fusosha.co.jp/

印刷・製本　株式会社 廣済堂

ISBN978-4-594-06170-8　C0197
Printed in Japan(検印省略)
定価はカバーに表示してあります。